HEYNE <

KATIE KHAN

SCHWERELOS

ROMAN

Aus dem Englischen übersetzt
von Bernhard Kempen

WILHELM HEYNE VERLAG
MÜNCHEN

Titel der englischen Originalausgabe
HOLD BACK THE STARS

Dieses Buch ist auch als E-Book erhältlich.

MIX
Papier aus verantwortungsvollen Quellen
FSC® C083411
FSC
www.fsc.org

Verlagsgruppe Random House FSC® N001967

Deutsche Erstausgabe 01/2018
Redaktion: Catherine Beck

Printed in Germany
Umschlaggestaltung: Das Illustrat, München, unter Verwendung von Motiven von iurii/Shutterstock und Vadim Sadovski/Shutterstock
Satz: Buch-Werkstatt GmbH, Bad Aibling
Druck und Bindung: CPI books GmbH, Leck

ISBN 978-3-453-31843-4
www.diezukunft.de

ERSTER TEIL

1

Das ist das Ende.« Sie taumeln ins Blickfeld: Carys atmet schwer, ein panisches Keuchen erfüllt ihren Fischglashelm. »Scheiße«, sagt sie. »Ich werde sterben.« Sie greift nach Max, doch die Bewegung stößt ihn fort, außerhalb ihrer Reichweite.

»Werden wir nicht.«

»Wir werden sterben.« Sie spricht abgehackt, unterbrochen von flachen Atemzügen, die im Glas von Max' Helm sehr laut klingen. »O Gott ...«

»Sag so was nicht«, erwidert er.

»Es ist die Wahrheit. O Gott ...«

Sie fallen durch den Weltraum, wirbeln von ihrem Schiff fort, zwei pointillistische Kleckse auf einer unendlich dunklen Leinwand.

»Alles wird gut.«

Er blickt sich um, aber hier draußen gibt es nichts: nichts außer dem endlosen schwarzen Universum links von ihnen und der Erde, die in prächtigen Technicolor-Farben rechts von ihnen hängt. Er streckt sich nach Carys' Fuß. Seine Fingerspitzen streifen ihren Stiefel, bevor er davonwirbelt, ohne etwas dagegen tun zu können.

»Wie kannst du so ruhig sein?«, fragt sie. »Oh, verdammt ...«

»Hör auf, Carys. Komm schon, reiß dich zusammen.«

Ihr Fuß taumelt vor seinem Gesicht empor, und sein Gesicht schwingt zu ihren Knien hinunter. »Was können wir tun?«

Max zieht die Beine an den Körper, so weit er kann, versucht trotz seiner Panik herauszufinden, ob er seine Rotationsachse verändern kann. Den Drehpunkt? Die Achse? Er weiß es nicht. »Ich weiß es nicht«, sagt er, »aber du musst dich beruhigen, damit wir uns einen Überblick verschaffen können.«

»O Gott.« Sie wedelt mit Armen und Beinen, um irgendwie zu verhindern, dass sie vom Schiff abgetrieben wird, aber es ist sinnlos. »Was zum Teufel sollen wir tun?«

Der Aufprall hat sie stärker getroffen, und sie fliegt jetzt schneller fort als er. »Wir driften immer weiter auseinander, während wir fallen, Cari. Bald werden wir zu weit voneinander entfernt sein, um uns noch erreichen zu können.«

»Wir sind auf unterschiedlichen Flugbahnen«, sagt sie.

»Ja.« Er nimmt sich einen Moment, um nachzudenken. »Wir müssen wieder zusammenkommen«, sagt er dann. »Sofort.«

»Okay.«

»Bei drei schwingst du die Arme in meine Richtung, als würdest du in einen Pool eintauchen.« Er macht die Bewegung vor. »Beug den Oberkörper so weit wie möglich durch. Ich werde versuchen, die Beine nach oben zu schwingen, damit du sie packen kannst. Alles klar?«

»Bei drei.«

Es knistert in ihrer Funkverbindung.

»Eins.«

»Zwei ...«

»Warte!« Carys hebt eine Hand. »Könnten wir den Zusammenstoß benutzen, um unseren Kurs zu ändern, damit wir zur *Laertes* zurückdriften?«

Mit dem mattschwarzen Rumpf und ohne sichtbare Lichter liegt die *Laertes* verlassen über ihnen, ein Schiff, das in der Nacht vorüberzieht. »Wie?«

»Vielleicht wenn einer von uns den anderen heftig genug stößt?«, fragt sie.

Max denkt nach. Vielleicht. *Vielleicht?* »Nein. Zuerst leinen wir uns an, dann überlegen wir, wie wir zurückkommen könnten. Bevor es zu spät dafür ist. Ich will dich nicht schon hier verlieren. Bereit?«

»Bereit.«

»*Jetzt.*«

Carys wirft den Körper nach vorn, während Max den Rücken streckt. Ihre Arme schwingen vor, während er die Beine in ihre Richtung stößt. Eine Sekunde lang hängen sie da wie umgekehrte Kommas, bevor sie sich durch die Drehung parallel ausrichten. Als sie sich nah genug sind, packt sie seine Beine und drückt seine Füße an sich. »Hab dich.«

Sie fallen Kopf an Fuß weiter, benutzen dann die Arme, um sich im Uhrzeigersinn zu drehen und langsam am anderen entlangzuhangeln, bis sie sich schließlich in die Augen blicken können.

»Hallo.« Sie legt die Arme um seinen Hals. Er zieht eine Leine aus der Tasche an seinem Oberschenkel und wickelt behutsam das schwebende Seil um sie beide, damit Carys nicht mehr von ihm wegtreiben kann.

Max atmet tief durch. »Wir brauchen einen Plan.« Er blickt zur *Laertes* zurück, die im Schatten des Alls lauert, während sie immer weiter vom Schiff forttreiben. »Wir müssen Hilfe holen.«

Carys hat sich auf Max' Rückseite gezogen, wo sie im Tornister seines silbrigen Anzugs kramt. »Wer könnte uns helfen? Wir haben keine einzige Seele mehr gesehen, seit ...«

»Ich weiß.«

»Wir haben Lampen«, sagt sie. »Seile, Wasser. Warum haben wir keinen Treibstoff mitgenommen? Wir sind so dumm.«

»Wir mussten versuchen ...«

»Wir hätten uns die Zeit nehmen müssen. Du hättest mich zurückgehen lassen sollen und den Stickstoff ...«

»Es war ein *Notfall*. Was hätte ich deiner Meinung nach tun sollen? Zusehen, wie dein Kopf schrumpft, während du erstickst und stirbst?«

Sie zieht sich wieder herum, sodass sie Helm an Helm sind, und sieht ihn vorwurfsvoll an. »So läuft das nicht ab, und das weißt du ganz genau. Die EVSA sagte, schrumpfende Köpfe wären ein Mythos des einundzwanzigsten Jahrhunderts, der von schlechten Filmen in die Welt gesetzt wurde.«

»Die EVSA hat vieles gesagt. Die EVSA hat auch gesagt, dass alles völlig sicher ist und nichts schiefgehen kann.« Max tippt auf den blauen Aufnäher der European Voivode Space Agency am Ärmel seines Anzugs. »Außerdem haben sie uns aufgefordert, eine Entschädigungsverzichtserklärung zu unterschreiben, falls du dich erinnerst.«

»Ich kann es einfach nicht glauben!« Sie blickt sich um. »Sollen wir es mit Osric probieren?«

»Ja. Natürlich. Ja!« Er drückt sie fest an sich.

Carys zieht das Flex über ihre Knöchel und bewegt die Finger, als würde sie tippen. Das Netzgewebe überträgt ihre Muskelreflexe und Fingerbewegungen auf eine unsichtbare Tastatur.

Osric, empfängst du mich?

Sie wartet.

Bist du da, Osric?

Ich bin da, Carys. Ein Ping ertönt in ihrem Audiokanal, und die Worte werden in blauer Farbe auf der linken Seite ihres Helms eingeblendet.

»Gott sei Dank! Max, ich habe Verbindung mit Osric.« *Kannst du um Hilfe rufen?*

Gewiss, Carys. Wen möchtest du rufen?

Die Basis? Die EVSA? Irgendwen?

»Frag, ob irgendwelche Schiffe in der Nähe sind«, sagt Max. »Nur für alle Fälle.«

Ist irgendjemand nah genug, um uns retten zu können, Osric?

Nein, Carys. Tut mir leid.

Bist du dir sicher?

Ja, Carys. Tut mir leid.

Kannst du mit der Erde sprechen?

Nein, Carys. Tut mir leid.

Sie schreit verzweifelt auf. Der Laut wird in ihrem Helm und durch die Audioübertragung verzerrt. *Warum nicht?*

Mein Empfänger wurde während des Zwischenfalls beschädigt. Ich glaube, Max hat versucht, ihn zu reparieren, als wir Sauerstoff verloren haben, Carys.

Scheiße.

Wie bitte, Carys?

Entschuldigung, Osric. Tippfehler.

Kein Problem, Carys.

Wir haben ein großes Problem, Osric. Kannst du uns helfen?

Wie soll ich euch helfen, Carys?

Sie seufzt. »Max - ich drehe mich im Kreis, wenn ich mit diesem Ding rede.«

Er streicht über den Ärmel ihres Anzugs. »Ich hatte keine Zeit, mein Flex anzubringen, Cari, also musst du das vorläufig übernehmen. Finde so viel wie möglich heraus. Sind irgendwelche Schiffe in der Nähe?«

Sie schüttelt den Kopf.

Osric, flext sie, *kannst du die* Laertes *zu uns schicken?*

Negativ, Carys. Die Navigationssysteme reagieren nicht.

Kannst du sie irgendwie bewegen?

Negativ, Carys. Die Navigationssysteme reagieren nicht.

Sie wenden?

Negativ, Carys. Die Navigationssysteme reagieren nicht, einschließlich der Manövriersysteme, die mir erlauben würden, die *Laertes* zu rotieren.

Wenn sie sich die Haare raufen könnte, würde sie es tun, aber ihre Hände sind in den Handschuhen gefangen, und ihre lohfarbenen Zöpfe sind im Fischglas ihres Helms eingeschlossen. Das kleine Gänseblümchen, das hinter ihrer Ohrkrempe steckt, ist leicht verrutscht. *Kannst du für uns kalkulieren, wie wir zum Schiff zurückkehren können?*

Carys? Ich möchte darauf hinweisen, dass ein dringlicheres …

Kalkuliere, wie wir zum Schiff zurückkehren können, Osric.

Laut Situationsanalyse befindet ihr euch auf einer Flugbahn, die keine Rückkehr zur *Laertes* ermöglicht, sofern ihr keine Stickstoffdüsen benutzt. Verfügt ihr über Stickstoffdüsen, Carys?

Könntest du bitte aufhören, meinen Namen an jeden Satz anzuhängen, Osric?

Gewiss.

Vielen Dank. Nein, wir haben keinen Treibstoff. Irgendeine andere Möglichkeit?

Bitte warte, während die Situationsanalyse läuft, Carys.

Beeil dich! »Osric sagt, dass wir ohne Stickstoffdüsen nicht zum Schiff zurückkehren können.«

Max zieht eine Grimasse. »Sicher?«

Carys? Ich möchte darauf hinweisen, dass ein dringlicheres …

Warte!

»Was könnten wir sonst noch probieren? Osric sagt, dass die Navigationssysteme ausgefallen sind. Soll ich fragen, ob ...?«

Carys?

Was ist, Osric?

Die Situationsanalyse ergibt, dass eure Sauerstofftanks nicht voll sind.

Wir waren recht lange außerhalb der Laertes.

Die Summe der verbleibenden Atemluft und des verbrauchten Sauerstoffs ist nicht gleich der Gesamtkapazität der Tanks.

Was soll das heißen? Sprich Europäisch, Osric. Bitte!

Eure Sauerstofftanks waren nicht gänzlich aufgefüllt.

Was?

Des Weiteren ergibt sich aus der Situationsanalyse, dass sie undicht sind.

»Was?« Die Überraschung lässt sie vergessen, dass Osric sie nicht hören kann, also tippt sie es schnell ein. *Was?*

Eure beiden Sauerstofftanks wurden beschädigt, Carys.

Wie viel Luft haben wir noch?

»Cari?«, fragt Max.

Berechnung läuft ...

Beeil dich, Osric!

Ich fürchte, eure Atemluft reicht nur noch für neunzig Minuten, Carys.

2

Neunzig Minuten

Cari. Was ist los?« Max packt sie an den Schultern, aber sie lässt sich nicht beruhigen. »Was hat Osric gesagt?«

Entschuldige, dass ich »Carys« gesagt habe, Carys.

»Neunzig Minuten«, antwortet sie, nimmt große, gequälte Atemzüge. »Unsere Atemluft reicht nur noch für neunzig Minuten.«

Er zuckt zusammen. »Nein. Das kann nicht sein. Sie sollte für mindestens fünf oder sechs Stunden reichen. Wir ...«

»Wir werden sterben, Max. Schon sehr bald.« Sie hält die Tränen zurück, während sie nach den richtigen Worten sucht.

»Wir müssen sofort zum Schiff zurückkehren«, sagt er schließlich. »Das Wichtigste zuerst. Du darfst nicht in Panik geraten, dadurch verbrauchst du mehr Atemluft.«

»Und wir verlieren Luft.«

Er schreckt zusammen. »Wirklich? Jetzt gerade?«

»Jetzt gerade. Osric sagt, unsere Tanks wären undicht.«

»Beide?«, fragt er.

»Beide.«

»Scheiße.« Diesmal ist es Max, der flucht. »Dann sollten wir sie ganz schnell flicken.« Er sieht sie an, beurteilt den Grad ihrer Panik. »Soll ich das Loch suchen, während du dich beruhigst?«

»Nein, schon gut«, sagt sie mit zitterndem Herzen. »Ich werde es machen.« Carys lockert ihre Leine, und sie schweben auseinander, fast wie im Ballett. »Streck dich wie ein Schnee-Engel«, sagt sie, fasst ihn am Handgelenk und am Fußknöchel. Die einzige Stoffschicht, die auf seiner Haut liegt, bildet eine widerstandsfähige, unter Druck stehende Oberfläche zum Schutz gegen das Vakuum des Weltraums, wie eine Mischung aus Taucheranzug und Kettenpanzer, die geschmeidige Bewegungen ermöglicht und sich unter ihrer Berührung weich anfühlt. »Lass meine Hand nicht los.«

Max streckt Arme und Beine aus, schwebt auf Hüfthöhe vor ihr. Carys beugt sich über seinen Anzug, ohne ihn loszulassen. Das ist nicht einfach, da sie nicht ruhen, sondern weiter in beständiger Bewegung fallen - in eine Dunkelheit, die wie ein gottloser Ort weit entfernt von der Erde wirkt.

Zügig lässt sie Hand und Blick über seinen Rückentornister aus metallischem Silber wandern. Die Teilstücke sind durch niedrige Rillen getrennt, die blauen Anzeigen an der Seite sind die einzigen Farbtupfer. Carys sucht den gesamten Tornister ab, bis sie auf der Unterseite fündig wird: ein winziger Strom entweichender Luftmoleküle, für das menschliche Auge fast unsichtbar, hätte sie nicht verzweifelt danach gesucht und würden sich die Moleküle nicht ungehindert von Druck und Schwerkraft frei bewegen. »Hab's.« Sie zieht ein Stück Klebeband aus der Tasche an ihrem Knie, ein Reparaturset, das stets in Griffweite ist, und drückt es auf den Tornister. Sie achtet darauf, dass die Moleküle nicht an den Rändern austreten können.

»Fertig?«, fragt Max.

Osric, flext sie, *ist das Leck jetzt abgedichtet?*

Der blaue Text erscheint auf ihrer Helmscheibe, begleitet vom irgendwie beruhigenden Ping. Bestätigt, Carys.

»Fertig.« Sie nickt Max zu, atmet schwer aus.

»Dann sollten wir uns um dein Leck kümmern.«

Sie zögert. »Es hätte nie so kommen sollen - wir sollten eigentlich gar nicht hier sein.«

»Komm schon, Cari.«

»Wir haben nur noch für neunzig Minuten Atemluft.« Schließlich stößt sie einen Schluchzer aus, der seine beruhigenden Worte wegwischt, seine Gelassenheit - seine übliche Reaktion auf Stress. Er distanziert sich von der Konfrontation, vom Druck, von ihren überwältigenden Empfindungen, wie es seine Art ist. Jeden Moment wird er einen Witz machen.

»Also, ich weiß nicht, wie du das siehst«, sagt er, »aber ich werde auf MindShare eine sehr schlechte Bewertung für Reisen in den Weltraum abgeben.«

»Halt die Klappe, Max«, erwidert sie, obwohl seine Vorhersagbarkeit in gewisser Weise beruhigend ist. »Das ist nicht die richtige Zeit für deinen albernen Sinn für Humor.«

»Ich weiß.«

Seine Witze waren bisher immer in den ungeeignetsten Momenten gekommen: während des Astronautentrainings, bei Beerdigungen, als sie sich zum ersten Mal begegnet waren.

»Was tun wir jetzt?«

»Wir werden uns beruhigen und sammeln, und dann werde ich dich retten.« Er lächelt. »Wie ich es immer mache.«

Sie hatten sich im dritten Monat der Rotation kennengelernt, während Carys als neue Bewohnerin einer neuen europäischen Stadt weitere Sprachen im Sprachlabor der Region lernte. »Mein Kollege ist von der Woiwode 11 hierhergezogen«, hatte Carys dem Instrukteur erklärt, »also muss ich Neugriechisch lernen, bitte.« Das Sprachlabor der Woiwode war eingerichtet wie eine Retro-Café-Kette, hatte die typische gedämpfte Beleuchtung, Kunstledersofas und den Geruch von eintausend überrösteten Arabica-Bohnen geringer Qualität. Ein fröhliches Poster hinter dem Tresen verkündete: »Lernen Sie fünf Sprachen, dann können Sie sich mit 78 Prozent der Weltbevölkerung unterhalten.«

Der Instrukteur reagierte mit einem Piepen und grünem Licht, dann wurden unverzüglich Anleitungen und Übungen auf Carys' Workstation projiziert.

»Vielen Dank.« Sie zog das Flex über ihre Hände und machte sich an die undankbare Aufgabe, immer und immer wieder das griechische Alphabet abzuschreiben. Bei ihrem dritten Versuch erinnerte sie sich an das Abendessen. Ein Wasserfall aus Echtzeit-Informationen bewegte sich über drei Wände - die »Wall Rivers«, die einen beständigen Feed aus Nachrichten, Wetterberichten und Updates projizierten. Carys flexte schnell eine kurze Anfrage über den lokalen Kanal von MindShare. *Weiß irgendjemand, wo man in der Woiwode 6 Gänsefett kaufen kann?* Die Worte erschienen in tadellosem Spanisch an der Wand, wo sie ein paar Sekunden lang pulsierten, bevor sie im Fluss der Kommentare, Fragen und Anekdoten in vielen Sprachen aus der gesamten Woiwodschaft untergingen. Sie erreichte das Omega und ging das griechische Alphabet von vorne durch.

Ping. Carys blickte auf. Jemand hatte geantwortet.

Wofür brauchst du an diesem Tag und in diesem Zeitalter Gänsefett? Die Nachricht war auf Französisch geschrieben.

Mit einem Gefühl der Aufsässigkeit flexte sie auf Katalanisch zurück: *Zum Kochen.*

Ping. Rumänisch. *Warum kochst du an diesem Tag und in diesem Zeitalter?*

Bratkartoffeln. Portugiesisch.

Ich fragte: Warum *kochst du?* Deutsch.

Da ihr Deutsch nicht so gut war, schaltete Carys auf Italienisch um, während der Anflug eines Lächelns in ihren Mundwinkeln zuckte. *Neue Nachbarn. Ich möchte ihnen knusprige Bratkartoffeln servieren. Irgendwelche Vorschläge?*

Wieder auf Italienisch: *Wegen deiner neuen Nachbarn? Nein, tut mir leid.*

In dem Spiel, den anderen linguistisch zu übertreffen, war diese Sprachwiederholung ein kleiner Sieg, und nun lächelte sie ganz offen. *Du könntest einer meiner Nachbarn sein. Dann serviere ich dir später vielleicht eine Bratkartoffel, die so labberig und zäh ist, dass es sich anfühlt, als würdest du auf einem Gummiball herumkauen. Würdest du dir dann vielleicht wünschen, du hättest mir geholfen, irgendwo Gänsefett zu besorgen?*

Es pingte wieder. *Ich bin zu misstrauisch, um mich von Fremden bekochen zu lassen.*

Du lässt dich doch sicher auch in den Rotationsrestaurants von Fremden bekochen?, flexte sie zurück.

Eigentlich nicht. Ich bin Koch, also kein Problem.

Carys hielt inne. *Du arbeitest im RR?*

Ja.

Großartig. Vielleicht könntest du mir mit ein paar Kochtipps helfen. Weißt du zufällig, wo ich hier in der Nähe Gänsefett bekomme?

Keine Antwort.

Hallo? Sie fügte einen Smiley hinzu, um den Tonfall zu mildern.

Versuch es im klassischen Supermarkt gleich neben dem Passeig.

Vielen Dank.

Dort verkaufen sie sogar Lebensmittel in Dosen, was an diesem Tag und in diesem Zeitalter kaum zu glauben ist.

Du bist ja ganz besessen von »diesem Tag und diesem Zeitalter«, flexte Carys zurück. *Das war schon das dritte Mal.*

Wer ist das nicht? So vieles hat sich verändert.

Wohl wahr. Danke für die Hilfe! Ich werde später zu diesem Supermarkt gehen. Sie wiederholte das griechische Alphabet noch sechsmal und entfernte dann das Geflecht von ihrem Handrücken, während sie Bratkartoffeln in sieben Sprachen in ihrem Kopf hatte.

Carys trat in einen wunderschönen Septemberabend hinaus. Eine angenehme Brise strich durch die Ruinen. Glatte Konstruktionen aus Glas und Stahl erhoben sich aus Ziegeln und Fundamenten von Gebäuden, die schon lange nicht mehr existierten, ihre abgestorbenen Hüllen wurden von neuen Inneneinrichtungen erhalten und strukturell gestützt. Stellenweise waren die Überreste von schmalen Gassen und hohen verputzten Wänden zu erkennen, verstärkt durch Stahlträger. Innerhalb der Ruinen befanden sich Zimmer, die aus großen Glasscheiben errichtet worden waren: eine glänzende moderne Matrjoschkapuppe in zerbrochenen, uralten Bauten.

Das Licht verblasste zu einem Orangeton, während sie durch die Plätze voller Cafés lief, die nackten Unterarme um den Brustkorb geschlungen, während ihr Chip hinterherhinkte und sie an einer Ecke innehalten ließ. »Kopf hoch, Liebste, vielleicht passiert es nie«, kam eine Meldung herein, und sie drehte irritiert das Handgelenk.

»Wenn die Meteore die Menschheit auslöschen, weiß ich, wen es zuerst treffen sollte«, murmelte sie, als ihr Chip endlich mit dem Update fertig war und den Rest des Wegs berechnet hatte.

Carys erreichte eine breite, von Bäumen gesäumte Straße mit Kopfsteinpflaster und wandte sich einer Reihe von Geschäften zu, deren Fassaden vom Alter gebeugt waren und von Stahlträgern aufrecht gehalten wurden. Ein vielfarbiger Perlenvorhang markierte einen kleinen Eingang, über dessen Fenster der Schriftzug *Fox Supermarkets* leuchtete. Draußen stand ein Zeitungsdisplay mit blinkender Schlagzeile: »Fallout in USA endlich auf sichere Werte gesunken.«

Altertümliche Drahtkörbe und Einkaufswagen waren zu beiden Seiten des Eingangs aufgereiht. Carys schob die Perlenschnüre mit einem rhythmischen Prasseln auf und trat in den Supermarkt.

Im Gang acht kniete ein Mann auf dem Boden, während er Lebensmitteldosen einsortierte. »Entschuldigen Sie, dass ich störe«, sagte sie, »aber können Sie mir die Richtung zeigen, wo ich Gänsefett finde, falls Sie so was haben?«

Er drehte sich um. Dunkles, leicht lockiges Haar, das über blaue Augen fiel, die amüsiert blickten, als hätte sie einen Witz verpasst. »Du musst Carys sein.« Er räumte die letzte Dosen ein, stand auf und reichte ihr eine. »Wir haben miteinander gesprochen. Hallo.«

Verdutzt streckte sie die Hand aus und nahm die Dose entgegen. »Sie … du … Moment. Was?«

»Auf MindShare.«

»Aber hast du nicht gesagt … bist du nicht Koch? Im RR?«

»Nein. Ja. Fast.« Er hatte den Anstand, leicht zu erröten. »Zumindest werde ich es sein. Ich habe mich während meiner letzten Rotation ausbilden lassen, also hoffe ich, dass ich hier eine Stelle in den Restaurants bekomme. Sobald mir jemand bei den Familienangelegenheiten geholfen hat«, sagte er und deutete in einer umfassenden Geste auf den Supermarkt, »bin ich weg, hoffe ich.«

»Gut«, sagte sie und drehte die Dose mit Gänsefett in der Hand. »Ich hoffe, du findest jemanden.«

»Danke«, sagte er. »Was machst du?«

Sie zögerte. »Ich fliege.«

»Drachen?«

»Shuttles.«

Er zog eine beeindruckte Miene. »Cool.«

Carys wich einen kleinen Schritt zurück. »Ich hetze nur ungern, aber ich bin mit diesem Abendessen schon etwas spät dran. Danke für deine Hilfe, und … es war nett, dich kennenzulernen.«

»Kein Problem. Ich bin übrigens Max.«

»Carys.« Verlegen hielt sie ihm die Hand hin, die er schüttelte. »Wie hast du meine Anfrage gefunden?«, wollte sie wissen.

»Anfragen auf MindShare mit Schlüsselwörtern aus

dem Lebensmittelbereich werden hierher weitergeleitet. Sie werden für die Geschäfte und Restaurants gekennzeichnet, damit sie sie beantworten können.«

»Das klingt vernünftig.« Sie nickte, drehte sich um und ging los. »Noch mal vielen Dank.«

»Und«, rief er ihr nach, »dein Profilfoto ist einfach süß. Hat auch geholfen.«

Carys blickte sich über die Schulter um. »Geschäftsleiter, Koch *und* Online-Stalker? Du musst sehr viel zu tun haben«, erwiderte sie, aber in unbeschwertem Ton.

»Drei Vollzeitjobs«, erwiderte er. »Und du hast geantwortet, als ich auf Französisch geschrieben habe - die Sprache meiner letzten Rotation.«

Sie hob eine Augenbraue und drehte sich wieder ganz zu ihm um. »Wirklich? Ich war davon ausgegangen, dass du für unsere Unterhaltung den Übersetzungschip benutzt hast.« Sie deutete auf sein Handgelenk.

»Nein.«

»Ich auch nicht«, sagte sie, worauf sie beide lächelten. »Auch ich habe in W8 gelebt. Vor zwei Rotationen. Ganz im Süden, am Meer.«

»Ich habe drei Jahre in Paris verbracht. Da habe ich kochen gelernt - ich mache ein astreines Soufflé.«

Nach einer kurzen Pause sagte sie: »Hör mal, ich habe ein paar meiner neuen Nachbarn zum Abendessen eingeladen. Nur ein paar Leute, damit wir uns anfreunden können. Nichts Ausgefallenes. Ich kenne seit Adam niemanden. Möchtest du auch vorbeikommen?«

»Sehr gern. Wer ist Adam?«

»Das ist eine Redensart. Aber ich sehe an deinem Grinsen, dass du das weißt und mich veräppeln willst. Ich werde Veräppeln gleich neben leichtem Stalking auf die Liste setzen. Also heute Abend ... um acht? Ich flexe dir die Adresse. Bring irgendwas mit. Egal.« Sie wiederholte die Nicken-Umdrehen-Losgehen-Prozedur.

»Gut. Wir sehen uns.«

Kerzenlicht hallte von sechs Weinkristallgläsern und Wasserkaraffen wider. Die Dinnerparty war in vollem Gang. Zwei Wände von Carys' Wohnzimmer waren auf die Wall Rivers geschaltet. Einer der riesigen eingebauten Bildschirme zeigte einen Strom aus Nachrichten, der andere das Geplapper auf MindShare. Für den Text hatte sie auf beiden Wänden ein warmes Orange ausgesucht. Die ehemalige Barrio-Seite des Gebäudes warf die Schatten von Balkongittern in den Raum, das Rauschen des Meeres drang durch die antiken Rollläden. Das Buffet hielt ein Angebot von Brathähnchen, Gemüse, Yorkshire-Puddings und Carys' vielgepriesenen Bratkartoffeln bereit.

»Yorkshire-Puddings mit Hähnchen?«, fragte Liljana, eine von Carys' neuen Kolleginnen. »Ist das nicht ein wenig ...?«

»Unkonventionell«, warf John ein, Baustatiker und ihr neuer Nachbar von genau gegenüber, während er nach einem Servierlöffel griff. »Wo ich herkomme, pfeift man auf Konventionen und isst, was man mag.«

»Und wo kommst du her, John?«, fragte Carys und warf ihm einen dankbaren Blick zu.

John wand sich mit leichtem Unbehagen. »Nun, wie wir alle weiß ich es nicht mit Sicherheit. Aber meine ersten Erinnerungen stammen aus der Woiwode 3. Ich war fünf. Meine Oma nahm mich mit, um Fish 'n' Chips zu essen, aber ich wollte nur Pudding. Ich war quengelig, weil ich seit *Ewigkeiten* keine komplette Mahlzeit mehr gegessen hatte. Der Koch im RR rechnete beides zusammen und gab mir einen frittierten Schokoriegel mit Pommes frites.«

Rund um den Tisch lachten alle.

»Ich weiß. Aber ich war jung, und es hat funktioniert – es brachte mich dazu, den Teller zu leeren. Oma belohnte mich, weil ich alles aufgegessen hatte, und für den Rest des Monats habe ich jedes Mal meinen Teller geleert.«

»Darauf trinke ich.« Liljana hob ihr Glas, und die Runde folgte ihrem Beispiel. »Auf den geleerten Teller.«

Als die Gruppe mit den Gläsern anstieß, strahlte John. »Was ist mit dir, Liljana? Von woher bist du hierher gezogen?«

»Mein Name wird Lil-i-ana ausgesprochen«, korrigierte sie ihn. »Ich weiß, dass es anders aussieht, wenn man ihn auf MindShare liest.«

»Ich bitte um Verzeihung, Liljana.« Diesmal klang es richtig. »Ein hübscher Name.«

»Meine Eltern waren auf Rotation an der Adria, als ich gezeugt wurde, daher der Name, obwohl ich rein afrikanischer Herkunft bin. Zuletzt habe ich in der Woiwode 1 gelebt.«

»Herkunft«, sinnierte Olivier, den Carys im Sprachlabor getroffen und aus einer höflichen Laune heraus eingeladen hatte. »Wir Europäer der dritten Generation sprechen nicht allzu oft über unsere Herkunft.«

»Woiwode 1?«, fragte Carys Liljana, ohne auf Oliviers Einwurf einzugehen. »Wie war das Leben in der zentralen Woiwode?«

»Utopisch«, erwiderte Liljana, und der ganze Tisch lachte. »Und immer noch sehr stolz.«

»Das sollten wir auch sein«, sagte John. »Frei und unabhängig in ständig wechselnden gemischten Gemeinschaften zu leben - darauf können wir sehr stolz sein.«

»Hört, hört«, sagte Liljana, bevor sie vorsichtig das utopische Gelöbnis anstimmte: »In wessen Namen handelt ihr?«

»Keines Gottes, keines Königs, keines Landes«, antworteten alle.

»In wessen Namen?«

»Nur in meinem.«

Olivier nutzte die Gelegenheit, sich noch etwas Wein nachzuschenken. »Aber ist es nicht interessant«, fragte er, während er den Pinot Grigio in seinem Glas schwenkte, »dass wir nicht mehr darüber sprechen, woher wir stammen, sondern wo wir überall gewesen sind?«

»Das ist das Schöne an der Rotation«, sagte Max. »Wir sehen etwas von der Welt, wir leben an verschiedenen Orten, nirgendwo länger als drei Jahre ...«

Astrid beugte sich vor. »Ich habe meinen Namen in den nördlichen Woiwoden erhalten, und auf meiner sechsten Rotation wurde ich dorthin zurückgeschickt. Es war wunderbar, für eine Weile wieder in Skandinavien zu leben. Aber auch sehr kalt.«

Die anderen lachten.

»Was war der kälteste Ort, an dem ihr gelebt habt?«, fragte John.

»Russland«, erwiderte Liljana. »W13. In den Büros der Weltraumorganisation ist es oft minus zehn Grad.«

Olivier erschauderte. »Irland.«

Carys hob eine Augenbraue. »Irland? Der kälteste Ort?«

»Frostbeule«, amüsierte sich Astrid. »Ich war dort und fand es ausgesprochen mild.«

»Vor drei Rotationen habe ich in der Woiwode 5 gelebt, und es war eiskalt«, bekräftigte Olivier. »Warst du jemals in einer Bar am River Liffey, wo Folk gespielt wird?«

Astrid schüttelte den Kopf.

Er ließ sich nicht beirren. »Wirklich ein toller Laden.« Er nahm einen Schluck Wein und ließ sich von seinem Stuhl gleiten. »Carys, ich glaube, er würde dir gefallen. Ich habe dort einmal ein Lied gesungen - ein klassisches Liebeslied. Ich werde es jetzt für dich singen.«

O Gott! »Das ist wirklich nicht nötig. Max hat Pudding mitgebracht ...«

Olivier nahm sich eine Gitarre, und während Carys ihre Mutter verfluchte, die sich gewünscht hatte, dass sie sich um das verdammte Ding kümmerte, begann er zu spielen und kam auf sie zu.

O Gott, o Gott! Sie betete inständig, dass er sie nicht direkt ansang. Doch als er den Mund öffnete und loslegte ...

»Lass mich dir helfen«, sagte Max und machte sich daran, die Teller vor Carys abzuräumen, wobei er sich wie zufällig zwischen sie und ihren Bewunderer stellte. Er blickte sich am Tisch um und fragte: »Möchte noch jemand Nachtisch?«

»Eine großartige Idee«, sagte sie.

»Vielleicht könntest du mir helfen«, erwiderte er, während Olivier hinter ihnen heftig auf die Gitarre einschlug.

»Sicher.« Sie versuchte, sich an Olivier vorbeizuschieben, der immer noch spielte, aber dann beugte er sich vor, und der Weindunst seines Atems schlug ihr entgegen.

Während Carys zurückzuckte, legte Max die Finger um den Steg, und der Ton verstummte mit einem metallischen Missklang. Carys' Verehrer hielt verwirrt inne. »Nachtisch?«, fragte Max freundlich.

Olivier gab sich geschlagen und ließ sich auf seinen Stuhl zurückfallen.

Astrid tätschelte sein Handgelenk. »Manche Leute verstehen nichts von bedeutender Kunst.« Sie füllte sein Weinglas nach und wandte sich ihm zu. »Sie haben einfach keine Ahnung.«

Max und Carys trugen die Teller in die Küche, dann zogen sie die Tür hinter sich zu. Sie lehnte sich dagegen und atmete aus. Max gesellte sich zu ihr. »Mein lieber

Schwan«, sagte sie und blickte zur Decke auf. »Das war heftig. Vielen Dank.«

»Ich verstehe einfach nicht, warum manche Leute so was auf zivilisierten Dinnerpartys machen. Glaubst du«, fuhr er fort, »er wollte, dass wir mitmachen? Eine Jam-Session? Ich hätte mit Bongos aushelfen können, und Liljana könnte mit Löffeln klappern, als Maraca-Ersatz ...«

»Oder man könnte zwei große Becken zusammenschlagen, mit Oliviers Kopf dazwischen ...«

»Das ließe sich bestimmt arrangieren.«

»Ich könnte in die Tasten greifen ...«

»Du spielst Klavier?«

Carys nickte.

»Das ist cool. Wo ist es?«

Sie streckte die Finger, während sie immer noch die Teller in den Händen hielt, und lächelte.

»Ach so, natürlich. Du könntest überall spielen. Ich dachte nur ... weil du eine traditionelle Gitarre besitzt. Im anderen Zimmer.«

»Die gehört meiner Mutter. Wir kümmern uns abwechselnd darum, je nachdem, wer sich im kühleren Klima aufhält. Sie sagt, Luftfeuchtigkeit würde dem Instrument irgendwie schaden. Sie ist geradezu davon besessen. Ich bin die Hüterin von Gwens Gitarre, zumindest für einen begrenzten Zeitraum.«

»Also wäre sie traurig, wenn sie gesehen hätte, wie sie heute Abend missbraucht wurde?«

Wieder lachten sie leise, und Carys stellte die Teller neben die Spüle. Max zog ein Geschirrhandtuch hervor und legte es sich über die Schulter, während er sechs Dessertschalen bereitstellte und Oliviers Melodie summte, worauf sie beide kicherten. »Wo ist deine Familie jetzt?«

Sie lehnte sich gegen die Anrichte und beobachtete, wie er den Nachtisch portionierte. »Meine Eltern leben momentan in W14, und mein Bruder arbeitet in einem Hilfsteam in den ehemaligen Vereinigten Staaten …«

»Scheiße. Wirklich?«

»Ja. Wir haben seit einiger Zeit nichts mehr von ihm gehört - ich glaube, damit mussten wir rechnen, aber es ist trotzdem schwer. Wahrscheinlich ist die Kommunikation nicht so wichtig wie die Aufgabe, die Überlebenden mit Nahrung und Wasser zu versorgen. Meine Schwester ist in der portugiesischen Woiwode.«

»Aha«, sagte Max, während er mit dem Geschirrhandtuch am Rand der Dessertschale entlangstrich. »Daher deine mäßigen Portugiesischkenntnisse bei unserer Unterhaltung auf MindShare.«

Sie lächelte. »Das ist dir aufgefallen, was?«

»Wie viele Sprachen sprichst du insgesamt?«

»Vielleicht fünf? Oder sechs? Bald sind es sechs. Ich habe jetzt mit Griechisch angefangen. Beherrschst du wirklich alle diese Sprachen?«

»Sehe ich aus wie jemand, der darauf angewiesen ist, dass der Chip alles für ihn übersetzt?« Er zog die Augenbrauen hoch.

»Nein«, sagte sie, während sie ihn musterte. »Du siehst wie jemand aus, der schwer schuftet.« Sie griff nach seiner Hand und drehte sie um. »Ein Arbeitstier.« Ihr wurde bewusst, wie abgeschmackt das klang, und sie errötete. »Jemand, der seinen Lebensunterhalt verdient. Der einen Laden am Laufen hält, weil er es versprochen hat.« Sie hielt inne. »Bin ich nah dran?«

»Näher als die meisten Leute.«

»Wirklich?«

»Ja. Hauptsächlich, weil du keinen halben Meter von mir entfernt bist.«

Sie verdrehte die Augen, und klirrendes Gelächter aus dem Nebenzimmer brachte sie in die Realität zurück.

»Also«, sagte er in einem anderen Ton, »du fliegst Shuttles, magst keine Ständchen und fragst Leute, die ihr gesamtes Leben in der Rotation verbracht haben, woher sie stammen?« Er legte den Kopf schief und betrachtete sie fragend.

»Ach so«, sagte sie und machte sich daran, die Anrichte abzuwischen. »Das vergesse ich immer, wenn ich mit Leuten wie Liljana zu tun habe. Ich habe schon immer dazu geneigt, ins nächstbeste Fettnäpfchen zu treten.«

»Was meinst du mit ›Leute wie Liljana‹?«

»Die stolz an die Utopie glauben.«

Max musterte sie. »Also Leute wie ich.«

»Ja?«

»Ja«, sagte er. »Meine Familie ... wir sind leidenschaftlich von den Vorzügen der Rotation überzeugt.«

»Es ist wichtig, immer wieder umzuziehen und allein in anderen Städten zu leben?«

»Ja.«

Carys zuckte mit den Schultern und wahrte eine neutrale Miene. »Dann bin ich wahrscheinlich etwas anders aufgewachsen als du.«

»Inwiefern?«

Sie rührte in dem Topf, verteilte alles, und in der Küche breitete sich wieder der Geruch nach Brathähnchen aus. »Das ist eine ganz andere Geschichte für eine ganz andere Zeit. Wollen wir jetzt das Dessert nach draußen bringen?«

Irgendetwas flackerte über sein Gesicht, während er geschickt vier Schalen aufhob und auf Hand und Unterarm balancierte. »Klar. Und später kannst du mir vielleicht mehr über deine Herkunft erzählen.«

»Vielleicht«, sagte Carys leichthin und ging mit den restlichen zwei Schalen zur Küchentür, »aber benutz bitte nicht mehr das Wort ›Herkunft‹, wenn Olivier in der Nähe ist. Damit machst du uns Europäer der dritten Generation ganz verrückt.«

»Richtig«, sagt Carys. »Du hast mich schon immer gerettet, Max. Ein weißer Ritter, wie er im Buche steht.« Die Sternendämmerung umgibt sie, während sie fallen, während sie wie Marionetten an den Fäden des Raums hängen. »Aber diesmal ist es ernster als mit meinen Bratkartoffeln.«

»Immerhin bist du etwas ruhiger geworden«, sagt er, »und gehst vernünftiger mit deiner Atemluft um.«

»Gut«, sagt sie, »und jetzt kannst du aufhören, mich so gönnerhaft zu behandeln. Ich bin zurück. Ich bin hier.

Ich atme.« Sie blickt sich in der Dunkelheit um, dann wendet sie sich wieder der blauen Anzeige ihres Luftvorrats zu. »Was zum Teufel wollen wir jetzt machen?«

»Keine Sorge«, sagt Max. »Ich habe einen Plan.«

3

Siebenundachtzig Minuten

Er löst die Leine, und sie trennen sich voneinander, während sie immer noch vom Schiff fortstürzen. »Jetzt bist du an der Reihe, den Schnee-Engel zu machen«, sagt er und hält sie an Handgelenk und Fußknöchel fest, »weil der erste Teil des Plans darin besteht, das Leck in deinem Tornister zu finden.«

»O Gott«, sagt sie und beobachtet, wie das weiße Seil zwischen ihnen schwebt. Sie bemüht sich, die Panik zu unterdrücken, die erneut in ihr aufsteigen will. Sie reicht ihm das Klebeband, dann sucht er nach entweichenden Molekülen, wie sie es bei ihm gemacht hat. »Es ist winzig«, sagt Carys. »Vielleicht kannst du es gar nicht sehen. Achte darauf, dass du einen dunklen Hintergrund hast - nur dann wirst du es erkennen.«

Ohne ein Wort zu sagen, manövriert er Carys herum, bis er ins Sonnensystem hinausblickt, weg von der Erde, vor dem schimmernden Streifen der Milchstraße.

»Wusstest du«, plaudert sie zur Ablenkung, während Max nach dem Gasstrom sucht, »dass es mehr Sterne im Weltraum gibt als Sandkörner an sämtlichen Stränden der Erde?«

»Das klingt erschreckend.«

»Manche sagen, für jedes Sandkorn gibt es zehntausend Sterne. Stell dir vor, dass viele davon erheblich größer sind als unsere Sonne.«

Wenig später drückt er einen behandschuhten Finger auf einen winzigen Luftstrahl. »Es ist an der Unterseite.«

»Genau wie bei dir. Kannst du es flicken?«, fragt sie.

»Ja.« Er bringt das Klebeband an, rubbelt es fest, damit es hält, und seufzt vor Erleichterung. »Erledigt. Jetzt bleib ruhig - ich möchte sehen, ob es funktioniert.«

»Ob was funktioniert?«

Max tastet sich an Carys' Luftversorgung entlang, bis er die manuelle Überbrückung für die verschiedenen Unterteilungen findet, dann den Schlauch, der vom Tornister zu ihrem Helm führt. Er ist tief in eine Rille eingebettet, was ihn zur Verzweiflung bringt. Ohne Schwierigkeiten wird er ihn nicht herausbekommen.

»Max?«

»Gib mir noch etwas Zeit. Ich habe eine Idee, aber ich muss noch eine Minute lang nachdenken.«

»Bist du verrückt?«, erwidert sie. »Wir haben nicht mehr allzu viele Minuten übrig.«

»Dann eine halbe. Vertrau mir.« Er legt die Finger um den Schlauch und zieht fest daran, spürt, wie er ein wenig nachgibt. Er rollt ihn zwischen Daumen und Zeigefinger und zieht erneut, löst die Luftversorgung von dem langen Faden, der sie festhält. An der Unterseite des Tornisters sind die Gummiteile spiralförmig zusammengewickelt. Als Max oben dreht, ziehen sie sich zusammen. Trotzdem macht er weiter, auch wenn es mühsam ist.

»Wie kommst du voran?«

»Ich brauche eine Düse«, sagt er. »Was könnten wir benutzen?«

»Wie groß?«

»Klein.« Er hält zwei Finger nebeneinander. »So schmal.«

»Wir haben den Schlauch für den Wasserbeutel«, sagt sie leise. »Aber wenn wir ihn nehmen, können wir nicht mehr ...«

»Wir haben noch den anderen Beutel. Er reicht für mindestens ...«

»Wofür reicht er? Sechsundachtzig Minuten? Länger wollen wir nicht überleben?«

»Doch, natürlich. Aber wenn wir jetzt nicht versuchen, uns zu retten, wird es keine Rolle mehr spielen, ob wir noch für zwei Tage Wasser haben. Nichts wird mehr eine Rolle spielen, wenn wir keine ...«

Sie sehen sich an und sagen nichts.

Er legt eine Hand auf ihre. »Bitte.«

»Du hast recht«, sagt sie und legt ihre andere Hand auf seine. »Du hast recht. Wir müssen es versuchen.«

»Danke.«

Sie sucht nach den Lampen und dem Wasserbeutel und löst den durchsichtigen weißen Strohhalm, reicht ihn Max, ein winziges Symbol der Hoffnung vor dem riesigen Hintergrund aus Nichts. »Mach was draus«, sagt sie, während er ihn vorsichtig mit Daumen und Zeigefinger entgegennimmt.

Er drückt den Strohhalm zu einem Trichter auf, biegt den Kunststoff, damit er die Form hält. »Ich werde dir genug Luft für eine Minute übrig lassen und die Zufuhr abstellen. Spar deine Atemluft, so gut es geht, okay?«

Sie blinzelt, dann nickt sie.

»Es wird bald vorbei sein.« Nun hat er den Schlauch ganz aus Carys' Luftversorgung herausgezogen. »Mach dich bereit.«

»Wofür?«, flüstert sie.

»Versuch nicht zu sprechen. Atme langsam, wenn überhaupt. Und gerate nicht in Panik.« Er löst den Schlauch und steckt die provisorische Düse in das Ende. Gleichzeitig drückt er auf die manuelle Überbrückungsschaltung an ihrem Tornister, worauf ein Sauerstoffstrahl durch den Schlauch zischt und ihren Körper wegdrückt. Sie bewegt sich einen Zentimeter weit, und er lacht vor Erleichterung. »Es funktioniert!« Er lässt ihre Hand los, während sie sich ein kleines Stück weiter entfernt.

»Warte ...« Carys schüttelt die Arme und greift nach ihm. Sie darf nicht zu viel sprechen, bis er sie wieder an die Luftzufuhr angeschlossen hat.

»Du bewegst dich, Cari ...«

Hektisch gibt sie ihm Signale, starrt ihn mit grünen Augen an. Der Sauerstoff entweicht zu schnell, während sie nicht genug beschleunigt wird ...

Sie entfernt sich nicht weit genug, und er vergeudet nur

ihre Atemluft. Er packt ihren Tornister, und nun gerät er in Panik, schließt den Schlauch wieder an, schraubt ihn falsch herum hinein. Das zusammengeknüllte Ende des Schlauchs entrollt sich, und er versucht es zu erwischen, als es davonschießt und noch mehr Sauerstoff ins Vakuum entlässt.

Jede Sekunde zählt.

Er zieht den Schlauch zurück und wickelt ihn auf, drückt das letzte Stück in die Rille, schraubt ihn wieder fest.

»Max«, keucht sie.

»Alles in Ordnung mit dir?«

»Wolltest du die Luft als Treibstoff nutzen?«

»Ja.«

»Ich würde nicht genug Geschwindigkeit erreichen. Du müsstest das Gas erhitzen, um genug Schub zu erzeugen«, sagt sie, während Schweißperlen neben ihrem Gesicht im Innern des Helms schweben.

»Aber«, sagt Max, »ich dachte, es würde funktionieren, wenn der Druck …«

»Nein.« Carys hebt eine Hand, um sich die Augen zu reiben, doch es geht nicht. Also schüttelt sie den Kopf hin und her, um die Flüssigkeit loszuwerden. Die Tröpfchen sammeln sich in ihrem Haar, das wie ein Heiligenschein um ihren Kopf geflochten ist, damit es ihr nicht ins Gesicht fällt. Ihr Adrenalin strömt, und ihr Herzmonitor piept. Sie schaltet den Alarm aus, aber ihre Herzschlagfrequenz steigt trotzdem weiter.

»Tut mir leid«, sagt er.

Wieder piept ihr Alarm. »Man braucht Druck, um Schub zu erzeugen.«

»Das wusste ich nicht. Tut mir leid.« Er greift nach ihr.

»Ich kann noch gar nicht fassen, dass du mich ganz allein zurückschicken wolltest, ohne mit mir darüber zu sprechen.«

Max' Hand hält auf dem Weg zu ihr inne. »Das ist es, was dich eigentlich ärgert, nicht wahr?«

»Wie viel Luft habe ich verloren?«

»Nicht allzu viel.« Er wirft einen Blick auf die Anzeige an ihrem Tornister. »Ich werde sie dir ersetzen. Beim nächsten Mal benutzen wir meinen Tornister.«

»Beim nächsten Mal?«, ruft sie mit verzerrter Stimme. »Jetzt habe ich weniger Luft als du, also wirst du wahrscheinlich zusehen müssen, wie ich sterbe. Gut gemacht!«

»Flipp nicht aus. Ich habe versucht, dir zu helfen.«

»Ja, aber du hast es nicht getan. Und jetzt habe ich noch weniger Zeit mit dir, um unser Problem zu lösen.«

»Wenn es funktioniert hätte, wärst du in Sicherheit gewesen. Du hättest gerettet werden ...«

»Himmel!« Carys schüttelt den Kopf. »Ich brauche keinen weißen Ritter, Max!«

Er klingt flehend. »Ich versuche doch nur, das Richtige zu tun.«

»Es ist nicht dein Job, mich zu retten.«

Er hatte die Dinnerparty gegen Mitternacht verlassen, und sie hatte ihn zur Tür begleitet, sich gegen den Rahmen gelehnt und in der Kühle unter ihrem Cardigan die Arme um sich geschlungen.

»Danke für den Abend«, hatte er gesagt. »Danke, dass du einen weiteren völlig Fremden zum Essen eingeladen hast.«

»Danke, dass du mir mit den Bratkartoffeln geholfen hast.« Sie lachten. »Was machst du morgen?«

»Im Laden arbeiten. Und du?«

»Dasselbe, arbeiten.«

Trotzdem zögerte er es hinaus. »Wirst du demnächst wieder Griechisch lernen?«

»Oh, zweifellos.«

»Im Sprachlabor?«

Sie nickte.

»Gut. Dann weiß ich, wo ich dich finde.« Er wartete. »Wir sehen uns bald, Carys.«

Er blickte sich noch ein paarmal um, sah sie als Schattenriss vor dem orangefarbenen Schein der Straßenbeleuchtung, während sie sich vom Eingang entfernte.

Er brauchte nicht lange bis nach Hause. Der Chip an Max' Handgelenk erkannte seine Wohnung, als er nah genug war. Die Tür öffnete sich klickend, und der Metallbolzen zog sich vom Holz zurück. Die Lampe im Korridor schaltete sich automatisch ein, doch als er eintrat, sah er nur leere Rahmen - anders als in Carys' Wohnung, wo von ihrem Chip unablässig Fotos auf die Wände projiziert wurden. An der Küchenwand hingen immer noch Bilder von den Bewohnern während der letzten Rotation, und wenn Max darunter kochte, achtete er nie auf ihre lächelnden Gesichter oder die fantastischen Sonnenuntergänge.

Er dachte an das, was Carys an diesem Abend bei der Party gesagt hatte: dass sie ihre Wohnung sofort nach dem Einzug dekoriert hatte. Sie hatte über MindShare Kontakt zu ihren neuen Nachbarn aufgenommen und Gespräche mit ihren Freunden und Verwandten in anderen Woiwoden gestreamt. Ihr Leben war voller Menschen, voller Lärm und Durcheinander. »Willst du diese Horde wirklich rund um die Uhr in deinem Haus haben?«, hatte er gefragt und auf Astrid und Olivier gezeigt, die sich auf dem Sofa näher kamen, wobei Letzterer Wein aus seinem Glas auf Carys' hellen Teppich verschüttete.

»Warum nicht?«, hatte sie erwidert. »Es ist um Längen besser, als die ganze Zeit allein zu sein.«

Er war sich nicht sicher, ob er ihr zustimmen konnte.

Max ging nach oben, achtete darauf, die knarrenden Fußbodendielen zu meiden. Lautlos trat er ins Badezimmer und drückte auf das Pad, um seine Zahnreinigung zu programmieren. Er lehnte sich gegen das Waschbecken, betrachtete sich aufmerksam im Spiegel, während er immer noch ihren funkelnden Blick spürte und wusste, dass er noch nicht wollte, dass diese Nacht vorbei war ... noch nicht.

Er berührte die Schulter des Typen an der Tür zum Club, der ihn sofort hineinließ. Carys war nicht die Einzige, die von Max' Hilfe auf MindShare profitiert hatte. Es war fast ein Uhr nachts, aber im Dormer war es recht voll für einen Donnerstag, weil Gruppen von Leuten, die sich bei ihrer neuen Rotation angefreundet hatten, schon vor dem Wochenende feierten - unten an der Bar oder auf der gläsernen Tanzfläche über seinem Kopf. Er blickte hoch, bewunderte die farbigen Muster, die durch die Bewegungen der Tanzenden erzeugt wurden. Das berührungssensitive Glas leuchtete unter ihren Füßen in Farbexplosionen auf. Der Effekt war faszinierend und die einzige Dekoration, die diese umfunktionierte Kirche wirklich brauchte. Nachdem in Europia alle *religiösen Überzeugungen* zum *Glauben* zusammengefasst worden waren (und alle *Nichtreligiösen* zu den *Nichtgläubigen* gehörten), wurden viele alte religiöse Gebäude neu genutzt. So war ihre beeindruckende Architektur zu Kultlocations im Nachtleben der Woiwoden geworden.

»Max! Hier drüben!«, rief Liu von den zerschlissenen Chesterfield-Sofas neben dem Bar-Altar im Erdgeschoss. Liu war ein bekannter chinesischer Dissident, der mit seinen abenteuerlichen Geschichten immer wieder große Zuhörermengen anzog. Eine Gruppe Mädchen, die sich in ihrer neuen Clique offensichtlich noch nicht wohlfühlten, umringte ihn, und Max ging hinüber, glättete sein T-Shirt, das bereits einen Tag alt war, und strich sich das Haar aus dem Gesicht.

»Hallo!«, sagte er.

Ein Chor aus Begrüßungen in unterschiedlichen Tonlagen antwortete ihm, und er lächelte freundlich.

»Ich hätte nicht gedacht, dass du heute Abend noch rüberkommst«, sagte Liu und stand auf, um Max nach der bevorzugten Begrüßungsgeste der Woiwoden die Arme auf die Schulter zu legen. »Ich hatte erwartet, dass du für heute genug hast.«

Max schüttelte den Kopf, und ein Mädchen in einem geschlitzten roten Kleid sprang auf. »Wir haben von dir gehört«, sagte sie, »vom berühmten Max.«

»Aha?«

»Es besteht kein Grund zur Schüchternheit.« Sie leckte sich Salz vom Handgelenk und kippte einen Tequila hinterher. Max bemerkte, dass ihre Lippen exakt den gleichen Farbton hatten wie das Kleid. »Wir alle haben gehört, dass du ein Astronaut bist, der die Welt retten wird ...«

Max war beunruhigt. »Liu, komm und hilf mir, ein paar Drinks zu holen.« Sie gingen zur Bar, nahmen vor dem uralten Holz Platz, während vor ihnen eine Reihe Tequilas eingeschenkt wurde. »Was zum Henker ist hier los, Kumpel?«, fragte er.

»Ach, du weißt schon, das Übliche«, sagte Liu und lächelte wie die Cheshire-Katze. »Übernimmst du die?« Er zeigte auf die Gläser, die aufgereiht auf der Theke standen.

»Mit meinem Nichtastronautengehalt kann ich mir so etwas nicht leisten.«

Liu lächelte noch breiter. »Ich habe sie auf dich vorbereitet.«

»Du wusstest doch gar nicht, ob ich komme.«

Liu lachte laut und klopfte Max auf den Rücken. »Dann habe ich verdammtes Glück, dass du hier bist, weil ich diesen Frauen nicht helfen kann, nicht wahr?«

Max stach ihm in die Rippen. »Du Idiot.«

»Ich habe einfach gehofft, dass du wie üblich auftauchst, und wenn nicht, hätte ich wenigstens ein paar Leute kennengelernt, die sich von meiner Fabelhaftigkeit blenden lassen und verzweifelt meinem Astronautenfreund begegnen wollen.«

»Das ist ein gefährliches Spiel«, erklärte Max. »Wahrscheinlich werde ich morgen die Hälfte von ihnen im Laden bedienen.«

»Sehen irgendwelche von diesen Leuten so aus, als würden sie ihr Essen selbst zubereiten?« Liu zog eine skeptische Miene. »Genau.«

»Niemand tut so etwas.«

»Genau. Also besteht keine große Gefahr für unseren kleinen Mythos.«

»Deinen Mythos«, erwiderte Max, und Liu lachte wieder. »Ich habe ein Mädchen kennengelernt. Heute. Im Laden.«

»Sandy aus dem Laden? Die blonde Sandy? Wie lief es mit ihr?«

»Nicht sie. Eine andere.«

Liu nickte weise. »Frauen sind wie Busse.«

»Komm schon, Mann«, sagte Max. »So wie du redest ...«

»Mach dir keine Sorgen. Ich bin voll und ganz für die Gleichstellung der Geschlechter, also werde ich Männer auf genau die gleiche Art wie Objekte behandeln.«

Max kippte einen der Shots und zuckte zusammen. »Daran zweifle ich keinen Augenblick.«

»Also los«, sagte Liu. »Erzähl mir von deinem neuen Mädchen.«

Ein vertrauter Beat setzte ein, und die Gruppe auf den Chesterfields schrie auf, bewegte sich wie ein Schwarm die Treppe hoch und auf die gläserne Tanzfläche. Max nahm sich einen Moment, um sie dort oben zu beobachten, dann sagte er: »Sie ist ... ich kann mit ihr reden, glaube ich. Über wirkliche Dinge.«

»Dinge?«

»Dinge. So wie *wir* beide reden. Also nicht über Affären.« Er drehte sich um, stemmte die Ellbogen auf die Theke. »Aber im Gegensatz zu diesem Haufen ...«

»Und Sandy«, sagte Liu.

»Im Gegensatz zu diesem Haufen und Sandy«, räumte Max ein. »Es kommt mir einfach viel substanzieller vor, falls du verstehst, was ich meine. Alles andere ist dagegen so ... oberflächlich.«

Liu sprach leiser. »Die Rotation an sich ist oberflächlich, Max.«

»Ich weiß. Bisher hat es mich nie gestört. Es hat mir immer ganz gut gefallen, allein zu leben - zu tun, was ich möchte, wann ich es möchte. Um dann weiterzuziehen, wenn das Ganze allmählich langweilig wird.«

»Das ist zweifellos eine neuartige Art, das Ideal des Individualismus zu beschreiben«, sagte Liu.

»Alles in meinem eigenen Namen, so lautet die Regel. Keine nationale Identität, keine religiösen Trennlinien, keine Ablenkungen oder ernsthaften Beziehungen, bis wir uns etabliert haben. Aber ...«

»Ich fasse es nicht. Maximilian spricht sich gegen die Rotation aus?«

Max zuckte mit den Schultern. »Ach, beruhige dich, ich werde keine Revolution anzetteln. Ich finde nur, dass die *Oberflächlichkeit* - vielleicht - Unsinn ist.«

»Ich vermute«, sagte Liu nachdenklich, »sie dient dazu, uns anzutreiben, mit hübschen Menschen Sex zu haben, weil wir in ein paar Jahren woanders leben werden. Ich bin damit ganz zufrieden.«

»Richtig. Und es wird auch im nächsten Meer jede Menge Fische geben.«

Liu wurde still. »Abgesehen von zu oft beanspruchten Metaphern, Max ...«

»Ach, tu nicht so. Du weißt genau, was ich meine. Dieses Mädchen, Carys, ist anders.«

Jetzt war es Liu, der beunruhigt war. »Anders? Maximilian, du überlegst doch nicht etwa ...? Nicht mit siebenundzwanzig Jahren. Nicht hier.«

Max schwieg.

»Und nicht mit einem Mädchen, das Gary heißt.«

»Cari, du Idiot. Das ist Walisisch.« Max lachte. »Ich weiß, ich weiß.«

»Du hast dein ganzes Leben in Europia verbracht, nicht wahr? Für mich mögen die Regeln hier noch relativ neu sein, aber die Paarregel scheint wirklich zu funktionieren. In wessen Namen?«

Max zappelte ein wenig herum, bevor er auf das Gelöbnis antwortete: »Keines Gottes, keines Königs, keines Landes.«

»In wessen Namen? Nur in deinem«, vervollständigte Liu, bevor Max es tun konnte. »Nicht im Namen deines

Mädchens, deines Jungen, deiner Familie und nicht mal deiner Kinder. Es ist eine bessere Gesellschaft, wenn alle alles geben können. Also tragen wir alle als Individuen zur Utopie bei, bis die Zeit gekommen ist, in der wir darüber nachdenken, uns niederzulassen und eine Familie zu gründen. Und dafür nennt die Paarregel derzeit ein Alter, mindestens fünfunddreißig Jahre.« Er kippte seinen Drink hinunter. »Individualismus bedeutet Freiheit, wenn man jung ist, und Familie, wenn man alt ist. Was will man mehr? Es ist perfekt.«

»Ich weiß«, sagte Max seufzend.

»Ruf sie nicht an«, riet ihm Liu. »Das ist den Ärger nicht wert. Schließlich kann sowieso nichts daraus werden.«

Die Mädchen kehrten von der Tanzfläche zurück, wirkten sichtlich stärker miteinander verbunden als vorher. Eine Splittergruppe setzte sich zur Toilette ab, während das Mädchen im roten Kleid zu Max herüberkam und sich über die Theke beugte, um einen langen Zug von seinem Strohhalm zu nehmen, ohne ihn aus den Augen zu lassen. »Wohnst du in der Nähe?«, fragte sie.

»Nah genug.«

Liu lächelte und entfernte sich, und das Mädchen hielt ihm die Hand hin. Die Fingernägel waren passend zum Outfit in Acetatrot lackiert. »Ich bin Lisa. Gefällt dir mein Kleid?« Sie verrenkte den Körper zu einer unnatürlichen Pose, und Max musterte sie mit einem langen Blick.

»Es hat auf jeden Fall was.«

Sie beugte sich zu ihm vor. »Gehen wir zu dir.«

»Ich kann nicht. Nicht heute Nacht.«

Sie zog einen Schmollmund. »Wenn die Meteore morgen die Welt beenden, würdest du dir dann nicht wünschen, du hättest die Nacht mit mir verbracht? Es ist nicht weit.«

»Bist du immer so direkt?«

»Nur wenn ich etwas will.« Lisa schlang die Arme um seinen Hals.

»Funktioniert es für gewöhnlich?«

»Jedes Mal.«

Max blickte auf sie hinab. »Also gut. Ich sollte lieber ...« Er verstummte, als sie ihren Mund auf seinen legte, und sagte nichts mehr, während sie ihn an der Hand zum Ausgang führte.

Seine Worte hängen zwischen ihnen, die Hitze ihres Streits kühlt sich genauso schnell ab, wie sie ausgebrochen ist. »Ich muss versuchen, dich hier oben zu retten, Cari. Ich muss dich an die erste Stelle setzen.« Er sieht sie verzweifelt an.

»Warum?«

»Weil ich es da unten nie getan habe.«

»Wie meinst du das?«

»Alles, was du hasst, alles, was ich deiner Meinung nach nicht war ... ich habe dich gar nicht verdient, nie.« Er schüttelt den Kopf. »Ich bin sogar an dem Abend, als wir uns kennenlernten, mit einer anderen nach Hause gegangen. Und in der Nacht davor.« Sie sagt nichts dazu, und Max wünscht sich, er könnte das Geständnis zurücknehmen. »Ich hätte niemals … ich glaube, jetzt ist nicht die richtige Zeit.«

»Nein«, sagt sie, »es ist genau die richtige Zeit. Ich …«

Seine Finger spielen mit dem Seil, das sie zusammenhält. »Es tut mir leid.«

»Ich weiß.«

»Mein Timing ist unter aller Sau.«

Carys überlegt, wie sie ihm erklären soll, was sie nach ihrem Kennenlernen getan hat. »Nein, Max. Ich meine, *ich weiß*.«

4

Achtzig Minuten

Carys ist sich bewusst, dass es mit nur noch achtzig Minuten Luft verschwenderisch wäre, länger zu sprechen, aber sie kann der Gelegenheit nicht widerstehen, über eine Sache zu reden, die sie noch nie zuvor berührt haben. Sie nimmt das Ende der Leine, von der Max sie gelöst hat, als er sie zur *Laertes* zurückschicken wollte, und befestigt sie wieder mit einem festen Seemannsknoten, der sich nicht so schnell öffnen lässt. Auch wenn ihr Schiff beschädigt ist, hätten sie bei einer Rückkehr zur *Laertes* die besten Chancen, in den Weiten des Alls zu überleben, und Carys möchte sichergehen, dass Max sie nicht noch einmal ohne ihn irgendwohin befördern kann. Was auch immer sie tun, sie möchte, dass sie es gemeinsam tun.

»Nachdem wir uns kennengelernt haben, Max, nachdem wir diese Verbindung hatten - ein schreckliches Wort -, dachte ich, dass ich dich wiedersehen würde. Aber dann habe ich nichts mehr von dir gehört.« Sie blickt zu ihm auf, spricht hastig, während sie mit dem

Seil beschäftigt ist. »Ich glaube, das weißt du. Ich habe im Sprachlabor gearbeitet, weil du wusstest, dass ich dort sein würde, ich habe viele kulinarische Fragen auf MindShare gestellt - aber nichts.« Nachdenklich berührt sie einen Haken an der Seite seines Tornisters, dann knotet sie eine Schlaufe in die Leine und zieht das Ende hindurch.

»Wahrscheinlich weißt du nicht, dass ich sogar zum Supermarkt gegangen bin, wo eine Blondine mit einem Namensschild mir sagte, dass es dein freier Tag war.« Carys erwähnt nicht, wie Sandy die Augen verdreht hatte, als sie nach Max fragte, und spöttelte: »Schon wieder eine!« Daraufhin hatte Carys - im Grunde überflüssigerweise - hinzugefügt, dass Max ihr auf MindShare geholfen hatte und zu ihrer Party gekommen war. »Damit wären wir schon zu zweit, mein Schatz. Er hilft immer wieder den hübschen Mädchen.«

»Tut mir leid«, flüstert er.

Sie zuckt mit den Schultern, im Innern ihres Anzugs, dann zieht sie das Seil noch mal durch die Schlaufe, sodass sich die Form einer Acht ergibt. »Ein paar Wochen später war ich zu Liljanas Geburtstag in einem Club in einer ehemaligen Kirche mit erleuchteter Tanzfläche. Ich wollte nicht tanzen, also gab ich vor, Kopfschmerzen zu haben, und setzte mich an die Theke, wo dieser Kerl praktisch jede anwesende Frau anbaggerte. Ich habe ihn eine Weile beobachtet. Er war offensichtlich schwul, aber die Frauen fühlten sich durch seine Aufmerksamkeit so sehr geschmeichelt, dass sie es gar nicht zu bemerken schienen. Es war schwierig, nicht zu lauschen. Es war wie eine Theateraufführung.«

Carys sichert den Knoten am Haken von Max' Tornister und spricht mit tieferer Stimme weiter. »*Und hier kommt der Mann höchstpersönlich, der größte lebende Astronaut, der immer noch lebt und noch nicht tot ist!* Wie ein Zirkusdirektor, der die nächste Attraktion ankündigt. *Hier kommt Maximilian!* Und dann kamst du.«

Max starrt sie an. »Warum hast du nichts gesagt?«

»He! Ich war zutiefst gekränkt, weil du dich nie zurückgemeldet hast.«

»Ich ...«

»Ich weiß. Ich verstehe. Ich habe mich zur Theke umgedreht, damit du mich nicht siehst, und nachdem du weitergezogen warst, hatte ich ein Gespräch mit dem Zirkusdirektor.«

»Liu?«

»Ja.«

»Du hast mit Liu gesprochen? Er hat es nie erwähnt.«

Carys zuckt mit den Schultern, blickt nervös auf die blaue Sauerstoffanzeige. »Dafür haben wir jetzt wirklich keine Zeit.«

»Ich weiß. Sag mir nur ganz schnell, was Liu gesagt hat. Dann kehren wir dorthin zurück.« Er zeigt auf die *Laertes*, die über ihnen in der Dunkelheit liegt. Das Loch im Rumpf ist gut zu erkennen, umgeben von Trümmerteilen, die es umkreisen wie Wasser den Abfluss.

Sie wiederholt die Schlaufe auf ihrer Seite, zieht das andere Ende der Leine hindurch und zurrt den Seemannsknoten fest, damit er notfalls auch starkem Zug standhält. »Ich sagte zu Liu, dass es ein ziemlich komischer Astronaut sein muss, der am Passeig die Regale auffüllt. Er hatte den Anstand zu erröten - allerdings mit dem Grinsen eines Mannes, der gerade seine Schwester an einen Zirkus verkauft hat.«

»Natürlich. Der Kerl ist niederträchtig.«

»Ich habe ihn nach dem Grund für diese List gefragt, worauf er plötzlich sehr ernst geworden ist. Liu sagte, dass er eine Masche braucht, etwas, womit er die Leute unterhalten kann. Nachdem das Asteroidenfeld die ganze Zeit in den Nachrichten ist, macht Europias morbide Faszination für das Weltall so etwas zu einem idealen Eröffnungszug. Seine Worte - offensichtlich -, nicht meine.«

»Offensichtlich«, bestätigt Max. »Du würdest niemals von einer ›morbiden Faszination für das Weltall‹ sprechen.«

»Der Mann ist ein geborener Entertainer. Ich weiß nicht, warum er noch keine eigene Sendung hat.«

»Vielleicht hat er inzwischen eine, vor allem, nachdem die Welt da unten nun weiß, welche Rolle er dabei gespielt hat, uns zusammenzubringen. Nicht dass ich auch nur ansatzweise verstehe, *warum* wir zusammen sind, wenn du all das schon damals wusstest.«

Sie schnürt das Seil um ihre Tornister, bevor sie es mit einem Sicherheitsknoten an jedem Ende befestigt. »Ich mochte dich - es war interessant, mit dir zu reden, und ich fühlte mich begehrt. Ich war zu unsicher, um mich geschmeichelt zu fühlen, aber damit kann ich leben. Trotzdem habe ich nie verstanden, wozu du die Astronautengeschichte gebraucht hast.«

Max legt eine Hand auf das Seil. »Es hat dafür gesorgt, dass die Leute mich für jemanden hielten.«

»Ich dachte, du wärst schon jemand.«

»Ich habe in einem Supermarkt gearbeitet.«

»Und?«, fragt sie gereizt.

»Die meisten Leute in Europia können das tun, was sie mögen«, sagte er, »aber ich nicht.«

»Du wolltest Koch sein. Warum hast du es nicht mit der Küchenchef-Nummer probiert?«

Er lächelt bedauernd. »Das ist nicht allzu exotisch, nicht wahr?«

»Aber Raumfahrt ist glamouröser?« Carys schaut sich um.

Er folgt ihrem Blick, bereit, einen Witz zu reißen, aber er verkneift ihn sich, weil es nicht der richtige Zeitpunkt ist. Sie fallen durch die unendliche Dunkelheit, an den Hüften zusammengebunden.

Sie schnipst mit dem Handgelenk an der Leine, die zwischen ihnen pulsiert wie ein Herzschlag. »So«, sagt Carys, zufrieden mit dem Belastungstest. »Jetzt werden wir nicht mehr getrennt. Nur etwas recht Scharfes kann sich durch dieses Seil schneiden.«

»Zum Beispiel ein Mikrometeorit?«, fragt Max. »Weil es unter uns nämlich jede Menge davon gibt. Was wollen wir tun?«

»Ich denke nach«, sagt sie. Seit sie die Lecks geflickt

haben, trudeln sie nicht mehr so heftig. Der kleine Gasstrom aus ihren Lufttanks machte ihre Bewegungen unberechenbarer. Max hatte Sauerstoff durch eine Düse entweichen lassen. Was wäre, wenn ...

»Ich konnte dich nicht anrufen, Cari.«

Verdammt. Sie zieht eine Grimasse.

»Als wir uns begegnet sind ... du weißt, woran ich glaube. Woran ich geglaubt habe.«

»Ja.«

»Und du warst ... du bist eine voll qualifizierte Pilotin, und ich war Geschäftsführer eines Supermarkts.«

»Aber schließlich hattest du einen Job bei der EVSA.«

»Du hattest nur gesagt, dass du Shuttles fliegst. Ich dachte, dass du vielleicht für eine Fluggesellschaft arbeitest. Ich wusste nicht, dass du dort warst, als sie an mich herangetreten sind.«

»Du hast dich gar nicht bei der Weltraumorganisation beworben?« Sie fragt es leichthin, als würden sie sich auf einer Parkbank über ihre Beziehung unterhalten.

»Nein«, sagt Max. »Sie sind zu mir gekommen.«

Er hatte neun Tage ohne Pause im Geschäft gearbeitet, als sie kamen. Er hatte Carys anrufen wollen, war sich aber vage bewusst, dass es verstörend war, jemanden zu mögen – jemanden wirklich zu mögen. Und ein Teil von ihm wollte dieses Risiko nicht eingehen. Seine Eltern waren Mitte bis Ende dreißig zusammengekommen, also blieb ihm gemäß der Regel noch fast ein Jahrzehnt, um eine Carys zu finden, mit der er sich um eine feste Beziehung bewerben konnte, wenn er wollte. Aber trotzdem … Er kam ins Grübeln. Was wäre, wenn? Es gab keine Regel gegen Affären – der Woiwodschaft schien es sogar sehr gut damit zu gehen. Die Rotation sollte dafür sorgen, dass man individuell blieb, frei von nationaler Identität oder gesellschaftlichem Druck – aber das bedeutete nicht, dass man allein sein musste. Vielleicht würde er doch irgendwie ein Wiedersehen in die Wege leiten. Die Woiwode war klein, und sie waren sich schon einmal begegnet … Wie schwer konnte so etwas schon sein?

Ihr Fahrzeug war wie Nebel am Mittag in den Passeig del Born gekrochen, der mit Sauerstoff betriebene Motor rauschte über das Kopfsteinpflaster, und Max hatte den Perlenvorhang vor dem Supermarkt zur Seite geschoben, um zuzuschauen. Drei Männer waren ausgestiegen: ein älterer Herr mit Gehstock und zweireihigem Nadelstreifenanzug, flankiert von zwei Sicherheitsleuten mit Sonnenbrillen. Überrascht verfolgte Max, wie sie zu seinem Laden gingen, mit einem Nicken eintraten und innehielten, als sie die Sonnenbrillen abnahmen, damit sich ihre Augen an die Innenbeleuchtung gewöhnten.

»Wir suchen nach Max Fox«, sagte einer der Sicherheitsleute.

»Gut«, sagte Max. »Darf ich fragen, worum es geht?«

Der Anzugträger trat vor. »Das ist vertraulich. Aber es besteht kein Grund zur Sorge. Also wenn Sie …« Er lehnte sich auf seinen Gehstock und musterte Max. »… zufällig wissen, wo Max im Moment ist, könnten Sie damit sein Leben verändern.«

Max schluckte. »Nun, das ist ein Angebot, das ich nicht ausschlagen kann. Hallo, ich bin Max.« Er hob den Arm zum traditionellen Gruß der Woiwoden, und der Mann reagierte angemessen, indem er eine Hand auf Max' Schulter legte, während seine Manschettenknöpfe unter den Lichtleisten aufblitzten.

»Angenehm. Es tut mir leid, dass ich so förmlich sein muss, aber wenn Sie meinem geschätzten Kollegen Ihren Chip zeigen könnten ... Wunderbar! Vielen Dank.«

Er hatte sich als Aldous vorgestellt. »Ich leite die Rekrutierungsabteilung der EVSA, ich beschaffe Kandidaten aus der Woiwodschaft, die für unser Weltraumprogramm arbeiten sollen. Wir haben viel über Ihre Kenntnisse gehört, und wir möchten Sie einladen, als technischer Spezialist bei uns anzufangen.«

»Entschuldigung, soll das ein Scherz sein?« Max legte die Dose mit Ananasstücken weg, die er die ganze Zeit in der Hand gehalten hatte.

»Auf keinen Fall.«

»Hat Liu Sie geschickt? Ich werde ihn umbringen.«

»Wer ist Liu?«, fragte Aldous ohne das geringste Wimpernzucken. »Max, wir hoffen, dass es, wie Sie gesagt haben, ein Angebot ist, das Sie nicht ausschlagen können.« Er rückte seine Manschetten zurecht. »Sie haben im Alleingang die meisten MindShare-Anfragen im Lebensmittelbereich in dieser Woiwode beantwortet, seit die zweite Rotationsauslosung vor fünf Monaten begann, und Sie wurden uns direkt empfohlen.«

»Tatsächlich?«

»Tatsächlich. Kochen Sie gern?«

»Ich habe bei Van der Kamp in Paris studiert«, sagte Max, und die Klangfarbe seiner Stimme verriet, wie stolz er darauf war.

Aldous nickte anerkennend. »Möchten Sie uns begleiten?«

Max fuhr sich mit einer Hand durchs Haar. »Es ist so, dass dieses Geschäft meiner Familie gehört.« Er zeigte auf den Laden. »Ich muss es während der Rotation führen, und es gibt eins in jeder Woiwode. Ich kann es nicht für ein Bewerbungsgespräch oder ein Auswahlverfahren verlassen - ich bin auf unbestimmte Zeit verpflichtet.«

»Wir würden Ihnen einen Geschäftsführer stellen, der sich um den Supermarkt Ihres Vaters kümmert und Ihnen tägliche und wöchentliche Berichte zukommen lässt. Wäre das zu Ihrer Zufriedenheit?«

Max staunte. »Während meiner Bewerbung?«

»Dauerhaft. Max, unsere Rekrutierungen funktionieren auf fachspezifischer Empfehlungsbasis. Verstehen Sie, was das bedeutet?«

Zuerst nickte Max, doch dann ließ er es in ein Kopfschütteln übergehen.

»Das bedeutet, dass wir nur Leute einstellen, die von unseren eigenen Mitarbeitern ausdrücklich als geeignet eingestuft wurden. Wenn Sie möchten, ist dies Ihre Bewerbung. Es gibt keine andere Möglichkeit, zu uns zu kommen. Es gibt keine Ausschreibung für diese Stelle. Sie können sich nicht zu einem späteren Zeitpunkt bewerben. Also müssten Sie uns jetzt eine Antwort geben.«

Schweigend standen sie da, während es eine kurze Unterbrechung gab, als Sandys Blondschopf über einem Regal mit verschiedenen Müslisorten auftauchte, das gefährlich wackelte.

»Das klingt«, sagte Max, »fast zu schön, um wahr zu sein. Sie brauchen kulinarisches Personal für Ihr Weltraumteam?«

Aldous zog eine Augenbraue hoch. »Selbst Kosmonauten müssen gelegentlich etwas essen.«

Max schaukelte auf den Fußballen vor und zurück, die Hände tief in den Hosentaschen, während er die Vor- und Nachteile gegeneinander abwog. »Okay«, sagte er langsam. »Sie können auf mich zählen.«

»Jemand wird Sie morgen abholen. Seien Sie um Punkt neun Uhr bereit.« Dann tippte sich der eigenartig elegante Aldous an den Hut, und die drei Männer verließen das Geschäft, während Max ihnen hinterherstarrte.

Carys wendet den Blick ab, beobachtet, wie sich die Dunkelheit über Teile der Erde senkt, während dort die Sonne untergeht, aber nicht hier oben. »Das ist wirklich erstaunlich. Du hast eine Mischung aus dem Job bekommen, den du wolltest, und dem Job, den du vorgegaukelt hast, um Mädchen flachzulegen.«

Er zuckt zusammen, geht aber nicht auf den Seitenhieb ein. »Sie sagten, es läge an der Menge kulinarischer MindShare-Anfragen, die ich beantwortet hatte.«

»Fachspezifische Empfehlung.« Sie nickt.

»Damals dachte ich, dass es ein großer Zufall war, als wir uns noch einmal begegnet sind.«

»Beim Mittagessen? Ja.«

»Ich konnte es nicht fassen, als ich dich wiedersah. Mein Leben schlug eine ganz neue Richtung ein, und ich stand kurz davor, grandiose Dinge zu tun. Endlich konnte ich sagen, dass ich Astronaut bin, mehr oder weniger.«

»Ich wette, den Mädchen hat das sehr gefallen ...«

»Und ich sollte eine richtig gute Stellung bekommen, als plötzlich du da warst, die eine, die ich dummerweise hatte gehen lassen.« Er hält inne. »Cari. Du hast mir vor zwei Minuten gesagt, dass du schon immer gewusst hast, wie ich bin.«

Um den Zirkelschluss zu vermeiden, zu dem alle Paare neigen, wenn sie die Verärgerung überwunden und sich wieder zusammengefunden hatten, nur um nach einer bissigen Bemerkung von vorn anzufangen, sagte Carys lediglich: »Tut mir leid.« Doch dann konnte sie nicht anders. »Aber du hast mich gerade als ›die eine, die du hast gehen lassen‹ bezeichnet.«

»Und?«

»›Eine‹ impliziert ›eine von vielen‹.«

»Nein.« Max seufzt. »Es impliziert, dass ich mit dir eine Gelegenheit verpasst habe. Ich hatte dich die ganze Zeit im Kopf, aber es war uns nicht erlaubt, auf diese Art zusammen zu sein – noch nicht –, und ich war nicht in der Lage, irgendetwas daran zu ändern.« Ihre Blicke treffen sich. Er legt seine Hand auf ihre, die das Seil hält, und sieht sie an. »Warum konzentrieren wir uns so darauf?«

»Du hast recht«, sagt sie, während sie auf den blauen Schimmer der Erde unter ihnen in der Dunkelheit blickt. »Wir müssen etwas tun. Jetzt halt still.«

5

Fünfundsiebzig Minuten

Während sie immer weiter von der *Laertes* fortstürzen, verdreht sich Carys, um einen Blick auf die Atemluftanzeige an der Seite ihres Tornisters zu werfen, doch dann sieht sie stattdessen Max' Luftversorgung genau vor sich. Fünfundsiebzig Minuten. Sie haben fünf Minuten Luft verloren, während sie gesprochen haben. Verdammt! Sie fährt mit den Händen über seinen Tornister, ertastet die verschiedenen Teile unter der glatten, gerillten Oberfläche. »Unsere Chancen stehen am besten, wenn wir zum Schiff zurückkehren, richtig?«

»So ist es.«

Sie zieht eine Grimasse. »Und unsere Chancen sind dort noch besser, wenn wir irgendwie das Leck reparieren und die *Laertes* wieder unter Kontrolle bekommen können.«

Max nickt.

»Ich werde Osric nach dem ausgestoßenen Kohlendioxid fragen.«

Sie flext eilig, bewegt die Hände vor ihm. Nahezu verzögerungsfrei setzt die Gestikerkennung ihre Muskelbewegungen in Kombinationen aus Buchstaben um, berechnet die Worte voraus und setzt sie nach Wahrscheinlichkeitsanalysen zu einem Text zusammen. Unrichtige Sätze werden mit einem Wischen ersetzt. Es funktioniert fast einwandfrei, aber wie bei jeder Software kommt es zu gelegentlichen Autokorrekturfehlern. Sie hält inne, um Osrics Antwort zu lesen.

»Wirst du mir sagen, warum?«, fragt Max.

»Ja.« Sie findet die Überbrückungsschaltung an Max' Tornister und hantiert daran herum, überlegt, ob sie auf den Knopf drücken soll. »Osric sagt, dass der Sauerstoff ganz oben im Tornister gespeichert ist«, liest Carys von der Helmscheibe ab, »während das Kohlendioxid von einem Kupfergeflecht gleich darunter aufgenommen wird.«

»Okay. Was geht dir durch den Kopf?«, fragt er.

Carys' Hand spielt immer noch mit dem Kunststoffknopf. »Du hast versucht, Atemluft als Treibstoff zu benutzen. Warum nicht das Kohlendioxid? Wir brauchen es sowieso nicht.«

»Oh.«

»Es wäre einen Versuch wert, oder?«

Max verzieht das Gesicht. »Ich bin ein Idiot, dass ich nicht auf etwas so Offensichtliches gekommen bin.«

»Nein«, sagt Carys. »Die Sache ist, dass es nicht als Gas gespeichert wird. Der Anzug gefriert das ausgeatmete Kohlendioxid im Lüftungsstrom. Das ganze System ist eine Wärmesenke.«

»Was bedeutet …?«

»Es ist ein gefrorener Block. Wenn wir es als Treibstoff nutzen wollen, müssen wir dafür sorgen, dass es nicht mehr gefroren wird.«

»Okay«, sagt er. »Sag mir Bescheid, wenn du eine Lösung gefunden hast.«

Sie hält inne und sieht ihn an.

»Tut mir leid. Du kennst dich damit viel besser aus als ich.«

»Gewissermaßen … in Kombination mit Osric«, sagt Carys, um ihn zu beschwichtigen. »Das Kohlendioxid wird im Geflecht bei minus einhundertvierzig Grad gefroren.« Sie blickt auf die Daten, die Osric ihr gesendet hat. »Dann wird es in eine Kühlbox befördert und in unsere Helme zurückgeleitet, um ein Beschlagen der Sichtscheibe zu verhindern. Also müssen wir …« Sie denkt einen Moment nach. »… den Strom unterbrechen, bevor das CO_2 in das Kupfergeflecht gelangt und gefroren wird.«

»Und wie machen wir das, mein Genie?«

»Wir nehmen das Geflecht heraus.«

Er ist überrascht. »Du willst einen Teil des Tornisters entfernen, hier draußen?«

»Haben wir eine andere Wahl?«, fragt sie zurück.

»Was ist, wenn du es fallen lässt?«

»Dann schwebt es. Oder du kannst mir helfen und es halten.«

»Aber dann«, sagt Max etwas leiser, »würde das Kohlendioxid nicht mehr aus dem Anzug gefiltert werden. Wir würden es einatmen.«

»Das spielt keine Rolle, wenn wir auf dem Rückweg zur *Laertes* sind.«

»Es wird eine Rolle spielen, wenn wir ohnmächtig werden«, wirft er ein.

»Es spielt keine Rolle, wenn wir es schaffen, zum Schiff zurückzukehren.«

Er denkt nach, aber nur für den Bruchteil einer Sekunde. »Gut. Mach es, probier es aus.« Sein Herz rast, als er sich von ihr abwendet, damit sie leichter an seinen Tornister herankommt. »Zieh es durch. Go, Team!«, sagt er.

»Also gut. Ich werde dein Kupfergeflecht herausnehmen und den Eisbehälter abklemmen, und ohne diese zwei Kühlelemente *müsste* das Gas warm genug sein ...«

»Weniger *müsste,* bitte. Etwas *definitiver.*«

»Das Gas *müsste* warm genug sein«, wiederholt sie, als sie das mittlere Fach seines Anzugtornisters aufklappt. »Und dann werde ich es durch die Düse entweichen lassen.« Sie zögert eine Sekunde, dann drückt sie den eingeschweißten Kunststoffknopf zur Seite. Das Fach schiebt sich heraus und schnappt auf. Carys drückt die Einheit mit den Fingern nach draußen, das eiskalte kegelförmige Geflecht kommt ihr entgegen. Sie nimmt das Gehäuse und zieht das Geflecht heraus, lässt es im Vakuum des Weltraums schweben, wo es sich genauso wie sie beide im freien Fall befindet. »Hier«, sagt sie und stößt das Ding behutsam zu Max, der es mit den Handschuhen auffängt.

Osric, flext Carys, *ich brauche Anweisungen, wie ich die Düse freibekomme.*

Hallo, Carys. Ich muss dich warnen, dass die Entfernung des Kupfergeflechts bei Max zu einer Hyperkapnie führen wird.

Definiere Hyperkapnie.

Bewusstlosigkeit infolge CO_2-Vergiftung. Durch die Einheit wird ein halbes Kilogramm Kohlendioxid entweichen, aber Max wird im gleichen Zeitraum die dreifache Menge an recyceltem CO_2 in seinem Anzug einatmen. Es wird nicht genug sein, um ihn anzutreiben, aber es wird mit Sicherheit seine Atmung und seinen Bewusstseinszustand beeinträchtigen.

Wie weit wird es ihn antreiben?

Nicht weit genug, Carys, bevor die Hyperkapnie bei ihm einsetzt.

»Gib mir das Geflecht.« Carys' Ton ist schroff, und Max zuckt zusammen.

»Was?«

»Ich muss es wieder einsetzen.«

Er gibt es ihr. »Wiederherstellung der CO_2-Filterung dringend empfohlen.«

Tut mir leid, Carys. Der Molekülfilter ist ein komplexes physikalisches System.

»Arrogantes Arschloch«, murmelt sie, und Max blickt auf.

Wie du sehen kannst, erhältst du durch die Entfernung des daneben befindlichen Geflechts einen direkten Zugang zum primären Sauerstoffvorrat von Max' Anzug.

Carys hält inne.

»Alles in Ordnung?«, fragt Max besorgt.

Sie sieht ihn an, während sich der Ansatz eines Lächelns auf ihrem Gesicht zeigt. »Halt das Geflecht für einen Moment, ja? Wir werden etwas anderes versuchen.«

Verwirrt erwidert Max ihren Blick.

»Das war Plan B«, erklärt sie. »Jetzt probieren wir es mit Plan C.«

»Ein besserer Plan?«

»Ja.«

»Wir hatten neunzig Minuten, Cari. Und jetzt ...« Er blickt auf die Anzeige, beißt sich auf die Lippe. »... sind es dreiundsiebzig. Lass uns alles ausprobieren, damit es wieder mehr werden.«

»Gut«, sagt sie. »Wie könnten wir diese chemische Reaktion zustandebringen?«

»Reaktion?«

»Ich will die chemische Formel des Sauerstoffs in deinem Tank verändern.« Sie zeigt auf seinen Tornister. »Hinter dir.«

Max stöhnt. »Chemie. Das war noch nie meine Stärke. Ich bin nie über die Bienen und Blumen hinausgekommen.«

Erstaunt sieht sie ihn an. »Max, das war Biologie.«

Er hatte ein Stück vor ihr in der Schlange bei der Essensausgabe gestanden. Es war das erste Mal, dass sie ihn wiedersah. Er hatte laut über etwas gelacht, das sie nicht gehört hatte. Die Kantine der EVSA war von Stimmengewirr und dem Krach von Küchengeschirr erfüllt. Das Sonnenlicht fiel auf ihn, und der Kontrast zwischen seinem gebräunten Gesicht und dem sommersprossigen

Nasenrücken war beeindruckend. Sie schloss die Augen und zwang sich, nicht umzudrehen und sich davonzuschleichen. Das Adrenalin setzte ein - genau das hatte sie gewollt, so hatte sie ihn sehen wollen. *Er ist nicht immer so. Er ist nur ein Mensch.* Sie blickte auf ihr blaues Standardoberteil hinab, holte tief Luft und beugte sich vor, tat so, als würde sie das Fleisch begutachten.

»Ist das Rindfleisch?«, fragte sie in mittlerer Lautstärke, und der Servierer piepte. Er bekam es offenbar nicht mit, drehte sich nicht um, und sie verfluchte sich stumm. Sie trat aus der Schlange. »Ich glaube, heute möchte ich Gemüse.« Dann ging sie zur Gemüsetheke hinüber, stand jetzt wenige Zentimeter vor ihm.

»Dürfte ich bitte etwas Brokkoli haben?« Sie sprach den Servierer an, und aus dem Augenwinkel sah sie, wie er sich umdrehte. »Und ein paar Kartoffeln, wenn Sie welche haben.«

»Bratkartoffeln?«, fragte er und trat neben sie, doch seine Frage war an den Servierer gerichtet. »Wissen Sie, es gibt ein Geheimrezept für ganz tolle Bratkartoffeln. Möchten Sie es haben?« Als Bühnenflüstern fügte er die Antwort hinzu: »Mit Gänsefett.«

»Manche Dinge ändern sich nie«, sagte Carys.

»Und dennoch«, sagte er und sah sie an, »scheint sich alles geändert zu haben.«

»Hallo, Max.«

»Carys.« Er verbeugte sich respektvoll vor ihr, und sein welliges Haar stand ihm in alle Richtungen vom Kopf ab.

»Du erinnerst dich an meinen Namen«, sagte sie

und hob ihren Teller. »Dass ich dich ausgerechnet hier wiedersehe!«

»Weshalb so spöttisch? Du sagst es, als wäre es völlig abwegig, aber was ist so verwunderlich daran ...«

»... dass du plötzlich in meiner Kantine auftauchst?«, vervollständigte sie den Satz. »Das ist ziemlich ungewöhnlich. Wie geht es dir?«

Der Humor verschwand aus seinen Augen. »Ich wollte dich anrufen.«

»Ja?« Der Themenwechsel verblüffte sie, aber sie gab sich Mühe, es nicht zu zeigen.

»Wirklich.« Er meinte es ernst.

»Kein allzu großes Problem.«

»Ich habe mich zwei Monate lang jeden Tag davon abgehalten, dich anzurufen. Meine Familie ...«

Sie stieß sich mit der Hüfte von der Gemüsetheke ab. »Jetzt preschst du etwas zu schnell vor«, sagte sie in gelassenem Ton. »Ich dachte, wir könnten ein wenig über das Wetter plaudern.«

Er lächelte, schwieg aber.

»Gut.« Sie seufzte. »Du hast nicht angerufen.«

Er zögerte. »Ich dachte, wir sind vielleicht etwas zu verschieden.«

Sie trugen beide die gleichen blauen Hemden der EVSA, hielten identische Tabletts in den Händen, standen in derselben Cafeteria in der Woiwode 6. Carys musterte ihn mit zynischer Miene.

»Ich war mir nicht sicher, was ich sagen sollte«, fügte er hinzu.

»Als wir uns kennengelernt haben, hattest du eine ganze Menge zu sagen«, zog sie ihn auf, »in allen möglichen Sprachen.«

»Das war gut, nicht wahr?«, fragte er.

»Das war sehr gut.« Er strahlte, und sie spürte, wie sich der Knoten in ihrem Bauch auflöste. »Sehr lässig.«

»Das war keine Show«, sagte er. »Ich habe es nicht durchgezogen, um dich zu beeindrucken ...«

Sie hob eine Augenbraue.

»Oder hat es dich beeindruckt?«

Sie lachten, und Max musterte sie: schlank und kräftig vom EVSA-Training, mit langem, dunkelbraunem Haar, das ihr über die Schultern fiel, darin ein paar Strähnen, die in der künstlichen Beleuchtung der Kantine golden schimmerten. »Es ist schön, dich wiederzusehen.«

»Dich auch.«

»Hattest du in letzter Zeit irgendwelche spontanen Jam-Sessions?«

»Eigentlich nicht«, sagte sie. »Ich habe mich von Männern ferngehalten, die mit Gitarren herumfuchteln.«

»Eine gute Entscheidung«, sagte Max, als die Wände grün blinkten, um anzuzeigen, dass die Nachmittagsveranstaltungen begannen. »Verdammt«, schimpfte er, »ich habe noch gar nichts gegessen, aber ich muss jetzt zurück.« Er packte sein Mittagessen zwischen zwei Brotscheiben. »Die Lieblingsmahlzeit meines kleinen Bruders. Kent isst alles, was sich in einem Sandwich befindet«, erklärte er.

»Kent – wie der Politiker?«

Max nickte. »Genau der. Benannt nach unserem großen utopischen Gründer.«

Carys musste sich zusammenreißen, um nicht das Gesicht zu verziehen.

»Was soll ich dazu sagen? Meine Eltern sind gläubig. Sag mal, kann ich dich wiedersehen?«

»Ich bin mir nicht sicher«, antwortete sie.

»Wie bitte?«

»Ich weiß es nicht.« Sie druckste herum und nahm den Teller in die andere Hand.

»Heute Abend?«

»Ich kann nicht ...«

»Bitte, Carys. Es gibt da etwas, das ich dir gern zeigen würde. Es geht um eine ziemlich einmalige Gelegenheit.« Wieder lachte sie, und er zog eine Grimasse. »Ich habe das in meinem Kopf noch mal abgespielt, und ja, es klang wie ein Anmachspruch. Aber im Ernst, heute Abend passiert etwas, das ich allein machen wollte, aber ich würde dich gern mitnehmen. Kannst du dir Zeit dafür nehmen?«

»Vielleicht.«

»Bitte?«

»Ich glaube«, gab sie nach, »wenn du an meiner Wohnungstür auftauchst und es wirklich eine einmalige Sache ist, würde ich in Erwägung ziehen, möglicherweise mitzukommen.«

»Toll!«, sagte Max und drückte die obere Brotscheibe auf seinem Mittagessen fest. »Ich komme um zehn zu dir und hole dich ab. Du wirst es nicht bereuen.«

*

»Ich kann nicht auf so etwas steigen.«

»Versuch es einfach - es ist ein wunderbares Rad.«

»Auf gar keinen Fall.«

»Versuch es wenigstens.« Max und Carys standen auf der Straße vor Carys' Wohnung und blickten sich über ein Hybridfahrrad hinweg an. Max hielt Carys auffordernd den Lenker hin, und sie hatte die Arme verschränkt. »Na los, ich habe es extra für dich mitgebracht«, sagte er. »Meins steht da hinten.«

»Nein, Max. Es ist nicht das Fahrrad, vor dem ich Angst habe, es sind die anderen auf der Straße.«

»Oh, das verstehe ich. Die Leute da draußen sind schon ziemlich verrückt.«

»Das kannst du laut sagen. Ich kann nicht mit so einem Ding fahren, wenn Trams mit hundert Stundenkilometern an mir vorbeirasen.«

»Würdest du lieber zu Fuß gehen?«, fragte er.

»Ja«, sagte sie. »Tut mir leid.«

Er seufzte, schob sein geliebtes Fahrrad in die Nebenstraße und sicherte es mit einem Flüssigkeitsschloss, das er aus der Tasche zog. Damit befestigte er das Vorderrad am Boden. Als es erstarrt war, drückte er einmal gegen das Fahrrad, um sich zu vergewissern, dass es sich nicht mehr bewegen ließ.

»Warte.« Irgendwie hatte Carys das unerklärliche Gefühl, dass sie schon jetzt die Erinnerung an diesen Abend ruinierte, weil sie nicht jede Schandtat mitmachen wollte. Dass sie irgendwann in der Zukunft zurückblicken und sich daran erinnern würde, wie sie nachts mit den

Fahrrädern durch die Stadt kurvten, während ihr Haar im Wind flatterte und er sich glücklich zu ihr umdrehte. Sie wusste, dass es einer der Momente war, in dem sie sich selbst überwinden und ihre Vorsicht beiseitelegen musste. Es ging weniger darum, auf den oberflächlichen Anschein eines Abends zu reagieren, sondern eher auf die Energie, die in diesem Moment strömte. »Bring das Fahrrad zurück.«

Max stieß einen Jubelschrei aus und zog das Schloss ab. »Du wirst es nicht bereuen, Gary.«

Sie schlug ihm gegen den Arm. »Carys. Cari, wenn du es nett mit mir meinst. ›Scheißzicke‹, wenn nicht.«

Er stellte das Fahrrad vor ihr ab. »Du hast es kapiert. Jetzt setz dich drauf.« Er grinste, und sie schwang ihr Bein hinüber, startete und flog die Straße hinunter in den nächtlichen Verkehr.

Er holte sie mit dem zweiten Hybridfahrrad ein, als sie an einer Ampel wartete. »Verdammt, du bist wirklich schnell. Ich dachte, du wärst gar nicht mit so was vertraut.«

»Du musst mir schon etwas genauer zuhören«, rief sie. »Ich sagte, dass es die anderen auf der Straße sind, vor denen ich Angst habe. Nicht vor mir selbst.« Die Ampel sprang um, und sie beschleunigte. Ihr Piloteninstinkt übernahm, als sie den stählernen Bahngleisen auswich. Eine silbrige Hybridtram zog an ihr vorbei, die glänzenden Kolben an der Seite des Wagens entließen mit jedem Stoß schnaufend einen Schwall Sauerstoff.

»Carys«, rief Max.

Sie hörte ihn nicht.

»Cari! He, Scheißzicke!«

Sie drehte sich zu ihm um. »Ja?«

Er lächelte. »Bieg die zweite links auf den Passeig ab.«

»Wir fahren zum Supermarkt?«, rief sie überrascht zurück.

»Nein, Dummerchen. Wie wär's, wenn du mir die Führung überlässt?«

»Das wäre nicht gut für mein Ego«, erwiderte sie und raste weiter durch den Verkehr. Vor den Scheinwerfern zeichnete sie sich als Schattenriss ab.

»Wenn das so ist ...« Max legte an Tempo zu, überholte einen anderen Radfahrer und scherte für einen Moment auf den abschüssigen Teil der Fahrbahn ab, um noch mehr Geschwindigkeit zu bekommen. Carys wiederum bog auf die erste linke Seitenstraße ab, schaltete auf manuell und trat kräftig in die Pedale. Sie flexte die Gangschaltungen, als sie sich in die Kurve legte und um Max herumschwenkte, um vor ihm den Supermarkt zu erreichen.

»Du meine Güte«, sagte er, als er einige Sekunden später neben ihr anhielt.

»Magst du es nicht, ausgestochen zu werden?«, neckte sie ihn.

Er stellte die Füße auf den Boden und schnappte nach Luft. »Ich bin mehr für Teamwork.«

»Wohin geht es also?«

»Hier entlang«, sagte er, und sie fuhren nebeneinander weiter, erreichten einhundert Kilometer pro Stunde.

Sie stoppten neben einem uralten Zaun aus schmiedeeisernen Lilien, der sich bemühte, die wuchernde Hecke zurückzuhalten. Sie drohte auf die Straße zu kippen. Max und Carys stiegen von den Hybriden ab, sicherten sie und machten sich auf den Weg zu einem Eingangstor, das fast unter wildem Gestrüpp verschwunden war. Er öffnete das eiserne Schloss, schob das Tor auf, und dann traten sie hindurch. In der Dunkelheit klangen ihre Schritte zögerlich. Ein schmaler Pfad wand sich zu einer gepflasterten Treppe hinauf.

»Ist es überhaupt erlaubt ...?« Doch dann überlegte sie es sich anders und stieg in den Schatten hinauf.

»Wahrscheinlich nicht«, antwortete Max mit gedämpfter Stimme.

Kurz darauf: »Kein Licht?«

»Nein.«

»Unheimlich.« Schweigend nahmen sie die Treppe. Oben auf einem kleinen Hügel weitete sich der Pfad und offenbarte eine Stadtlandschaft, die in der Dunkelheit strahlte, ein Durcheinander aus Glas- und Stahlbauten zwischen zerbröckelnden spanischen Ruinen. Genau vor ihnen stand eine kleine dunkle Kuppel mit geschlossenen Fensterläden im Dach. Das Holz war verwittert, und vor der Tür wuchsen Unkraut und Sträucher.

Carys bestaunte das Gebäude. »Ist das ein Observatorium?«

»Komm weiter.« Max nahm ihre Hand, und sie zuckte bei der Berührung zusammen. Doch sie fasste sich schnell wieder und ging mit ihm auf die Kuppel zu. Er drückte einmal, zweimal. Die Tür gab nach, und sie stiegen ein.

»Wie hast du ...?«

»Du stellst eine Menge Fragen.«

»Ich gerate ein wenig in Panik, wenn ich nicht weiß, was geschieht. Ich möchte gern wissen, wie Dinge funktionieren - und wo ich bin. Wie du das hier gefunden hast. Warum wir hier sind. Ich hatte keine Ahnung, dass so etwas die Zeiten überstanden hat.«

»Ich habe es vor ein paar Wochen gefunden. Das Gebäude ist sehr alt, aus einer Epoche, als der Himmel hauptsächlich von der Erde aus beobachtet wurde.«

»Wow.« Carys drang ein paar Schritte weiter in das kleine Gebäude vor und legte eine Hand auf den großen Holzbalken, der den Raum aufteilte wie der Mast eines Schiffs. »Arbeitet es nur mit sichtbarem Licht?«

»Ich glaube nicht.«

»Es arbeitet nur mit sichtbarem Licht«, korrigierte sie und sah ihn mit lachenden Augen an. »Das ist wirklich ein ziemlich altes Ding.«

Er zuckte gutmütig mit den Schultern. »Willst du hindurchschauen?«

»Es funktioniert noch?« Erstaunt sah sie ihn an.

»Deshalb sind wir hier.« Max bereitete alles vor, öffnete einen staubigen Fensterladen und schob das Teleskop durch die Luke. »Heute ist für dreißig Jahre die letzte Nacht, in der man den Saturn von diesem Teil der Erde aus mit bloßem Auge sehen kann.«

»Aber die Weltraummissionen ...«

»Mit bloßem Auge«, wiederholte er lächelnd. »Von hier aus. Ich will dir die Ringe des Saturn zeigen.«

»Das klingt ziemlich romantisch.«

Er lächelte verschmitzt. »Ich habe so meine Momente.«

»Das sehe ich.«

Er schob sie ans Teleskop heran. »Dreh am Okular, um das Bild scharf zu stellen.«

Carys beugte sich vor und keuchte auf. Mitten im Okular stand der Saturn: klein und rund, mit grau linierten Ringen. »Es sieht aus wie eine Zeichnung. Das kann doch nicht echt sein.«

»Doch, ist es.« Max trat hinter sie. »Ich habe gehört, dass es besser wird, je länger man hinsieht.«

Als sich ihre Augen anpassten und die Wolke der Asteroiden über der Erde weiterzog, ließ der schwarze Nachthimmel den Planeten sogar noch schärfer hervortreten, und sie sah, dass die Saturnringe einen rötlichen Farbton hatten. Er kam noch näher heran. »Erstaunlich, nicht wahr?«

»Atemberaubend.« Sie drehte sich um und sah ihn grinsend an, dann wandte sie sich wieder dem Okular zu. »Ich möchte eines Tages dorthin fliegen.«

»Das wäre toll. Ich liebe die Sterne.«

»Ich auch.« Schweigend betrachtete sie die Ringe des Saturn, während ihre Augen das Bild wieder schärfer werden ließen. »Kein EVSA-Pilot ist über die Mesosphäre der Erde hinausgekommen, seit die Meteore eingetroffen sind.«

»Du wirst es schaffen.«

»Ich hoffe es«, sagte sie, während ein Meteoritenschauer das Bild im Teleskop erhellte und den Planeten vorübergehend überstrahlte. »Ich möchte den Nachthimmel ohne das Feuerwerk sehen – ich war noch nie höher als in der Stratosphäre.«

»Und was machst du den lieben langen Tag?«

Sie lächelte und betrachtete weiter den Saturn durch die Linse, während er in der Dunkelheit wieder auftauchte. »Die Weltraumorganisationen haben die ganze Zeit Piloten rekrutiert. Ich fliege Shuttles für die EVSA, wenn auch nur innerhalb der Erdatmosphäre, und ich lerne, höher zu fliegen. Im Moment sind es hauptsächlich Simulationen und Parabelflüge. Aber eines Tages komme ich vielleicht bis zum Asteroidengürtel und könnte versuchen, ein Schlupfloch zu finden. Derzeit vermessen sie das Asteroidenfeld. Ich würde gern den Saturn sehen, ohne dass Felsbrocken im Weltraum mir die Sicht versperren.«

»Das wirst du, ich weiß es.« Behutsam hob er ihr Haar und gab ihr einen Kuss auf den Nacken.

Sie lehnte sich gegen seine Hand, und er rieb mit dem Daumen über ihre bloße Schulter. »Und was machst *du* den lieben langen Tag?«, fragte sie leichthin.

Max ließ ihr Haar fallen, das sich über ihren Rücken ausbreitete, während er bewegungslos hinter ihr stand. »Ich dachte, ich sollte für das kulinarische Team arbeiten und Astronauten wie dich bekochen«, sagte er. »Aber jetzt drängen sie mich in Richtung Ernährung und Forschung.«

»Interessant.«

»Es kommt auf jeden Fall recht unerwartet für jemanden, der bereits drei Vollzeitjobs hatte.« Seine Hand folgte der Kurve ihrer Schulter bis zur Taille.

»Welche waren das noch gleich?«

»Ladenjunge, Küchenchef und Stalker von Carys-ähnlichen Menschen.«

»Ich erinnere mich.« Sie hielt inne. »Machst du das mit allen Mädchen?«

»Cari«, sagte er ruhig, »ich kann mit Fug und Recht behaupten, dass alles, was ich mit dir tue, eine Premiere ist.«

»Zum Beispiel?«

»Ich weiß nicht ... in verlassene Observatorien einbrechen, um einmalige himmlische Ereignisse zu beobachten. Mit dir etwas unternehmen. Mich fragen, wie die Haut an deinem Nacken wohl schmeckt.«

Sie errötete, und er lachte.

»Du bist anders, und du bringst mich dazu, mich zu fragen, ob auch ich anders sein könnte.«

Sie drehte den Kopf halb zu ihm herum und lehnte sich gegen ihn.

»Aber wir dürfen die Regeln nicht brechen. Ich möchte nicht aus Europia rausgeworfen werden. Wenn die Repräsentanten der Woiwoide davon erfahren, oder meine Familie ...«

»Wegen einer winzigen Beziehung?«, fragte sie in unbesorgtem Ton. »Ich kann mir nicht vorstellen, dass sie damit ein Problem hätten.«

»Ich hoffe, du behältst recht. Ich habe alle möglichen Gerüchte gehört, von Leuten, die aufgefordert wurden zu gehen, wenn sie wissentlich gegen die Regeln und Richtlinien verstoßen haben.« Er küsste sie wieder auf den Nacken. »Schau noch einmal in den Nachthimmel«, flüsterte er. »Konzentrier dich auf die Ringe.«

Sie schmiegte sich an ihn, und er hielt sie an den Hüften und spürte ihren Atem. Während Cary auf die Ringe des Saturn starrte, die zum letzten Mal für dreißig Jahre von hier aus sichtbar sein würden, zeichnete Max mit den Händen Kreise auf ihren Nacken und Rücken und wärmte sie mit seiner Berührung.

6

Siebzig Minuten

Ich werde die chemische Formel des Sauerstoffs in deinem Tank verändern.« Carys zwingt sich, nicht mehr ständig auf ihre sinkende Atemluftanzeige zu starren.

»Okay«, sagt Max fasziniert.

»Ich muss einen Moment darüber nachdenken. Ich muss über Sauerstoff nachdenken.«

»Kann ich irgendwie helfen?« Seine Miene ist skeptisch, da sein Astronautentraining viel zu kurz war, aber Carys nickt und denkt laut nach.

»Sauerstoff wurde ursprünglich als ›Feuerluft‹ bezeichnet - und er ist tatsächlich eine große Energiequelle. Doch vieles wurde missverstanden. Es gibt ihn in vielen Formen: O_2 ist Disauerstoff, O_3 ist Ozon, O_4 ist Tetrasauerstoff - in fast jedem Jahrhundert wurde etwas Neues entdeckt, in dieser Reihenfolge.«

»Worauf willst du hinaus?« Max wird ungeduldig.

»Mit der Zeit schreitet die Wissenschaft gleichzeitig voran und unterminiert sich selbst. Wenn wir lange genug leben, werden sich die meisten Theorien, die wir derzeit akzeptieren, als falsch erweisen. Es folgt immer wieder eine bessere, weiter fortgeschrittene Wissenschaft - wir müssen nur zuerst unser eigenes Wissen ausbauen.«

»Wie die Vorstellung, dass die Erde flach ist.« Sein Blick fällt auf die Krümmung des Planeten unter ihnen, auf ein Meer aus Meteoriten, die sich am Horizont drängen.

»Genau. Je fortgeschrittener unsere Wissenschaft wurde, desto fortgeschrittener wurde auch der Sauerstoff. Das ist kein Zufall. Wir lernen, wie wir die komplexere Wissenschaft auf den Sauerstoff anwenden können, und dadurch entwickelt sich der Sauerstoff selbst weiter. Im Jahr 2001 stellte sich heraus, dass O_4 gar nicht O_4 ist, sondern eine Gruppierung von Sauerstoffmolekülen unter hohem Druck, wie er im frühen einundzwanzigsten Jahrhundert als Raketentreibstoff verwendet wurde. Sehr energiereicher roter Sauerstoff, O_8 - die energiereichste Form.«

»Gut, ich kann dir folgen, soweit es mir meine mangelnden Chemiekenntnisse erlauben«, sagt Max. »Du willst irgendwas Raffiniertes mit dem Sauerstoff machen und daraus Treibstoff herstellen.«

»Einen Oxidator.«

»Du willst irgendwas Raffiniertes mit dem Sauerstoff machen und daraus einen Oxidator herstellen.«

»Genau«, erwidert sie.

Max hebt den Handschuh, und Carys klatscht vorsichtig ab.

Osric, flext sie, *kann ich mit einem Teil des Sauerstoffs im Tornister eine chemische Reaktion auslösen, um einen Oxidator zu erzeugen?*

Hallo, Carys. Wenn du eine Reaktion generieren kannst, die eine doppelt-rhomboide Symmetrie zur Folge hat, könntest du das als Oxidator benutzen.

Ein energiereicher Oxidator?

Ja.

Erkläre doppelt-rhomboide Symmetrie.

Wir reden hier über O_{16}, Carys.

Ui! Sie nimmt sich einen Moment, um nachzudenken, blickt auf die Erde mit den hellen Grün- und Blautönen der Landmassen und der Ozeane, bleibt an der überraschend braunen und trockenen Wüste hängen, wo sich einst die Vereinigten Staaten befanden. *Was passiert, wenn wir nicht genügend Druck erzeugen können?*

Dann könnte ein anderes Allotrop entstehen.

Wäre das schlimm?

Nicht zwangsläufig. Wenn du O_8 erzeugen kannst, ergibt die Situationsanalyse eine fünfzigprozentige Wahrscheinlichkeit, dass es als Oxidator benutzbar ist, energiereich genug, um sich als Treibstoff zu eignen.

Also wäre es einen Versuch wert, flext sie und fügt hinzu: *Vielen Dank.*

Keine Ursache.

Im Hinterkopf registriert sie das Fehlen ihres Namens am Ende jedes Satzes, aber sie arbeitet weiter an der chemischen Planung.

»Wie läuft es?« Während Carys mit Osric kommuniziert

hat, ist sich Max umso deutlicher ihrer Zwangslage bewusst geworden. Sein Blick wandert zu den Meteoriten unter ihnen und zur *Laertes* über ihnen. »Alles gut?«

»Jedenfalls nicht schlecht. Osric sagt, dass wir O_8 erzeugen müssen.« Sie spielt es herunter, beobachtet seine Reaktion. »Roten Sauerstoff.«

»Du willst, dass wir roten Sauerstoff erzeugen - hier draußen?«

»Ja.«

»Im Weltraum. Ohne Kontrollanlagen. Roten Sauerstoff.« Er wirft ihr einen skeptischen Blick zu. »Nicht im Labor.«

»Nein.«

»Im Weltraum.«

»Ja.«

»Ohne Werkzeug.«

Sie rückt mit der Wahrheit raus. »Um bessere Überlebenschancen zu haben, müssen wir sogar O_{16} herstellen.«

»Was?«

»Schwarzen Sauerstoff. Aber Osric sagt, wenn wir nah an O_8 dran sind, können wir es probieren.«

»Schwarzen Sauerstoff«, wiederholt er. »Das ist unmöglich.«

»Wir müssen es versuchen.« Ihre Stimme ist schwach, fast flehend. »Komm schon, Max. Wir müssen es versuchen.«

Er blickt erschrocken auf. »Also gut. Wie machen wir das?«

Carys. Das Wort blitzt ungebeten in Blau an der Seite ihres Fischglashelms auf, und ihr Adrenalinspiegel schießt in die Höhe.

Ja, Osric?

Dein Anzug registriert eine stärkere Bestrahlung mit Ultraviolett.

Und?

Befindest du dich in direkter Sichtlinie zur Sonne, Carys?

Carys blickt zum Schiff zurück und sieht den vollen Glanz des Sonnenaufgangs hinter dem Rumpf. *Ja. Wir haben uns weiter von der* Laertes *entfernt, sodass wir uns nicht mehr in ihrem Schatten aufhalten.* Sie macht sich wieder an die Arbeit mit Max' Tornister, greift am Loch vorbei, wo das kegelförmige Geflecht war, sucht weiter oben nach dem Sauerstoffvorrat.

Carys.

Was, Osric? »Ich bin beschäftigt«, murmelt sie, schaltet den Ping ab, mit dem Osrics Nachrichten angekündigt werden, bevor ihr Herz vom Adrenalin überlastet wird.

Du darfst den Sauerstoff nicht der Ultraviolettstrahlung aussetzen.

Carys hält inne. *Warum?*

Eine chemische Reaktion zwischen Sauerstoffmolekülen unter Ultraviolettstrahlung hat mit hoher Wahrscheinlichkeit zur Folge, dass Trisauerstoff erzeugt wird.

»Was ist los?«, fragt Max.

»Einen Moment.«

»Sag mir ...«

Carys, Trisauerstoff ist nicht als Oxidator oder Treibstoff geeignet, und wenn du es einatmest ...

»Cari, was ist los?« Max packt ihren Arm.

»Irgendetwas mit der Sonne ...«

Die Rückseite von Max' Tornister hat sich gelöst, also schüttelt sie seine Hand ab, um sie festzuhalten.

Was ist, wenn die Moleküle in seinem Tornister bleiben?, flext sie.

Negativ, der Trisauerstoff-Anteil ist zu hoch.

»Cari, ich schwöre ...«

»Du meine Güte, warte einen Moment! Osric erklärt mir etwas über Sauerstoff unter Ultravioletteinfluss ...«

Osric? Definiere Trisauerstoff.

Trisauerstoff, O_3, auch Ozon genannt. Ein weniger stabiles Allotrop des Disauerstoffs, O_2 ...

»Carys.« Max klingt verzweifelt.

»Scheiße.« Sie hält sich an seinem Arm fest. Er hat immer noch ihren umklammert. »Scheiße.« Vorsichtig nimmt sie ihm das Geflecht ab und setzt es wieder in den Tornister ein, schließt ihn und lässt los, sodass sie nur noch durch die Leine mit ihm verbunden ist. »Es wird nicht funktionieren.«

»Warum?«

»Das Risiko ist zu hoch. Wenn es uns nicht gelingt, roten oder schwarzen Sauerstoff zu erzeugen, könnte O_3 entstehen. Wegen der Sonne.«

»Ozon?«

»Ja.« *Osric, liste die medizinischen Folgen auf, wenn Ozon eingeatmet wird.*

Gesundheitliche Auswirkungen von Ozon auf die Atemwege: Beeinträchtigung der Lungenfunktion, Entzündung der Atemwege. Zu den Symptomen können gehören: Hustenreiz, Reizung des Rachens, Schmerzen, Brennen oder Beschwerden im Brustkorb, wenn tief eingeatmet wird, Beklemmung im Brustbereich, pfeifender Atem oder Kurzatmigkeit, in einigen Fällen schließlich der Tod.

Alles klar.

»Ich wünschte, ich könnte mit Osric reden«, sagt Max. »Es gefällt mir nicht, kein Flex dabeizuhaben.«

»Ich bin mir nicht sicher, ob du wirklich alles lesen möchtest, was er mir gerade sagt.« Max verzieht das Gesicht, und Carys hält ihm ihr Handgelenk hin. »Ich bin mir sicher, dass wir meins irgendwie umprogrammieren könnten, wenn du möchtest.«

»Dazu ist nicht genug Zeit. Mach du weiter.« Sein Blick fällt auf die Anzeigen ihres geringer werdenden Atemluftvorrats.

»Okay.«

Osric, flext sie aus einer Laune heraus, *könntest du das Schiff bewegen, um uns vor der Ultraviolettstrahlung der Sonne zu schützen?*

Negativ, Carys. Die Navigations- und Steuerungssysteme sind ausgefallen.

Oh. Eine Sekunde vergeht. Dann: *Kannst du dafür sorgen, dass unsere Unterhaltung auch an Max' Anzug übermittelt wird?*

Ja, Carys. Möchtest du, dass ich diesen Dialog auf Max' Helmanzeige erscheinen lassen, bereinigt von Kraftausdrücken?

Er ist kein Kind. Du kannst alles wortgetreu übertragen.

Bestätigt.

Eine Sekunde später leuchtet der blaue Text der gesamten Unterhaltung zwischen Carys und Osric auf Max' Helmscheibe auf, am linken Rand seines Sichtfelds. Max blinzelt und blickt auf, scrollt sich durch den Dialog zurück. »Er redet anders mit dir.«

»Blödsinn.«

»Doch. Verdammt, Cari, das sind ernste Gesundheitswarnungen vor Ozon.«

»Ich weiß, aber ist irgendwas davon schlimmer als der sichere Tod?«, fragt sie. »Wenn wir es versuchen und nicht schaffen, haben wir am Ende geschädigte Lungen. Aber wäre es nicht besser, es zu versuchen, weil wir es vielleicht doch schaffen und überleben können?«

»Du meinst«, sagt er, »wir sollen lieber unser Leben in Gefahr bringen, als gar kein Leben mehr zu haben?«

Sie nickt.

»Ich weiß nicht, ob ich das genauso sehe.«

Carys starrt ihn an. »Wirklich nicht?«

»Nicht, wenn du dieses Risiko eingehst.«

»Nun ja«, sagt sie, »genau genommen gehst du dieses Risiko ein. Wir würden es mit deinem Tornister ausprobieren.«

Er lacht, was wie ein Schluckauf klingt. »Oh. Dann ist ja alles in Ordnung.«

»Wirklich? Max? Meinst du das ernst?«

Er ist abgelenkt, weil er blinzelnd die Unterhaltung zwischen Carys und Osric nachliest.

Sie versucht es noch einmal. »Max, sag etwas! Meinst du das wirklich ernst?«

Er antwortet nicht.

»Max?«

»Sie sind nicht besonders gut darin, proaktiv zu handeln, nicht wahr?«

»Wer?«

»Osric. Die EVSA. Fast alles, was Osric für dich berechnet hat, hat er getan, weil du ihn dazu aufgefordert hast.«

»Ich denke, das gehört zu den Einschränkungen des Systems«, sagt sie. »Es ist reaktiv.«

»Ob man das in künftigen Versionen weiterentwickeln wird?«

»Wahrscheinlich. Proaktive Intelligenz kann nicht mehr allzu weit entfernt sein.«

Max liest immer noch ihren Text auf seinem Glasbildschirm. »Cari, Osric sagt, dass die Navigations- und Steuerungssysteme der *Laertes* ausgefallen sind. Frag ihn, welche Systeme noch funktionieren.«

Osric: Liste deine funktionsfähigen Systeme auf.

Blaue Zeilen rollen über ihre Helmscheiben. Lebenserhaltung, Luftrecycling, die Gewächshaussysteme, Photosynthese, Sonnenkollektoren, Bewässerung, Abfallentsorgung, Spiele, Gravitationssimulation, Beleuchtung, Wasserversorgung ...

»Das Gewächshaus«, sagt Max.

»Was ist damit?«, fragt sie.

»Die Pflanzen brauchen Licht. Durch die Aktivierung

der Gewächshausroutine würden die zusätzlichen Sonnenkollektoren ausgefahren. Schau dir die Position der *Laertes* an - sie müsste die Kollektoren zur Sonne drehen. Also hätte die Aktivierung der Gewächshausroutine eine *Rotation des Schiffs* zur Folge.«

»Du hast recht«, sagt Carys, und Max ist ganz aufgeregt. »Das würde die *Laertes* zu uns zurückbringen«, sagt sie. Seine Begeisterung ist ansteckend, in ihrer Stimme schwingt neue Energie mit. »Aber dadurch könnte auch die Sonne ausgeblendet werden, wodurch dein Tornister kein Ozon mehr erzeugen würde.«

»Und es würde nicht schaden, das Schiff ein klein wenig näher heranzuschubsen.«

»Außerdem wäre die Luftschleuse auf unserer Seite, falls wir es schaffen, irgendeinen Treibstoff zu erzeugen. Aber das Wichtigste ist, dass wir vollständig von der Sonne abgeschirmt wären.«

»Klingt gut, würde ich sagen.«

»Dann lass es uns tun. Wir sollten es tun.« Carys zappelt herum. »Sollen wir?«

Max sieht sie lächelnd an. »Verdammt, ja!«

Osric, leite die Gewächshausroutine ein.

Die Gewächshausroutine wurde zuletzt vor zwölf Stunden durchgeführt. Das Ökosystem benötigt keine zusätzliche Photosynthese. Die potenzielle Gefährdung der Pflanzen ist hoch.

»Es reicht! Ich werde ihn erwürgen.«

»Er ist ein Computer. Er weiß nicht, was er sagt. Fordere ihn auf, dass er es tun soll«, sagt Max. »Flexe so heftig, dass Osric den Druck deiner Finger um seinen virtuellen Hals spürt.«

Vorrangbefehl: Gewächshausroutine initiieren.

Passwort?

Das Passwort lautet FOX. Danke.

Bestätigt. Initiiere Gewächshausroutine.

Max und Carys starren auf das Schiff, warten gespannt auf eine Bewegung. Nichts tut sich. Sie sehen sich an, dann wenden sie sich wieder dem Schiff zu. Endlich rührt sich etwas an der *Laertes*: Zwei Stangen schieben sich an den Seiten heraus, drehen sich in den Halterungen wie die Kanonen eines Schlachtschiffs.

»Ist es nicht unheimlich«, sagt Carys, »dass wir drinnen das winzigste metallische Scharren hören konnten und es hier draußen vollkommen still ist?« Eine Pause, dann dreht sich die *Laertes* langsam, sehr langsam um neunzig Grad. Ihre lange Steuerbordseite zeigt nun genau in die Richtung, wo sich Carys und Max im freien Fall befinden.

»Sehr unheimlich.«

Schlagartig entfalten sich die Stangen, dehnen sich in lautloser Zeitlupe aus, als sich die Sonnenkollektoren wie Regenschirme öffnen. Die weißen und silbrigen Oberflächen erhellen die Dunkelheit, während sie sich zu großen Rechtecken ausstrecken und der Sonne zuwenden. Der Schatten fällt auf Max und Cari, und sie jubeln begeistert. »Wahnsinn!«

»Ich war in meinem ganzen Leben noch nie so glücklich, Sonnenkollektoren zu sehen.«

»Unglaublich.«

»Sieh mal - jetzt kann man die Luftschleuse erkennen.«

Er reibt ihren Arm, gibt sich ganz dem Augenblick hin. »Was jetzt?«

Sie sehen sich an, und Carys beißt sich auf die Unterlippe. »Ich glaube, wir sollten jetzt mit dieser chemischen Reaktion weitermachen.«

Erneut zieht sich Carys zu seinem Rücken herum, wo sie mit seinem Tornister hantiert. »Bist du dir sicher, dass wir es tun sollten?«

Er nickt. »Wissen wir, wie wir den Sauerstoff erhitzen können?«

Sie hält inne und sieht ihn an, sodass er sich herumdreht und ihren Blick erwidert. »Max, ich habe dir doch gesagt, dass es eine Wärmesenke ist.«

Er schnauft. »Als ob ich wüsste, was das bedeutet.«

»Wir entfernen die Kühlelemente und verändern die Temperatur des kryogenen Sauerstoffs mit diesem sehr praktischen Temperaturregler.«

»Er hat doch sicher ein Limit.«

»Ja. Aber es gibt auch einen Druckregler.«

»Mein Gott, sie haben wirklich an alles gedacht.« Er überlegt kurz. »Abgesehen von all den offensichtlichen Dingen.«

»Und den Anweisungen.« Sie bewegt die Hände über die silbernen Fächer des Tornisters, ertastet die Flexschläuche, die elektronischen Regler mit den vielen

Zahlen und den hellblauen Anzeigen. »Wir werden die Sache erhitzen und den Druck erhöhen.«

»Ich wünschte, Osric könnte uns sagen, was wir tun sollten.«

»Dafür ist er nicht zuständig«, sagt Carys, »was beschissen ist.«

»Er kann nach Aufforderung Systeme starten und selbsttätig Alarm schlagen, wenn etwas schiefläuft. Das ist alles?«

»Und mit einer Situationsanalyse wahrscheinliche Folgen vorhersagen.«

»Richtig, wie bei der Warnung vor dem Ozon - was mir einen mächtigen Schrecken eingejagt hat.«

»Wir sollten entscheiden, was wir tun wollen, wenn das hier funktioniert«, erklärt sie. »Wenn wir einen Oxidator als Treibstoff herstellen können, solltest du lieber bereit sein, zur *Laertes* zurückzusausen. Glaubst du, dass sie noch in Reichweite ist?«

Max zuckt mit den Schultern. »Das müsstest du viel besser wissen.«

»Gehen wir mal davon aus. Es kann nicht schaden, wenn wir etwas näher herankommen, auch wenn wir das Schiff noch nicht ganz erreichen. Also sollten wir dich in die richtige Richtung drehen.«

»Cari ...«

»Der Oxidator wird dich antreiben ...«

»Wo ist das Problem?«, unterbricht er ihr Geplapper.

»Ich mache mir Sorgen, dass der Oxidator instabil sein könnte, wenn er aus deinem Tornister schießt ...«

Er zieht die Augenbrauen hoch. »Und …?«

»Und wenn ich hinter dir bin, wird er mich wegstoßen und die Leine straffen, und dann ruckeln wir nur noch hin und her. Also sollten wir die Leine lieber lösen …«

»Carys, würdest du mir bitte einmal zuhören? Wenn es dir tatsächlich gelingt, dieses O_{16} zu erzeugen, dann wird es so mächtig sein, dass es das kleinste unserer Probleme sein wird, ob wir im Flug ein bisschen durchgeschüttelt werden.«

»Meinst du?«, erwidert sie sehr kleinlaut.

»Ja. Wage es nicht, dich loszubinden.«

»Gut.«

»Mach mit dieser Reaktion weiter, dann komm auf meine Vorderseite, um dem Schub aus dem Weg zu gehen, okay?«

»Okay.«

»Ich hoffe, dass wir nicht sterben«, sagt er.

Sie folgt einem plötzlichen Drang und wirft die Arme um seinen Hals, drückt ihn an sich.

»Das werden wir nicht. Wir haben unsere Ration Pech mehr als aufgebraucht.«

Max umarmt sie, enttäuscht über das Fehlen einer echten körperlichen Berührung. Eine Weile bleiben sie so.

»Wie viel Zeit haben wir noch?«, fragt sie.

Er blickt auf die Anzeige. »Fünfundsiebzig Minuten.« Er denkt darüber nach, wie oft er länger als eine Stunde geschlafen hat, wie oft er mehr Zeit im Bett verbracht hat, als ihnen jetzt noch bleibt. Was für eine Verschwendung!

»Von nun an geht's bergauf«, sagt sie. »Wollen wir damit weitermachen, zu diesem blöden Schiff zurückzukehren?« Sie zeigt auf die *Laertes*. Dann plötzlich: »Was zum ...?«

»Pass auf!«

Große Container mit komprimiertem Abfall fliegen auf sie zu, schlagen gegen Max, der durch den Aufprall in Rotation versetzt wird. Die Leine wird gestrafft, sodass auch Carys herumgeworfen wird. In der Ferne ist zu sehen, dass die *Laertes* die Steuerbordluke geöffnet hat, auf der ihnen zugewandten Seite.

Osric, flext Carys, doch dann folgt nur Zeichensalat, weil sich ihre Finger panisch verkrampfen. *Osric ...*

»Was zum ...?« Max trudelt durch den Weltraum, seine Hand ist um das Seil zur Faust geballt.

»Pass auf den Kasten auf!«

»Eine Säuberungsprozedur. Warum ausgerechnet jetzt eine Säuberungsprozedur?«

Osric!

Müll saust an ihnen vorbei, drängt sie weiter von der *Laertes* weg und näher an die gefährlichen Asteroiden heran.

Ich bin da, Carys. Geht es dir gut?

Warum machst du jetzt eine Säuberungsaktion?, flext sie an Osric, während sie sich nach Kräften bemüht, ihre Muskelbewegungen unter Kontrolle zu bekommen, während sie davongeschleudert werden, immer weiter vom Schiff weg.

Es handelt sich um eine planmäßige Verklappung. Das Kohlendioxid wurde aufgrund der zusätzlichen Gewächshausroutine vorzeitig entsorgt. Die Verklappung wurde erfolgreich durchgeführt.

»Carys!«, ruft Max. »Lass dich nicht von mir trennen. Das Seil ... konzentrier dich ...«

»Vorrangbefehl«, schreit sie instinktiv. *Vorrangbefehl: Verklappung einstellen, Osric! Hör sofort damit auf!*

Passwort?

FOX. HÖR SOFORT AUF!

»Halt dich am Seil fest«, ruft Max, als sie in unterschiedliche Richtungen davonwirbeln. Ihre Körper zucken und winden sich im verzweifelten Versuch zusammenzubleiben. Carys packt das Seil und zieht sich über die kurze Distanz zu ihm hinüber, streckt ihm die Arme entgegen. Um sie herum fliegen Moleküle wie Schneekugeln, neben riesigen Abfallcontainern, die mit einem lautlosen Zischen in den Weltraum befördert wurden.

»Es hört auf ...«

»Die Luke schließt sich.«

»Wir müssen versuchen, einen Kasten zu erwischen. Er könnte uns helfen, wieder langsamer zu werden.«

»Wir fallen hinunter ...«

»Ich weiß. Wir werden vernichtet. Streck deine Beine aus! *Wir müssen diesen Kasten abfangen!*«

»Wenn wir da unten enden ...«

»Sternensprung. Schnee-Engel. *Jetzt!*«

Sie strecken sich, spreizen die Muskeln und Sehnen, decken eine möglichst weite Fläche ab, um den größten der entsorgten Container zu erwischen. Sie prallen dagegen, werden zurückgeworfen, werden langsamer, während der Kasten in die entgegengesetzte Richtung trudelt. Sie fallen weiter, langsamer und gleichmäßiger, aber sie fallen immer noch.

»Wir sind weiter weg als je zuvor.« Die Sonnenkollektoren an der *Laertes* haben jetzt die Größe von Cocktailschirmchen. Der Plan, genügend schwarzen Sauerstoff zu erzeugen, um zum Schiff zurückkehren zu können, ist jetzt nur noch eine weit entfernte Fantasie.

7

Ich werde für eine Weile Down Under gehen«, hatte Carys aus heiterem Himmel zu Max gesagt, ein paar Wochen nach ihrem Ausflug zum Observatorium.

»Weswegen?«

»Sieh hin.« Sie zeigte auf ihr Stirnband.

»Auf deine Hasenohren?«

»Sieh. Hin.« Plötzlich erwachten die zwei Antennen, die vom Stirnband aufragten, zum Leben, und die Worte »GO TEAM« erschienen in roten LED-Leuchten über ihrem rotbraunen Haar.

Max war überrascht. »Du gehst zu den Spielen?«

»Ja.« Carys beugte das Handgelenk, und die Großbuchstaben auf ihrer Krone verschwanden.

»Das ist faszinierend. Meinem kleinen Bruder würde es gefallen. Holografisch?«

»So was in der Art.«

»Kann es auch noch andere Botschaften übermitteln?«

Sie ließ ein »F*CK DICH« erscheinen, und er boxte ihr leicht gegen den Arm und lachte. »Es sieht dir gar nicht ähnlich, dich selbst zu zensieren.«

Sie warf ihm das Stirnband mit den Antennen zu, stellte fest, dass sie immer wieder diesen verspielten Rhythmus mit ihm fand. »Ich bin so aufgeregt! Das wollte ich schon immer machen.«

»Ich auch«, sagte er nachdenklich. Die Woiwodschaft-Spiele wurden jedes zweite Jahr abgehalten, als Willkommen für die neuesten Territorien, die der Woiwodschaft beigetreten waren. Dieses Jahr war es etwas ganz Besonderes: Die Spiele sollten in Australien abgehalten werden, dem Land, das am weitesten von der ursprünglichen Europäischen Union entfernt und der jüngste Neuzugang zu Europia war. Russland hatte vor zehn Jahren eingewilligt, als es in der Nachkriegszeit nicht länger isoliert bleiben wollte, und Verträge mit Afrika waren unterschrieben worden. China hatte sich zögernd mit Europia verbündet, obwohl es Abtrünnige wie Liu nicht davon abhielt, herüberzukommen und damit große Bestürzung in der Volksrepublik auszulösen.

»Ich muss dir etwas sagen«, wurde er plötzlich ernst, und ihr Magen verkrampfte sich. Sie hatten sich während des vergangenen Monats einige Momente wie diesen gegönnt, durchsetzt mit Bemerkungen, dass es nicht gegen die Regeln verstieß, gemeinsam etwas zu unternehmen - aber sie fürchtete sich davor, dass Max jederzeit wieder dichtmachen konnte.

»Aha?« Sie hatte sich versprochen, gelassen zu bleiben, wenn er es tat, aber trotzdem ...

»Auch ich gehe zu den Spielen. Mit der EVSA.«

»Oh!« Carys schlug die Hände vors Gesicht und lachte.

»Ich habe Tickets in der Mitarbeiterlotterie gewonnen.«

»Ich auch.«

Er lachte ebenfalls. »Ich hätte es mir denken können. Die Hälfte unserer Organisation geht hin.«

»Gut - dann können wir diesen Spaß gemeinsam erleben.«

»Scheint so. Nur dass ...«

»... wir cool bleiben sollten?«, beendete sie den Satz.

»Genau.« Er griff nach ihrer Hand. »Wir sind Freunde im Geist Europias. Es gibt keinen Grund, unser Spiel preiszugeben.«

Carys nickte. »Verstanden. Individuen bis zuletzt.«

»Das ist das Ideal.«

Sie seufzte. »Wirst du mich wenigstens begleiten, wenn ich mir die Koalas ansehe?« Sie ging zu ihrem Rucksack, der neben der Tür stand.

»Davon kann man Chlamydien bekommen.«

»Was?«

»Koalas können Menschen mit Chlamydien infizieren. Das ist eine Tatsache.«

»Widerlich.« Sie tat, als müsste sie sich übergeben, und wurde wieder ernst. »Ich dachte, die wären längst ausgerottet. Angeblich leben wir in einem perfekten Zeitalter.«

»In einer perfekten Welt, einem modernen Utopia, klar«, sagte Max in sachlichem Ton, »aber es ist eine Welt, in der man sich bei Koalabären immer noch mit sexuell übertragbaren Krankheiten anstecken kann.«

»Sehe ich dich am Flughafenterminal?«, fragte sie und wandte sich der Tür zu.

»Gehst du schon?«

Sie legte den Kopf schief. »Ich bin gern früh genug da.«

»Du bist nicht die Pilotin des Shuttles«, neckte er und ging zu ihr hinüber, »aber wenn dies das letzte Mal ist, dass wir miteinander allein sind ...«

Er zog Carys an sich, beugte den Kopf hinab, um ihre Lippen zu berühren, während ihm das Haar in die Stirn fiel. Sie wischte es behutsam zur Seite.

»Ich werde dich bis zur Kreuzung begleiten«, sagte er, als sie sich voneinander lösten.

Sie öffnete die Tür zur Straße und zog sich schnell wieder zurück, als eine Tram nur wenige Zentimeter vor ihnen vorbeifuhr.

»Scheiße!«, keuchte sie. »Es ist verdammt gefährlich, hier zu leben. Sag mir noch mal, warum ich es mache.« Sie drückten sich an den Türrahmen, während die Wagen mit dem unverkennbaren Rauschen vorbeiratterten.

»Günstige Verkehrsanbindungen.«

»Und der Nachteil ist«, sagte Carys, während Max über die Gleise stieg, »die winzige Todesgefahr, in die man sich jedes Mal begibt, wenn man das Haus verlässt.«

»Wir alle müssen irgendwann sterben«, erwiderte er. »Was wäre das Leben ohne die Drohung des Todes.«

»Das ist morbid«, sagte sie.

»Das ist die Wahrheit.«

»Die morbide Wahrheit.«

Sein Gesicht nahm einen kampflustigen Ausdruck an, als sie sich auf beiden Seiten der Gleise vor seinem

Haus gegenüberstanden. »Wenn diese Tram mich beinahe überfahren hätte, hättest du übermenschliche Superkräfte entwickelt, um mich zu retten.«

»Und wenn nicht?«

»Wir zeigen unser wahres Gesicht, wenn wir dem Ende ins Auge blicken«, sagte Max. »Die Frau, die Superkräfte entwickelt, um ein Auto emporzuheben, unter dem jemand eingeklemmt ist, der Mann, der sein Leben riskiert, um das Kind eines Fremden aus dem Weg eines Fahrzeugs zu stoßen. Heldentaten, wenn wir dem Tod gegenüberstehen. Oder manchmal eher feige als heldenhafte Taten. Am Ende kann man nicht mehr verbergen, wie man wirklich ist. Aber das Erstaunliche ist, dass diese Heldengeschichten immer häufiger werden als die von Passanten, die gar nichts tun.«

»Das klingt gar nicht nach dir«, sagte sie. »Du hast noch nie zuvor solche ... epischen Reden gehalten.«

»Das liegt an Europia«, erwiderte er. »Wir tun, was wir gern tun, und weniger das, was wir tun sollten. Wir werden zu besseren Menschen.«

»Zu besseren Bürgern!«

»Was?«

»Zu besseren Bürgern. Nicht zu besseren Menschen.«

»Ach, sei still«, sagte Max. »Es ist die Wahrheit.«

»Du glaubst wirklich an das alles«, sagte sie leiser.

»Ja.« Er gab ihr ein Zeichen, dass sie über die Gleise steigen und mit ihm zur Tramstation laufen sollte, aber sie sagte nichts. »Du ärgerst dich, weil ich die Woiwodschaft erwähnt habe.«

»Nein.« Sie zurrte die Gurte ihres Rucksacks fest und lief an ihm vorbei. »Du hast das Ideal erwähnt.«

Max traf nach Carys am Flughafenterminal ein und schloss sich der Gruppe an, ohne dass sich ihre Blicke begegneten. Er lächelte, als er sah, wie sie demonstrativ auf ihre Uhr starrte. Er war erst wenige Minuten vor dem geplanten Abflug ihres kommerziellen Jumpjets aufgekreuzt.

Als sich die EVSA-Gruppe in ihren Sitzen anschnallte, schlüpfte Max im letzten Moment auf den Platz neben Carys. Sie verdrehte die Augen. »Hast du doch nicht genug von mir?«, flüsterte sie.

»Ich dachte mir, es wäre vielleicht eine gute Idee, neben derjenigen zu sitzen, die das Shuttle im Notfall fliegen kann. Wenn es also ›Sind noch irgendwelche andere Piloten an Bord?‹ heißt, kann ich auf dich zeigen. Das macht bestimmt einen guten Eindruck.«

»Du bist ein vorbildlicher Bürger.«

Er sprach erheblich leiser. »Es ist wirklich sehr wichtig, dass ich in jeder Hinsicht ...« Er blickte sich um und vergewisserte sich, das alle Passagiere in Hörweite konzentriert die Sicherheitsanweisungen verfolgten. »... ein vorbildlicher Bürger *bin*.«

Sie lachte schallend.

»Nein, im Ernst.« Er starrte weiter geradeaus. »Ich muss es sein. Ich entstamme einer Gründerfamilie, Cari.«

Sie war verblüfft. »Wirklich?«

»Ja. Nach dem Krieg haben sich meine Großeltern daran beteiligt, Europia aufzubauen. Meine lebenden Verwandten engagieren sich sehr dafür.«

Carys dachte an ihre eigenen Verwandten und ihre Herkunft und schwieg, während der Jet zum Senkrechtstart ansetzte. Sie kaute auf einem Fingernagel. Als sie in die Stratosphäre aufstiegen und darauf warteten, dass sich die Welt drehte, bevor sie wieder hinuntergingen, flüsterte Carys: »In wessen Namen handelst du?«

»Nur in meinem, Cari. Ich kann nicht anders.«

Sie nickte und wandte sich dem Fenster zu.

»Überfliegen wir den Nahen Osten?«, fragte Max und reckte den Hals, um draußen etwas zu erkennen.

»Was noch davon übrig ist«, antwortete Carys. »Dort gibt es kein Wasser, nirgendwo. Es ist eine Wüste.«

»Wie viele Menschen sind dort gestorben?«

Carys blickte weiter aus dem Fenster. »Die meisten.«

»Mein Gott! Ich frage mich, wen es schlimmer getroffen hat, die USA oder den Nahen Osten.«

»Keiner hat gewonnen. Man kann nicht als Sieger nach Hause gehen, wenn man einen Kontinent verwüstet hat.«

»Und du sagst, Europia wäre nicht das Ideal ...?«

»Er nimmt das Lamm«, sagte sie zum Flugbegleiter und machte leise »Määh«.

»Du meinst, ich bin ein Schaf?«

Sie schob ihm das Tablett zu. »Iss auf.«

»Weißt du«, sagte er leise über dem Summen der Triebwerke hinweg und biss auf ein Stückchen Lammfleisch, »es geht wirklich nicht darum, ein Teil der Herde zu sein.«

Als sie von der Kármán-Linie zurückstürzten und das Licht draußen wieder von Nacht zu Tag wechselte, lachte sie. »Ich weiß, Max. Individualismus.« Ungerührt beobachtete sie, wie er sich an der Armlehne festhielt, als sie durch eine Lufttasche flogen und der Jet von Turbulenzen durchgerüttelt wurde. »Genau das macht mich so einsam.«

»Aber es lohnt sich auf jeden Fall. Ein bisschen Einsamkeit, meine ich. Es ist viel schwerer, einem Land, in dem man einen Teil seines Lebens verbracht hat, wo vielleicht noch Freunde von dir leben oder wo du vielleicht während deiner nächsten Rotation wohnen wirst, den Krieg zu erklären oder es zu bombardieren.«

Carys sah ihn nicht an. »Das bewahrt mich nicht davor, mich einsam zu fühlen.«

Er beugte sich zu ihr hinüber, und als sich der Jet auf die Seite legte, veränderte er seine Haltung mit den Bewegungen des Flugzeugs und sagte ihr ins Ohr: »Jetzt hast du mich erwischt.« Er berührte ihre Hand mit dem kleinen Finger. »Carys? Ich sagte, du hast mich erwischt.«

Nachdem sie gelandet waren, löste sie lässig ihren Gurt und stand auf, um ihr Gepäck zu holen. »Wirklich?«, fragte sie leise. »Würdest du tatsächlich deiner Familie trotzen?« Sie blickte auf ihn hinab, und er zog eine reumütige Miene. »Das habe ich mir gedacht.«

Die EVSA-Gruppe erreichte das Stadion am frühen Abend. Sie waren das Klima der nördlichen Hemisphäre gewöhnt, und die trockene Hitze der untergehenden Sonne schlug ihnen in die Gesichter. »O Mann!«, stöhnte Carys, als sie sich in kleine Gruppen aufteilten. »Das nächste Software-Update des Chips sollte eine Klimaanlage enthalten.« Der Schweiß trocknete fast augenblicklich auf ihrer Haut, da praktisch keine Feuchtigkeit in der Luft vorhanden war.

»Wir sind nicht mehr in Europia, Toto.«

»Wer ist Toto?«

»Keine Ahnung. Hab den Spruch irgendwo gehört.« Max lachte.

»Aber streng genommen sind wir immer noch in Europia.«

»Es ist nur eine ganz andere Art von Hitze.«

Sie stellten sich in eine der Schlangen, die sich den Personenschleusen mit Chip-Lesegerät und fest eingebautem Flex näherten, in das jeder Besucher das Handgelenk steckte, um auf einem Bildschirm zwischen verschiedenen Möglichkeiten zu wählen. »Die ...«

»Carys!«

Sie wurden von einem Paar unterbrochen, das sich wie Rennmäuse in einem Plexiglasrohr durch die Menschenreihen wand, die Köpfe zielstrebig gesenkt.

»Liljana!«

»Tut mir leid, dass wir so spät dran sind«, rief Liljana und schob sich unter gemurmelten Entschuldigungen an den anderen vorbei, um zu ihnen zu gelangen. »Ich musste noch nach einem Glaubenshaus suchen.«

»Großartiges Timing«, erwiderte Carys und deutete

mit einem Nicken auf die Personenschleusen, während sie sich in die Schlange einreihten und einander liebevoll nach der üblichen Sitte die Hände auf die Schultern legten.

»Also sind wir ein Vierer?« Liljana zeigte auf die kleine Gruppe.

Carys nickte. »Lili, erinnerst du dich an Max?«

»Den König des Desserts«, sagte Liljana und musterte ihn. »Das ist mein neuer Freund Sayed.«

»Schön, euch kennenzulernen«, sagte Sayed. »Gehört ihr alle zur EVSA in W6?«

»Richtig«, sagte Max. »Und du?«

»Ich bin auch dabei. Ich arbeite mit Liljana an den Rover-Missionen.«

Max lächelte. »Toll! Ich bewege mich zwischen Ernährungswissenschaft und Experimentierlabor. Und Carys ist viel cooler als wir alle zusammen - sie ist Pilotin.«

Carys salutierte übertrieben.

»Für Sayed ist die Rotation etwas Neues«, sagte Liljana, »also solltet ihr nett zu ihm sein.«

»Hat dich das Leben in der großen W anständig behandelt?«, fragte Max.

»Sehr gut«, entgegnete Sayed und schob sich in der Schlange vor, »einfach nur gut. Ich musste mich an ein paar Sachen gewöhnen, Sprachen lernen und so weiter. So viele Sprachen.«

Max lachte. »Daran muss man sich definitiv gewöhnen. Mein Vater hat mich schon mit sechs Jahren in die Rotation geschickt.«

»Sechs?« Carys hatte zugehört und war bestürzt. »Das ist sehr jung.«

»Die Gründerfamilien sollten wohl mit gutem Beispiel vorangehen. Das tut der Seele gut. Mach ein paar Jahrzehnte lang alles nur in deinem Namen.«

Sayed murmelte die Bestätigung der neu Indoktrinierten. »Meldest du dich mit deinem Chip für die Lotterie an?«

Max blinzelte in der Abendsonne. »Vielleicht. Du?«

»Du solltest es unbedingt tun«, empfahl Carys.

»Du auch«, sagte Sayed. »Vielleicht wir alle.«

Liljana erschauderte. »Ich nicht. Aber du, Carys, solltest dich für die Taktik anmelden. Du bist eine geborene Problemlöserin - du bist fantastisch.«

»Und ob«, sagte sie. »Ich habe seit Monaten geübt, nur für alle Fälle.«

Gemeinsam traten sie in nebeneinander stehende Personenschleusen, und Carys wählte die Lotterie-Option, rief die Kategorien auf und tippte ihre Entscheidungen ein. Nach dem Krieg in den ehemaligen Vereinigten Staaten war die Sicherheit bei Großereignissen streng, und als neuer europäischer Bürger wurde Sayed länger am Gate aufgehalten.

»Was hast du ausgewählt?«, fragte sie, als Max die Hand aus dem Chip-Lesegerät zog und in den Park weiterging. »Brachiale Kraft?«

Er nahm die alberne Haltung eines Muskelmanns ein. »Aber klar! Gewichtheben. Verschiedene Kampfkünste. Judo.«

Carys schüttelte nur den Kopf, und er lachte.

»Super«, sagte sie, »dann werden wir dich in kleinen Tüten portioniert mitnehmen, wenn wir zurückfliegen.«

Mitten im Park stand ein Kolosseum aus glänzendem Glas. So etwas war selten in den Woiwoden: Im Gegensatz zum Nebeneinander von Alt und Modern, das sich anderswo fand, war der Park für die Spiele komplett neu errichtet worden. Ergonomische Stadien und schnittige Arenen waren in alle Richtungen verstreut, und an jeder Ecke spielte Musik, ein Schmelztiegel unterschiedlichster Traditionen - Jazzgitarristen mit Marschkapellentrommlern, Rapper, die zusammen mit Flötisten auf der Bühne standen.

Fahnen wogten in langen Reihen in einer automatisch erzeugten Brise. Die Stoffe veränderten sich digital alle paar Sekunden, um die regionalen Muster aller Woiwoden zu zeigen. Dazwischen blinkten immer wieder kurz die drei Farben der Spiele auf.

»Machst du ein Foto von uns?« Carys hielt Max ihre Kamera hin, während sie und Liljana die Arme umeinander legten und in die Linse lächelten.

»Jetzt ihr beiden.« Liljana übernahm die Kamera, während Carys und Max unbeholfen die Daumen hochreckten, hinter ihnen die wehenden Fahnen.

»Noch eins«, rief sie. »Näher zusammen.«

Sie sahen sich kurz an.

»Na los!«, drängte Liljana. »Drückt euch ganz fest.« Nach einem winzigen Zögern nickte Max und legte den Arm um Carys, die sich an ihn schmiegte und angestrengt lächelte. »Ihr wärt wirklich ein wunderschönes Paar.« Liljana lachte, als sie ihnen das Foto zeigte. »Es ist fast eine Schande, dass es diese Paarregel gibt, nicht wahr?«

Carys lachte ein wenig zu laut. »Davon kann er träumen.«

Max verzog das Gesicht. »Wenn sie Glück hat, rufe ich sie in zehn Jahren an. Wohin zuerst?«

»Zur Athletik«, sagte Sayed, der sie wieder eingeholt hatte und den Veranstaltungsplan studierte. »Ich habe uns Sitze in der ersten Reihe gesichert.«

Ohne ein Wort zu sagen, nahm Max Carys' Kamera und wischte das Foto in seinen Account, während sie zum Kolosseum liefen.

Die noch unberührte Bahn wand sich in Form einer Acht, dem Symbol der Unendlichkeit. Orangefarbene Polymersitze in Spritzguss umringten die Arena, ragten nach hinten bis zu den Göttern hinauf. »Unglaublich!«, hauchten sie, während Schirme am offenen Dach Lichter in den Himmel warfen.

Elf Athleten kamen unter begeistertem Jubel heraus, der sofort verstummte, als die Lotterie angekündigt wurde. Liljana sah Max und Sayed fragend an, die jedoch die Köpfe schüttelten. Sie hatten sich nicht angemeldet. Von der linken Seite der Arena war ein Aufschrei zu hören, dann rannte ein Mann zum Podium hinunter, wo ihm die notwendige Ausrüstung überreicht wurde. Überall verkündeten Bildschirme die Zusammenarbeit in Europia, auf der Basis der interaktiven Vereinigung von

Teilnehmern und Zuschauern. Der Mann aus der Menge kehrte unter stürmischem Applaus zu den Athleten zurück und nahm seinen Platz auf Bahn zwölf ein. Da sich die Leistungen der Elite nur im Vergleich mit durchschnittlichen Fähigkeiten wirklich wertschätzen ließen, trat bei jeder Sportart ein Zuschauer gegen die professionellen Athleten an, um dem Publikum zu Hause einen Kontext zu bieten.

»Mit wem wirst du spielen?«, wollte Max von Carys wissen. Das war das zweite interaktive Element der Spiele: die Möglichkeit, einem bestimmten Athleten zu folgen und jeden Stoß, jeden Atemzug und jeden Sturz zu spüren.

»Unserem Durchschnittsbürger da drüben«, sagte sie und zeigte auf den Mann aus der Menge. »Mal sehen, wie es ist, gegen die Besten von Europia zu rennen.«

»Also gut«, erklärte er, als sie die Oculus-Schirme aus den Sitzen zogen und sie mit den Chips an ihren Handgelenken synchronisierten. »Ich werde Bahn elf verfolgen, um zu sehen, wie es ist, deinen Mann auf der Zwölf zu schlagen.«

»Es geht los.« Als die Musik mit einem kräftigen Beat im Stadion ertönte, beugten sie sich vor, genauso wie die Zuschauer überall zu Hause in der Woiwodschaft. Die Athleten grüßten die Menge, lockerten sich an der Startlinie, dann gingen sie auf ihrer jeweiligen Bahn in die Hocke. Das Publikum wurde still. Mit dem Knall stürmten die Läufer los. Carys' Mann kam stolpernd vom Startblock hoch und trampelte die Bahn entlang.

»Du hast dir eine ziemlich lahme Ente ausgesucht«, sagte Sayed lachend, und Carys stöhnte auf, als der Oculus zeigte, wie die Elitesportler mühelos davonzogen. Als sich ihr Chip mit dem Mann synchronisierte, raste ihr Herz, und ihr Körper neigte sich verdächtig nach rechts, während sie sich über die Bahn schleppte und Seitenstechen bekam. Max und Liljana dagegen hatten euphorisch die Köpfe zurückgeworfen, während sie mit den professionellen Läufern rannten. Ihre Herzen schlugen einen organischen, gesunden Rhythmus. Liljanas Athlet gewann, und sie sprang auf, die Arme ausgestreckt wie die Flügel eines Adlers, ekstatisch jubelnd. Überall im Stadion riss es auch die anderen Unterstützer des Siegers von den Sitzen.

Sie nahmen die Schirme ab, während um sie herum die Zuschauer lachten und sich über ihre Erfahrungen austauschten. Sie bejubelten die anderen Wettkämpfer, und Carys' Mann strahlte und verbeugte sich schwer keuchend.

»Was kommt als Nächstes?«, fragte Liljana. »Wir sollten Wetten abschließen. Vielleicht habe ich heute gute Chancen, mir jedes Mal den Sieger auszusuchen.«

»Noch ein paar Rennen hier, dann zum Wassersport?«, schlug Max vor. »Lasst Carys erst wieder zu Atem kommen.«

Das Schwimmbecken im Wassersportzentrum schimmerte wie Glas. Das aufgeregte Gemurmel der Zuschauer wurde von der Wasseroberfläche zurückgeworfen und hallte durch den Saal. Liljana führte sie zu ihren weißen Sitzen, die alle mit einem Oculus ausgestattet waren. Carys brauchte etwas länger, war noch erschöpft von ihren Erfahrungen mit den »gewöhnlichen« Leuten aus der Menge. Auch hier in der Halle wehten die digitalen Stofffahnen in einer Brise. Der Geruch des chemisch gereinigten Wassers kitzelte sie in der Nase.

In einstudierter Formation kamen die Athleten heraus, und das inzwischen versiertere Publikum verstummte bereits vor der Zuschauerlotterie.

»Scheiße.«

Max wandte sich an Carys. »Was?«

»Scheiße.« Sie kramte nach ihrem Flex, zog das Geflecht über die Fingerknöchel, blickte auf den Chip an ihrem Handgelenk.

»Was?« Auch Liljana und Sayed sahen sie fragend an.

»Mein Chip wurde markiert.«

»Für den Schwimmwettbewerb?« Max lachte auf. »Ich hoffe, du hast deinen Anzug mitgebracht.«

»Das ist nicht witzig. Scheiße.«

»Aber Carys«, sagte Liljana und beugte sich herüber, »ich dachte, du hättest dich nur für die taktischen Spiele angemeldet.«

»Genau.«

»Aber das hier ist ein ausschließlich weiblicher Kraftwettbewerb.«

»Ach was!« Sie sah Max an. »Was soll ich jetzt machen?«

»Das kann nur ein Fehler sein«, antwortete Max mit einem Schulterzucken.

»Du musst es tun, Carys«, sagte Sayed ernst.

»Was?«

»Die Chance, dass du ausgewählt wirst, ist sehr klein. Die Chance, dass du irgendwann noch einmal ausgewählt wirst, ist noch viel kleiner.«

»Sayed hat recht. Du solltest es tun«, sagte Liljana. »Du wirst keine weitere Gelegenheit bekommen.«

»Ich kann es nicht.«

Max wollte ihre Hand nehmen, hielt sich dann aber zurück, als in der nächsten Durchsage der Gewinner der Lotterie aufgefordert wurde, vorzutreten. »Tu es, Cari. Ich weiß, dass du bei der Taktik ein paar Männer fertigmachen wolltest, aber das hier wird ein großer Spaß. Niemand wird es dir übel nehmen, wenn du in einer Kraftsportart nicht siegst.«

Sie sah ihn mit verzweifelter Miene an. »Ich bin keine gute Schwimmerin, Max. Wenn ich ...«

»Plansch einfach drauflos«, riet ihr Liljana. »Niemand erwartet von dir, dass du gewinnst.«

Sayed warf ihr einen intensiven Blick zu. »Du wirst später zurückblicken und dir wünschen, du hättest teilgenommen. Es sind nur vier Bahnen, Carys.«

»Jetzt ist Lagenschwimmen dran - das sind vier verschiedene Stile.«

Der letzte Aufruf für die Lotteriegewinnerin kam, und Max zog Carys auf die Beine, ermutigt von Liljana und Sayed. Jubel brandete in den Zuschauerrängen auf, hallte von den Wänden wider, als der Menge bewusst wurde, dass man die Teilnehmerin gefunden hatte. Max schob sie behutsam zur Treppe. Carys stieg voller Beklemmung zum Becken hinab und blickte sich noch einmal zu ihren Freunden um. Max signalisierte ihr, dass sie lächeln sollte, indem er eine geschwungene Linie über seinen Mund zeichnete. Sie zog eine Grimasse.

»Wirst du mit Carys teilnehmen?«, fragte Sayed.

»Natürlich«, sagte Max und zog sich den Oculus vor das Gesicht, während Carys den Zuschauern vorgestellt wurde, ihre Ausrüstung erhielt und hastig zum Umkleideraum geführt wurde.

»Ich nicht«, sagte Liljana. »Ich habe gerade eine Glückssträhne.«

Sayed beugte sich vor. »Manchmal findet man Größe, wenn man sie gar nicht erwartet.«

»Komisch«, sagte Max, »auf dem Weg hierher habe ich das Gleiche gesagt.«

Carys kam in einem Schwimmanzug wieder heraus, und die Menge tobte begeistert, als sie neben den Athleten ihren Platz auf dem Startblock einnahm. Beim Knall der Pistole tauchte sie ins Wasser, und Max sog den Atem ein. Sein Herz raste im Gleichtakt mit ihrem. Sayed, der ebenfalls Carys verfolgte, spürte jeden etwas unbeholfenen Zug ihres Butterflys, während sie auf ihrer ersten Bahn durch das Wasser pflügte, ein Stück hinter den dahingleitenden Eliteschwimmern.

»Sie macht das richtig gut«, rief er Max zu, und Max nickte.

Ihre zweite Strecke im Rückenschwimmen ging ein wenig schief, weil Carys gegen das Seil zwischen den Bahnen stieß. Ein Teil des Publikums keuchte auf. Alle, die sie verfolgten, wie Max und Sayed, atmeten schwer.

Bei der Wende zum dritten Teil unterlief ihr ein weiterer Fehler. Carys nahm den letzten Atemzug mitten im Becken, dann streckte sie sich aus, um die Wand auf dem Rücken liegend zu treffen. Sie hätte mühelos in einer offenen Drehung die Beine an die Wand legen können, um sich in Bauchlage abzustoßen. Doch in der Aufregung führte sie die Wende unter Wasser als Rückwärtssalto aus, zog die Knie an den Bauch und schwamm im Bruststil unter der Oberfläche weiter. Dadurch wurde ihre Luft knapp, und Max und Sayed spürten über ihre Chips, wie ihr die Atemnot zu schaffen machte.

Carys schwamm immer noch unter Wasser.

Max schnappte nach Luft und keuchte, als er spürte, wie virtuelles Wasser in seinen Mund und seine Lunge eindrang, genauso wie andere Zuschauer um ihn herum. Er riss sich von seinem Oculus los und rannte die Treppe des Wassersportzentrums hinunter. Sein Chip hob die Synchronisierung auf, während er auf das tiefe Ende zulief, und als die Sanitäter ins Becken sprangen, ertönte ein Schrei. Sie packten Carys, die reglos und mit hängenden Armen im Wasser trieb.

»Nein!«, schrie Max, gefolgt von Sayed und Liljana, die hinter ihm herunterkamen.

Ein verstörtes Raunen lief durch das Publikum, als die Synchronisierung manuell von allen aufgehoben wurde, die mit Carys teilgenommen hatten. Die anderen Zuschauer, die den Elitesportlern gefolgt waren, nahmen fassungslos ihre Schirme ab.

Die Fahnen hörten auf zu wehen und blinkten rot, da die Live-Übertragung an die Zuschauer zu Hause einen Zwischenfall signalisierte. Alle beobachteten, wie Carys von den Sanitätern aus dem Wasser gezogen wurde. »Unter Wasser ohnmächtig geworden«, sagte der Sanitäter, während die Eliteschwimmer aus dem Becken kamen und respektvoll zur Seite traten.

Max legte eine Hand auf die Absperrung und übersprang sie, dann eilte er zu Carys, die reglos auf dem Boden lag. »Wie geht es ihr?«

»Bitte - lassen Sie uns unsere Arbeit machen.« Der Sanitäter hatte die Hände auf ihren Brustkorb gelegt und pumpte in regelmäßigem Rhythmus. Doch Carys' Herz reagierte nicht.

Max fiel hinter dem Sanitäter auf die Knie, griff nach ihrer Hand. »Carys.«

»Bitte, Sir.« Er machte mit der rhythmischen Massage weiter.

»Cari.«

»Zerebrale Hypoxie«, sagte der zweite Sanitäter, während der erste Carys die Nase zuhielt und mit Mund-zu-Mund-Beatmung begann. Liljana beobachtete alles voller Entsetzen. Die Besorgnis stand ihr ins Gesicht geschrieben, als ihr bewusst wurde, wie viele Blicke auf dem jungen, hübschen Pärchen im Zentrum der Katastrophe ruhten: Max auf den Knien neben dem türkisfarbenen Wasser, Carys' Haar, das sich aus ihrer Badekappe gelöst hatte. Irgendwo dachte ein Sportfunktionär in der Live-Übertragung laut darüber nach, was zu tun wäre, falls sie sterben sollte.

Der Sanitäter beatmete sie noch einmal. Mit einem heftigen Erzittern hustete sie, erbrach Wasser und schluchzte.

»Cari.« Max drückte ihre Hand. Auch er schluchzte. Sie drehte ihm den Kopf zu, Tränen vermischten sich auf ihrem Gesicht mit Wasser, und er kroch auf sie zu, legte seine Stirn an ihre. »Es tut mir leid.«

Die Fahnen blinkten erneut und wurden wieder weiß. Die Menge schrie vor Erleichterung auf, jubelte, dass das Mädchen überlebt hatte, und Carys hob eine Hand, damit die Leute sahen, dass sie wohlauf war.

Liljana rief ihre Namen, Max blinzelte.

Als sie sich daran erinnerte, wo sie waren, brach das den Bann. Während die Sanitäter sie unter dem Applaus der Arena behutsam aufhoben, fühlte sich Max hin und her gerissen. Plötzlich hatte er Angst, weil er in der Öffentlichkeit so viel preisgegeben hatte. Was, wenn die Vertreter der EVSA im Park zuschauten? Oder seine Familie zu Hause? Sein Blick wanderte über die Menge und blieb an Liljanas missbilligendem Gesichtsausdruck hängen. Doch dann verdrängte er seine Besorgnis und hielt immer noch Carys' Hand, als sie plötzlich an seinem Arm zerrte.

»Ich habe dir doch gesagt, dass ich keine gute Schwimmerin bin«, flüsterte sie.

»Ich weiß. Es tut mir leid, dass ich dich überredet habe.«

»Das hast du nicht.«

Doch, dachte Max, das hatte er.

»Ich konnte nicht länger die Luft anhalten. Ich konnte es einfach nicht.«

Überall auf dem Gelände wurde Carys' glückliche Rettung in ständiger Wiederholung auf den Schirmen gezeigt, und auch, wie sich Max immer wieder über sie beugte.

8

Sechzig Minuten

Carys und Max fallen in die Abfallwolke der *Laertes,* an den Hüften miteinander verbunden kippen sie immer tiefer in die Dunkelheit. Ein großer Schatten schiebt sich über sie, und das einzige Licht strahlt jetzt von ihren Anzügen und Fischglashelmen aus. Sie haben die silbrig schimmernden Arme hochgestreckt, als könnten sie so etwas spüren oder ihren freien Fall aufhalten. Doch das können sie nicht.

»Wenn wir dort unten enden ...«

»Was tun wir dann?«

»... werden wir im Asteroidenfeld sterben.«

Der Schweif eines Mikrometeoriten schießt vorbei, zerplatzt lautlos wie eine erlöschende Wunderkerze. »Hast du das gesehen?«

Cary stöhnt auf, den Kopf zwischen den erhobenen Armen. »Wir haben hier draußen keine Chance – selbst die verdammten Sterne und Steine sterben.«

»*Fast* keine Chance. Was wolltest du sagen?«

»Können wir noch irgendwas tun?«

Max schüttelt bedauernd den Kopf. »Ich glaube nicht.« Voller Angst sehen sie sich an, während ein weiterer kleiner Brocken vorbeisaust, eins der Asteroidenbruchstücke, die ihr Schiff getroffen und ihre Sonnenkollektoren zerfetzt haben - die regelmäßige Kakofonie, die das Knirschen und Knacken begleitete, während sie vom Sonnenlicht in die Dunkelheit eintraten und wieder zurück. Hier draußen in der Stille wirken Kollisionen mit den Steinen viel bedrohlicher. »Wir sind in den Asteroidengürtel gefallen.«

Als die Asteroiden eingetroffen waren, hatte es überall große Panik gegeben: Kunstwerke wurden unter der Erde in Sicherheit gebracht, Glaubenshäuser verkündeten die Apokalypse in allen möglichen Formen, suchten in Predigten aller Religionen quer durch die Geschichte nach Bedeutungen und Erkenntnissen. Selbst die Nachwirkungen des Atomkriegs zwischen den Vereinigten Staaten und dem Nahen Osten beruhigten sich angesichts der viel größeren und universelleren Gefahr. Russland trat im Eilverfahren der Woiwodschaft bei. Dennoch hing der Asteroidengürtel einfach nur über der Erde. Einige Steine stürzten aufs Land und ins Meer, doch die große Mehrheit blieb am Himmel über der Stratosphäre und umringte den Planeten. Die verbliebenen Nationen der Erde kamen zusammen, um ihre Forschungen über Meteoroiden im Weltraum und die glühenden Brocken, die zu Boden fielen, zu bündeln. Überall wurden Geoden gesammelt - ein lukratives Geschäft. Die EVSA bemühte sich, Flugsimulationen zu programmieren und Routen zu berechnen, bevor die besten Astronauten starteten, doch keinem gelang es, das Feld zu durchdringen.

Für die nächste Zukunft war der Planet vom Rest des Universums abgeriegelt. Das Sonnensystem wurde nicht weiter erkundet, die Weltraumfahrt ruhte. Nachdem die größten Wissenschaftler der Welt zweihundert Jahre lang erklärt hatten, dass unsere Zukunft in den Sternen und die Rettung der Menschheit in der Erkundung der Galaxis liegt, waren die Menschen erneut an ihren Planeten gefesselt. Die Uhr war um zwei Jahrhunderte zurückgedreht worden, philosophisch und technologisch, durch einen Ring aus Steinen.

Carys und Max hielten sich still und nachdenklich am Seil fest, das sie im Asteroidengürtel zusammenhielt. »Uns bleibt noch weniger als eine Stunde.«

»Ich weiß nicht, was wir tun könnten.« Max' Ehrlichkeit ist brutal. »Wir sind jetzt zu weit entfernt, und alles, was wir versuchen, könnte durch einen Meteoroiden ruiniert werden. Wir haben alles getan, was mir einfällt.«

»Lohnt es sich, noch mal durchzugehen, was wir ausprobiert haben?«, fragt sie vorsichtig. »Vielleicht bringt es uns auf neue Ideen.«

»Ich weiß es nicht.«

»Es muss irgendeine Möglichkeit geben.«

»Ich weiß es nicht, Cari, okay?« Seine Stimme bricht. »Ich weiß es nicht. Tu, was du willst. Ich bin fertig.«

»Wenn wir irgendeinen Treibstoff hätten ...«

»Den haben wir nicht. Du solltest nicht wieder damit anfangen, dir Sachen zu wünschen, die wir nicht haben.«

»Aber wenn wir welchen mitgenommen hätten …«

»Ich weiß, dass es meine Schuld ist.« Seine Stimme wird hart. »Ich würde alles dafür geben, wenn ich zurückgehen und in der Luftschleuse den Tank umschnallen könnte. Aber ich habe es nicht getan, was ich schrecklich bereue … wir können es nicht mehr ändern.«

»He«, sagt sie und legt eine Hand an seinen Arm, »ich mache dir keinen Vorwurf.«

»Vorwurf?«

»Max, beruhige dich, bitte.«

»Du bist es, die von Vorwürfen redet.«

Sie nimmt einen tiefen Atemzug, ist sich nicht sicher, was sie jetzt tun soll. Sie möchte weiter nach einer Möglichkeit suchen, diese Sache zu überleben, aber Max ist wütend geworden. Sie versucht es noch mal. »Wollen wir trotzdem durchgehen, was wir bis jetzt getan haben?«

»Ich möchte keine Liste meiner Fehler erstellen.«

»Hör auf. Hör einfach damit auf.« Sie schreit vor Zorn und stößt eine große Menge Luft aus.

Er starrt sie überrascht an.

»Ich möchte noch mal alles durchgehen, was wir versucht haben.«

»Du solltest nicht so heftig atmen«, sagt er. »Damit verbrauchst du zu viel Luft.«

»Ach ja? Was interessiert es dich überhaupt? Du hast doch schon aufgegeben.«

Er spielt mit dem blauen EVSA-Abzeichen an seinem Arm. »Das habe ich nicht«, erwidert er etwas sanfter. »Aber ich habe keine Ideen mehr. Wir können keinen Treibstoff erzeugen, und selbst wenn, sind wir schon viel zu weit entfernt, um zurückkehren zu können.«

»Das verstehe ich«, sagt Carys. »Aber zumindest haben wir noch etwa sechzig Minuten miteinander, und die würde ich gern auf positive Art verbringen und nicht schon jetzt aufgeben.«

Max blickt auf die Anzeige an der Seite von Carys' Tornister, bemerkt wieder, dass sie geringer ist als der Wert, den sie gerade genannt hat.

»Komm schon«, sagt sie. »Was haben wir versucht?« Hoffnungsvoll sieht sie ihn an, und er beruhigt sich ein wenig. Ein weiterer Gesteinssplitter fliegt an ihnen vorbei.

»Wir haben versucht, Sauerstoff ohne nennenswerten Druck auszustoßen, um uns anzutreiben. Es hat nicht funktioniert.«

»Okay.«

»Das war dumm. Tut mir leid.«

»Das spielt keine Rolle. Was noch?«

»Dann haben wir versucht, Kohlendioxid zu erhitzen. Dann den Plan geändert und etwas Unmögliches versucht: die Erzeugung von rotem oder schwarzem Sauerstoff.«

Sie verdreht die Augen. »Auch das hat nicht funktioniert, wegen des Sonnenlichts. Aber wir werden nicht mehr direkt von der Sonne angestrahlt. Würde es also etwas bringen, das noch mal zu probieren? Jetzt?« Sie blicken sich in der Dunkelheit um, während sie mit dem Rücken zur Erde dahintreiben. Der Mond und ein paar ferne Sterne wirken, als würde es mehrere Hundert Leben dauern, sie zu erreichen. Und selbst sie lösen sich im Blassrosa der gewundenen Milchstraße auf, vor der Carys und Max sich unendlich klein fühlen.

»Wir sind zu weit weg, glaube ich«, sagt Max.

Carys ruft noch einmal die Unterhaltung mit Osric über Oxidatoren auf und rechnet kurz nach. Dann lässt sie den Kopf hängen. »Bestätigt. Wir sind zu weit entfernt, um noch zur *Laertes* zurückkehren zu können. Was noch? Wir haben Osric gebeten, das Schiff zu navigieren, was er nicht konnte. Er hat die aktiven und die ausgefallenen Systeme aufgelistet.«

»Die aktiven. Osric hat nur die aktiven aufgelistet.« Max duckt sich, als wieder ein Meteoroid von der Größe eines Kieselsteins vorbeischießt und nur knapp seinen Stiefel verfehlt. »Wir müssen vorsichtig sein. Wenn einer dieser Ministeine unsere Glasscheibe trifft, sind wir erledigt.«

»Wir fallen auf die größten Brocken zu, also ist es unvermeidlich.« Sie zählt einen weiteren Punkt an den Fingern ab. »Wir haben die Gewächshaussequenz eingeleitet, wodurch sich die *Laertes* gedreht hat und die Kollektoren entfaltet wurden. Wir wurden vor der Sonne abgeschirmt, aber dadurch wurde eine Abfallentsorgung nötig.«

»Diese verdammte Entsorgung.«

»Furchtbar«, stimmt sie ihm zu. »Das habe ich nicht vorausgeahnt.«

»In dieser Situation von Toilettenabfällen getroffen zu werden, ist buchstäblich ein Schlag ins Gesicht.« Er denkt einen Moment lang nach. »Gibt es irgendeine andere Möglichkeit, wie etwas vom Schiff zu uns befördert werden könnte?«

»Würde es irgendetwas bringen? Das Bewegungsmoment würde uns nur weiter fortstoßen.« Sie demonstriert es mit einer Handbewegung.

»Und wir haben kein Rettungsfloß oder etwas in der Art.«

»Kein Rettungsfloß«, bestätigt sie.

»Nichts an Bord der *Laertes,* das intelligent genug wäre, dass wir es instruieren könnten.« Er sieht sie hoffnungsvoll an, und ihre Stimmung hebt sich für einen Moment.

»Ich könnte Osric fragen.«

Er nickt, und sie flext eine Nachricht.

Osric, sind noch irgendwelche Drohnen an Bord?

Sie wartet, aber Osric antwortet nicht.

Osric?

Max beobachtet ihre Fragen auf seiner Anzeige.

Hallo, Carys. Es gibt zahlreiche Interferenzen, sodass ich nicht alle deine Worte empfange.

Sind noch irgendwelche Drohnen an Bord der Laertes?

Negativ. Zwei Drohnen sind auf Erkundungsflügen und derzeit außer Reichweite. Zwei fungieren als Patrouillensatelliten.

Verdammt.

Sie wartet, dass das Wort »Verdammt« in Blau auf ihrer Helmscheibe angezeigt wird, aber es passiert nicht. Also flext sie noch mal.

Verdammt.

Wieder tut sich nichts. »Was zum ...?«

Max wirft ihr einen Blick zu. »Was ist los?«

Sein Audiokanal knistert in ihrem Helm, also überprüft sie hastig das Lautsprechersystem, dann das Flex auf ihrem Handrücken. »Kannst du mich hören?«

Er sieht sie beunruhigt an und schüttelt den Kopf.

»Und jetzt?«

Wieder schüttelt er den Kopf, zeigt mit zunehmender Besorgnis auf sein Ohr.

»Mist.« Sie beschäftigt sich noch einmal mit ihrem Kommunikationssystem, überprüft die Lautstärkeregelung an der Innenseite ihres Arms. Dann zeigt sie erschrocken auf ihn, gibt ihm zu verstehen, dass er sprechen soll.

»Ist unsere Kommunikation ausgefallen?«, fragt Max, aber sie kann ihn nicht hören. Sie greift nach ihm, um ihn zu berühren, will irgendwie zu ihm durchdringen. Max blickt hektisch um sich, während seine Lippen Worte formen, die sie nicht hören kann.

»Ich will nicht allein sein«, sagt sie. *Osric?*

Carys. Worte erscheinen flackernd auf ihrer Anzeige. Die Interferenzen werden immer stärker, und ihr werdet bald außer Reichweite sein.

Sie ist entsetzt. *Was?*

Vergeude keine Zeit. Was musst du mich fragen?

Max zerrt an ihrem Arm, aber sie schüttelt ihn ab, hebt einen Finger.

Was?, flext sie.

Ihr werdet bald außer Reichweite und allein sein. Carys, was musst du mir sagen?

Max greift wieder nach ihr, während er ihre Unterhaltung mit Osric in seinem Fischglashelm mitliest, aber sie kann nicht hören, was er ruft, und ihr läuft die Zeit davon.

»Sind Zitronen auf Leim?«, versteht sie, schüttelt hilflos den Kopf. »Was?«

Sind Zitronen auf Leim? Es ergibt keinen Sinn, von den Lippen abzulesen, sie hat keine Ahnung, was er ihr zurufen will. Carys zögert, denkt darüber nach, wie sie die nächste Stunde verbringen will, und entscheidet sich.

Wie stelle ich die Kommunikation mit Max wieder her?

Max wirft verzweifelt die Hände hoch.

Carys, eure Audiokommunikation wird derzeit über die *Laertes* geleitet und dann zurück an eure Chips gesendet. Schalte auf Direk…

»Osric?«, fragt sie mit Verzweiflung in der Stimme.

Nichts.

Osric?

Nur noch Stille. Sie legt die Hände vors Gesicht, soweit es ihr mit der Plexiglasscheibe möglich ist, dann sieht sie wieder Max an. Für den Fall, dass Osric noch online ist, flext sie schnell: *Danke, Osric.* Doch es erscheint nicht in ihrer Anzeige.

Max erwidert ihren Blick und zuckt mit den Schultern.

Sie haben keine Möglichkeit mehr, miteinander zu kommunizieren - jetzt sind sie völlig allein.

Carys' Nahtoderfahrung bei den Woiwodschaft-Spielen erweckte in ihr das Bedürfnis, irgendwie intensiver zu leben. Sie gingen miteinander ins Bett, nervös und zu beschwipst, und waren sich überdeutlich bewusst, dass es etwas bedeuten sollte. Aber sie hatten ihre Ängste und Erwartungen in Alkohol ertränkt, was alles unklar machte. Sie hatte ihn auf das Sofa zurückgestoßen und war auf ihn gestiegen, während sie am Kragen seines alten Seemannspullovers riss.

»Hui!« Max lachte und hielt ihre Handgelenke fest. Sie erwischte einen Faden, brachte das uralte Kleidungsstück außer Form.

Sie setzte sich zurück, ihr Gesicht bemühte sich, mit ihren Empfindungen Schritt zu halten. »Hui?«

»Ich meinte nicht ›Hui, hör auf‹«, flüsterte er, zog sie zu einem weiteren Kuss an sich heran. Doch er verschätzte sich, und sie stürzte auf ihn zu, knallte gegen seine Brust. »Es besteht die Möglichkeit«, sagte er, »dass wir ein wenig betrunken sind.«

Sie zog sich wieder hoch, blickte auf ihn hinunter. Ihr Haar löste sich aus dem Zopf über ihrer Schulter, an den Enden blond, wo es von der Sonne ausgebleicht war. »Meinst du?«

Er lachte, und sie knöpfte ihr Hemd auf. Er hielt sie an den Hüften, blickte zu ihr auf, blinzelte das Flimmern in seinem Sichtfeld weg.

»Bring mich ins andere Zimmer«, sagte sie.

»Sicher?«, fragte er.

»Natürlich bin ich mir sicher«, sagte sie.

»Ich will es wirklich.«

»Ich auch.«

Er stand vom Sofa auf, ihre Beine um seine Hüften geschlungen, und trug sie so zum Schlafzimmer hinüber, während sie ihn küsste. »Müssen wir uns Gedanken über ...?«

»Alles gut - ich habe eine Drei-A«, sagte Carys. »Es wird nichts passieren.« Sie zerrte ungeduldig am Saum seines Pullovers, und er bemühte sich, ihn auszuziehen, während er sie auf das Bett legte.

»Alles in Ordnung?«, fragte er, als er ihr die Hose herunterzog, den Daumen unter ihren Fuß schob und ihr Bein anhob. Carys spannte sich an und streckte die Wadenmuskeln aus. Sie keuchte, als er mit der Hand an der Innenseite ihres Schenkels entlangstrich, um sie zu reizen. Als Vergeltung schlang sie ein Bein um ihn und riss ihn unvermittelt aufs Bett hinunter.

»Hör auf, mich zu fragen, ob ich mir sicher bin und ob alles mit mir in Ordnung ist. Ich habe in meinem ganzen Leben noch nie irgendetwas so sehr gewollt.« Carys biss sich auf die Lippe, zog seinen Reißverschluss auf, und er sah zu, wie sie ihn in sich hineindrückte. Er stieß einmal, zweimal, dreimal zu, dachte, dass es verdammt schnell ging mit dem Mädchen, das seine Gedanken beherrschte und einen Wahnsinnskörper hatte ...

Er kam heftig, packte sie dabei mit den Armen. Sie lagen noch eine Weile so da, bis er leise sagte: »Tut mir leid.«

»Sei nicht albern«, sagte sie mit entrückt klingender Stimme. »Das spielt überhaupt keine Rolle.«

»Doch. Ich war nur so ...«

»Kein Problem.« Sie drückte einen Kuss auf seine Schulter, zog sich von der Bettkante hoch und durchquerte den dunklen Raum. Nur das Mondlicht schimmerte auf ihrer blassen Haut. Verwirrt beobachtete er, wie sie den Seemannspullover vom Boden aufhob.

»Kann ich den anziehen?«, fragte sie und zog ihn sich über den Kopf. Er fiel bis auf ihre Oberschenkel. Er nickte, und sie trat in die Küche. »Möchtest du irgendwas?«, rief sie.

Erleichtert, dass sie nicht einfach ging, antwortete er: »Ein Glas Wasser wäre toll.«

»Einen Moment.«

Er lag da und betrachtete die Lichter von der Straße, die über die Decke zogen, wenn ein Hybrid vorbeifuhr. Ihm war schwindlig vom Alkohol und dem, was geschehen war. Als sie nach fünf Minuten immer noch nicht zurückgekommen war, machte er sich Sorgen.

Max fand sie zusammengekauert auf einem Stuhl in der Küche, als Schattenriss im Mondlicht, das durch die Glastüren hereinströmte. Sie starrte auf die Ruinen von Ziegelsteinfundamenten hinaus, die einst einen Garten begrenzt hatten. Sie kaute auf einem Fingernagel und wackelte mit dem Knie, das sie sich unter das Kinn geklemmt hatte.

»Alles okay?«

Sie antwortete nicht.

»Carys?«

»He«, sagte sie mit einem Lächeln, das ihre Augen nicht erreichte - Augen, die nicht in seine blicken wollten.

»Könntest du mich ansehen?« Er kam vorsichtig näher, legte die Hände auf ihren Rücken.

»Ich glaube, ich bin wieder nüchtern geworden«, sagte sie, ohne ihn anzusehen.

»Wie schade.« Verärgert blickte sie zu ihm auf, doch er ließ sich nicht beirren. »Weil ich es nicht bin.«

Sie vergrub den Kopf in seinen Armen. »Ich bin eine Idiotin.«

»Sei nicht albern.« Er setzte sich neben sie. »Ich bin hier der Idiot. Ich konnte mich nicht beherrschen.«

»Genauso wenig wie ich.«

»Aber ich habe es nicht geschafft - ich meine, ich wollte, dass es auch für dich schön ist, aber ...«

Sie hob den Kopf und sah ihn endlich an, während eine Haarsträhne über ihre grünen Augen fiel. »Das ist mir nicht wichtig, Max.«

»Es ist peinlich.«

»Wohl kaum.«

Er lehnte sich zurück. »Nein?«

»Eigentlich ist es sogar ein Kompliment.«

»Hm, ja, genau das war es.«

»Es tut mir leid, dass ich so komisch war«, sagte sie. »Ich hatte einfach nur Angst.«

Er strich ihr das Haar aus dem Gesicht und klemmte es hinter ihr Ohr. »Warum hattest du Angst?«

»Weil ich dich mag. Und weil ich wollte, dass du mich magst.« Verlegen stand sie auf, um Tee zu machen.

»Ich will dich wirklich«, sagte er. »Auch wenn du etwas animalisch geworden bist.«

Sie verbarg das Gesicht im Pullover, dann lachten sie, als sich die Anspannung endlich löste. »Tut mir leid.« Nun konnte sie ihn direkt ansehen.

»Mir auch. Ich finde dich wunderbar, und es tut mir leid, dass wir so nervös waren, dass wir es überstürzt haben.« Er ging zu ihr hinüber, und sie senkte den Blick, worauf er ihr Kinn anhob. »Aber du weißt, dass es auch eine positive Seite hat.«

Sie hob eine Augenbraue.

»Wir haben es jetzt getan. Was bedeutet, dass wir es wieder tun können.«

Sie lachte, als er seine Lippen auf ihre legte und seine Zunge zwischen ihre Zähne schob. Als sie sich küssten, glitten Max' Hände an ihrem Körper hinunter, spürten jede Rundung, während er ihre Schenkel packte und sie auf die Anrichte hob. Sie stöhnte und drückte den Kopf an seine Schulter. Max überzog sie mit Küssen, während sie die Beine um ihn schlang.

»Danke«, flüsterte sie.

»Wofür?«

»Dass du mich willst, obwohl ich eine Idiotin bin.«

»Kein Problem«, sagte er und küsste sie hinter dem Ohr. »Ich bin auch ein Idiot.« Sie schlang die Arme um seinen Hals, und seine Hände griffen in ihr Haar. Dann hörten sie auf zu lachen, als das Zucken ihrer Hüften ihnen verriet, dass es diesmal tatsächlich sehr ernst wurde.

9

Zweiundfünfzig Minuten

Max und Carys merken an ihrer Körpersprache, dass sie wütend aufeinander sind. Sein Gesicht in der Glaskugel hat einen verärgerten Ausdruck, während er Worte spricht, die sie nicht hören kann, und seine Hände schneller gestikulieren als ein Koch, der mit einem Hackmesser hantiert. Ihre Haltung ist niedergeschlagen, der Rücken gekrümmt, obwohl sich ihr Körper bewegt - der immerwährenden Bewegung der Mikrogravitation ausgesetzt.

»Ich weiß«, sagt sie, obwohl er es nicht hören kann. »Ich habe Osric die falsche Frage gestellt. Ich habe die Chance vergeben, und jetzt bist du wütend auf mich. Ich verstehe dich.«

Sie haben den Kommunikationskontakt verloren. Osric ist außer Reichweite. Im stummen Nachhall hat sich Max' Frustration zu Wut gesteigert, und Carys ist von ihrem Widerstreit gelangweilt, sodass sie die Hände vor seinem Gesicht hebt, auf seine ungeteilte Aufmerksamkeit wartet und dann in schneller Abfolge den Daumen und die Finger zusammendrückt - die internationale Geste für sinnloses Geplapper. Sein Zorn wird erneut entfacht, und er spricht Worte, die sie nie hören und die er auf ewig bereuen wird.

Sie streiten eine Weile lautlos weiter, während sie in die Dunkelheit davontreiben. Als sie damit fertig sind, zieht sich Max zu einer Kugel zusammen, die Arme um den Helm gelegt, die Knie an die Brust gezogen, und schreit. Er schreit seine Hilflosigkeit hinaus, gestrandet und nicht gut genug von der EVSA trainiert, durch die Nacht stürzend. Er schreit, dass er jetzt gar nicht hier sein sollte, nicht mit ihr, dass er alles versucht hat, sich von ihr fernzuhalten, um den utopischen Gesetzen zu gehorchen. Doch am meisten schreit er wegen der Gefahr, in die sie durch seine Hand geraten ist. In einer Stunde - in weniger als einer Stunde - wird sie sterben, und er wird dabei zusehen müssen.

Sie hört ihn nicht schreien. Sie beobachtet, wie er sich zusammenrollt, wie ein Embryo, wie sein Körper geschüttelt wird, als er seine Empfindungen herauslässt. Sie sieht, wie die Erschütterungen über seine Haut laufen und sich in die Gliedmaßen ausbreiten. Als sie seinen Zusammenbruch sieht, weiß Carys, dass etwas dazugehört, das sie nicht hören kann, und für einen Moment ist sie froh darüber.

Sie legt eine Hand auf Max' Arm. Zuerst versucht er sie abzuschütteln, doch sie lässt nicht locker. »Es tut mir leid«, flüstert sie. »Es tut mir unendlich leid.«

Langsam legt er seine Hand auf ihre, tätschelt sie beruhigend. *Alles gut,* sagt er mit dieser Geste. Er kommt zurück.

Allmählich entfaltet er sich, streckt die Beine aus wie ein Turmspringer kurz vor dem Eintauchen. Seine Arme entspannen sich, breiten sich aus. Er hebt den Kopf und atmet langsam und tief. Durch die Bewegung löst sich die Leine zwischen ihnen ein wenig von seiner Hüfte, woraufhin er daran zerrt, sodass sie auf ihn zukommt, als würde er sie bei einem Tangoschritt an sich ziehen.

Sie sieht ihn an. Max legt eine Hand auf sein Herz, seine blauen Augen blicken reuevoll.

»Ich weiß«, sagt sie. »Auch mir tut es leid.«

Er hebt die Finger zweimal vor seiner Brust, wie ein Herzschlag.

Carys schaut auf die Anzeige seines Sauerstofftanks, erkennt, dass sie auf etwas mehr als fünfzig Minuten gesunken ist - das Alter von ihnen beiden zusammengenommen. Sie fragt sich, was sie tun soll, wie sie kommunizieren sollen, nachdem sie nicht mehr sprechen können, ob sie noch einmal zu einem gemeinsamen Leben zurückfinden werden, in dem die Möglichkeit, miteinander zu reden, selbstverständlich ist. Vorsichtig spreizt sie die Finger, wie ein Seestern, um das Flexgeflecht zu aktivieren, dann tippt sie wahllos auf irgendwelche virtuelle Tasten. Nichts erscheint in ihrer Helmanzeige - sie hat gehofft, auf seiner würde etwas zu sehen sein. Sie schüttelt den Kopf, und er sieht sie fragend an, also wiederholt sie das Kopfschütteln. Er zuckt mit den Schultern. Er weiß nicht, was sie meint.

Sie denkt daran zurück, was sie in der Schule über Kommunikation gelernt haben, abgesehen von europäischen Sprachen. Das Problem ist, das kaum jemand mit dem Morse-Code vertraut ist. Die meisten kennen »SOS«, und wenn sie etwas weiter fortgeschritten sind, vielleicht noch ihren Namen, aber nicht das gesamte System.

Carys verwirft das Winkeralphabet - schließlich will sie nicht versuchen, hier draußen ein Flugzeug bei der Landung zu unterstützen. Sie könnte mit einem Stück Stoff oder einem Strick oder den Wasserbeuteln vor Max herumfuchteln, aber sie kann sich nicht mehr an alle Zeichen erinnern, und sie weiß nicht einmal, ob er damit vertraut ist.

Sie denkt nach.

Er berührt ihre Schulter, sieht sie fragend an.

Warte.

Er berührt sie erneut, und sie hebt einen Finger, um ihn zum Schweigen zu bringen, während sie weiter nachdenkt.

Er hebt die Augenbrauen.

Dann bedrängt sie ihn mit hektischen Gesten, dass sie hinter ihn gelangen oder ihn irgendwie herumdrehen will.

Max nickt, und Carys tastet sich an seinem Körper entlang, zieht sich weiter, bis sie seine Schulter erreicht und sich hinter ihn manövriert hat. Sie greift in seinen Tornister, wo sie zuvor Wasserbehälter gesehen hat ... und Lampen.

Sie zieht eine LED-Leuchte heraus und hält sie mit beiden Händen, konzentriert sich darauf, den Lichtstrahl einzuschalten. Sie lässt Max los, um sich mit der Lampe beschäftigen zu können. Dabei schwebt sie ein kleines Stück von ihm weg, und die Leine strafft sich vibrierend.

Die Lampe geht an, und Carys schwenkt den Strahl vor ihm hin und her, blendet ihn, sodass er seine Augen mit den Händen abschirmen muss.

»Tut mir leid«, sagt sie, was er nicht hören kann. Sie hält die Lampe so, dass der Strahl zur Seite in der Dunkelheit verschwindet. Trotz der Helligkeit ist er doch nur ein unendlich kleiner Punkt vor dem Hintergrund der Galaxis. Max blickt in die Richtung des Lichts, fragt sich, ob sie ihm damit irgendetwas signalisieren will, ob sie etwas entdeckt hat, das sie retten könnte. Als er sich herumdreht, sieht er kein Rettungsfloß, nur einen größeren Felsbrocken, der etwa einen Kilometer entfernt vorbeitrudelt, und erschaudert. Sie sind tief in den Asteroidengürtel gefallen.

Carys schüttelt die Lampe, um seine Aufmerksamkeit wieder auf sie zu lenken, und er nickt. Dann deutet sie auf den Strahl und wartet, dass er noch einmal nickt.

Okay.

Mit ruhiger Hand zieht sie die Lampe in gerader Linie hoch, lässt den winzigen Lichtstrahl durch die Dunkelheit wandern. Oben setzt sie zu einem Bogen an, den sie zum Anfang der Linie zurückführt. Sie sieht ihn an.

»D?«

Sie lächelt und nickt, betet, dass Max wirklich »D« gesagt hat und keinen der vielen anderen Buchstaben, die ähnlich aussehen, wenn man sie von den Lippen abliest. Dann bewegt sie den Lichtstrahl einfach nur in einer senkrechten Linie.

»I?«, sagt Max.

Sie zeigt ihm einen hochgereckten Daumen, dann setzt sie zum nächsten Buchstaben an. Sie zieht die Lampe wieder senkrecht hoch, bewegt sie dann in einem kleineren Bogen zur Mitte der Linie zurück.

Bevor sie damit fertig ist, tippt Max auf ihren Arm und sagt: »P.«

Carys schüttelt den Kopf. Sie setzt erneut an und gibt ihm zu verstehen, dass er abwarten soll. Als der Bogen wieder die Mitte der Senkrechten erreicht hat, fügt sie eine diagonale Linie hinzu.

»R?«, sagt Max.

Carys nickt. Mit ernsthafter Konzentration zeichnet sie einen weiteren senkrechten Strich, an den sie drei waagerechte Linien ansetzt.

»D-I-R-E. Direktor? Direktive? Das ist ein ziemlich frustrierendes Spiel. Ich habe keine Ahnung, was du meinst. Mach weiter.«

Max verfolgt, wie Carys den Lichtstrahl in Form eines »K« und dann eines »T« bewegt und ihn dann abwartend ansieht.

»Direkt. Was meinst du mit ›direkt‹? Irgendeine Direktion oder Richtung? Den direkten Weg? Direkt in den Tod? Ich weiß nicht, was du mir sagen willst.«

Kopfschüttelnd beobachtet sie seinen Monolog. Sie gestikuliert, zeigt auf ihn und sich selbst, kehrt die Bewegung um, von sich selbst zu ihm, deutet auf den Raum zwischen ihnen.

»Ja, wir sind beide hier.« Er wiederholt die Geste, von ihm zu ihr, von ihr zu ihm, spricht weiter, bemüht sich, die Bedeutung ihrer Botschaft zu verstehen.

Sie verdreht die Augen und überlegt, ob sie noch mal von vorn anfangen soll. Wenn sie dieses Problem nicht lösen, würde es so vieles geben, das sie nicht mehr sagen können. Wie viel kann man schon mit reiner Körpersprache ausdrücken? Sie haben eine Menge miteinander durchgemacht. Dann kommt ihr eine andere Idee.

Carys zeigt auf ihr Flex, tut, als würde sie etwas tippen, dann deutet sie auf seinen Helm und zeichnet mit der Hand waagerechte Linien in die Leere. Sie zieht einen imaginären Rahmen darum und schiebt ihn hinauf und hinunter.

»Ich bin ein Idiot! Es ist etwas, das in deiner Kommunikation mit Osric gesagt wurde.« Max scrollt sich hastig durch die letzten Zeilen ihrer Unterhaltung.

Carys. Die Interferenzen werden immer stärker, und ihr werdet bald außer Reichweite sein.

Was?

Vergeude keine Zeit. Was musst du mich fragen?

Was?

Ihr werdet bald außer Reichweite und allein sein. Carys, was musst du mir sagen?

Sind Zitronen auf Leim?

Wie stelle ich die Kommunikation mit Max wieder her?

Carys, eure Audiokommunikation wird derzeit über die *Laertes* geleitet und dann zurück an eure Chips gesendet. Schalte auf Direk...

Max liest »Sind Zitronen auf Leim?« und stöhnt, dann nickt er ihr zu, damit sie weiß, dass er verstanden hat. Vorher hat er es übersehen, Osrics letzte Anweisung: Sie müssen herausfinden, wie sie eine Direktverbindung herstellen können, um miteinander sprechen zu können.

»Direktverbindung«, murmelt Max, während er den blauen Text in seinem Fischglashelm durchsieht und den Block zur Seite schiebt, um nach einer Möglichkeit zu suchen, die Einstellungen zu ändern. »So was habe ich noch nie gemacht.«

Carys verzieht fragend das Gesicht. Weiß er es? Dann schüttelt sie den Kopf, gibt ihm zu verstehen, dass sie es nicht weiß.

»Ich auch nicht, Cari, ich auch nicht.« Max klickt sich durch Menüs, in denen sich Helligkeit, Kontrast und Farbwerte einstellen lassen. »Hier ist es nicht.« Er wendet sich den akustischen Kontrollen an seinem Arm zu, schließt die Fenster für Lautstärke, Höhen und Tiefen. Als ob sich jemand Sorgen machen könnte, wie stark man die Basstöne im Weltraum hören kann.

Hilflos sieht er sie an. Er zeigt auf ihr Ohr, schüttelt den Kopf, dann deutet er auf den Monitor und schüttelt noch mal den Kopf.

Sie scrollt sich durch die Unterhaltung mit Osric und denkt angestrengt nach.

Carys, eure Audiokommunikation wird derzeit über die *Laertes* geleitet und dann zurück an eure Chips gesendet. Schalte auf Direk…

Sie schlägt Max gegen die Brust. »Es ist in unseren Chips.« Sie weiß, dass er sie nicht hören kann, also zeigt sie auf ihr Handgelenk. »Chip.« Ihr ist bewusst, dass das Wort ähnlich wie »Schiff« klingt, und tippt sich mehrere Male aufs Handgelenk, bis er lächelt, weil er versteht. Schnell klickt sie sich durch die verschiedenen Einstellungsmöglichkeiten ihres Chips, bis sie zu den selten benutzten kommt. Sie findet den richtigen Befehl und streckt ihm die Hand hin, damit er es sieht. Er nimmt an seinem Chip die gleichen Einstellungen vor. Mit einem Knacken, das viel lauter ist als ihre bisherige Sprechverbindung über die *Laertes*, erwacht ihr Kommunikationskanal wieder zum Leben - mit der wunderschönsten Botschaft, die sie sich vorstellen kann: »Hallo!«

Sie umarmen sich und lachen miteinander, alles in vollem Stereoklang.

»Carys?«, sagt er. »Weißt du noch, wie mir damals der Job angeboten wurde?«

»Das ist das Erste, worüber du jetzt mit mir sprechen willst?«

»Ich habe darüber nachgedacht, als wir uns nicht unterhalten konnten. Ich wollte dich danach fragen. Ich will es wissen.«

»Was willst du wissen?«, fragt sie.

»Die Leute sagten, es wäre auf Empfehlung gewesen und wegen der Menge an Anfragen auf MindShare, die ich beantwortet hatte. Aber man kann nur von einem bereits angestellten Mitarbeiter für einen Job empfohlen werden.«

Sie hantiert mit der Leine. »Das Thema hatten wir doch schon ...«

»Als ich dich wiedersah«, sagt er, »als ich herausgefunden habe, dass auch du bei der EVSA arbeitest - dieser Zufall ...«

»Ja.«

»Das ist eine der Lektionen, die man lernt, wenn man älter wird. Es gibt keine Zufälle. Hast du mich empfohlen, Cari?«

»Spielt das eine Rolle?«

»Hast du mir den Job verschafft?«

»Ja.« Sie versucht gar nicht, es abzustreiten.

Er nickt. »Ich dachte, es wäre allein mein Verdienst gewesen.«

»Das war es auch.«

Er lacht stakkatohaft, laut prustend, sodass in ihren Helmen automatisch die Lautstärke gedämpft wird. »Du hast interveniert, um mir ein besseres Leben zu ermöglichen, nachdem du mich nur einmal getroffen hast?«

»Zweimal. Wir sind uns zweimal begegnet.«

»Bist du verrückt?«

»Nein. Ja.« Sie weiß, dass es schwierig wird, es zu erklären. »Als wir uns trafen, erkannte ich, dass du unglücklich bist. Du warst wegen familiärer Verpflichtungen in diesem Laden gefangen – du hast es selbst gesagt. Dann habe ich am gleichen Abend in der Bar mit Liu gesprochen, und er erzählte mir vom ›Weltraumgambit‹, wie er es nannte. Also dachte ich mir, ich könnte dir helfen, deine überragende Fähigkeit zu benutzen – denn es ist eine Fähigkeit, Max –, um die Geschichte zu verwirklichen, die er über dich erzählte. ›Der größte lebende Astronaut, der immer noch lebt und noch nicht tot ist.‹ Warum sollte das nicht wahr werden? Warum solltest du es nicht wirklich sein? Die EVSA brauchte einen Lebensmittelspezialisten, und du hattest die Schwerarbeit schon gemacht. Also habe ich einfach nur die richtigen Leute darauf gestoßen.«

»Warum, Cari?«

Stille.

»Warum ich?«

»Ich weiß es nicht. Weil du so hübsche Zähne hast?«

»Du bist wirklich verrückt.«

Sie versucht ein letztes Mal, es zu erklären: »Ich wusste nicht, ob jemals irgendetwas zwischen uns laufen würde, damals noch nicht, aber ich dachte, es wäre besser, wenn ich versuche, *dich* glücklich zu machen. Statt herumzusitzen und zu warten, dass jemand mir etwas Gutes tut, konnte ich dafür sorgen, dass es sich ausnahmsweise für jemand anderen auszahlt, so ambitioniert zu sein.«

Er driftet ein Stück von ihr weg, um es sacken zu lassen. »Als wir die ganze Zeit Witze darüber gemacht haben, dass ich dich bei unserer ersten Begegnung gerettet habe«, sagt er, »hast du in Wirklichkeit *mich* gerettet.«

ZWEITER TEIL

10

Es war eine so simple Frage, dass Carys nie daran gedacht hatte, sie zu stellen. Sie waren glücklich, sie verbrachten angenehme Stunden bei der gemeinsamen Arbeit und intime, wenn sie heimlich miteinander allein waren, während sich die halbe Woiwode auf die nächste Rotation vorbereitete.

Es begann mit kleinen Dingen, die allmählich größere Bedeutung entwickelten: Zuerst kamen die Momente, die man kaum bewusst registrierte, der vorsichtige Rückzug aus der Gesellschaft, wenn einigen Europäern unausweichlich klar wurde, dass ihre gemeinsame Zeit als Nachbarn vorbei war. Auf MindShare nahm der Umfang der Online-Chats rapide zu, wenn wild spekuliert und potenzielle künftige Woiwoden recherchiert wurden, obwohl sie erst etwas später bekannt gegeben würden. Danach kam der verstärkte Zulauf zu den Sprachlaboren, als die Leute, deren Leistung in den letzten drei Jahren nachgelassen hatte, entschieden, dass sie in ihrer nächsten Woiwode nicht isoliert und allein sein wollten. Schließlich kamen die späten Nächte und verkaterten Morgen, wenn sich in der Woiwode das Gefühl einer niemals endenden Abschiedsparty breitmachte. Die Mitglieder der ersten Auslosung würden sich bald auf den Weg zu ihrem nächsten Rotationsposten machen.

An einem jener seltenen wunderbaren Tage machten Carys und Max eine Reise zum Schauplatz von Carys' frühesten Erinnerungen, tief in den Hügeln der Woiwode 3. Angesichts der gesellschaftlichen Unmöglichkeit, darüber zu reden, »von wo« man kam oder wo man - etwas realistischer gesehen - aufgewachsen war, weshalb die meisten Kindheitserlebnisse kurzlebig und flüchtig waren, kehrten viele Bewohner Europias in einer Art Übergangsritus stattdessen zum Ort ihrer ersten Erinnerungen zurück.

Während die Gipfel des höchsten Bergs von Wales für gewöhnlich in Wolken und oft sogar in Schnee gehüllt waren, wurde der Snowdon an diesem Tag von einem wunderschönen blauen Himmel eingerahmt, der nur durch winzige weiße Wölkchen getrübt wurde: Sauerstoff, ausgestoßen von den Hybridzügen, die um den Berg herumkrochen.

Max wachte zuerst auf und kroch aus dem Bett, um Frühstück zu machen. Vorsichtig stellte er das Tablett auf dem Nachttisch ab.

»Auf einmal bedienst du mich? Ich scheine dich gut trainiert zu haben.«

Er zuckte zusammen. Es kam selten vor, dass Carys vor zehn Witze machte, und erst recht nicht vor dem Kaffee. »Gut geschlafen?«

»Ich freue mich darauf, wieder hinaufzusteigen.« Sie deutete auf die Gipfel des Nationalparks, die durch das

Fenster sichtbar waren, nippte vom heißen Kaffee und griff nach dem Toast, den er neben das Bett gestellt hatte. Ihr hellbraunes Haar war auf dem Kopf zu einem großen verschlungenen Dutt zusammengebunden, der sich während der Nacht aufgelöst hatte und ihr über die Stirn gefallen war. »Wollen wir uns anziehen und gehen?«

»Verflixt. Geht es dir gut?« Er blickte auf sie herab, wie sie verloren im riesigen Bett lag, in seinem blauen EVSA-T-Shirt mit hochgerollten Ärmeln, und sie erwiderte seinen Blick. Sie hielt den Kaffeebecher mit beiden Händen, um sie zu wärmen, und auf ihrem Gesicht breitete sich ein Grinsen aus. Plötzlich wirkte sie sehr jung, und er musste lachen. »Also gut, dann komm. Wir müssen uns hinausschleichen, weil ich die Küche eigentlich nicht benutzen sollte. Die alte Dame wird mich sonst mit ihrem Nudelholz verprügeln.«

»Mit was?«

»Egal.«

Sie packten Vorräte in ihre Rucksäcke und verließen still und leise die Frühstückspension, die sich an die Straße am Fuß des Bergs schmiegte, eine in die Jahre gekommene Villa im georgianischen Stil, von Stahlträgern zusammengehalten, die aus den Außenwänden ragten, aber nicht die verblassende Würde des Gebäudes störten. Die Sonne tauchte alles in ein frisches Licht, doch da es noch früh war, fühlte sich die Wärme fern an. Um sie herum war alles grün. Flechten wuchsen auf Schieferfelsen, die grasbedeckte Hänge säumten, Farne kitzelten die Wege mit ihren zarten Wedeln. Vorsichtig trat

Carys nach draußen, fand den Pfad und zog den Kragen ihrer Jacke gegen die kühle Luft zusammen. »Es ist einfach ein perfekter Tag.«

»Das ist es«, stimmte Max ihr zu.

»Lass uns unsere Chips ausschalten und die Flexe nicht benutzen.«

»Sicher?«, fragte er nach.

»Ich kann ein paar Stunden lang ohne Technologie leben«, zog sie ihn auf. »Du auch?«

Betont umständlich deaktivierte er seinen Chip. »So. Wohin zuerst?«

»Könnten wir zum alten Kraftwerk hinaufgehen?«

»Klar. Du kennst den Weg?«

»Ungefähr. Immer den Berg rauf.« Sie verzog das Gesicht. »Von hier aus geht es überall nur den Berg rauf.«

»Gut«, sagte er. »Du bist die Führerin.«

Eine Gruppe von Hybridfahrzeugen sauste vorbei, drängte sie vom Weg ab und zwischen die Farne. Carys wurde von ihrem Rucksack aus dem Gleichgewicht gebracht und fiel rückwärts ins Gestrüpp.

»Was machen die hier oben?«, fragte sie außer Atem, aber amüsiert. Max streckte ihr die Hand hin, um ihr aufzuhelfen. Als sie danach griff, verlor er auf einer schlammigen Stelle den Halt und stürzte neben sie hin.

»Scheiße.« Sie brachen lachend zusammen und lagen eine Weile so da, lachten immer heftiger, wenn sie sich ansahen. Eigentlich war es gar nicht mehr witzig, aber ihr Gelächter hatte eine eigene Dynamik entwickelt und trieb ihnen die Tränen in die Augen.

Ein älterer Herr, der für eine Tageswanderung in Öljacke und Kniehosen gekleidet war, mit einem Beagle, der gehorsam an seiner Seite dahintrottete, sah sie misstrauisch und mit gerunzelter Stirn an.

»Guten Tag«, rief Max ihm zu, und der Mann schüttelte den Kopf, als sie wieder in Gelächter ausbrachen.

»Was glaubst du, was sie hier oben machen?«, fragte Carys nachdenklich, während Max sie abklopfte.

»Es sind Einheimische, Schatz. Der alte Mann und sein Hund leben vermutlich hier.«

»Nein, du Idiot. Die Woiwode-Hybriden.« Sie zeigte auf Max' Jeans, die in einem unvorteilhaften Braunton verschmiert waren.

»Ach so. Ich sehe aus, als hätte ich einen Unfall gehabt. Ich glaube, sie machen W3 für die Rotation bereit.«

Carys nickte. »Richtig. Ich vergesse immer wieder, dass die andere Hälfte bald aufbrechen muss.«

Max blickte sich um, als sie weiter den Hang hinaufstiegen, sagte aber nichts.

Am Besucherzentrum hielten sie an, um schnell etwas zu trinken, danach weitete sich der Pfad zu einer Straße, die vor einem großen See endete. Vor Jahren war es ein Stausee gewesen, doch die menschengemachten Details waren längst verschwunden. Jetzt breitete sich die Wasserfläche aus, die den Himmel spiegelte und die Hügel der Umgebung auf den Kopf stellte - ein Meisterstück von Mutter Natur, trotz seines künstlichen Ursprungs.

Carys rannte los und hob einen Kieselstein auf, um ihn

über den See springen zu lassen. Als sie ihn warf, prallte er dreimal von der Oberfläche ab.

»Nicht schlecht, nicht schlecht«, sagte Max und sah sich nach einem geeigneten Stein um. Schließlich fand er einen und ließ ihn viermal hüpfen. »Ja!«

»Hmm.« Carys rieb mit dem Daumen über die flache Seite eines ovalen Steins, prüfte sein Gewicht in der Hand. Sie streckte den Arm nach hinten, warf den Stein aber nicht. In Zeitlupe bewegte sie das Handgelenk, probte den Wurf.

»Lass dir alle Zeit der Welt.«

»Sieh zu und lerne, Maximilian.« Sie riss den Arm nach vorn, beugte die Knie durch, als sie den Stein losließ. Dann beobachtete sie zufrieden, wie er in gerader Linie über das Wasser schoss und schließlich elfmal hüpfte, bevor er mit einem *Plink* untertauchte.

Max stand mit offenem Mund da. »Wie hast du das gemacht?«

»Der Trick«, sagte sie, als sie sich vom See abwandte und ihr Lächeln vor ihm verbarg, »besteht darin, gleichzeitig Drehmoment und Geschwindigkeit zu erzeugen.«

»Die Wissenschaft des Steinehüpfenlassens.« Max starrte immer noch auf die Stelle, wo der Stein untergegangen war, etwa acht Meter vom Ufer entfernt. »Mein kleines Steinhüpfgenie«, sagte er, zog sie an sich und drückte das Gesicht an ihren Hals. »Ich fasse es nicht, dass du so etwas wissenschaftlich analysieren kannst.«

»In meiner Schulzeit war ich fünfmal Champion von

Tanygrisiau«, sagte Carys, und wenn sie über ihre Kindheit sprach, lag etwas mehr von dem singenden Akzent in ihrer Stimme. »Der letzte Teil der Gleichung ist der Winkel, in dem der Stein das Wasser trifft. Fünfzehn Grad ist ideal für den Wurf.«

»Verstanden. Fünfmal Champion.« Max ließ den Stein fallen, den er in der Hand gehalten hatte. »Damit kann ich unmöglich konkurrieren.«

»Glücklicherweise«, sagte sie und reckte sich auf Zehenspitzen hoch, sodass sie fast mit ihm auf Augenhöhe war, »hast du es nicht nötig. Ich bin gut genug für uns beide.«

Er lachte schallend, riss sich jedoch zusammen, als Passanten aufmerksam wurden.

Carys seufzte. »Könntest du dich bitte entspannen? Ich schätze, dass wir hier nicht die Fassade wahren müssen.«

»Überall, Cari. Es gibt einen Grund für die Regeln.«

»Ich dachte, es wären eher Richtlinien. Wie man ein glückliches Leben führt ... wie man unabhängig bleibt und später Kinder bekommt.« Sie verzog das Gesicht.

»So was in der Art«, sagte er. »Obwohl psychologische und wissenschaftliche Erkenntnisse dahinterstehen, weißt du.« Er blickte zu den Leuten hinüber, die auf der anderen Seite des Sees spazierten. »Wir sollten vielleicht weitergehen.«

»Es ist kein Polizeistaat, Maximilian. Diese Fremden werden uns nicht auffordern, die Woiwodschaft zu verlassen. Oder machst du dir Sorgen, dass du dem Ideal nicht entsprechen könntest?« Sie lief zurück zum Pfad, während sie wusste, dass sie recht hatte – und er wusste es auch.

Mit einem tiefen Atemzug griff Max nach ihrer Hand, dann stiegen sie den steilen, steinigen Hügel zum alten Kraftwerk hinauf.

Der Blick von Llyn Stwlan war atemberaubend. Ein gewaltiger Staudamm aus Stein erstreckte sich in weitem Bogen über den Berghang. Der Damm bildete einen Pfad durch das Gelände: auf der einen Seite der große See mit dem dunklen Wasser, auf der anderen ein steiler Abhang an der Bergwand. Max und Carys nahmen diesen Weg, blickten abwechselnd auf den Stausee und den felsigen Hang, traten vorsichtig über jede Vegetation hinweg, die aus den Ritzen im grauen Stein wuchs. Über ihnen zogen kleine Wolken in einer sanften, aber kühlen Brise über den blassblauen Himmel.

»Hier oben gab es einmal eine Mauer, aber sie ist schon vor Urzeiten zerfallen«, sagte Carys, während sie den Ausblick bewunderte. »Jetzt ist es etwas gefährlicher. Und vor Jahrhunderten gab es hier Eisenbahngleise, auf denen Dampfloks fuhren.«

»Dampf? Sie waren näher dran, als sie dachten.«

Sie zuckte mit den Schultern. »Aber sie haben Kohle verbrannt, nicht Sauerstoff.«

»Sie hätten sich Sauerstoff nur etwas genauer ansehen müssen.« Max setzte sich auf die Felskante des Damms, wo einst die Mauer stand, und ließ die Beine gefährlich nah über dem Abgrund baumeln, etwa dreißig Meter über dem Wasser. »Wie war dein Tag?«

»Ach, einfach nur perfekt.«

»Meiner auch.« Er lächelte. »Und das hier ist das Erste, woran du dich erinnerst?«

»Ganz nah dran.« Carys ließ sich neben ihm fallen, und er reichte ihr aus dem Rucksack ein Coronation-Chicken-Sandwich, das sie dankbar entgegennahm.

»Wie alt warst du?«

Sie zögerte. »Max ...«

»Ich schätze, du warst fünf, wie jeder andere.« Er dachte einen Moment lang darüber nach. »Aber dann könntest du dich nicht so genau an die Gegend erinnern, wie man von hier nach da kommt. Und du wärst kein fünfmaliger Champion im Steinehüpfen.« Er sah sie an. »Carys?«

»Meine Eltern ... Wales war bereits unabhängig, weißt du, also stiegen sie zunächst aus der Rotation aus. Sie blieben hier in den Bergen. Wir gehörten zu den Letzten, die gegangen sind.«

Max sah sie erstaunt an. »Du bist außerhalb der Rotation aufgewachsen?«

»Ich habe hier gelebt, bis ich achtzehn war.«

»Ohne umzuziehen?«

»Ohne umzuziehen. Ich kam erst mit achtzehn in die Rotation.«

Max lehnte sich zurück. »Keine Rotation bis achtzehn. Du lieber Himmel, erzähl das nicht meinen Eltern, falls du sie jemals triffst. Das würden sie gar nicht gut finden.« Er nahm einen Bissen von seinem Sandwich und schüttelte den Kopf. »Kein Wunder ...«

»Was ist kein Wunder?«, fragte sie.

»Dass du Europia - die ganze Sache - ein wenig ungünstig findest.«

Sie legte ihr Sandwich ab. »Findest du das nicht?«

»Eigentlich nicht. Ich meine, jetzt ist es ungünstig, nachdem ich dich kennengelernt habe und ich in zwei Monaten weiterziehen muss.«

Ihr Mund formte sich zu einem *Oh*, aber sie gab keinen Laut von sich.

»Cari?«

»Du ziehst weiter?«

Er besaß den Anstand, den Blick zu senken. »Ich bin in der ersten Auslosung, Cari.«

»Ich habe dich nie gefragt, in welcher Auslosung du bist«, sagte sie. Es war eine so einfache Frage, dass Carys nie daran gedacht hatte, sie zu stellen. »Ich habe es nur vermutet.«

»Ich habe auf den richtigen Moment gewartet.«

»Und dafür hast du dir diesen ausgesucht?« Ihre Stimme verzerrte sich in einem theatralischen Anflug, aber sie konnte nichts dagegen tun.

»Ich dachte mir ... ich warte damit, bis wir einen perfekten Tag haben.«

Sie überlegte, dann sagte sie: »Du dachtest, du könntest einen perfekten Tag beenden, indem du mir sagst, dass du in zwei Monaten wegziehst?«

»Ja«, sagte er und lächelte dabei. »Nein. Vielleicht. Ja.«

»Aber als wir uns getroffen haben«, sagte sie, »hast du dich für deine Familie um den Supermarkt gekümmert. Du hattest gerade erst angefangen, den Laden zu übernehmen.«

»Nein, Cari«, sagte er sanft. »Ich war schon eine Weile dort. Deshalb war ich so frustriert. Weißt du, ich habe nie damit gerechnet, dass ich jemanden wie dich treffe, dass mehr daraus wird. So ist es nicht vorgesehen – noch nicht.«

Sie rieb sich das Gesicht, starrte auf das Moos an den Felsen, während sie nachdachte, was sie tun oder sagen sollte. Dann: »Was passiert jetzt? War es das?«

»Das will ich nicht«, sagte Max leise. »Ich will dich nicht verlieren.«

»Du verfolgst eine seltsame Strategie, um mich zu *halten,* Max.«

»Ich weiß nicht, was ich sagen soll. Vielleicht, wenn wir älter sind ...« Er sprach nicht weiter und wusste instinktiv, dass er nicht aufblicken sollte.

»War es das?«, wiederholte Carys.

»Ich kann es einfach nicht. Wie wollen wir es rechtfertigen? Keiner von meinen Freunden macht so was. Kein einziger.« Als sie etwas murmelte, sagte Max: »Bitte wirf mir jetzt nicht diese Generationensache vor. Darum geht es nicht. Aber wie ich aufgezogen wurde ...«

»Worum geht es denn, Max?«

Er legte den Rest seines Sandwichs weg. »Ich habe dir von meiner Familie erzählt. Sie starben für die Gründung der Utopie. Meine Großeltern, ihre Brüder und

Schwestern, meine Großtanten und Großonkel - sie alle haben zur ersten Generation gehört. Ich stamme aus einer Gründerfamilie, Carys. Was hast du daran nicht verstanden?«

Sie schwieg.

»Davon gibt es viele, schon klar. Aber meine ... Wir sind sechs Tage die Woche zur Sprachschule gegangen. Meine erste Kinderzeichnung waren die goldenen Sterne Europias auf blauem Grund. Verdammt, meine ersten Worte waren vermutlich das Gelöbnis.«

Dazu lächelte sie.

»Meine Großeltern väterlicherseits kamen ursprünglich aus Indien und Spanien in die Utopie und meine mütterliche Seite aus der Schweiz und Italien. Die Mutter meines Vaters war Ärztin für pädiatrische Genetik - und meine Mutter hat im selben Fach ihren Doktor gemacht.«

Carys saß stumm da, eingeschüchtert von diesem gewichtigen Familienvermächtnis, aber auch fasziniert, endlich Einzelheiten zu erfahren, nach denen sie nie zu fragen gewagt hatte.

»Meine Großmutter gehörte zum Kernteam, das sich die überholten Statistiken zur Fruchtbarkeit aus dem Frankreich des 18. Jahrhunderts vornahm, die immer noch zitiert wurden. Da haben sie neue Forschungen in Auftrag gegeben. Als Wissenschaftler erkundeten sie die Grenzen der Fruchtbarkeit, entwickelten neue Techniken und Methoden, stellten neue Richtlinien für Eltern auf. Meine Familie hat mitgeholfen, das soziale Stigma umzustürzen, erst später im Leben Kinder zu bekommen.«

»Damit die Leute aufhörten, von der ›biologischen Uhr‹ zu reden und davon, dass man sich nicht zu viel Zeit lassen sollte«, sinnierte Carys.

»Genau. Was wiederum zur Einführung der Paarregel führte.«

Sie saßen nebeneinander, während Carys das alles verarbeitete. »Wenn ich dich also damit aufziehe, dass du wirklich glaubst ...«

»Ist dir klar, wie schwer es ist, gegen etwas anzugehen, das einem das ganze Leben lang eingeredet wurde?«

»Ich kann es mir vorstellen.«

»Es schmerzt.« Seine Stimme klang flehend. »Wenn wir uns nur ein klein wenig später getroffen hätten ...«

»Ungefähr ein Jahrzehnt.«

Die nackte Wahrheit schockierte sie beide, und Max wollte Carys trösten, wusste aber nicht, wie. Also saßen sie da und beobachteten den Dampf der Hybridfahrzeuge tiefer unten im Tal.

»Wohin gehst du?«, fragte sie schließlich.

»In ein anderes EVSA-Zentrum. Ich habe es wirklich so gemeint, als ich sagte, dass ich dich nicht verlieren will.«

»Aber du bist die Galionsfigur für die Paarregel.«

»Du verstehst es.«

Sie nickte. »Ich glaube, ja.«

Er schwieg eine Weile, während die Kälte des Steins durch ihre Kleidung drang. »Mir werden deine Videoanrufe auf den Wall Rivers fehlen, wenn du mir jedes

Stück, das du möglicherweise zu einer Verabredung tragen könntest, einzeln zeigst.«

Carys verzog das Gesicht. »Das war einmal.«

»Und es wird mir fehlen, wie du deine eiskalten Füße zwischen meine Beine schiebst, wenn du schläfst.«

»Oder wie ich dein Zahnreinigungsprogramm durcheinanderbringe, sodass Wasser auf den Glasboden in deinem Badezimmer spritzt.«

»Das wird mir definitiv nicht fehlen.«

»Was ist falsch daran, einfach nur eine Zahnbürste zu benutzen? Das würde ich gern wissen ...«

»Du bist so altmodisch.« Behutsam schob er den Arm unter ihren, während sie auf dem Damm über dem See hockten, hoch über dem Nationalpark, umgeben von grünen Bergen unter dem blauesten Frühlingshimmel. Max setzte zum Sprechen an, aber dann sagte er doch nichts.

Nach einer Weile forderte Carys ihn auf: »Nun sag es schon!«

»Ich habe wirklich nicht damit gerechnet, dass so was passiert.«

Sie nahm seinen Arm, lehnte sich gegen ihn, und so saßen sie eine Weile da.

»Vielleicht können wir uns besuchen. An den Wochenenden ...«

Sie sah ihn an. »So etwas sollten wir nicht tun. Das hast du selbst gesagt.«

»Ich weiß.« Er schien hin und her gerissen zu sein. Diese extreme Umkehrung der Rollen gefiel ihm nicht.

»Aber ich besuche meine Freunde in anderen Woiwoden. Du doch auch.« Er dachte darüber nach. »Das wäre völlig normal. Außerdem wäre es ungerecht, dich in die Welt hinauszuschicken, bevor du mit einem Zahnreinigungsprogramm zurechtkommst«, sagte er lächelnd. »Damit würde ich der Gesellschaft einen wertvollen Dienst erweisen.«

Carys legte den Kopf auf seine Schulter, während sie den Arm bei ihm untergehakt hatte.

»Hass mich nicht«, sagte Max. »Aber ich kann uns beide nicht einfach so aufgeben.«

»Wie könnte ich dich hassen?«

Er packte die Reste ihrer Sandwichs in seinen Rucksack zurück und stand auf.

»Vielleicht«, flüsterte Carys, »sind einige Regeln dazu da, außer Kraft gesetzt zu werden.«

11

Fünfundvierzig Minuten

Wie Kieselsteine, die über eine Wasserfläche hüpfen, gleiten Max und Carys tiefer in den Asteroidengürtel hinein, als ihnen lieb ist. Während sie die Erde umkreisen, werden die Meteore zu hübschen Sternschnuppen, in der Nacht und manchmal auch am Tag, doch hier oben - innerhalb des Asteroidengürtels - ist es extrem gefährlich.

»Jetzt sind es fünfundvierzig Minuten«, sagt Max, während sie fallen und er sich nervös umschaut. »Wir haben die Hälfte unserer Zeit aufgebraucht. Niemand wird kommen, nicht wahr?«

»Es gibt niemanden, der kommen könnte.«

»Wir sind völlig allein.«

»Hör auf damit.«

»Wir könnten genauso gut aufgeben.«

Carys beißt sich auf die Lippe. »Was aufgeben?«

»Wir könnten es aufgeben, nach Möglichkeiten zu suchen, wie wir überleben könnten.«

Sie wirft ihm einen strengen Blick zu. »Was?«

»Welchen Sinn hat es noch?«, fragt er mit einem Schulterzucken.

»Bitte, Max! Ich will mich nicht auch noch mit deinen Depressionen auseinandersetzen.« Sie deutet auf das Meteoritenfeld.

»Vielleicht sollten wir jetzt die Helme abnehmen und einfach schnell das Ende annehmen, statt es in die Länge zu ziehen.«

Sie schlägt ihm gegen die Brust. »Hör auf damit. Ich meine es ernst. Sieh mal nach unten.« Sie zeigt auf ein Feuerwerk, das sich über China entfaltet, als Meteore in der Größe von Bücherregalen brennende Spuren in den Himmel der Erde zeichnen und in der Atmosphäre zerbrechen. »Stell dir all die Menschen vor, die jetzt hochschauen«, sagt sie, »und wir sind die einzigen, die nach unten blicken.«

»Hmm«, macht Max. »Das ändert wenig an meiner Angst, dass wir ganz allein hier sind.«

»Wir sind nicht allein«, widerspricht sie, während sie weiter die Meteore über China betrachten. »Zumindest müssen wir uns hier oben keine Gedanken wegen der Paarregel machen oder wegen der Repräsentanten der Woiwodschaft oder wegen des Fallouts nach der Auslöschung der USA und des Nahen Ostens oder wegen dieser Meteore, die auf die Erde treffen.« Sie nimmt sich eine Sekunde, um vor den Zuständen auf dem Planeten zurückzuschrecken, den sie unter sich gelassen haben, eine Welt, die als perfekt beschrieben wird, sich aber langsam selbst zerreißt.

»Aber niemand ist hier oben bei uns. Ist das nicht viel schlimmer?«

»Vielleicht treibt die kleine russische Weltraumhündin hier noch irgendwo in ihrem Raumschiff herum«, spekuliert sie. »Laika.«

»Armes kleines Ding«, sagt er mit einem leichten Unterton der Verzweiflung. »Glaubst du, dass auch Anna irgendwo hier oben ist?«

Überrascht schüttelt sie den Kopf. »Nein, Schatz.«

»Es könnte doch sein.«

»Das glaube ich nicht.«

»Irgendwo.«

Besorgt über seinen plötzlichen Gesinnungswandel schlägt Carys ihm noch mal gegen die Brust, dann bemerkt sie, dass sich seine Augen ein wenig geweitet haben. »Max? Alles in Ordnung?«

Er beobachtet immer noch die Meteore unter ihnen. »Ich bin nicht für so was gemacht. Ich bin Koch, Cari.« Er sieht sie flehend an. »Ich bin einfach nur ein Koch.«

»Nein, das bist du nicht. Du bist ein Mitglied der European Voivode Space Agency. Ich habe auch Angst. Meine Physikkenntnisse reichen nicht aus, um uns zu retten. Wir wissen nicht, was wir tun. Aber wir sind Mitarbeiter der EVSA und wurden - wenn auch nur kurz - für den Aufenthalt hier ausgebildet.«

»Richtig.«

»Würdest du jetzt bitte einen Witz machen?«

»Im Augenblick nicht«, sagt er. »Ich hebe mir einen für später auf.«

»Gut.«

»Wahrscheinlich wird es um die Wissenschaft des Steinehüpfens gehen.«

Sie rümpft die Nase. »Denk dir einen besseren aus.«

»Ich arbeite daran.«

»Gut.«

»Aber du bist gut in Physik«, sagt Max, »wenn es ums Steinehüpfen geht.«

Sie lacht. »Ich vermute, Asteroiden sind auch nur Kieselsteine, die im Weltraum herumhüpfen. Es ist nur ein anderer Rahmen.«

»Es wäre sehr schwierig, einen Stein in Nullschwerkraft hüpfen zu lassen. Es sei denn, man lässt ihn von dieser Galaxis in die nächste springen.«

»Das ist sehr weit hergeholt«, sagt sie, froh darüber, dass er sich ein wenig entspannt, während sie Unsinn reden. »Also glaubst du nicht, dass wir hier draußen allein sind?«

Er deutet auf den rötlichen Schein der Milchstraße. »Ich bitte dich! Wir haben mal gedacht, wir würden auf dem einzigen bewohnbaren Planeten in der einzigen Galaxis leben. Jetzt wissen wir, dass dies nur eine von unzähligen Galaxien in einem expandierenden Universum ist. Sollten wir tatsächlich so viel Glück haben, dass das alles nur für uns allein da ist?«

Carys lacht. »Jetzt klingst du wie ein Immobilienmakler, der Weltraumgrundstücke verkauft.«

»Zu verkaufen! Sagen Sie es all Ihren Freunden!«, ruft er in theatralischem Singsang. »Zur Linken hätten wir ein atemberaubendes Panorama aller Konstellationen im Kosmos. Zur Rechten, mühelos mit einem Vierhundert-Kilometer-Flug zu erreichen, wenn Sie der Hauptverkehrszeit ausweichen, die Erde! Angenehme Wohnbedingungen innerhalb einer authentischen Glaskugel, die die Elemente abhält, aber die Nachbarn sind freundlich!«

Sie klatscht mit den Handschuhen, und Max verbeugt sich. »Vielen Dank«, sagt er. »Jetzt geht es mir schon viel besser.«

»Vielleicht müssen wir das von jetzt an tun: miteinander reden, um nicht über die Kante zu springen.«

»Ich wünschte, hier wäre eine Kante - dieses Umhertaumeln erschöpft mich.«

Carys blickt sich um. »Ich weiß, dass wir es immer so gesehen haben, dass die Erde unten ist, aber in der Mikrogravitation gibt es kein Oben und Unten, falls das hilft. Es spielt keine Rolle, in welche Richtung wir schauen, weil alle Richtungen gleich sind.«

»Mein Gehirn behauptet felsenfest, dass die Erde unter uns ist. Jedes Mal, wenn es sich bewegt, fühle ich mich wie auf einer Achterbahnfahrt.«

»Ich auch. Vielleicht sollten wir aufhören, auf unser Zuhause zu blicken.«

Er sagt nichts zu diesem Wort - *Zuhause.*

»Max? Was hast du vor einer Weile damit gemeint - *sind Zitronen auf Leim?*«

»Was? Ach Gott, das.«

»Was meintest du damit?«

»Osric sagte dir, dass du ihm irgendwelche Fragen

möglichst bald stellen sollst, bevor wir außer Reichweite sind. Du hattest noch für ungefähr eine weitere Frage Zeit. Davor hatte er gesagt, dass vier Drohnen unterwegs sind. Drohnen, Cari. *Sind die Drohnen offline?*«

Sie sieht ihn entsetzt an. »Sind die Drohnen offline? Sind Zitronen auf Leim?«

Max zuckt mit den Schultern. »Ich hatte mich gefragt, ob er die Drohnensatelliten zurückrufen könnte, um sie zu uns zu schicken.«

»Das kann nicht dein Ernst sein. Warum zum Teufel hast du es nicht gesagt?«

»Ich habe es gesagt. Aber dann haben wir die Verbindung verloren«, antwortet er verzweifelt. »Ist dir nicht aufgefallen, dass Osric dir nur Antworten auf Fragen geben konnte, die du ihm tatsächlich gestellt hast?«

»Die ganze Sache war sehr seltsam.« Vergeude keine Zeit. Was musst du mich fragen?

»Jetzt ist es zu spät. Wir können nicht mehr mit Osric sprechen, wir können nicht mehr mit der *Laertes* sprechen, wir können nicht mehr mit der Erde sprechen.«

»Tut mir leid. Ich habe es nicht begriffen.«

»Schon gut. Ich bin auch nicht auf ›Direktverbindung‹ gekommen, also sind wir beide offenbar gleichermaßen unfähig.« Er wischt mit dem Ärmel über das Glas vor seinem Gesicht. »Was möchtest du jetzt tun?«

»Ein Drink wäre nicht schlecht.«

»Ich meine es ernst«, sagt er. »Was möchtest du tun?«

Carys deutet auf ihre Umgebung. »Uns bleibt nicht mehr allzu viel Zeit.«

Ihre gemeinsame Zeit wurde zum Wichtigsten, während sie eine Fernbeziehung führten, aber wie sich herausstellte, wirkte sich die Ferne verheerend aus. Die Freitagabende waren eigenartig, ein freundlicher, ungeschickter Einstieg zurück in die Vertrautheit, während einer von ihnen immer von der Reise erschöpft und der andere der angespannte Gastgeber war. Carys traf jammernd und verunsichert in der Woiwode 13 ein, beschwerte sich über dies oder das oder einen nervigen Passagier im Hybridzug, ohne dass sie Max in die Augen blicken konnte. Er machte viel Aufhebens um sie, versuchte sie zu beruhigen, besaß aber nicht die sprachlichen Fähigkeiten, um sie zu entspannen, sodass sie bald ins Bett gingen. Anschließend lagen sie nebeneinander, während die Endorphine die gereizten, unsicheren Gedanken und sie beruhigten.

»Willkommen zurück«, sagte Max und wälzte sich auf die Seite, um sie anzusehen. »Du bist doch zurück, oder? Warum bist du immer so gestresst, wenn du hier ankommst?«

Carys drehte sich auf den Bauch und hob ihr Haar an, damit er ihr mit den Fingern über den Rücken streichen konnte. »Ich weiß es nicht«, sagte sie. »Ich vermute, wenn ich dich wiedersehe, weiß ich nicht, ob sich während der Woche irgendwas geändert hat. Ich weiß nicht, ob wir noch zusammen sind, ob du mich immer noch willst. Es ist, als würden wir jedes Mal von vorn anfangen. Unsere Beziehung muss jeden Freitag erneuert werden, und das ist anstrengend. Aber wenn du mich ausziehst« - sie blickte auf ihre ineinander verschlungenen Körper - »ist es eine Abkürzung, die direkt zu unserer Zweisamkeit zurückführt.«

Er zog eine Augenbraue hoch. »Und für eine Abkürzung ist es keine schlechte.« Er biss sie in die Nase, und sie zuckte lachend zurück.

»He!«

Max erinnerte sich an seine Rolle und spielte wieder den Gastgeber. »Kann ich dir irgendwas bringen?«

»Ein Glas Wasser wäre wunderbar.« Sie lächelte, als er ihr das Haar aus den Augen strich, doch als er das Zimmer verließ, sprang sie auf, um ihr Gesicht im Spiegel zu betrachten, weil sie sich in seiner Gegenwart immer noch nicht völlig entspannt fühlte. Als sie hörte, dass er zurückkam, ließ sie sich aufs Bett zurückfallen und blickte auf, als er die Tür schloss. »Danke.« Es würde mindestens ein paar Tage dauern, bis sie sich erinnerten, wie es war, zusammen zu sein, doch dann mussten sie schon wieder ihr Shuttle oder den Hybridzug besteigen, um in ihre Woiwode zurückzukehren, mit einem Abschiedskuss, ohne die sonntägliche Angst abschütteln zu können.

»Lass uns ein Spiel machen«, sagte er eines Tages in ihrem Apartment nicht weit vom Meer. »Beende den Satz. Wenn die Asteroiden die Erde zertrümmern, dann will ich ...«

Sie dachte darüber nach. »Ganz weit oben sein, um darauf hinabzuschauen. Und du?«

»Mit dir im Bett sein.« Er hob einen Arm, damit sie

sich in seine Achselhöhle kuscheln konnte, während sie lachend erwiderte, dass das eine typisch männliche Antwort sei.

Zu Anfang fanden sie es recht befreiend, in verschiedenen Städten zu leben. Beide erkundeten ungehindert und frei die Autonomie der Wochentage und -nächte. Max blieb länger bei der Arbeit, Carys konzentrierte sich ganz auf ihr Training in der Woiwode 6, einigermaßen erleichtert, dass niemand sie fragte, wann sie vielleicht etwas essen wollte und was ihr am liebsten wäre. Sie genoss kleine Freiheiten, da sie sich keine Sorgen um behaarte Beine machen musste, während die völlige Einsamkeit in den Nächten ein klarer Nachteil war. Sie stürzte sich auf ihre Karriere, flog härter, schneller und länger, bis sie sich eine Beförderung verdient hatte: die Erlaubnis, über der Kármán-Linie zu fliegen, die den Weltraum von der Erdatmosphäre trennt. Als sie ihren ersten tadellosen Flug absolvierte, begeistert und einhellig gelobt, bestätigte Carys damit gleichzeitig der Woiwodschaft, dass eine weitere junge Arbeiterin Höchstleistungen erbringen konnte, wenn sie nicht durch die Liebe abgelenkt wurde.

Die schwierigsten Momente für sie beide waren die klaren Anzeichen, dass sich einer von ihnen weiterbewegt hatte, wohin der andere nicht mehr folgen konnte. In Max' Woiwode musste sich Carys anstrengen, mit seinen Bekanntschaften Schritt zu halten, wenn sie ihnen nur an Wochenenden im Vorübergehen als »Max' Freundin« begegnete, ohne echte Nähe oder Vertrautheit zu ihnen aufzubauen. In Carys' Woiwode war Max höflich zu den Leuten, die er dort kennenlernte, doch wenn sie den Kontakt zu ihnen aufrechterhielt, bekam er das undefinierbare Gefühl, dass er irgendwie aus seiner Vergangenheit herausgewachsen war.

Es waren die kleinen Momente, die ihnen Freude bereiteten. Er rief sie in einer weit entfernten Stadt über eine Videoverbindung an, sodass sein Gesicht riesig auf den Wall Rivers in ihrem Wohnzimmer aufragte, während zwei andere Wände für MindShare und Nachrichtenmedien reserviert waren.

»Hallo«, antwortete sie ihm mit erhobener gespreizter Hand.

»Hallo«, sagte Max lächelnd. »Was machst du?«

Sie hielt das Pilotenhandbuch hoch, das in ihrem Schoß lag. »Lesen. Verarbeiten. Sie fangen jetzt an, neue Piloten zum Asteroidengürtel hinaufzuschicken, um zu sehen, ob sie hindurchkommen.«

»Aha?«

»Ich dachte, ich könnte ein wenig meine Leseliste abarbeiten. Allerdings« - sie ließ das Buch mit verächtlicher Miene fallen - »war niemand, der die Handbücher geschrieben hat, tatsächlich da oben, also bleibt alles etwas vage.«

»Das ist blöd.« Er zögerte.

»Alles in Ordnung bei dir? Was machst du heute?«

»Nichts. Hab mir was zu essen gemacht und es gegessen. Ich ... wahrscheinlich fehlst du mir«, sagte er und raufte sich die Haare.

Carys lächelte. »Möchtest du diesen Nachmittag mit mir verbringen?«

»Wie?«

»So.« Sie deutete auf das Zimmer und zeichnete mit den Händen einen weiteren Rahmen, sodass die gesamte Wand Max' Wohnzimmer zeigte. »Du machst es genauso«, sagte sie. Nun war es, als würden sie sich in einer Wohnung aufhalten.

»Das ist ... cool.« Max setzte sich wieder auf sein Sofa.

»Willst du einfach nur dasitzen und mich anstarren?«

»Was? Nein.« Er nahm sich etwas in seinem Apartment, und sie lächelte still, bevor sie sich wieder dem Pilotenhandbuch widmete. Während des Nachmittags plauderten sie immer wieder miteinander.

Danach schalteten sie sich häufig über MindShare zusammen, sodass die Zimmer ihrer Wohnungen über komplette Wall Rivers miteinander verbunden waren. Carys mochte es, wenn sie in zusammengefalteten Pappkartons eine Lieferung von einem Rotationsrestaurant erhielt und Max seine Küche mit ihr teilte, während die Kameralinsen unter seinen kochenden Töpfen beschlugen. Sie bewunderte sein Geschick mit dem Messer, wenn er Gemüse und Fleisch mit minuziöser Präzision zerschnitt und hackte. Carys jubelte, als er eine Zwiebel würfelte, dann die perfekten kleinen Stücke hochhielt und von ihrem Lob errötete. Manchmal lasen sie gemeinsam oder machten ein Nickerchen, während die Wand ein Tor in das Wohnzimmer des anderen war, in eine andere Woiwode, in das Leben des anderen.

»Carys?«, fragt er, während sie weiter das Feuerwerk über der Volksrepublik China betrachteten.

»Ja, Max?«

»Nichts.«

»Bist du dir sicher?«

»Ja, Carys.«

»Es freut mich, dass wir dieses Gespräch geführt haben, Max«, sagt sie mit todernster Miene.

»Mich auch«, erwidert er, obwohl er gar nicht richtig zuhört. Sie missachten ihren eigenen Rat, nicht auf die Erde zu blicken, und starren nun doch nach unten, während sie fallen. Immer noch über die Leine miteinander verbunden, ist ihre Bewegung durch den Weltraum inzwischen weniger ballettlhaft, sondern eher ein holpriger Rumba.

»Mir ist ein bisschen übel«, sagt Max.

»Bei allem, was uns in dieser Welt noch übrig geblieben ist, übergib dich jetzt bitte nicht in deinen Helm.«

»Urg.«

»Schau weg.« Sie stupst ihn an, ohne selbst den Blick von der Erde abzuwenden. »Schau einfach nicht hin.«

Max dreht den Kopf und sieht sich den Asteroidengürtel an. Die großen Steine stellen noch keine Gefahr für sie dar. Die allergrößten treiben mindestens ein paar Hundert Meter unter ihnen im Feld. Andere Asteroiden von nennenswertem Umfang sind ebenfalls früh genug zu erkennen. Es sind die winzigen Mikrometeoriten, die sie jederzeit unbemerkt treffen könnten, um Löcher in ihre Anzüge zu schlagen oder ihre Fischglashelme splittern zu lassen. Carys beobachtet weiter die Erde, und

Max sieht sie liebevoll an, während etwas den Rand seines Sichtfelds hinter ihrem Kopf abschneidet.

»War das …?«

»Was?«, fragt sie.

»Ich dachte, ich hätte etwas gesehen …« Er reckt den Hals, versucht zu erkennen, ob irgendwas hinter ihr ist, ob er tatsächlich eine Bewegung bemerkt hat. »Nichts.«

»Ist dir immer noch übel?«

»Schon besser«, sagt er.

»Gut.«

Dann sieht er es wieder. »Da ist was!«

»Was?« Sie wendet sich ihm zu, und er zeigt in die entgegengesetzte Richtung, doch als sie sich umdreht, ist da nichts mehr. »Ich sehe nichts.«

»Ich bin mir ganz sicher, dass da etwas war.«

»Dir geht es nicht gut.«

»Nein …«

»Wie viel Luft haben wir noch?« Sie runzelt die Stirn. »Neununddreißig Minuten. Eigentlich solltest du noch nicht den Verstand verlieren. Was hast du gesehen?«

»Ein Licht.«

»Hinter mir?« Sie dreht sich um, aber wieder ist nichts zu erkennen. Sie blickt auf China und Tibet hinunter, wo die Nacht langsam dem Tag weicht.

»Ich dachte wirklich, ich hätte etwas gesehen«, erklärt er kopfschüttelnd. Doch sie starrt auf den Sonnenaufgang, der sich über die Grenze zu Tibet schiebt, in Traurigkeit und Sehnsucht versunken, die von Max' Visionen unberührt bleiben.

Dann sieht er es wieder. »Ein Licht!«

Sie wirbelt so schnell herum, dass sie gegen ihn stößt und ihre Beine seitlich hochgerissen werden. »Entschuldige. Wo?«

»Da.« Er zeigt gerade nach oben. »Kannst du es sehen?«

Ihre Bewegung schwingt sie in einer Schleife herum, und es dauert ein paar Sekunden, bis Carys antworten kann. »Ist da ein Licht?« Sie blinzelt.

»Sind wir gerettet?«

»Wer könnte es sein?«

»Ich weiß es nicht ...«

»Ich sehe es«, sagt sie, und Max' Herz tanzt wild in seinem Brustkorb.

»Ja?«

»Da. Aber ich glaube nicht ...«

»Was ist es?« Er strengt sich an, mehr zu erkennen, dann trifft ihn die Erkenntnis wie ein Schlag. »Oh!«

Ihre Stimme ist sehr leise. »Tut mir leid, Max.«

»Es ist der Komet«, sagt er.

»Ja, das glaube ich auch.«

»Er wird von der Sonne erhitzt, deshalb leuchtet er.«

»Ja.« Dann fügt sie hinzu: »He, er bewegt sich genau in diese Richtung. Sollten wir uns Sorgen machen?«

»Ich dachte, es wäre ein richtiges Licht.«

»Max. Meinst du, dass er uns treffen könnte?«

Pragmatisch sagt er: »Das ist dein Fachgebiet. Aber es dürfte eine Ewigkeit dauern, bis er hier ist. Bis dahin werden wir längst tot sein.«

Carys zuckt zusammen, kann dem nichts entgegenhalten. Sie wendet sich wieder der Erde zu, und als das Sonnenlicht weiter über die Oberfläche vorrückt, während die Morgendämmerung über Tibet hinwegstreicht, spürt sie, wie Max ihre Hand nimmt.

12

Es war Max' Geburtstag, und Carys hatte Pläne gemacht. Sie wollte dieses altmodische Spiel durchziehen, ihn mit Geschenken verwöhnen, bevor sie abends groß ausgingen, sie selbst auf glamouröse Art aufgedonnert, die in eine Ära zurückreichte, als sich Frauen hübsch angezogen hatten, um Männern zu gefallen. Doch das war ihr egal, denn es war nur ein Rollenspiel für einen besonderen Tag. Alles lief wie am Schnürchen: Sie ließ das gebratene Essen - selbstverständlich - in der Marinade, während sie im Bad Limonen-, Basilikum- und Mandarinenöl auf sich einwirken ließ. Sorgfältig lackierte sie sich die Nägel im blassesten Pink, unterbrach die Arbeit kurz in panischer Angst, um die Lockenwickler aus dem Haar zu lösen, bevor sich eine Mähne aus wirren Ringellöckchen gebildet hätte. Sie zog die Locken zu üppigen Hollywood-Wellen lang, während sie die ganze Zeit voller Besorgnis zum Kleid blickte, das an ihrer Schranktür hing. Es war eine mutige Wahl.

Sie fand, dass sie sehr anders aussehen sollte, und hatte sich deshalb eins der körperbetonten Kleider ausgesucht, die seit einem Jahr von modischen Trendsettern der Woiwode getragen wurden. Carys befürchtete, dass sie einen Statiker brauchen würde, um hineinzukommen. Und vielleicht einen Kran, denn als sie das verdammte Ding zum ersten Mal anprobiert hatte, war sie mit dem Kopf darin stecken geblieben.

Es klingelte - Max hatte sich verspätet, und sie öffnete nervös die Tür. Sie trug einen Kimono und reckte sich auf den Zehenspitzen empor, um ihn zu küssen. Sie sah, dass er die lackierten Nägel und die Frisur bemerkte, aber er sagte nur: »Du siehst nett aus.«

»Du bist spät dran«, erwiderte sie und fuhr sich mit der Hand durch die hellbraunen Wellen.

»Ich musste noch ein paar Sachen erledigen.«

»Das sagst du jedes Mal.«

»Wann?« Max war perplex.

»Jedes Mal, wenn du verschwindest, sagst du, dass du noch etwas erledigen musstest. Aber egal. Herzlichen Glückwunsch!« Sie führte ihn an der Hand zum Tisch, wo sie ein kleines Abendessen für zwei serviert hatte. Die Wall Rivers dahinter zeigten ein dunkles Purpur. »Setz dich.« Sie schenkte ihm ein Glas Wein ein und stellte mit ein wenig Stolz den Braten auf den Tisch.

»Du hast mir etwas gekocht?«, sagte Max lachend.

»Ja!« Carys war indigniert. »Ich habe schon mal für dich gekocht.«

»Ich bin Koch. Du hast einem Koch etwas zum Geburtstag gekocht?«

Sie drehte sich zur Anrichte um, wo sie zwei Gläser Wasser einschenkte, und biss sich auf die Unterlippe. »Ich dachte, es würde dir gefallen.«

Er erwähnte nicht, dass er auf dem Weg vom Shuttle Zwischenstation im Rotationsrestaurant gemacht hatte, was der Grund für seine Verspätung war. »Natürlich ... warum nicht? Wirst du dich zum Essen anziehen?«

»Nein.« Sie erwähnte nicht, dass sie in einem Film gesehen hatte, wie die Frau im Seidenkimono und mit duftender Haut am Herd stand. Seine Reaktion hatte sie zu sehr aus der Fassung gebracht. Sie nahm ihm gegenüber am Tisch Platz. »Wie war dein Tag?«

»Wie immer. Hab über MindShare mit Sayed gesprochen. War gut.«

»Wie geht es ihm?«

»Bestens. Und ich habe von meinem Vater gehört.«

»Aha? Hast du mich erwähnt?«, neckte sie.

Er bedachte sie mit einem seltsamen Blick. »Nein. Wie lange hast du das Hühnchen drin gelassen? Es ist ausgetrocknet.«

Sie schob ihren Stuhl mit einem lauten scharrenden Geräusch zurück und stand auf. Er sah sie erstaunt an. »Ich werde mich anziehen«, sagte sie. »Wir sollten in zwanzig Minuten aufbrechen. Tut mir leid, dass ich dir die zweite Überraschung verderbe.«

Carys ging in ihr Schlafzimmer, schloss die Tür, lehnte sich schwer gegen den Frisiertisch und starrte sich selbst im Spiegel an. Wie blöd. Das Problem mit großen Gesten und Plänen war, dass sie sämtliche Erwartungen in enorme Höhen trieben, was nur mit einer Enttäuschung enden konnte. Silvesterpartys, Geburtstage, Abschlussfeiern: Niemand hatte wirklich Spaß daran, wenn man geplant hatte, genau den zu haben. Es konnte dem Hype, den man darum machte, nicht gerecht werden. Carys trug einen Lippenstift in tiefem Korallenrot auf, als Max die Tür öffnete.

»Wohin gehen wir?«

»Aus.« Sorgfältig zog sie ihr Lippenherz nach, ohne aufzublicken.

Er bemerkte ihren Tonfall, trat hinter sie und strich mit den Händen über die Seide des Kimonos. »Tut mir leid, du hast dir sehr viel Mühe gemacht. Ich bin müde von der Reise. Entschuldige bitte, dass ich so grob war.«

Er küsste ihren Nacken, glitt mit den Händen über die Formen ihres in Seide gehüllten Körpers.

»Du warst ziemlich grob.«

»Ich weiß. Ich hab es dir immer wieder gesagt. Ich bin ein Idiot.« Er schob eine Hand unter den Kimono und küsste sie auf die Wange, während sie sich eingerahmt im Spiegel sahen. »Verzeihst du mir?«

Sie setzte den Lippenstift ab und blickte seinem Spiegelbild in die Augen. »Das Hühnchen war nicht ausgetrocknet.«

»Ich weiß. Ich bin ein Arschloch. Es ist mein Geburtstag – verzeihst du mir?« Verspielt zog er am Gürtel ihres Kimonos, beobachtete, wie er sich öffnete und ein klassisches Korsett wie aus einer Parfümwerbung enthüllte. Er schnappte nach Luft. »Wow!«

»Hör auf«, sagte sie.

»Im Ernst.«

»Hör auf! Du kannst nicht nett zu mir sein, weil du mich in Unterhose gesehen hast.«

»Das«, sagte er, »ist keine Unterhose. Du siehst absolut hinreißend aus.« Er zog die Seide von ihren Schultern, sodass sie zu Boden fiel. »Wie ein Gemälde.«

Sie verzog das Gesicht. »Wirklich?«

»Gut, dann wie ein Filmstar.«

»Das ist eher das, was ich im Sinn hatte.« Die Wall Rivers ließen eine Veranstaltungserinnerung blinken, und sie schlug nach ihm. »Siehst du das? Du bist schuld, dass ich so spät dran bin. Wir gehen zum Feuerwerk. Ich bin mir sicher, dass alle deine alten Freunde da sein werden - und ein paar von meinen. Mit dir werde ich mich später treffen.«

»Kommt Liljana auch?«, fragte er.

»Nein. Sie ist ... immer noch sauer wegen dem, was bei den Spielen passiert ist.«

Max war erstaunt. »Dass du beinahe ertrunken wärst?«

»Nein, du Dummkopf - wegen dir und mir. Sie hat monatelang nicht mehr mit mir gesprochen, nachdem sie gecheckt hat, was zwischen uns läuft.«

»Und wie sieht es jetzt aus?«

»Ich habe ihr gesagt, dass es vorbei ist, dass es nur eine kleine Affäre war.«

»So ist es wahrscheinlich am besten«, sagte Max und ging zur Tür, ohne den Blick von ihrem Körper abzuwenden. »Ziehst du für heute Abend etwas mehr an?«

Sie knüllte den Kimono zusammen und warf ihn auf Max. Eigentlich sollte er sein Gesicht treffen, doch er landete vor seinen Füßen. »Tu dir selbst einen Gefallen und hör auf, ein Arschloch zu sein!«

»Und hier kommt der Mann höchstpersönlich, der größte lebende Astronaut, der immer noch lebt und noch nicht tot ist!«, parodierte Liu die bekannte Ansage, während Max über den Strand lief, der Carys' Apartment gegenüberlag. In den Ruinen der nächtlichen Stadt spiegelten sich die Lagerfeuer im Sand. Max schlug sich die Hände vors Gesicht und gestikulierte in gespielter Verzweiflung, dass Liu aufhören sollte. Als er ihn erreicht hatte, legten sie sich in der traditionellen Begrüßung die Hände auf die Schultern, dann umarmten sie einander und klopften sich auf den Rücken.

»Ich kann nicht fassen, dass du das immer noch rezitierst«, sagte Max und beugte sich zurück, um Liu zu betrachten. »Du hast mir gefehlt, Mann.«

»Da es sich bewahrheitet hat, ist es mein allabendliches Mantra geworden. Ich intoniere es, bevor ich schlafen gehe - das ist gut für meine Chakren.« Liu legte den Arm um Max' Schultern und drehte sich, um den Anblick zu genießen, der sich vor ihnen ausbreitete. Menschenmengen versammelten sich am Strand der Stadt, einige bauten provisorische Bars auf, andere spielten dröhnende Musik. »Wie kommst du voran - wo wohnst du jetzt?«

»In der Woiwode 13«, sagte Max. »Es ist eiskalt, aber die Aussichten sind fantastisch.«

Liu wackelte mit den Augenbrauen. »Und mit ›Aussichten‹ meinen wir eigentlich ...?«

Max lachte. »Du bist unverbesserlich. Ja, die ›Aussichten‹ in W13 sind gar nicht schlecht.«

»Wie kommt es dann, dass du wieder hier bist?«

»Du weißt schon. Gründe.«

»Gründe.« Liu klang skeptisch, dann kniff er die Augen zusammen, als er am Eingang zum Strand jemanden erkannte. »Und wie läuft es im Job?«

»Ziemlich gut sogar. Ich arbeite an der Simulation von Lebensmitteln aus verschiedenen Mineralien, um zu sehen, was wir irgendwann auf anderen Planeten an Essbarem generieren können.«

»Nicht schlecht, Mann. Klingt richtig gut.«

»Das heißt, falls wir jemals über das Asteroidenfeld hinauskommen.« Er verzog das Gesicht. »Ja, es ist gar nicht mal so übel.«

»Du hättest nicht zufällig Lust, das für eine ganz besondere Aussicht über den Haufen zu werfen?«

Max sah ihn verdutzt an. »Was willst du damit ...?«

Liu, dessen Arm immer noch auf Max' Schulter lag, drehte ihn um, damit er sah, wie Carys über den Sand auf sie zukam, und Max bemühte sich, nicht mit offenem Mund dazustehen. Ihr Haar floss in lockeren Hollywood-Wellen über eine Schulter, die Lippen waren korallenrot, und sie trug ein hautenges Kleid, unter dem das Korsett ihre Figur wie eine Sanduhr formte. Alle Augen am Strand folgten ihren wiegenden Hüften. Als sie näher kam, konnten Max und Liu erkennen, dass das Kleid von oben nach unten in allen Farben eines Sonnenaufgangs dunkler wurde.

Liu stieß ein abgehacktes Lachen aus.

»Es ist nicht so, wie du denkst …«

»Gut«, sagte er zu Max. »Es wäre auch besser so. Weil du für sie nicht alles aufgeben kannst, ganz gleich, wie ultracool du rüberzukommen versuchst.«

Max blickte seinem Freund nicht in die Augen.

»Weißt du, wie das Leben außerhalb Europias ist?«, fuhr Liu fort. »Ich weiß es. Es ist trostlos. Hilfsorganisationen bemühen sich, Wasser zu den Flüchtlingen in den USA zu bringen. Der Nahe Osten ist ausgelöscht. Der Rest der Welt strengt sich mächtig an, sich Utopia anschließen zu dürfen, Max. Wir leben an einem wunderbaren Ort. Riskiere das nicht wegen irgendeinem Mädchen.« Er legte eine Hand auf Max' Brust. »Wie sagt man in Europia? ›Füg dich ein‹? Das wollen sie hier haben, Maximilian, Leute, die sich einfügen. Gib niemandem einen Grund, dich zum Gehen aufzufordern.«

Max sagte nichts, als Carys stehen blieb, um jemanden am nächsten Lagerfeuer zu begrüßen, sodass sich ihr Profil vor der Glut abzeichnete. »Das werde ich nicht tun.«

»Also gibt es keinen Grund zur Besorgnis?«, fragte Liu.

Max nickte. »Ich habe gehört, was du gesagt hast, Liu.«

»Denn wenn es einen gäbe, würde ich dir raten, ihn irgendwo einzusperren. Verdräng ihn, sofort.«

»Botschaft klar und deutlich empfangen«, murmelte Max.

Carys kam zu ihnen herüber. »Alles Gute zum Geburtstag«, sagte sie nur.

»Du siehst wahnsinnig aus«, sagte Max.

Aber er ging nicht auf sie zu, und sie stellte einen Fuß vor den anderen, eine etwas ungeschickte Pose. »Hallo, Liu.«

»Hallo, Carys. Du siehst aus wie ein tibetanischer Sonnenaufgang.«

»Gott sei Dank«, sagte sie. »Denn genau das hatte ich im Sinn.«

Liu lachte. »Ich werde euch beiden etwas zu trinken holen. Ich glaube, Maximilian muss mit dir über irgendwas reden.«

Max spürte, wie ihm die Galle hochkam, und er zog Carys zu sich, um mit ihr auf das Meer hinauszublicken.

Eine Weile stand sie so da und fragte sich, was los war. »Gefällt dir mein Kleid nicht?«

»Doch, sehr.«

»Das hatte ich mir gedacht - mal etwas anderes.«

Aber es war nicht anders, wollte er sagen. Es war exakt genauso. Und genau in dem Moment, als er dachte, dass er es unbedingt vermeiden sollte, es zu sagen, sagte er, ohne dass er es wollte: »Aber es ist nicht anders. Du bist genauso angezogen wie alle anderen Mädchen hier.« Als sie beleidigt zurückzuckte, einerseits wütend auf sich selbst, dass an diesem Abend alles falsch gelaufen war, andererseits auf ihn, weil er so grob war, fuhr er fort: »Zugegebenermaßen bist du etwa hundertmal heißer als alle anderen, darum starren dich auch sämtliche Männer in der Umgebung an.«

Carys ärgerte sich. Da zog man sich hübsch an, um

die Aufmerksamkeit eines Mannes zu gewinnen, und es gefiel ihm, bis er bemerkte, dass es auch anderen Männern gefiel. Und plötzlich ging es nicht mehr? Das ergab keinen Sinn. »Ich dachte, es würde dir gefallen.« Mehr wusste sie dazu nicht zu sagen.

»So ist es. Aber nicht an meinem Geburtstag.«

Sie drehte sich um und sah ihn an. »Was?«

»Es fängt an!«, rief jemand, und alle am Strand jubelten und blickten in den Himmel über dem Meer.

»Ich möchte mich entspannen, aber nun bist du so angezogen, wenn du genau *weißt*, dass ich nicht darauf reagieren kann, wenn du genau *weißt*, dass ich in der Öffentlichkeit nichts mit dir machen darf. Stattdessen muss ich diese Raubtiere vertreiben und versuchen, dir genug Aufmerksamkeit zu schenken, um anzuerkennen, dass du dir all die Mühe gemacht hast, und ich kann nur versagen, zumal ich dich nie darum gebeten habe.«

Carys sagte nichts, und Max starrte auf das dunkle Meer hinaus. Eine Woge der Empörung und des Zorns überwältigte sie, stieg von ihren Füßen über die Beine in ihr hinauf. Als sie ihren Kopf traf, platzte sie. »Also warst du im Schlafzimmer ganz hin und weg von mir, aber jetzt bin ich unpassend gekleidet?«

Liu, der mit Getränken in ihre Richtung lief, änderte den Kurs und steuerte den Rest seiner Gruppe an.

Max senkte die Stimme. »Im Schlafzimmer bin ich jedes Mal ganz hin und weg von dir. Dabei spielt es nie eine Rolle, was du tust oder anhast«, sagte er. »Hat das jemals irgendeinen Unterschied gemacht?«

»Nein.«

Nun ging das Feuerwerk richtig los. Ein Meteoritenschauer glühte am Himmel über der Woiwode, und jeder Funke spiegelte sich unten auf dem Wasser. Vom Strand kam ein vielstimmiges »Oooh!«, und jemand drehte die Musik lauter.

Max atmete tief durch, dann stieß er das Messer ganz hinein. »Immer bin ich es, der alles zwischen uns anstoßen muss.«

»Alles?«

»Sex. Vorher muss ich dir das Gefühl geben, dass du begehrenswert bist und begehrt wirst. Du stürzt dich nie auf mich.«

Carys seufzte. »Wie beim ersten Mal?«

»Das war ein einziges Mal. Jetzt muss ich dich jedes Mal erobern und dir zeigen, dass du geliebt wirst. Aber was ist mit mir?«

Sie starrte ihn an. »All das nur wegen eines Kleids?«

»Ich habe sehr viel Zeit damit verbracht, dafür zu sorgen, dass du dich gut fühlst. Aber wer tut so etwas für mich?«

»Ich weiß nicht, Max. *Wer* tut so etwas für dich? Du scheinst nie da zu sein, wenn ich dich anrufe.«

Entnervt schüttelte er den Kopf. »Fang jetzt nicht damit an, Cari.«

»Du hast damit angefangen. Du hast mir gesagt, dass ich wie jedes andere Mädchen aussehe, mit dem du zusammen warst.«

»Nein, das habe ich nicht.«

Unwillkürlich traten ihr Tränen in die Augen. Eine zog eine Bahn durch ihr Make-up, eine feuchte Spur aus schwarzem Kajal.

»Bitte weine nicht«, sagte er.

»Das ist schrecklich.«

»Es ist mein Geburtstag. Bitte weine nicht.«

Es war auffällig, wie Liu die anderen zum Tanz aufstellte, und sie beobachteten, wie er mit den Armen ruderte und sie in Laune zu bringen versuchte. Schließlich machten alle lachend mit, klatschten und sprangen um das Feuer herum, den Blick in den Himmel gerichtet.

Carys wischte sich mit einem Finger die Wange ab. »Ich wollte mich nicht streiten.«

Die Gruppe verschwand hinter den Flammen, und Max wandte sich ihr zu. »Lass uns gehen.«

Hilflos erwiderte Carys: »Aber es ist dein Geburtstag.«

»Ich werde hier sowieso keinen Spaß haben. Also können wir genauso gut zurückgehen.«

»Aber deine Freunde ...«

»Sie werden es nicht einmal merken.«

Als er über den Strand lief, während der Meteoritenschauer über den Himmel strich, und sich an der Straße umdrehte, um auf sie zu warten, bemerkte sie, dass er nicht »*nach Hause* gehen« gesagt hatte.

»Glaubst du, dass sie die Meteoritenschauer in Tibet feiern?«, fragt Max, während er beobachtet, wie der Sonnenaufgang eine Linie aus Licht über die Erde zieht.

»Ich weiß es nicht«, sagt sie. »Vielleicht nehmen sie die

fallenden Asteroiden ernster als in der Woiwodschaft. Bei uns gibt es nur Vollmondpartys.«

»Ich denke gar nicht gern an diese Nacht zurück«, sagt Max, ohne auf die Erde oder in den Weltraum zu blicken. Stattdessen sieht er Carys an, mit dem zusammengebundenen Haar im Helm und dem kleinen, bereits leicht verwelkten Gänseblümchen am Ohr.

»Mir geht es genauso.«

»Wir haben damals beide schreckliche Dinge gesagt.«

»*Du* hast sie gesagt«, erwidert sie.

»Du hast mir praktisch vorgeworfen, dass ich dich in meiner Woiwode betrüge.«

Sie atmet schwer aus, wodurch das Glas ihres Helms beschlägt. »Eigentlich nicht.«

»Du hast es impliziert.«

»Ich habe nicht wirklich daran geglaubt.«

»Trotzdem hast du es gesagt.« Er blickt auf seine Stiefel, dann wieder zu ihr, mit einem Grinsen im Gesicht. »Siehst du? Wir streiten uns schon wieder deswegen.«

»Du machst mich wahnsinnig.«

»Du sagst Dinge, die du gar nicht meinst, nur weil du glaubst, dass sie richtig klingen.«

»Wie meinst du das?«, fragt sie.

Max verzieht das Gesicht. »Manchmal sagst du im Streit Dinge, die passend klingen, aber nicht unbedingt *auf uns* passen. Als würdest du glauben, ein Streit sollte richtig klingen.«

»Wirklich? Ich versuche immer nur genau das zu sagen, was ich in diesem Moment empfinde.«

Er lacht, aber nur kurz. »Ja, auch das tust du.«

»Hör auf damit.«

Er überlegt, wie er ihr die wichtigste Wahrheit erklären kann. »Es war schwierig, als wir uns getrennt haben.«

Sie nimmt die Hand, die er ihr hinhält, und schließt ihren silbrigen Handschuh darum. »Ja.«

»Ich wollte es eigentlich gar nicht. Liu hatte mich durcheinandergebracht ...«

»Ich weiß. Durch einen dummen Fehler haben wir am Ende vor einem Ultimatum gestanden.«

»Ja.«

»Es war eine seltsame Situation.« Sie fragt sich, wie weit sie mit der Ehrlichkeit gehen konnte. »Und du wolltest nicht Europia verlassen müssen, wenn die Sache noch ernster geworden wäre.«

»Nein. Aber wenn ich gewusst hätte ...«

Diesmal wendet Carys tatsächlich den Blick ab, betrachtet das Flex an ihrem Handgelenk und die Asteroiden über der Erde. »Es war nicht deine Schuld. Keiner von uns konnte ahnen, was dann passiert ist.«

13

An einem frostigen Herbstmorgen wachte Carys zerschlagen auf, während der Wecker verkündete, dass sie ziemlich spät dran war. Sie rannte zur Bahn, verspürte eine tiefe Übelkeit und lehnte sich schwer gegen die Tür des Hybridzugs.

Sie war spät dran.

Sie zwang sich weiterzumachen, konzentrierte ihre Gedanken stattdessen auf ihren zweiten Flug hinauf in die Thermosphäre. Tief drinnen wusste sie, dass es nicht ihr eigener Körper war, der die Übelkeit auslöste, es war eher etwas Fremdes, das sich rücksichtslos in ihr breitmachte. Aber sie überstand den Tag.

Am Abend machte sie zu Hause verstört eine Blutanalyse. Sie bestätigte ihr, was sie schon den ganzen Tag vermutet hatte, obwohl es eigentlich unmöglich sein sollte: Sie war spät dran.

Doch die Möglichkeit oder das Wissen, dass man schwanger war, waren zwei ganz unterschiedliche Dinge.

Nichts konnte einen auf den Schock vorbereiten, der einen traf, wenn definitiv klar war, dass es ein Baby war. Carys setzte sich, atmete hektisch und fragte sich, ob sie sich den Bauch halten sollte, wie die Frauen es in den Filmen taten. Stattdessen seufzte sie.

»Das verstehe ich nicht - du hast doch eine Drei-A, oder?« Liljanas Gesicht wirkte auf den Wall Rivers überlebensgroß, und zum ersten Mal wünschte sich Carys, man würde immer noch kleine Bildschirme benutzen - Fernseher und Tablets - statt komplette Wände. Liljanas dunkle Augen blickten mitfühlend auf Carys, die sich in einem großen Korbstuhl zusammengekauert hatte.

»Ja.«

»Ich dachte nicht, dass sie versagen könnte.«

»Richtig. Das Kontrazeptivum ist perfekt«, sagte Carys niedergeschlagen. »Es versagt nie. Das hätte nicht passieren dürfen.«

»Du meine Güte. Darf ich fragen, wessen Kind es ist?«

»Es ist meins.«

»Ich meinte«, sagte Liljana, »wer ist der Vater?«

Carys seufzte. »Das möchte ich wirklich nicht sagen.«

Liljana überlegte und fragte dann ruhig: »Ist es Max?«

Carys blickte überrascht zu den Wall Rivers auf.

»Du bist keine gute Schauspielerin«, sagte Liljana vorsichtig. »Ich hatte vermutet, dass ihr immer noch zusammen seid.«

»Tut mir leid.«

»He, es ist dein Leben.«

»Ich weiß, aber du trittst genauso leidenschaftlich für Europia ein wie er.« Carys sagte es, als würde sie sich entschuldigen.

»Ich bin nicht glücklich darüber, ganz und gar nicht. Wenn es herauskommt ... Nein.« Liljana machte eine Glaubensgeste. »Darüber müssen wir jetzt nicht nachdenken. Hast du schon was von ihm gehört?«

Carys antwortete nicht.

»Hast du es ihm gesagt?«

Sie schwieg weiter.

»Ich vermute, es wäre schwierig, es ihm zu sagen, wenn du es nicht behalten kannst.«

Carys' Kopf fuhr hoch. »Ich kann es nicht behalten?«

Liljanas Miene war freundlich. »Du bist noch so jung. Du wärst die jüngste Mutter in ganz Europia.«

»Mit fünfundzwanzig?« Carys schnaufte. »Das interessiert mich nicht.«

»Was dann?«

»Ich weiß nicht. Ich weiß nicht, wie ich mich fühle. Alles ist ... so seltsam.« Sie blickte auf ihren Bauch. *Ich kann dich nicht behalten.*

»Trink lieber einen grünen Tee. Der soll gut sein.« Liljanas Handgelenk zuckte, während sie flexte und Daten über eine Schwangerschaft abrief. »Oder vielleicht war es Kamille. Ich glaube, grüner Tee enthält Koffein. Du solltest allzu viel Koffein vermeiden.«

»Gut.«

»Damit machst du mich ganz fertig. Bist du verzweifelt?«

»Nein.« Carys stand auf, versuchte ihre Gefühle zu erfassen. »Ich weiß es nicht.« Sie lief auf und ab, folgte dem Rand des Teppichs. »Einerseits bin ich wütend, bestürzt und gelähmt. Ich meine, es sollte doch absolut sicher sein, verdammt noch mal! Andererseits bin ich ein wenig neugierig. Ich weiß, dass etwas Bedeutendes geschehen ist, aber ich verstehe noch nicht, was.«

»Überlegst du, es zu behalten, Cari?«, fragte Liljana. »Verzeihung, nicht *es*. Ihn? Oder sie?«

Anna. Aber sie sprach es nicht aus.

»O Gott, es ist wahrscheinlich ein Junge«, redete Liljana weiter. »Wir reden immer nur über Jungs. Wann werden wir jemals ein Gespräch über das Wetter führen?«

»Wir würden den Test nicht bestehen.«

»Eines Tages sollten wir ausschließlich über unsere Arbeit sprechen«, sagte Liljana und verstummte dann.

»Was? Jetzt?«

»Ja, jetzt. Was ist mit deiner Arbeit?«

»Das ist für mich noch nichts Fassbares, Lili. Ich versuche immer noch, *das Schwangersein* zu verarbeiten. Ich denke noch nicht daran, dass dabei ein Kind herauskommen wird, das sich zu einer eigenständigen Persönlichkeit entwickelt. Das heranwächst und Liebe, Zuwendung, Betreuung und Zahnärzte braucht. Das ist etwas völlig anderes, glaube ich.«

»Europia würde dir helfen«, sagte Liljana leise. »Man würde dich nicht damit alleinlassen.«

»Kinderbetreuung? Während ich am Anfang meiner Karriere stehe, kurz vor einer Weltraummission, nachdem ich jetzt meine Lizenz habe? Jahre ständiger Kinderbetreuung?«

»Ich verstehe, was du meinst.«

»Ich will nicht, dass sie es herausfinden – noch nicht«, sagte Carys. »Nicht bevor ich mich entschieden habe.«

Liljana wurde ernst. »Gib mich als deinen Notfallkontakt an. Damit sie nicht die EVSA anrufen.«

»Das werde ich.«

»Was willst du jetzt tun?«

Ich kann dich nicht behalten.

»Ich glaube«, sagte Carys, »dass es an der Zeit ist, Max anzurufen.«

»Alles in Ordnung mit dir?« Liljana beugte sich mit besorgter Miene vor. Die Wall Rivers regulierten ruckhaft den Kontrast nach, während ihr schwarzes Gesicht näher herankam.

Carys' Augen waren leicht glasig, und sie sah blass aus. Insgesamt wirkte sie recht kränklich. »Bin ein wenig sauer.«

»Warum? Was ist passiert?«

»Er ist nicht rangegangen.« Carys sank zurück in ihren Korbstuhl, und Liljana entspannte sich leicht. »Der Mistkerl ist nicht rangegangen.«

»Vielleicht war er außer Reichweite«, sagte Liljana. »Oder bei der Arbeit. Oder er schläft. Wo ist er überhaupt?«

Carys erbleichte. »In der Woiwode 13.«

»Zeitunterschied?«

»Nicht viel.«

»Carys. Wahrscheinlich schläft er. Sei nicht so streng mit ihm.«

»Und das von dir? Krass!« Carys zupfte an der Armlehne des Korbstuhls. »Du bist definitiv nicht die Vorsitzende seines Fanclubs.«

»Ach, sei still!« Liljana lehnte sich zurück. »Ich verstehe vielleicht nicht, was ihr miteinander hattet, und ich ärgere mich, dass du an ihm drangeblieben bist, aber er ist ein guter Kerl. Er liebt Europia. Und er kann kochen.«

Carys war still.

»Cari?«, fragte Liljana. »Was ist?«

»Ich habe ihn angerufen, und er antwortet nicht ... Wahrscheinlich hat mir das bewusst gemacht, dass ich mir wünschte, er würde hereinrauschen und alles wiedergutmachen. Aber vermutlich ist er weitergezogen.« Sie seufzte. »Ich glaube, ich bin auf mich allein gestellt.«

»Andererseits«, flüsterte Liljana und neigte den Kopf ein wenig zu Carys' Bauch, »bist du es nicht.«

Cary wurde wieder übel.

Am Dienstag hatte sie ein vertrauliches Beratungsgespräch mit dem medizinischen Dienst. »Sie hatten ein positives Ergebnis?« Die Ärztin ging völlig klinisch an die Sache heran. Ein Tablet und ein Wandbildschirm leuchteten auf, als die Diagnose gestartet wurde.

»Ja.«

»Und Sie haben eine *Asfalí apó Astochía*?«

»Eine was?«

»Drei-A. Das heißt ›absolute Sicherheit‹ auf Griechisch.«

»Oh. Ja.« Sie erschauderte, weil es um so intime Details ging.

»Sie sollte eigentlich nicht versagen.«

»Nicht mit so einem Namen«, sagte Carys, »aber jetzt ist es passiert.«

»Sie sind jung.«

»Ja.«

»Gesund.«

»Ja.«

»Aber jung.«

»Ich weiß. Dagegen lässt sich nichts machen.«

»Bitte warten Sie.« Die Ärztin tippte ein paar Daten in ihr Tablet und las die Ergebnisse, als das System piepte. Carys saß auf dem Stuhl aus orangefarbenem Polypropylen, schlang abwechselnd ein Fußgelenk um das andere Bein. »Es könnte da ein Problem geben.«

Carys zuckte zusammen. »Was?«

»Die Drei-A hätte nicht versagen dürfen, weil Sie so jung sind.«

»Sie könnten langsam aufhören, das ständig zu wiederholen.«

»Es ist wichtig«, sagte die Ärztin. »Je jünger Sie sind, desto stärker ist das Kontrazeptivum. Die Hormone der Einheit könnten auf den Fötus einwirken.«

»Sie *könnten?*«

»Definitiv.«

»Oh.«

Eine Pause. »Außerdem besteht die Möglichkeit, dass sich der Fötus physisch mit der Drei-A-Einheit verbindet.«

Carys lehnte sich benommen zurück und hörte zu, während ihr erklärt wurde, dass es schon zu spät sein könnte. Dass der Schaden vielleicht schon angerichtet war.

Eine weitere Pause. »Bestimmte Hormonwerte verdoppeln sich während des ersten Trimesters für gewöhnlich alle achtundvierzig Stunden. Wir werden Ihr Blut diese Woche jeden Tag testen, um zu sehen, ob die Schwangerschaft wie erwartet verläuft. Das können wir an den Erhöhungen der Hormonwerte erkennen.«

»Und wenn sie sich nicht erhöhen?«

Der Computer piepte schrill. Eine Maschine konnte eine solche Information niemals mit menschlichen Nuancen übermitteln.

»Dann ist es verloren.«

Dass ihr die Entscheidung womöglich bereits abgenommen worden war, beunruhigte Carys zutiefst. Ihr Entschluss stand fest: Sie konnte keine Mutter sein. Aber würden die Hormonwerte steigen oder fallen?

Am Mittwoch stiegen sie. Carys beobachtete mit leiser Neugier, wie sie sich fühlte. War da ein kleiner Funke der Erleichterung? Wieder versuchte sie, Max zu erreichen, doch ohne Erfolg, was sie mit brennender, wütender Neugier bemerkte. Wo steckte er?

Am Donnerstag zeigte der Test, dass sich die Hormonwerte in ihrem Blut wieder erhöht hatten. Dieses Baby war ein Kämpfer, dachte sie und stutzte bei dem Wort. War es falsch, es sich bereits als Baby vorzustellen? Alle schienen von einem »Fötus« zu sprechen, um das Risiko einer persönlichen Bindung zu minimieren. Carys wollte sich nicht daran binden, wenn es ihr Leben für immer ändern und ihre Chance auf eine Mission sinken lassen konnte.

Eine Mission. Eine Gelegenheit, in den Weltraum vorzustoßen, mit einem Shuttle zum Asteroidengürtel hinaufzufliegen. In gewisser Weise ein Versuch, die Welt zu retten. Diese Chance durfte sie sich nicht durch etwas verderben lassen, das vielleicht nicht einmal seinen natürlichen Gang ging. Ihr blieb nichts anderes übrig, als so zu tun, als wäre unter der Woche alles normal. Sie saß mit ihren Kollegen in Pilotensimulationen, bevor sie jeden Abend losging, um ihr Blut testen zu lassen. Da sie wusste, was sie wollte, erlaubte sie sich nicht, sich die Hände auf den Bauch zu legen oder auch nur vorzustellen, wie es wohl mit einem Baby wäre. Würde es aussehen wie Max? Mit einem Kopfschütteln schob sie den Gedanken weg, doch die Bewegung löste heftige Übelkeit aus. Auf solche Empfindungen konnte sie verzichten.

Am Freitag stiegen ihre Hormonwerte wieder an.

Vielleicht war es ein kleines Mädchen mit einem vielfältigen musikalischen Geschmack. Ein Mädchen, das Bruchzahlen verstand und dessen Lieblingsfarbe Lila war. Ein Kind mit rabenschwarzem Haar namens Anna.

Anna.

Sie sah Kinder, die im Park spielten - ungezogene, schreiende Kinder -, und ihr Entschluss wurde gestärkt: *Auf gar keinen Fall!* Aber spät am Abend kuschelte sich eine Katze aus der Nachbarschaft neben sie auf das Sofa. Der kleine Körper lag an ihrer Hüfte, und sie vergrub eine Hand in dem langen, warmen Fell, während sie über genau dieses menschliche Bedürfnis nachdachte: wie es sein würde, gebraucht zu werden, vor allem von einem Wesen vom eigenen Fleisch und Blut. Danach spürte sie, wie ihre Entschlossenheit wankte.

Am Samstag waren die Hormonwerte wieder erhöht. O Gott! Wo zum Teufel war Max? Und spielte es überhaupt eine Rolle? Viele Frauen waren alleinerziehende Mütter gewesen, insbesondere vor der Einführung der absoluten Parität. Sicher konnte sie Anna allein und mithilfe der Freunde aufziehen, die sie in der Woiwode kennengelernt hatte. Auch ihre Familie würde bestimmt mithelfen, vor allem ihre Mutter ... Sie würden gemeinsam durch die Woiwoden ziehen, bis ihre Tochter Anna mit ihrer eigenen Rotation begann, unabhängig von ihrer Familie. Das schien nicht völlig unerreichbar zu sein ...

Am Sonntag blutete Carys.

Sie wachte nicht von Krämpfen geschüttelt mitten in der Nacht auf oder stürzte inmitten einer Blutlache zu Boden. Die Fehlgeburt kam schleichend, leicht und warm, auf eine dezente Art, die die Bedeutung des Ereignisses herunterspielte. Sie saß auf der Toilette und beobachtete benommen, wie Anna verschwand, wie ein Taschentuch, das im Wasser unterging.

Carys hatte immer andere Menschen um sich gebraucht. Sie gedieh durch ihre Energie, erblühte unter ihrer Liebe und schlug sich besser, wenn sie ihr Aufmerksamkeit schenkten. Und jetzt brauchte sie sie mehr denn je, ausgerechnet jetzt, da sie einmal nach völliger Unabhängigkeit strebte. Am Montagmorgen, nachdem sie Liljana gesagt hatte, dass es ihr gut ging und es nur ein »klein wenig Blut« gewesen war, klappte Carys auf dem Weg zur Arbeit zusammen. Die Bahn war voll besetzt mit Pendlern, deren Gesichter von dunklen Öljacken, Capes und wasserfesten Mützen verborgen wurden, mit denen sie sich vor dem draußen tobenden Starkregen schützten. Die Fenster waren beschlagen, die Tropfen prasselten gegen das Glas wie kleine Messer. Carys griff nach dem nächsten Arm, und die fremde Frau entschuldigte sich murmelnd für die Berührung und trat ein Stück zur Seite, in die Lektüre auf ihrem Chip vertieft.

Als sich die Drei-A-Einheit in ihr bewegte, durchfuhr sie ein weiterer Stich, und Carys hielt sich die Hand vor den Mund, um nicht aufzuschreien. *Eine Chance auf eine Mission.* Viele ihrer Kollegen fuhren auf diesem Weg zur Arbeit, und sie musste ruhig bleiben. Sie streckte eine Hand zum Fenster aus und rieb das Kondenswasser in einem kleinen Kreis weg, um hinausblicken und einschätzen zu können, wo sie war. Geistesabwesend starrte sie auf Schaufenster und Bäume, und dann kamen die Gleise den Gebäuden so nah, dass sie praktisch die Hauseingänge streiften. Da wusste sie mit Gewissheit, dass die nächste Haltestelle die hinter Max' alter Wohnung war.

Es war ein Schuss ins Blaue, aber hier kannte sie sich aus und konnte sich wieder sammeln. Sie drückte einen Unterarm gegen den Bauch, um sich zu stützen, und stieg aus dem vollen Wagen auf die Straße. Sie zog den Kopf unter dem strömenden Regen ein, schob sich die Kapuze ihrer Öljacke über Haar und Gesicht. Dann zählte sie die Häuser an den Farben der Türen ab: schwarz, rot, schwarz, gelb. Als sie sich Max' Haus näherte, mit dem abblätternden grauen Anstrich und der heruntergekommenen, einstmals grandiosen Fassade, öffnete sich die Tür klickend einen Spalt. Sie trat näher heran. Das Holz war von der Feuchtigkeit angeschwollen, aber der Riegel hatte sich definitiv im Schloss bewegt, da er auch jetzt noch auf ihren Chip reagierte.

Sie drückte fester. Die aufgedunsene Tür scharrte über den Boden, dann stand Carys im Hausflur.

»Hallo?«, rief sie unsicher. Es war still und dunkel, und die nasskalte Luft deutete darauf hin, dass die Hybridheizungen schon seit längerer Zeit nicht mehr gelaufen waren. Die Lampe im Flur war verschwunden, aber die Rahmen hingen immer noch an den Wänden. Typisch Max - er hatte sie nicht mal ordentlich zurückgesetzt, als er gegangen war. Als ein heißer Feuerhaken in ihren Unterleib stach, stöhnte sie auf.

Kondenswasser hatte sich auf der internen Glasbox vor ihr niedergeschlagen, aber im alten Korridor war es eiskalt, während sie sich zu Max' früherer Küche vorantastete und eine Idee in ihr keimte. Sie zog am Griff des Schranks unter der Treppe, aber auch hier war das Holz aufgequollen. »Nein«, sagte sie und fasste den Griff voller Entschlossenheit, »du wirst aufgehen!« Sie zog mit ganzer Kraft daran, dann flog die Tür auf, und sie prallte rückwärts gegen die Flurwand. Das Haus knarrte missbilligend.

Jackpot: Der Schrank war voller Lebensmittel aus dem Supermarkt, Dosen und Kartons und - worauf sie gehofft hatte - längst abgelaufener Schmerztabletten. Sie schluckte zwei trocken, dann noch zwei. Sie lehnte sich gegen die Wand, zählte fünfzehn Minuten ab und betete, dass das Mittel wirkte. Wieder hier zu sein, nachdem er ausgezogen war, war ein surreales Gefühl. Als Carys nach fünfzehn Minuten immer noch Schmerzen hatte, nahm sie zwei weitere Tabletten.

Stille. Der Schmerz brannte in ihr, und sie überlegte, wie viel von dem Medikament sie einnehmen musste, um es zu überstehen. Der Gedanke war ernüchternd. Sie lag immer noch zusammengesackt vor der Wand und rief über ihren Chip einen Sanitäter. Sie hielt sich wach, indem sie die Balken und Leisten der uralten Holztreppe zählte, die zu Max' ehemaligem Schlafzimmer führte. Ihr fiel ein, wie sie dort gemeinsam aufgewacht waren, wie er sie vom Fuß der Treppe zum Frühstück gerufen hatte ...

»Carys?«

Die Stimme kam von der Haustür. Jemand hämmerte gegen das Holz und schob sie knarrend auf. Carys hatte die Tür nicht hinter sich geschlossen.

»Hallo.«

»Sie haben um Hilfe gerufen?«

»Ja. Vielen Dank.«

Der Sanitäter half ihr, die gefährlichen Bahngleise direkt vor der Haustür zu überqueren und in das wartende Hybridfahrzeug zu steigen. Sie lehnte sich gegen die Kopfstütze und blickte zu Max' Haus auf. Dann wurde ihr das graue Licht des verregneten Himmels zu viel, und sie dämmerte langsam weg. Wo war er? Der Sanitäter beugte sich über sie, um sie anzuschnallen, wobei er für einen Moment das Licht ausblendete und sie wieder zu sich kam. Er fragte sie nach Selbstmedikation, sie antwortete benebelt.

»Versuchen Sie, wach zu bleiben«, sagte er, doch sie tat genau das Gegenteil.

Carys wachte auf, ihr Gesicht war in die Ecke eines winzigen weißen Raums gedrückt, und die Schmerzen waren so heftig, dass sie sich kurz fragte, ob sie in der Hölle gelandet war.

»Sie ist so jung.«

Carys drehte sich zu dem Sprecher herum, der das Urteil des Jüngsten Gerichts Europias zu fällen schien. Doch als aus einem anderen Zimmer ein Jammern zu hören war, gingen die Leute wieder. Sie rollte sich in Embryonalhaltung zusammen und kniff die Augen zu.

Jemand trat in den Eingang, das spürte sie, doch Carys blieb einfach liegen, wund und verängstigt. Die Schmerzen wurden immer schlimmer. Als sie die Augen öffnete, verschwand die Gestalt, um kurz darauf mit einer anderen in weißem Kittel zurückzukehren. Gott sei Dank.

Der Arzt untersuchte sie, fühlte ihren Puls und legte ihr eine Hand auf die Stirn, um ihre Temperatur zu überprüfen. »Carys? Können Sie mich hören?«

Sie nickte und schloss wieder die Augen.

»Carys, Ihr Körper stößt die Drei-A aus, doch sie steckt fest.«

Sie nickte noch einmal, öffnete die Augen ein wenig.

»Das verursacht die Kontraktionen, die Sie infolge Ihrer Fehlgeburt erleben.«

Aus dem Augenwinkel sah sie, wie jemand hinter dem Arzt bei den letzten Worten zusammenzuckte. »Okay.«

»Wir müssen sie jetzt entfernen.«

Carys blickte zum Arzt auf.

Er bereitete den Raum vor, legte sterile Instrumente zurecht, drehte sie auf den Rücken. Jemand kam mit zögernden Schritten näher, dann stieg er vorsichtig auf das Bett und bettete Carys' Kopf in seinen Schoß.

Carys zuckte zusammen. »Du bist hier?«

»Ich bin hier.« Max blickte lächelnd auf sie herab.

Sie gab dem Arzt ein Zeichen. »Doktor ... Überdosis ... Halluzinationen ...«

»Ich bin wirklich hier«, sagte Max. »Liljana sagte mir, dass ich nach dir sehen soll.« Als sie von einem weiteren schmerzhaften Krampf geschüttelt wurde und wimmerte, legte Max die Arme um sie, bildete eine schützende Hülle. »Ruhig, ich bin bei dir.«

»Wahrscheinlich nicht.«

»Doch, ich bin es.«

»Sind Sie bereit, Carys?« Der Arzt nickte Max zu, dass

er jetzt beginnen würde, und Max nahm ihre Hände, schirmte sie von allem ab, so gut er konnte.

»Sei tapfer.«

Sie spürte, wie es sich brennend durch ihren Unterleib bewegte, als würde jemand ihre Innereien durchkneten. Ihr Gesicht verzerrte sich vor Schmerz, innen und außen, gleichzeitig kalt und heiß. »O Gott!«

Ein letzter Ruck, und der Arzt trat zurück. Es war geschafft. Max blickte auf, als er die intrauterine Drei-A-Einheit in eine Schale aus grauer Pappe legte, inmitten einer kleinen Blutlache. Max wurde aschfahl und blickte wieder auf Carys, mit einem Lächeln, das etwas schief ausfiel.

14

Dreißig Minuten

»Sollten wir aufhören zu sprechen, um Luft zu sparen?« Carys schaltet immer wieder die Lampe ein und richtet den Lichtstrahl in den Weltraum. Sie drückt zu energisch mit dem Daumen gegen den Schalter, sodass ihr die Lampe aus der Hand springt und schwerelos in der Dunkelheit dahintreibt, von ihr weg, mit langsamen Drehungen. Sie will danach greifen, ruckt an der Leine zwischen ihr und Max, worauf er ein »Uff« von sich gibt, als sie sich streckt. Ihre Fingerspitzen streifen den Griff der Lampe, versetzen ihr einen Stoß, und jetzt ist sie außer Reichweite. »Verdammt!«

Max versucht ebenfalls, danach zu greifen, aber genauso erfolglos. Dadurch stoßen sie kurz zusammen.

»Tut mir leid.«

Sie beobachten, wie die Lampe davonschwebt. Sie leuchtet auf, wenn sie in ihre Richtung rotiert, in ihren Augen spiegelt sich der Glühfaden. Doch der Strahl verschwindet, wenn er in den Weltraum leuchtet, und langsam erstirbt das Licht im Vakuum.

Max zuckt mit den Schultern. »Was hast du gerade gesagt?«

»Ob wir sprechen sollten oder nicht. Um Luft zu sparen.«

»Das sollten wir«, sagt er. »Natürlich sollten wir das. Wir können nicht schweigend durch den Weltraum fallen, um Gottes willen.«

»*Um Gottes willen?* Wirst du auf einmal religiös?«, fragt Carys.

»Wir brauchen jede Hilfe, die wir bekommen können, Cari.«

»Es kommt keine Hilfe, Max. Die ESVA ...«

»Die meine ich nicht.«

»Wen dann?«

»Wenn es einen Gott gibt ...«

»So was kannst du nicht glauben, Max. Nicht du, niemals. Wenn es um Europia geht, stehst du auf der anderen Seite des Zauns und sitzt nicht in den Glaubenshäusern, die zu einem Allmächtigen beten.«

»Wir sind nicht in Europia.«

Er spricht nur das Offensichtliche aus, denkt sie, sagt aber nichts.

»Ich weiß nur«, fährt Max fort, »dass wir hier draußen allem gegenüber aufgeschlossen sein müssen. Tief im All. Ich glaube, wir müssen versuchen ... Vertrauen zu haben.«

»Wirklich?«

Er nickt. »Ich muss wissen, dass wir nicht allein sind.«

»Aber du hasst das ganze religiöse Zeug.«

»Ich hasse es nicht. Es ist nur so, dass ich es nicht verstehe.« Max bewegt sich unbehaglich, überlegt, wie er es erklären soll. »Ich bin mit der Überzeugung aufgewachsen, dass Religion die Menschen entzweit, dass sie andere dazu bringt, dich zu fürchten oder zu hassen. Ich fand es verrückt, dass die Leute so fest an eine Geschichte glauben, und wenn eine andere Sekte an eine Version glaubt, die sich irgendwie davon unterscheidet, ist es ein abscheulicher Frevel. So viele Kriege haben damit begonnen.«

»Ich weiß. Glaube kann etwas Seltsames sein für Leute, die nicht glauben.«

»Aber Religion unterscheidet sich von Glauben. Glauben oder kein Glauben - in Europia ist es einfach. Und wenn wir einen Glauben hätten, würden wir jetzt beten.«

»Ich dachte, wir sollten weiter miteinander reden«, gibt sie irritiert zurück. »Das hast du eben selbst gesagt.«

»Ja. Ich erwarte eigentlich nicht, dass wir jetzt mit dem Beten anfangen.«

Während sie sich in ständiger Bewegung in der trüben Dämmerung der Sterne und Meteore drehen, bilden sich Wolken über dem Indischen Ozean unter ihnen, strecken sich zu Zirrusfäden auf dem Tiefblau. Carys seufzt. »Also gut. Was sollen wir also tun, um diesen Glauben zu zeigen?«

»Wir sollten reden«, sagt Max, »in den Minuten, die uns noch bleiben. Wir sollten bis zum Ende reden. Über alle guten Dinge, die geschehen sind.«

»Was ist mit den schlimmen Dingen? Oder den traurigen?« Sie stockt. »Was ist mit der Zeit, als du fort warst?«

»Ich bin zurückgekommen.«

Sie ist still, mehrere Sekunden verstreichen.

»Haben wir sie gebraucht?«, fragt er.

»Die Religion?«

»Die Lampe.« Er zeigt in die Richtung, wo sie sich im freien Fall der Mikrogravitation taumelnd immer weiter von ihnen entfernt.

Sie lacht. »Ach so. Nein. Eigentlich nicht.«

»Wir könnten jetzt ein bisschen Glück gebrauchen«, sagt Max seufzend.

»Die erste Krise deines neu entdeckten Glaubens?«

»Nein. Aber es wird Zeit für eine solche Intervention«, sagt Max und wirft einen Blick auf ihre Atemluftanzeige. Dann überprüft er seine eigene und verspürt Übelkeit. »Oder ein Wunder.«

»Max«, setzt sie zögernd an, »glaubst du ... ich meine, als wir die Sternschnuppen beobachtet haben, hast du Anna erwähnt.«

Er sieht sie an und wartet ab.

»Dass sie hier oben sein könnte.«

»Das habe ich gesagt.«

»Also glaubst du, dass Anna noch irgendeine Restexistenz haben könnte?« Er denkt darüber nach, während Carys weiterspricht. »Du warst dir immer so sicher, dass Religion etwas ist, das im Namen anderer geschieht, aber hier ...«

»Es gibt keinen Himmel und keine Hölle, Cari. Das wissen wir, weil wir hier oben sind.«

»Aber als es wirklich darauf ankam, hast du gesagt ...«

Er nickt. »Ich verstehe, was du meinst.«

»Heißt das, du glaubst an ein Leben nach dem Tod?«

»Irgendwo habe ich gelesen«, sagt er vorsichtig, »dass das Leben nach dem Tod das ist, was wir in anderen hinterlassen.«

Carys denkt darüber nach, während sie sich in der Rotation von der Erde abwendet und durch das Asteroidenfeld auf die Sterne hinausblickt. Ihre Nadelstiche aus Licht bilden ein unendliches Spinnennetz, das so weit reicht, wie das Auge blicken kann. »Anna hat nicht gelebt«, sagt sie schließlich. »Sie hatte gar keine Chance, irgendetwas zu hinterlassen. Nicht mal einen Körper. Wahrscheinlich nicht mal ein Gehirn.«

Er antwortet mit sanfter Stimme. »Du und ich hier draußen, wir sprechen über sie. Während ihrer kurzen Existenz hat sie unser gesamtes künftiges Leben verändert. Sie hat etwas in uns hinterlassen.«

Er hatte extra einen Möhrenkuchen gemacht, doch als Max am Apartment gegenüber dem Strand klingelte, wusste er, dass es eine laue Geste war. Als die Tür aufging, wurde er ganz förmlich und steif. Carys saß in ihrem Korbstuhl und hatte dem Raum die hohe Rückenlehne zugekehrt, während sie still durch das Balkonfenster auf das Meer starrte.

»Hi.«

»Hallo.« Sie drehte sich nicht zu ihm um.

»Ich habe dir Kuchen mitgebracht«, sagte er, obwohl er wusste, dass es die falschen Worte waren. »Geht es dir gut?«

Sie drehte den Kopf. »Du bist zurück.«

»Ja.«

»In meiner Woiwode.«

Er überlegte, was er sagen sollte, und wie. »Ich bin froh, dass Liljana mich angerufen hat. Ich hätte es wissen wollen.«

In scharfem Ton gab sie zurück: »*Ich* habe versucht, dich anzurufen.«

»Tut mir leid. Ich habe dich verpasst.«

»Setz dich«, sagte sie nur.

Max ging aufs Ganze und servierte zwei Stücke vom Möhrenkuchen, setzte sich dann in dem dunklen Zimmer behutsam auf das Sofa. Carys drehte den Korbstuhl vom Meer weg und nahm sich einen Kuchenteller. »Ich möchte etwas klären«, sagte sie und biss in den cremigen Teig. »Als ich feststellte, dass ich schwanger war, war ich genauso überrascht wie du vermutlich auch.«

»Ja«, sagte er vorsichtig.

»Und ich wollte kein Baby, nicht richtig. Die Sache hat mich nur ein bisschen traumatisiert.«

»Das kann ich mir vorstellen. Bist du ...?«

»Also bin ich in Trauer, aber es ist eine seltsame Art von Trauer.«

Max beugte sich vor. »Wie meinst du das?«

»Es hat einen wissenschaftlichen Hintergrund. Meine

Hormonwerte verändern sich, mein Körper kehrt in den Normalzustand zurück. Aber es ist noch mehr - ich habe etwas verloren, das ich wahrscheinlich gar nicht haben wollte, falls das irgendwie geht.«

Er wog die Worte ab, wollte auf keinen Fall etwas Falsches sagen. »Ich bin mir sicher, dass du in deinem Leben eine weitere Chance darauf bekommst, Cari. Zur richtigen Zeit.«

»Vielleicht. Eines Tages.« Sie stellte den Teller auf ihrem Bein ab. »Ich glaube, es liegt in der menschlichen Natur. Wenn einem gesagt wird, dass man etwas nicht haben kann, fängt man an, es zu wollen.«

»Deshalb finde ich den Glauben so irritierend«, sagt Max, der verzweifelt nach einer Möglichkeit sucht, sich an einer juckenden Stelle in seinem Anzug zu kratzen, aber es geht nicht. »Man verbringt so viel Zeit mit Warten und Beten. Man wartet auf ein Wunder.«

»Gläubige Menschen sind sehr geduldig.«

»Es ist alles andere als überzeugend. Ich glaube nicht, dass ich mein ganzes Leben auf einen Beweis warten könnte.«

»Die ganzen fünfundzwanzig Minuten oder weniger?«

Max schließt die Augen. »Möglicherweise.«

»Wirst du jetzt agnostisch?«, fragt Carys skeptisch.

»Wahrscheinlich.«

»Das hat nicht lange gedauert.«

»Ich sage ja nicht, dass ich tatsächlich glaube oder nicht glaube.« Max zerrt an seinem Ärmel, versucht innen das Handgelenk so weit wie möglich zurückzubeugen, um an die Haut irgendwo über dem Handgelenkknochen heranzukommen. Der Stoff streckt sich, als er daran zieht, viel dünner und flexibler als ältere und steifere Versionen des Raumanzugs. Jetzt kommt er mit der anderen Hand an die juckende Stelle heran. »Es ist nur so, dass ich irgendeinen Beweis brauche. Aber ich will nicht für den Rest meines Lebens darauf warten. Ich glaube, ich war noch nie allzu geduldig.« Als das Jucken aufhört, atmet er erleichtert aus. »Abgesehen von der Zeit, als ich jeden Tag zu dir kam, um dich zu überzeugen, wieder mit mir zusammenzukommen - damals war ich ziemlich geduldig.«

»Hmm«, macht Carys.

Sie saßen wieder im selben Zimmer, wieder auf dem Korbstuhl und dem Sofa, während das leise Rauschen des Ozeans durch das dicke Glas des Balkonfensters zu hören war. »Ich habe darüber nachgedacht«, sagte sie, »und ich komme nicht zurück.«

»Was?«

»Wir kommen nicht noch mal zusammen.«

»Warum?«

»Ich will nicht jedes Mal, wenn es schwierig wird, im Stich gelassen werden.«

»Das werde ich nicht tun«, erwiderte er empört.

Carys zog eine Augenbraue hoch. »Es wurde schwierig, und du warst weg. Beim ersten Anzeichen von Problemen.«

»Aber ich bin sofort zurückgekommen, als ich wusste, dass du in Schwierigkeiten steckst. Zählt das etwa nicht?«

Sie schwenkte den Kaffee in ihrem Becher, drückte das warme Porzellan an ihr Kinn, bis sie nur noch Costa-Rica-Bohnen riechen konnte. Der Dampf stieg vor ihrem Gesicht auf und verhüllte es wie eine Maske. »Nein. Tut mir leid. Das war eine nette Geste, wie dein Möhrenkuchen, aber nein.«

Dieser verdammte Möhrenkuchen! »Also was?«

»Wir haben so unterschiedliche Einstellungen, Max«, sagte sie. »Vielleicht sogar kollidierende Einstellungen. Als du es beendet hast, hast du gesagt: ›Vielleicht ist es besser so.‹ Du warst erleichtert.«

Er nickte langsam.

»Du findest immer noch, dass wir zu jung sind. Dass eine Beziehung nur funktionieren würde, wenn wir älter wären.«

Wieder nickte er.

»Du findest, Paare sind bessere Eltern, wenn sie älter sind.«

Er zögerte, doch dann nickte er ein drittes Mal.

»Generell«, schloss sie, »glaubst du an die Individualität.« Sie verzog das Gesicht.

»So wurde ich erzogen, Cari«, erwiderte Max verzweifelt. »Mit diesen Überzeugungen bin ich aufgewachsen.«

»Ich nicht. Ich weiß, was ich für dich empfinde, und ich war bereit, es der Welt zu sagen. Aber du schaffst es nicht mal, deinen Eltern von mir zu erzählen.«

»Sie würden es nicht verstehen.«

»Okay«, sagte sie nur. »Und das verstehe *ich* nicht. Und du hast deinen Standpunkt an deinem Geburtstag ziemlich deutlich klargemacht.«

Sein Gesicht zeigte Niedergeschlagenheit. »Aber ... ich will nicht von dir getrennt sein. Ich will mit dir *zusammen* sein.«

Er sah so bestürzt aus, dass Carys es vermied, kleinlich zu sein und ihm zu sagen, dass er von Anfang an daran hätte denken sollen. Stattdessen blieb sie standfest. »Nein, Max. Außerdem ... was für eine Frau wäre ich, wenn ich dich sofort wieder nehmen würde, nachdem du mich sitzen gelassen hast?«

»Eine glückliche Frau?«, fragte er hoffnungsvoll.

Doch sie schüttelte nur den Kopf. »Lass das. Ich will nicht in einer Fernbeziehung leben, unter der wir beide leiden und die obendrein gegen deine Prinzipien verstößt.«

»Warte mal. Du hast gesagt, wenn du mich *sofort* wieder nehmen würdest. Heißt das, du würdest mich irgendwann später wieder nehmen?«

»Habe ich das? Das hatte ich nicht gemeint ...«

»Ist es ein Spiel? Geht es dir darum, dass ich mich schuldig fühle? Denn, glaub mir, ich fühle mich schuldig, Carys. Zurückzukommen und zu sehen, wie du unter Schmerzen leidest ...«

»Es ist kein Spiel«, flüsterte sie. »Aber ich glaube nicht, dass du dich langfristig gegen das stellen kannst, woran du glaubst, nur um mit mir zusammen zu sein.«

»Was müsste ich tun, damit du mir vertraust?«

Sie dachte darüber nach. »Ich weiß nicht. Etwas Großes.«

»Ich kann die Lampe nicht mehr sehen«, sagt Carys. »Sie ist verschwunden.«

»Vielleicht wurde sie von einem Mikrometeoriten zertrümmert.«

»Hier draußen fliegt so viel Zeug herum, einfach widerlich.«

»Ganz zu schweigen von einem verdammt großen Asteroidenfeld. Erinnerst du dich an die Panik, als es eintraf?«

»Ja. Sieh mal, dort«, sagt sie.

Er dreht den Kopf in die entsprechende Richtung. »Saturn!«, ruft er überrascht.

»Mit bloßen Augen.«

»Eigentlich sollte er für weitere dreißig Jahre oder so nicht zu sehen sein«, sagt Max traurig.

»Die Ringe des Saturn. *Konzentrier dich auf die Ringe.*«

Er sieht sie mit einem kurzen, reuevollen Lächeln an.

»Also möchtest du, dass wir in unseren restlichen zwanzig Minuten miteinander reden?«, fragt sie.

Er sieht sie an. »Ja. Wir haben alles versucht, was wir konnten. Jetzt warten wir nur noch auf ein Wunder.«

»Und wir wollen nicht, dass einer von uns verzweifelt und aufgibt.«

»Genau.«

»Du weißt, dass es schneller und schmerzloser wäre«,

erwidert sie, »wenn wir jetzt die Helme abnehmen würden. Mit dem Atmen aufhören und es beenden, als unsere Entscheidung.«

Max sieht sie entsetzt an. »Sprich nicht so - du klingst ja wie ich.«

»Aber es ist wahr.«

»Hör auf. Reiß dich zusammen. *Du* solltest nicht so reden. Benutze deine Atemluft sinnvoll, für positivere Worte.«

Sie sieht ihn erwartungsvoll an. »Also sprechen wir miteinander.«

»Es gibt nichts Besseres, was man in den letzten Minuten seines Leben tun kann«, sagt er, »als mit dem besten Menschen zu reden, dem man jemals begegnet ist.«

15

Etwas Großes.« Max dachte lange und gründlich darüber nach. So etwas wie »Blumen« oder »Kurzurlaub« kam also nicht infrage.

Etwas Großes.

Er trat die Rückreise zur Woiwode 13 an und versprach, dass er eine Möglichkeit finden würde, sie zu überzeugen, und dass er zurückkehren würde, um es ihr zu beweisen. Er wollte sie zum Abschied küssen, doch dann legte er stattdessen unbeholfen eine Hand auf ihre Schulter, während sie dasaß und vom Korbstuhl aus auf das graue Meer blickte, immer noch damit beschäftigt, ihre Trauer zu verarbeiten. Sie tätschelte seine Hand, sicher, dass es diesmal endgültig vorbei war.

Etwas Großes.

Er dachte darüber nach, während er mit seinem Team daran arbeitete, Nahrungsmittel aus organischer und anorganischer Materie zu erzeugen, und wenn er die Chondritenstücke zerschlug, die bei den Meteoritenschauern auf die Erde gefallen waren. Max dachte über die Fehler nach, die er mit Carys gemacht hatte, während er mit Geologen zusammenarbeitete und mehr über Asteroiden lernte, als er jemals für einen Supermarktleiter für möglich gehalten hätte.

Jeden Abend fuhr er nach Hause und starrte auf die Wall Rivers, die leer zurückstarrten, weil Carys seine Anrufe nicht annahm und ihre Wohnungen nicht zusammenschließen wollte. Er fand etwas Trost darin, wieder anderen Leuten zu helfen und Fragen zu Lebensmitteln auf MindShare zu beantworten. Diese Interaktionen waren dem realen Leben fern, aber trotzdem irgendwie menschliche Verbindungen. Er genoss diese Momente, während er im geräumigen, eiskalten Apartment saß, das ihm die Woiwodschaft zur Verfügung gestellt hatte. Auch hier schaffte er es nicht, es zu dekorieren, weil jedes Foto wie ein Messerstich in seine Erinnerungen war.

Etwas Großes.

Carys verdrängte ihn aus ihrem Bewusstsein, als sie aus ihrer Höhle mit Meeresblick hervorkroch und ins Stadtleben zurückkehrte, um wieder in der hiesigen Geschäftsstelle der EVSA zu arbeiten. Sie spürte etwas Vertrautes, wenn sie Gemüse am Tresen bestellte, der nicht richtig funktionierte, und als sie sich nach jemandem umblickte, mit dem sie gemeinsam lachen konnte, fand sie niemanden, der amüsiert war. Als sie am geheimen Zugang zum Observatorium vorbeifuhr, war das vertraute Gefühl noch stärker. Der Lilienzaun war gefährlich verrostet und hing schief in den Angeln, und die Hecke war weiter über das Tor gewachsen.

Eines Abends piepte eine Nachricht von Max, und in

einem Moment der Schwäche knickte sie ein, ähnlich wie der schmiedeeiserne Zaun.

Hi.

Ciao.

Ça va?

¿Qué tal?

Bene, grazie, flexte sie zurück und lächelte, als sich etwas Vertrautes bemerkbar machte, das Geräusch der Pings zwischen ihnen, wie in alten Zeiten. *Et toi?*

Pass auf, dass ich nicht deine slawischen Sprachkenntnisse teste, antwortete er.

Oder mein noch recht frisches Griechisch.

Wie geht es dir?

Sie hielt inne, flexte bewusst langsam, damit er sah, dass sie etwas schrieb. Die Worte hatten Gewicht, und sie suchte sich einen etwas anderen Font aus, der violett in der Wand aus blauem Text pulsierte, bevor er sich ganz darin auflöste.

Du fehlst mir.

Endlich!, flexte er zurück. *Warum hast du so lange gebraucht?*

Ich brauchte Zeit.

Und jetzt wird es allmählich Zeit.

Warum?

Weil ich etwas Großes tun werde.

Sie trafen sich am Flugterminal, zunächst etwas verlegen wegen des Kribbelns der Ungewissheit, während sich überall um sie herum Freunde und Verwandte voller Herzlichkeit begrüßten. Max wollte sie küssen, und sie hatte es auf eine Umarmung abgesehen, sodass seine Lippen schließlich nur ihr Haar streiften. Sie beugte sich zurück und blickte zu ihm auf. »Willst du das noch einmal versuchen?«

»Ja.« Er stellte seine Tasche auf den Boden und lief in weitem Bogen um den nächsten Pfeiler herum, kehrte dann mit offenen Armen zu ihr zurück. Behutsam umarmte er sie, eine Hand in ihrem Nacken, dann küssten sie sich.

»Schon besser.«

»Wesentlich natürlicher«, pflichtete er ihr bei. »Wahrscheinlich glauben jetzt alle Leute hier, dass wir alte Hasen in so was sind.« Aber er löste sich noch nicht von ihr, wie sie mit Überraschung feststellte.

»Das sind wir«, sagte sie. »Inzwischen uralte Hasen. Was machen wir hier?« Sie war nervös, aber recht glücklich.

»Wir sind hier, weil du der einzige Mensch bist, von dem ich mir vorstellen kann, dass er mich erträgt«, sagte er und blickte sich um. Sie befanden sich in einem Terminal zwischen ihren beiden Woiwoden, in einer neutralen Zone. Ohne Restaurants oder Geschäfte – es war wirklich mitten im Nirgendwo. Er zeigte zum Abflugbereich. »Da entlang.«

»Und wohin geht es dann?«

»In die Woiwode 2.«

Sie bestiegen das Shuttle, der gläserne Flugsteig drückte sich an den Jumpjet, der kleiner war als der, mit dem sie zu den Woiwodschaft-Spielen nach Australien geflogen waren, da sie diesmal eine erheblich kürzere Strecke zurücklegen würden.

Max zog den Gurt über Carys' Schoß und schnallte sie an. »Es wird Zeit, dass du meine Eltern kennenlernst.«

Es war ein nettes Viertel in der Hauptstadt der Woiwode 2, mit Alleen, die von Altenwohnheimen und Bäumen gesäumt wurden, deren Wurzeln durch das Pflaster brachen. Die Vorstädte wurden gut gepflegt und waren weniger verfallen als die Innenstädte. Ganze Wände und Fassaden wurden instandgehalten, häufig ohne moderne Stützelemente. Auf dem Weg dorthin liefen die beiden durch weite Heideflächen im Norden der Stadt, und Carys blickte sich beeindruckt um, bewunderte die natürlichen Teiche.

»Wie lange leben deine Eltern schon hier?«, fragte sie, als sie hoch auf einem Hügel durch ein Dorf im georgianischen Baustil gingen, noch mit den ursprünglichen Sprossenfenstern.

Max warf ihr einen Blick zu. »Sie sind noch auf Rotation.«

»Natürlich«, sagte sie betrübt. »Also weniger als drei Jahre. Eine nette Gegend.«

»Mein kleiner Bruder hat eine Atemwegserkrankung, deshalb haben sie die Sondergenehmigung, in den Woiwoden mit weniger Luftverschmutzung zu leben, damit er besser atmen kann.«

»Wäre es für sie nicht besser, außerhalb einer Stadt zu wohnen?«

Max blickte sich in dem sehr grünen und hübschen Dorf um. »Das ist der Kompromiss. Sie wohnen hier, weil es nicht weit bis zur nächsten Klinik ist.«

Sie bogen nach links ab, und Carys schulterte ihren Rucksack und lief den Hügel hinab. Ganz unten sah sie den leuchtenden weißen Würfel der Bezirksklinik, die neben den roten und gelben Ziegelsteinhäusern modern und sauber wirkte. Ein Stück vor dem Würfel trat Max in einen ordentlichen Vorgarten und wartete, bis sie nachgekommen war. Dann klopfte er an die Tür.

»Bereit?«, fragte er.

»Jetzt ist es zu spät, um noch Nein zu sagen.«

Eine kleinere Version von Max öffnete die glänzende rote Tür, und bevor Carys die verblüffende Ähnlichkeit bestaunen konnte, hatte Max seinen jüngeren Bruder schon in die Arme geschlossen.

»Mac!«

»Ja, ich bin's.« Max lachte, dann fügte er hinzu: »Du bist gewachsen. Wie alt bist du inzwischen?«

»Sieben.« Er strahlte mit großen Zahnlücken, und Max hob ihn hoch, um ihn durch die Luft zu schwingen. Der Junge wand sich vor Freude. »Wie alt bist *du?*«

»Viermal älter als du. He, du hast ein paar Zähne verloren, Kumpel.«

»Diego hat mich vom Raumschiff geworfen.«

»Raumschiff?«

»Das Klettergerüst im Kinderdschungel.«

»Kinderdschungel?« Max war offensichtlich nicht auf dem Laufenden.

»Diego hat mich im Kinderdschungel vom Raumschiff geworfen, und dabei habe ich mir die Zähne ausgeschlagen.«

»Richtig.« Max stellte den Jungen auf die Füße, der neugierig aufblickte.

»Das ist meine beste Freundin Carys. Carys, das ist mein bester Bruder Kent.«

»Hallo, Kent«, sagte sie ernst.

Kent sah Max verdutzt an. »Du hast eine Freundin?«

»Eine Freundin«, bestätigte Max.

Kent duckte sich unter Max' Armen weg und rannte ins Haus. »Mum, Dad!«, rief er. »Mac ist an der Tür. Mum? Dad? Mac ist hier. Ratet mal! Er hat eine *Freundin* mitgebracht.«

Carys folgte den Jungs in das Haus. Max schnappte sich den Kleinen noch mal und warf ihn sich über die Schulter. »Warum ist er so überrascht?«, flüsterte sie.

»Siebenjährige Jungs haben gerade erst erkannt, dass Mädchen ›anders‹ sind«, flüsterte Max zurück. »Die Vorstellung, dass du meine beste Freundin bist, ist *Wahnsinn.*« Er stellte Kent ab, immer noch lächelnd, als ein Mann mit ausgestreckten Armen auf sie zukam. »Hi, Dad!« Sie legten förmlich eine Hand auf die Schulter des anderen, und Max deutete auf Carys. »Carys, das ist mein Vater.«

Sie bemerkte, dass er ihr seinen Vater vorstellte, aber nicht andersherum, doch sie ging nicht darauf ein. »Freut mich, Sie kennenzulernen, Sir.«

»Pranay, bitte.« Max' Vater hob den Arm zum Gruß. Er

war der Typ Mann, dessen Intellekt ihn unaufmerksam oder distanziert erscheinen ließ. »Carys ... walisischer Herkunft?«

»Ja, genau.«

»Und was machen Sie beruflich?«

Sie lächelte darüber, wie schnell er zum Punkt kam. »Ich bin Pilotin.«

»Sehr gut«, sagte er. »Kommerziell? Militärisch? Karitativ?«

»Für die Weltraumorganisation.«

»*Sehr* gut.« Seine Anerkennung ließ ihn ein klein wenig auftauen. »Das ist in der Tat sehr gut. Ich bin selbst in der Logistik tätig. Ich versorge die Woiwodschaft mit Lebensmitteln. Ich betreibe Rotationsrestaurants und Supermärkte.«

»Wow! Alle?«

»Viele der Restaurantketten, ja. Und viele der kleineren Supermärkte.«

»Wow. Ich bin Max in einem davon begegnet.«

»In der Woiwode 6? Ich glaube, Maximilian hat diese Filiale im Retro-Stil geführt.«

Carys nickte und versuchte zu verstehen, warum ein Mann, der so viele Rotationsrestaurants hatte, seinen Sohn nicht als Koch in einem davon unterbrachte. Währenddessen umkreiste Kent die Beine des älteren Mannes, um sich aufzuspielen, wie es die meisten Kinder taten, bevor er mit gespielter Langeweile sichtlich erschlaffte, als er keine Aufmerksamkeit mehr bekam.

»Fliegst du Flugzeuge?«, wollte Kent von ihr wissen. Aus der Nähe bemerkte sie, dass er einen durchsichtigen Aufsatz auf dem Nasenrücken trug, der ihn mit Sauerstoff versorgte.

»Hauptsächlich Shuttles«, antwortete sie.

»Irre!«

Max raufte ihm das Haar, und Kent flitzte wieder los, als sein Bewegungsdrang durch die neue Aufmerksamkeit befeuert wurde.

»Kommt herein«, sagte Pranay und führte sie in die Küche des Landhauses, das mit den in Europia üblichen Einbauten aus Glas und Stahl verstärkt worden war. »Wir wollen der Pilotin eine Tasse Tee servieren.«

»Ich hätte wissen müssen, dass er so reagieren würde«, flüsterte Max und legte eine Hand auf ihren Rücken, um sie zur Rückseite des bescheidenen Hauses zu dirigieren. »Mein Vater respektiert nur harte Arbeit und Erfolg, und damit meine ich *nur*.«

In der Küche saß eine winzige Frau strickend am Tisch. »Hallo, Tante Priya«, begrüßte Max sie.

Voll verwirrtem Entzücken blickte sie zu ihm auf. »Maximilian. Welch eine Freude!«

Sie setzten sich an den Tisch, und Max' Vater, ein großer, körperbetonter Mann, trat hinter die Anrichte und hantierte voll traditioneller Förmlichkeit mit Teebeuteln und Milchkännchen. »Zucker?«, fragte er, und Carys schüttelte den Kopf. »Gut«, bemerkte er. »Süße ist ein Zeichen für Schwäche.«

Sie atmete erleichtert aus, weil sie anscheinend eine

heimliche Prüfung bestanden hatte, und nahm die Tasse dankbar an.

»Für dich auch, Sohn?«

Max konnte es nicht ausstehen, »Sohn« genannt zu werden, weil er sich dann so klein fühlte. Er lehnte ab.

»Du hast dich nicht verändert. Hast immer noch nichts für heiße Getränke übrig, wie ich sehe.«

Max fragte sich, warum ein so unwesentliches Urteil ihm das Gefühl des Versagens gab, und zuckte mit den Schultern. »Ich nehme etwas Wasser, wenn es geht. Wo ist die Professorin?«

»Alina wird bald herunterkommen.« Er setzte sich auf einen Stuhl im Bauernstil, der unter der Belastung seiner Körpermasse knirschte. »So.«

»So«, sagte Max und trank einen Schluck Wasser.

»Was führt euch hierher?«

»Ich wollte dir Carys vorstellen«, sagte er, ohne den Blick vom Wasserglas abzuwenden. »Ich wollte euch beiden Carys vorstellen.«

Max' Vater sagte nichts, aber Carys sah, wie sein Handgelenk zuckte, als er etwas flexte.

Eine Sekunde später war zu hören, wie sich im Obergeschoss eine Tür öffnete. Eine Respekt einflößende Frau mit grau meliertem Haar, das zu einem ordentlichen Chignon zusammengesteckt war, kam in die Küche und legte förmlich eine Hand auf Max' Schulter, bevor sie zur Anrichte weiterging. »Kaffee.« Sie bemerkte Carys und fuhr fort: »Ihr müsst mir verzeihen – derzeit mache ich Nachtschichten und hatte oben etwas Schlaf nachgeholt.« Kent prallte gegen Alina, während er in der Küche herumsprang, und als sie ihn festhielt, staunte Carys erneut, wie ähnlich er Max sah. »Dein Vater sagte, ich sollte herunterkommen.«

Max nahm sein Glas. »Ich wollte euch beiden Carys vorstellen.«

Die Blicke seiner Eltern trafen sich. »Sie ist Pilotin«, sagte Max' Vater, und Kent ergänzte mit offensichtlicher Bewunderung: »Sie fliegt Spaceshuttles!«

»Ah«, sagte seine Mutter. »Hallo, Carys. Wie ich sehe, hast du die Anerkennung all meiner Jungs gewonnen.«

»Ich …« Carys stockte, und Max blickte mit einem Grinsen auf den Tisch. Die Situation war ausgesprochen verfänglich.

»Wie lange habt ihr schon zusammengearbeitet?«, fragte Pranay und nippte von seinem Tee.

»Seit meiner Rotation in W6«, sagte Max mit Bedacht, »und seitdem sind wir ein Paar.«

Es herrschte Stille in der Küche.

»Ein Paar?«

Kent rannte hinaus und drehte im kleinen Wohnzimmer mit einer Geräuschexplosion die offenen Medien auf.

»Ihr seid sehr jung«, sagte seine Mutter vorsichtig.

»Nicht so jung.« Max nahm Carys' Hand in seine. »Alt genug, um sicher zu sein.«

»Sicher zu sein?«

»Ich habe versucht, ohne sie zu leben, und es hat nicht funktioniert.« Max lehnte sich zurück, nur ein ganz leichtes Zittern verriet, wie nervös er war. »Also werden wir weiterhin zusammen sein.«

Max' Vater sagte nichts und trank von seinem Tee. Seine Mutter spielte mit einem silbernen Armreif an ihrem Handgelenk, während sie Tante Priya beim Stricken beobachtete. Das Klicken der Nadeln unterstrich nur die Anspannung. »Wollen wir ins Wohnzimmer gehen? Dort ist es bequemer.«

»Klar«, sagte Max, der immer noch Carys' Hand hielt. »Wie es euch am liebsten ist.« Seine Mutter ging voraus zum Wohnzimmer an der Vorderseite des Hauses und verhandelte kurz mit Kent, der seine Spiele beendete und dann die Treppe hinaufstürmte, während zwei neue Münzen in seiner Hosentasche klimperten. Max' Vater verließ die Küche ohne ein Wort, und als Carys ihren Stuhl zurückschob, führte Max sie ins Wohnzimmer. Er sah sie mit einem herzlichen Lächeln an, als sie sich auf das üppige Sofa setzten.

»Gemütlich«, sagte Max und wippte leicht auf den Sprungfedern. »Ich mag euer neues Sofa.«

Seine Mutter gönnte ihrem Sohn ein Lächeln, dann atmete sie einmal tief durch und wandte ihre Aufmerksamkeit Carys zu. »Ihr habt euch in der Woiwode 6 kennengelernt?«

Carys nickte.

»Und ihr seid immer noch dort?«, fragte sie. »Max ist umgezogen.«

Wieder nickte Carys. »Ich bin in der zweiten Auslosung.«

»Wie kommt ihr überhaupt darauf, zusammenbleiben zu können, bevor ihr als Familie in die Rotation geht?« Sie blickte von Carys zu Max. »Ihr könnt keine Dekade beantragen. Das ist eine lange Zeit.«

»Das ist es«, sagte Carys leise. »Aber wir dachten, dass wir es versuchen können.«

»Das könnt ihr nicht. Das verstößt gegen die Regeln.«

Etwas Großes.

»Carys weiß es noch nicht«, sagte Max, »aber eigentlich sind wir auf dem Weg zur zentralen Woiwode. Ich werde einen Antrag auf Aufhebung der Paarregel stellen.«

Der Raum bebte unter der Schockwelle, und Carys wich überrascht zurück. Max' Offenbarung hatte sie mitten ins Gesicht getroffen. Noch vor wenigen Sekunden hatte sie gedacht, dass dieser Besuch, sich mit ihr seiner Familie zu stellen, seine Geste war, sein *etwas Großes.* Nie hätte sie damit gerechnet, dass er so etwas tun würde, ganz zu schweigen von seiner Auflehnung gegen die Woiwodschaft - das war etwas völlig anderes.

Max' Vater, der die ganze Zeit über geschwiegen hatte, sah aus, als würde er kurz vor einem Wutanfall stehen.

»Dad?«

Das war das Stichwort für die Explosion. »Warum musst du alles infrage stellen?« Max wollte etwas sagen, doch Pranay kam ihm zuvor: »Was gibt dir das Recht dazu? Wie kommst du darauf, dass du es besser weißt? Warum stellst du dich gegen die Regeln, die dazu gedacht sind, dich zu schützen?«

»Aber Dad.« Max hob eine Hand. »Die Regeln werden geändert, wenn genügend Leute es so wollen. Ich muss dafür eintreten. Das System funktioniert nur, weil ...«

»Das System funktioniert, weil sich Menschen wie ich und deine Mutter an die Regeln halten.« Max' Vater stand auf, und seine kolossale Gestalt ragte vor Carys und Max auf dem Sofa auf. »Nur weil etwas nicht in deinem Sinne läuft, heißt das nicht, dass es falsch ist, Max. Menschen mit viel mehr Erfahrung als du stellen die Richtlinien auf. Hör auf, dich wie ein Kind zu benehmen.«

»Dad, es ist ...«

»Dummer Junge.« Die Stimme seines Vaters senkte sich um hundert Dezibel. »Tausende von Menschen sind gestorben, damit du dein geborgenes Leben führen kannst.«

»*Geborgen?* Diese Leute waren die erste Generation. Du bist die zweite. Meinst du nicht, dass das Leben für mich und meine Generation anders sein könnte? Glaubst du wirklich, dass die Welt immer noch genauso ist wie in deiner Kindheit?«

»Wage es nicht, deine Großeltern als ›diese Leute‹ zu bezeichnen.« Sein Vater legte die Hand an die Stirn. »Deine hochgeschätzte Großmutter hat die soziale Dynamik für immer verändert. Dein Großonkel wurde im Kampf getötet. Deine Großtante - meine Tante - ist auf Dauer verwundet und mental gezeichnet, während sie sich in der Klinik einer Hilfsorganisation an der Küste von Florida um kranke Menschen kümmert. Sie haben Bomben abgeworfen, mit Drohnen, nicht einmal mit tatsächlichen Menschen. Niemand war tapfer genug, es im eigenen Namen zu tun ...«

Max blieb still, wie jedes Mal, wenn sein Vater über ihre Verwandten sprach. »Es tut mir leid. Ich stelle nicht das gesamte System infrage, Dad. Ich stelle nicht die Woiwodschaft infrage.«

Pranay hob verzweifelt die Arme.

Carys starrte erschrocken zu Boden.

Max kam auf die Beine. »Du hast mir beigebracht, welch großen Wert die Individualität hat«, sagte er, als er dem Mann gegenüberstand, der ihn aufgezogen hatte. »Du hast mir erklärt, dass ich alles in meinem eigenen Namen tun soll - gilt das nicht auch für die Befolgung von Regeln? Sollte ich nicht jede Regel selbst bewerten und mir ein Urteil bilden, ob sie richtig für mich ist? Die Menschen, die blind tun, was ihnen gesagt wird, ohne es jemals zu hinterfragen - ich kann mir nicht vorstellen, dass sie glücklich sind.«

»Natürlich sind sie das. Wir leben in einer perfekten Welt, aber irgendwie bist du immer noch unzufrieden.« Seine Worte waren so energisch, dass Max einen Schritt zurückwich.

»Ich bin ...«

»Wenn dir die Regeln nicht passen, solltest du gehen.« Sein Vater drängte ihn zur Tür. »Du solltest Europia verlassen.«

»Das ist nicht fair. Ich glaube an alle Aspekte unseres Lebens. An alles außer« - er verschränkte die Hände ineinander - »der Paarregel.«

Pranay öffnete die Vordertür und gab Max zu verstehen, dass er gehen sollte. »Du verstehst es einfach nicht.«

»Mum ...«

»Nein, Maximilian«, sagte sie.

»Ich liebe sie, Mum.«

Carys errötete bei den Worten, die sie bisher nur sehr selten gehört hatte, aber seine Mutter ließ sich nicht beirren. »Es wird vorbeigehen. Lust geht immer vorbei, und dann kannst du weitermachen wie alle anderen. Wenn du etwas erreicht hast, wirst du einen Menschen finden, mit dem du wirklich den Rest deines Lebens verbringen möchtest. Ihr könnt intelligente, gesunde Kinder haben. Aber wenn du nicht stark bleibst und wenn du es nicht gut genug durchdacht hast, wirst du es nicht mehr ungeschehen machen können. Du kannst die Fehler deiner Jugend nicht zurücknehmen - zumindest in diesem Punkt solltest du deinen Eltern vertrauen. Willst du wirklich unseren Rat in den Wind schlagen?«

»Du hörst mir nicht zu ...«

»Es tut mir leid, Max, aber hier wirst du keine Unterstützung finden. Nicht, solange du das Falsche tust.« Sie sah ihn erwartungsvoll an.

Nach einer Weile schüttelte er den Kopf, und Alina stellte sich neben ihren Mann, um dem jungen Paar die Tür zu weisen. Als Max und Carys auf den Gehweg traten, drückte sie die Haustür zu, bis das Schloss mit einem entschiedenen Klicken einrastete.

Carys legte die Hand auf Max' Schulter, als er sich auf den Bordstein hockte. Offenbar hatte es ihn überrascht, wie schlimm ihr Besuch verlaufen war. Aus dem Heim der Familie geworfen zu werden, diese Ablehnung zu erfahren ...

Max fragte sich, ob er es wirklich tun wollte. Sollte er anklopfen und sich versöhnen oder es für heute gut sein lassen?

Er beobachtete, wie die Abenddämmerung über den weißen Würfel der Klinik kroch, während das letzte Licht rasch nachließ. Zwielicht. Seine Tante erschien im Erkerfenster, allein, mit traurigem Gesicht, und er ging zu ihr. Lautlos legte sie einen Finger an die Lippen, dann drückte sie ihre Handfläche auf das Glas.

Max hob die Hand und legte sie auf ihre, während sie mit einer Bewegung des Handgelenks den Chip im Zimmer hinter ihr aktivierte. Fotografien, die Max noch nie zuvor gesehen hatte, tauchten auf den Wandschirmen auf, und er sah sie sich verwirrt an, von einem Bild zum nächsten. Seine Tante und ihr Bruder - Max' Vater - überglücklich, aber vollkommen geschlaucht, wie sie die Sterne von Europia halten, hinter ihnen ein Meer aus blau-goldenen Fahnen. Auf einer anderen Aufnahme steht sein Großvater neben den beiden, und alle drei strahlen vor einem hell erleuchteten roten Schild, auf dem *Fox Supermarkets* stand. Seine Tante und ein Mann, den er nicht kennt, sitzen zusammen in einem Hybridlaster voller frisch geerntetem Gemüse. Seine Tante vor vielen Jahren bei Woiwodschaft-Spielen, genau im

Moment ihres glücklichsten Jubels aufgenommen, derselbe Mann an ihrer Seite.

Die Bilder erloschen, und ein letztes Foto von Tante Priya erschien, ihr unglücklicher Ausdruck zeichnete ihr Gesicht wie einen Schmierfleck auf dem Wandschirm. Sie zuckte mit den Schultern und ließ die Hand sinken.

»Ich verstehe nicht ...«

Sie deutete auf die Wand hinter sich, ohne sich umzudrehen, während ihre Stimme flüsternd durch die Scheibe drang. »Es liegt uns im Blut, den Regeln zu folgen. Aber das macht uns nicht immer glücklich.«

16

Fünfzehn Minuten

Carys erschaudert. »Mir ist kalt.« Im Weltraum herrschen große Temperaturunterschiede, und ihre silbrigen Anzüge sind darauf programmiert, ständig die Wärme zu messen und sich anzupassen.

Max blickt auf sein Thermometer. »Dreh deinen Thermostat höher. Es hätte automatisch passieren müssen, aber das ist ein starker Abfall. Dreh ihn jetzt auf.«

»Okay. Erledigt. Und du?«

»Meiner hat es von selbst getan«, sagt er.

»Hmm.« Sie betrachtet ihr eigenes Thermometer und tippt auf die Anzeige, als würde das einen Unterschied machen. »Ich hoffe, mein Anzug fällt nicht aus, zu allem Überfluss.«

Max verzieht das Gesicht, als er an sein gescheitertes Experiment mit dem Sauerstoff in ihrem Tornister denkt. »Ich hoffe, es ist nicht meine Schuld.«

»Ganz bestimmt nicht. Es dürfte nur an meiner allgemeinen Pechsträhne liegen.« Carys erzittert wieder. »Mir ist immer noch kalt.«

»Dir wird bald wärmer, nachdem der Thermostat jetzt richtig eingestellt ist. Außerdem werden wir bald wieder in die Sonne kommen.«

»Man sollte meinen, wenn ein Raumanzug für mich maßgeschneidert wurde« - sie zeigt auf ihren Namen, der unter dem blauen EVSA-Logo aufgenäht ist - »müsste mir immer warm genug sein.«

Max reibt ihre Arme, um sie zu wärmen, von ihren Händen bis zu den Schultern und zurück, auch wenn der isolierte Anzug diese Geste sinnlos macht. »Du frierst doch immer. Erinnerst du dich an das Training? Du hast ständig vor Kälte gebibbert.« Er erwähnt nicht, wie schlimm es für ihn war, Carys beim Training in den Schwimmbecken der EVSA zu beobachten. Jedes Mal, wenn sie eine Sekunde zu lang unter Wasser blieb, erlebte er noch einmal den Zwischenfall bei den Woiwodschaft-Spielen.

»Stundenlang im Tauchanzug unter Wasser?« Sie deutet auf ihre Umgebung. »Es ist tatsächlich die beste Übung für einen Weltraumaufenthalt. Wer hätte das ahnen können?«

»Wahrscheinlich hast du eine schlechte Blutzirkulation«, sagt er. »Deine Hände und Füße sind immer eiskalt.«

Carys lächelt, geht aber nicht auf die Stichelei ein. »Vielleicht interferiert das Asteroidenfeld mit dem Temperatursensor, wenn ich immer wieder in den Schatten einzelner Steinbrocken gerate.« Sie betrachten die zerbrochenen grauen Asteroiden, von denen einige durch

Kollisionen abrupt zertrümmert worden waren. »Ganz zu schweigen vom interplanetaren Staub, der sich in meinen Systemen festsetzt.«

»Und in meinen«, murmelt er, als er erneut ihren Thermostat überprüft. »Wie viel Zeit bleibt uns noch?«

»Dreizehn Minuten«, sagt sie und versucht, sich ihre Angst nicht anmerken zu lassen. »Das Schicksal meint es nicht gut mit manchen.«

»Ich glaube nicht, dass das Schicksal etwas damit zu tun hat«, sagt Max nachdenklich, während ein Mikrometeorit an ihnen vorbeifliegt, auf die Erde zu. »Es sei denn, du meinst, dass wir selbst unser Schicksal gestalten ...«

Max' Eltern wollten nicht nachgeben. Trotz der Anrufe ihres Sohns, seiner Nachrichten und weiteren Besuchen weigerte sich sein Vater, an die Tür zu kommen. Seine Mutter tauchte in ihre Arbeit ab. Weil er Kent unbedingt noch einmal sehen wollte, bevor sie aufbrachen, hatte Max einen Plan ausgeheckt.

»Er verbringt sein halbes Leben in der Klinik«, hatte Max zu Carys gesagt, als sie in einem Rotationsrestaurant in der Nähe saßen. »Meine Mutter arbeitet an einer Therapie. Sie fühlt sich schuldig, weil seine Krankheit schlimmer wurde, als sie wegen ihrer Arbeit nach Mazedonien gezogen sind. Die Luftverschmutzung hätte ihn dort fast umgebracht. Woiwode 19«, fügte er noch hinzu.

»Ist das der Grund, warum er noch nicht mit der Rotation begonnen hat?«

»Genau. Sie sagten, er könnte gehen, wenn er etwas größer geworden ist«, erklärte Max ihr. Dann fügte er wehmütig hinzu: »Als ich in seinem Alter war, habe ich längst eigenständig gelebt.«

Er erreichte den weißen Würfel am Ende der Besuchszeit, schlüpfte durch die Eingangstür, während die letzten Nachzügler gingen, bog nach links in den Personalraum ab, als die Wache hinter der Ecke verschwunden war. Für einen Moment überlegte er, ob er sich einen weißen Kittel anziehen sollte, wie es ein tatsächlicher Eindringling tun würde, um die Rolle eines Arztes auf Visite zu spielen, doch dann erinnerte er sich daran, wie wenig ihm ein Stück Stoff nützen würde, wenn er versuchte, an den biometrischen Kontrollen des medizinischen Personals vorbeizukommen. Er überflog die MindShare-Nachrichten im Zimmer, suchte nach Anfragen, die an seine Mutter adressiert waren, und hoffte, dass ihre Antworten mit einem Geotag versehen waren. Aber da waren keine.

Als er eine Gruppe im Korridor hörte, drehte sich Max zu den Schränken herum, lehnte sich gegen einen, als wäre er dabei, seinen Chip zu scannen. Fünf Krankenschwestern kamen herein. Sie waren erschöpft, nachdem ihre Schicht zu Ende war, aber immer noch aufgedreht. Als die letzte verschwand, die wie ein Wasserfall auf die anderen einredete, wirbelte Max herum, achtete darauf, der Gruppe den Rücken zuzukehren, erwischte im letzten Moment die Tür und huschte hindurch. Genau gegenüber dem Eingang zum Personalraum gab es ein altertümliches Whiteboard, das mit Markierstiften beschrieben war. Wacklige Linien bildeten ein handgezeichnetes Raster. Als er darauf starrte, fand er, wonach er suchte: den Namen seiner Mutter (und ihre Stellung) sowie eine Liste ihrer anwesenden Patienten in der Klinik. Als weitere Mediziner um die Ecke kamen, stürmte Max zum Lift, überflog den Grundriss des Hauses. Dann machte er sich auf den Weg in den obersten Stock.

Es war still, und Max entspannte sich ein wenig, als er durch die Korridore mit den Privatzimmern und Stationen lief. Farbenfrohe Bilder spielten auf den Wall Rivers. An der Wand neben ihm hüpfte ein Teddybär entlang. Als er Kents Zimmer erreichte, sprang der Bär über den Türrahmen. Er wischte ihn zur Seite und drückte die Tür auf. »Hallo, Kumpel.«

Kent öffnete benommen die Augen und lächelte. »Hallo, Mac!«

»Wie geht es dir?«

»Ich kriege eine Münze für jede Nacht, die ich hier bin«, sagte er.

»Das ist gut. Wie viel hast du für diesen Schneidezahn bekommen?«

»Schokolade.«

»Beachtliches Verhandlungsgeschick.« Max trat ganz ins Zimmer und setzte sich neben dem Bett seines Bruders auf einen Stuhl. »Ich wollte dich noch mal sehen, bevor ich aus der Stadt verschwinde.«

Kent sah ihn ernst an. »Mit dem Mädchen?«

»Mit dem Mädchen«, stimmte Max zu.

»Mum und Dad waren deswegen ziemlich laut.«

Max biss sich auf die Lippe. »Das tut mir leid.«

»Ich würde mich freuen, wenn wir uns öfter sehen könnten.«

»Ich auch. Ich habe viel für die Weltraumorganisation gearbeitet.«

»Du bist der Einzige, der mich umarmt.«

»Ich werde öfter kommen, Kumpel - das verspreche ich.« Max wurde schwer ums Herz, als er Kent die flauschigen Haare aus der Stirn strich, während der Junge gegen den Schlaf und vermutlich eine hohe Medikamentendosis ankämpfte. Max beugte sich über das Bett und streichelte immer noch behutsam sein Haar, als Kent wieder eindöste ...

»Wie bist du hier hereingekommen?«

Max schreckte aus dem Schlaf hoch, als sich seine Mutter verärgert vor dem Bett aufbaute. »Ständig die Regeln brechen«, sagte sie. »Was machst du hier?«

»Ich wollte Kent noch mal sehen«, sagte er nur, setzte sich auf dem Stuhl zurecht und blickte zu ihr auf.

Sie spreizte die Finger, um die Daten des Jungen auf der Anzeige am Fußende des Betts zu öffnen. »Er hat schon genug durchgemacht. Er muss nicht wissen, was du zu tun beabsichtigst.«

»Vielleicht sollte er es wissen.«

»Nein.«

»Das ist nicht deine Entscheidung.«

»Ich will nicht, dass du ihm dumme Ideen in den Kopf setzt«, erwiderte sie, und Max senkte betrübt den Blick.

»Er wird ein Paria sein, wenn die Leute herausfinden, was du getan hast.«

Max sammelte seinen Mut. »Ihr solltet ihn öfter in die Arme nehmen.«

Sie schaltete die Datenprojektion aus. »Vielen Dank, Maximilian. Von jemandem wie dir brauche ich keine Ratschläge.«

Max zuckte zusammen. »Warum? Weil ich jung bin? Es ist genau diese Starrsinnigkeit, an der die Woiwodschaft zugrunde gehen wird.«

»Nein, an *dir* wird die Woiwodschaft zugrunde gehen.«

Er strich dem Jungen eine Locke aus der Stirn, ohne ihn zu wecken, und sprach mit leiser Stimme. »Wir leben in einer sozialen Demokratie, Frau Professorin. Vielleicht finden wir Leute, die unserer Meinung und nicht deiner sind.«

Sie kniff die Augen zusammen. »Das bezweifle ich sehr. Europia wurde von einer Zentralregierung aus *erfahrenen* Experten gestaltet. Sie haben die Regeln auf der Grundlage dessen aufgestellt, was für die *Mehrheit* das Beste ist.«

Max beugte sich vor. »Aber was ist, wenn ihr falsch liegt und die Regeln weiter ausgestaltet werden müssen? Veraltete Regeln kannst du nicht allen aufdrücken - Europia funktioniert, weil sich die Bürger *entschieden* haben, die Regeln zu befolgen. Wir wägen die verschiedenen Lebensweisen gegeneinander ab und wählen diese. Meinst du nicht, dass das die wahre Bedeutung der *Utopie* ist? Europia wäre sehr trostlos, wenn Leute wie ich ihre Neugier verlieren und nicht mehr hinterfragen, warum wir bestimmte Regeln haben. Es wäre besser, tot zu sein, als die Neugier zu verlieren.«

Sie lachte. »Wie leichtfertig du quasi-philosophische Plattitüden über Tod und freie Wahl herunterrasselst. Bald wirst du gar keine Wahl mehr haben. Was glaubst du, wie lange es dauert, bis du gezwungen bist, mehr in ihrem Namen als in deinem eigenen zu handeln? *In wessen Namen*, Max?«

Er umarmte Kents schlafenden Körper und küsste ihn auf die Wange, atmete den kalkigen Geruch nach Talkumpuder ein. »Ich sollte lieber gehen.«

»Ja, das solltest du. Ich freue mich schon darauf, dieses Gespräch wieder aufzunehmen, wenn du endlich zur Vernunft gekommen bist – hoffentlich bevor du von den Repräsentanten im Großen Zentralsaal wegen geringfügiger Auflehnung ausgewiesen wirst.«

Er warf noch einen letzten Blick auf seinen Bruder, dann ging er ohne ein weiteres Wort, an seiner Mutter vorbei nach draußen.

Der Bahnhof war voller Pendler, auf den Wall Rivers wechselten ständig die Anzeigen über ankommende und abfahrende Hybridzüge. Max blickte sich um, suchte mit leichter Besorgnis nach Carys, als sich zwei kalte Hände um sein Gesicht legten und ihm die Augen zuhielten. »Entweder werde ich von einem Zwölfjährigen ausgeraubt«, sagte er, »oder das sind die dürren Handgelenke eines Mädchens, das ich einmal kannte.« Er fuhr herum. »Sie lebt nicht mehr. Kaltblütig ermordet, nach einem gescheiterten Raubüberfall in einem Bahnhof. Sehr traurig.«

»Wie schrecklich.« Carys reckte sich empor und küsste ihn auf die Wange. »Verbrecher nehmen heutzutage alle möglichen Gestalten an. Die von Kindern oder hübschen Frauen« - sie warf ihr Haar zurück - »was auch immer.«

»Hübsch, ja?« Er hob ihre Reisetaschen auf. »Komm, wir verpassen sonst unseren Zug.«

»Hast du Kent gesehen?«

»Ja.«

»War es gut?«

»Ja.«

Carys vermutete, dass die einsilbigen Antworten auf etwas anderes hindeuteten, aber sie hakte nicht nach.

»He«, sagte er. »Wir haben es wieder geschafft, ein bisschen rumzualbern.«

»Das haben wir.« Sie drehte sich herum und sah ihn an. »Aber wenn du jedes Mal ausdrücklich darauf hinweist, werden wir nie weiterkommen.«

»Wie meinst du das?«

»Wir sollten nicht jede Interaktion darauf prüfen, ob es noch zwischen uns läuft, ob wir uns immer noch lieben, ob wir uns jemals von der Trennung erholen werden. Wenn wir das tun, trampeln wir es tot. Wir würden sterben.«

Max sagte nichts.

»Also machen wir einfach wieder unsere Witze, bleiben locker und ziehen weiter dieses Teeny-Ding durch, das vielleicht das Leben all unserer Altersgenossen ändern wird.«

»Ich verstehe, was du meinst«, sagte Max und hob ihre Taschen wieder auf. »Die idealen Voraussetzungen für eine unbeschwerte Beziehung.«

Sie traten auf den Bahnsteig, und die grummelnden Motoren verbreiteten einen Dunst aus Sauerstoff, der sich auf die Wagen und die Passagiere legte. Es hatte die Atmosphäre einer Dampflokomotive des 19. Jahrhunderts, die sich bereitmachte, von einem ländlichen Bahnhof loszufahren. Diese Stadt war jedoch das genaue Gegenteil: Die untergehende Sonne brannte hinter den Glasscheiben des Bahnhofsgebäudes, der blassblaue Himmel kämpfte gegen das rote Feuer im Westen.

Der Zug war voll, und Carys und Max gingen zu ihren reservierten Plätzen, machten es sich auf den hellgrauen Polstersitzen bequem und schlossen das Abteil.

»Bereit?«, fragte sie, und er spürte, dass sie nicht die Reise meinte.

»Bereit.« Dann: »Bist du dir sicher?«

»Natürlich.« Sie lehnte sich zurück, als der Zug losfuhr, spürte den Druck im Bauch, als ihre Geschwindigkeit schnell zunahm und die Fliehkraft sie in ihren Sitz drückte. Bald fiel die Stadt zurück, und ein Flickenteppich aus Feldern breitete sich vor dem Fenster aus: in Braun- und Grüntönen, dazwischen das erstaunliche Gelb der Rapsblüten. »Ich hasse diese Farbe.«

Er lachte. »Komisch, eine Farbe zu hassen.«

»Ich hasse auch das Wort. ›Raps‹ klingt wie eine Krankheit.« Sie beobachtete, wie die Ackerflächen vorbeizogen.

Sie schwiegen eine Weile, bis der Zug in den Tunnel unter dem Ärmelkanal fuhr. »Max?«, fragte Carys. »Warum hast du das getan?«

»Was getan? Das?«

Sie nickte.

»Hätte es genügt, wenn ich meiner Familie einfach nur von uns erzählt hätte?«, überlegte er laut.

»Ja«, sagte Carys. »Das hätte genügt.«

Er schüttelte den Kopf. »Es hätte nur *vorläufig* genügt.«

Wieder schwiegen sie, beobachteten dann, wie sich die Grüntöne der Landschaft auf dem europäischen Kontinent entwickelten.

»Findest du, dass wir egoistisch sind?«, fragte sie irgendwann.

»Warum?«

»Wenn wir darum bitten, die Regeln zu ändern, nur wegen unserer Gefühle.«

Er dachte darüber nach. »Wenn wir so fühlen, ist es sehr wahrscheinlich, dass es auch anderen so geht - oder so gehen würde, wenn man es ihnen erlauben würde.«

»Selbst wenn alle im Moment nur wild herumvögeln wollen - wie du es gemacht hast?«

»He!« Er fuhr sich mit den Händen durchs Haar. »Das tat weh.«

»Tut mir leid. Aber du bist unsere ideale Fallstudie.«

»Ich finde, wir sollten allen die Chance geben, so zu fühlen wie wir.«

Es dauerte nicht lange, bis der Hybridzug in die zentrale Woiwode einfuhr, und Carys bestaunte die Aussicht. »Hier gibt es ein Aquädukt wie bei mir«, sagte sie, »aber nicht so alt und zerfallen. Mitten in der Stadt.«

»Es versorgt die zentralen Gebäude mit Energie - sie sind selbstversorgend.«

»Wow!« Moderne Staumauern ragten hoch vor ihnen auf, die geschwungenen Bögen der Aquäduktwände waren wie ein Verteidigungssystem, die Reservoire dahinter wie ein mittelalterlicher Burggraben. »Unglaublich!«

Als sie über die Plätze gingen, die von hübschen Cafés und Sprachlaboren gesäumt wurden, fühlte sich Carys durch die flatternden digitalen Fahnen an die Woiwodschaft-Spiele erinnert. »Kreuzen wir da einfach so auf?«, fragte sie.

»Nein«, sagte er und führte sie über die Bahngleise. »Ich habe einen Termin für uns gebucht.«

»Mit wem?«

Er blieb stehen. »Mit den Repräsentanten, Cari. Wir sprechen im Großen Zentralsaal.«

»Wirklich? Ich dachte, es wäre eine kleine Besprechung in einem Nebenzimmer.«

»Sie interessieren sich für das, was wir zu sagen haben.«

Verstohlen glättete sie ihr Haar, während sie bemerkte, dass Max in einem hellblauen Hemd etwas schicker gekleidet war als sonst. »Wir sollten sie nicht warten lassen.«

Auf der gegenüberliegenden Seite des größten Platzes

stand ein imposantes weißes Gebäude von kolossalen Ausmaßen, davor zehn elegante weiße Säulen, die einen großen Portikus trugen. Das gesamte Gebäude wurde von verstärktem Glas umschlossen, das Gegenteil der üblichen Architektur in der Woiwodschaft, umhüllt und für die Nachwelt bewahrt. In den dreiseitigen Portikus war der offizielle Wahlspruch Europias eingearbeitet, der auf das Motto der Europäischen Union aus dem Jahr 2000 zurückging: *In Vielfalt geeint.* Gemeinsam traten sie in die riesige Vorhalle, in der die Schritte aller Leute - und es waren Hunderte - von den Marmorflächen widerhallten. »Schau mal.« Er zeigte nach oben in eine Ecke. »Chipscanner.«

»Das überrascht mich nicht - Sicherheit sollte höchste Priorität haben.«

»Nach Amerika.«

»Ja.«

Die Akustik dröhnte in ihren Ohren, als sie zum Empfangstresen liefen und sich registrierten, indem sie das Handgelenk vor das Chiplesegerät und den fixierten Flex hielten, um ihre Identität zu bestätigen. Als die Anzeige vor Carys grün wurde, piepte es zum Gruß, und die Personenschleuse öffnete sich.

»Willkommen im Wunderland«, sagte Carys, als sie durch das ausgeklügelte Sicherheitstor schritt.

»Hä?«

»Liest du denn überhaupt nichts?«

Max verzog das Gesicht. »Ich mag Geschichten, die in bewegten Bildern erzählt werden.«

Sie lachte. »Wenn ich also auf ein Buch anspiele, dann tust du jedes Mal nur so, als hättest du es verstanden?«

»Ja.« Er trat hinter ihr durch das Tor, das aufleuchtete, als sein Körper gescannt wurde. »Jetzt tust du so gebildet, kleines Mädchen, aber du bist es, die sich Zeichentrickfilme ansieht, wenn wir unsere Wohnzimmer über die Wall Rivers teilen.«

»Sie wirken so beruhigend«, flüsterte Carys, als der Lift mit ohrenbetäubendem Lärm knarrte und ratterte. Da war es wieder, das utopische Motto, das auf drei Seiten in blauen Lettern pulsierte. *»In Vielfalt geeint«*, murmelte Max. »Gut, dann lass uns gehen. Wir wollen ihnen etwas Vielfalt als Diskussionsstoff geben.« Als die Tür aufging, nahm er ihre Hand. Draußen trat ein Mitarbeiter vor, um sie zu begrüßen.

»Sie müssen Maximilian und Carys sein.« Sie nickten, und er gab ihnen zu verstehen, dass sie ihm folgen sollten. Sie liefen hinter ihm her und bemerkten, wie leise seine Füße über den weichen königsblauen Teppich schritten. Sie kamen in einen großen, kreisrunden Vorraum mit kunstvoll gestalteten Friesen. Die Decke war bemalt wie der Himmel und neigte sich etwa alle zwanzig Schritte zu geschnitzten Doppeltüren hinab, hinter denen sich vermutlich der Große Zentralsaal befand. Der Mitarbeiter blieb vor zwei altertümlichen Kirchenstühlen aus Holz stehen. »Wenn Sie hier bitte warten würden.«

»Vielen Dank.« Carys setzte sich, und Max folgte ihrem Beispiel. Sie tippte gegen seinen Fuß und zeigte mit der

Schuhspitze auf die Tür, über der ein pummeliger, nackter Engel mit einer Flöte an die Wand gemalt war. Beide mussten ein Kichern unterdrücken.

Nach ungefähr fünfzehn Minuten beugte sich Max zum Mitarbeiter vor und sprach leise, doch seine Stimme hallte trotzdem im runden Saal wider. »Was wird vor unseren Anliegen besprochen?«

»Die Sicherheit der Hilfsteams in den ehemaligen Vereinigten Staaten.«

»Aha«, erwiderte Max ehrfürchtig.

»Verdammt«, flüsterte Carys eingeschüchtert, »das ist eine ganz andere Geschichte. Was machen wir überhaupt hier?«

Er nahm ihre Hand, sprach aber weiter mit dem Mitarbeiter. »Können wir hineingehen und zuhören?«

»Ich bin mir ziemlich sicher. Ich werde fragen.« Der Mitarbeiter verbeugte sich und ging.

Carys und Max sahen sich an, verblüfft über die Förmlichkeit. Dann kehrte er zurück und winkte sie zu sich. »Sie dürfen hinein. Ihr Tagesordnungspunkt beginnt in ein paar Minuten.«

»Danke.« Max überlegte, ob er sich auch verbeugen sollte.

Carys und Max traten ein und staunten. Der Vorraum hatte nichts von den Ausmaßen des Großen Zentralsaals ahnen lassen. Aus ihrer Perspektive neben dem Hintereingang schwang sich der Saal in kreisrunden Stufen hinab, ein futuristisches Camelot, das mit einem Theater der aristokratischen Periode gekreuzt worden war.

Goldene Sterne schmückten die Decke über Gruppen aus großen blauen und weißen Balkonen, die gestaffelt bis zum Dach hinaufragten, angelegt in einem weiten Ring, der den gesamten Umfang des Saals umfasste.

Hier mussten sich mindestens zweitausend Repräsentanten versammelt haben, die nach Woiwoden getrennt auf den Balkonen saßen, und Carys wusste aus dem Schulunterricht, dass die meisten von ihnen Experten in ihren Fachgebieten waren. Als sie begriff, dass sich der jeweilige Balkon nach vorn schob, wenn die betreffende Woiwode das Wort hatte, keuchte sie auf. Sie blickte zu den obersten Balkonen auf und spürte, wie ihr schwindlig wurde - sie waren so hoch oben.

In der Mitte des Saals standen auf einem runden Podium die Sprecher, die das Geschehen aufmerksam beobachteten und moderierten. Der Saal debattierte über die beste Vorgehensweise für die Hilfsteams.

»Die Repräsentanten der Woiwode 12 stimmen darin überein, dass wir die Teams mobilisieren sollten, sich auf die Menschen zu konzentrieren, die im Süden am hilfsbedürftigsten sind. Wir müssen zu den Überlebenden der Küstenregion vordringen und Lager mit Lebensmitteln und Wasser einrichten. Aber es sollte für zusätzliche Sicherheit gesorgt werden.«

Carys sah Max an und deutete dezent auf die Visoren und Bildschirme rund um den Saal. Sie wusste, dass nicht nur diese Repräsentanten Entscheidungen trafen, sondern mehrere Zehntausend weitere in den Woiwoden zugeschaltet waren. Sie durften ebenfalls abstimmen und sich zu Wort melden - Demokratie in einem Umfang, wie sie noch nie zuvor umgesetzt worden war. Carys bezweifelte nicht, dass auch Max' Eltern die heutigen Sitzungen verfolgten.

»Die Repräsentanten der Woiwode 7 möchten darauf hinweisen, dass den überlebenden Kindern in Georgia die größte Gefahr droht.«

Im Saal wurde es unruhig.

»Mit den zusätzlichen Sicherheitskräften sollten wir weitere Versorgungsgüter nach Savannah schicken, insbesondere Kleidung, Medikamente und Impfstoffe für Kinder, und wir sollten die Situation in einer Woche erneut überprüfen.«

Alle Balkone leuchteten grün auf, und der Woiwodschaft-Sprecher wirkte zufrieden. »Antrag angenommen.«

»Das ist fantastisch«, flüsterte Max.

Carys nickte. »Warst du nie auf einem Schulausflug hier?«, fragte sie.

»Ich hatte Mumps«, antwortete er kleinlaut.

»Sind deine Eier angeschwollen?«

»Nicht jetzt«, zischte er, als der Mitarbeiter sie mit gerunzelter Stirn ansah.

Der Repräsentant der Woiwode 7 meldete sich erneut zu Wort. »Dürfte ich außerdem vorschlagen«, sagte er und räusperte sich, »ein Bildungsprogramm für die Flüchtlingskinder zu initiieren, um sie über das Asteroidenfeld zu informieren? Sie müssen große Angst haben.«

Im Saal hallten die Debatten wider, bevor einige der Balkone in rotem Licht erstrahlten.

»Keine klare Mehrheit«, gab der Sprecher freundlich bekannt. »Wir werden es noch einmal erörtern, wenn die Überlebensgrundlagen garantiert sind.«

Der Mitarbeiter signalisierte Max und Carys, dass sie sich über die Treppe auf den Weg zur Mitte des Saals machen sollten.

»Wollen wir?« Max setzte sich in Bewegung und blickte sich zu Carys um, die immer noch ganz oben stand. Er spürte, dass sie eingeschüchtert war. »Na komm! Sie werden uns schon nicht zum Tode verurteilen.«

Sie gingen durch die Reihen hinunter, und die Leute auf den Balkonen beobachteten sie voll unverhohlener Neugier. Mit hallender Stimme gab der Sprecher bekannt: »Als Nächstes begrüßen wir zwei junge Bürger, die mit uns über die Paarregel reden möchten.«

Der Lärm im Saal wurde ohrenbetäubend, und als Max und Carys in der Mitte ankamen, blickten sie mit großen Augen um sich. Sie streckte eine Hand aus, und er ergriff sie. Bei dieser kleinen Geste verstummten alle. Max sah den Sprecher an, der zur Antwort nickte.

»Hallo. Mein Name ist Max. Ich lebe zurzeit in der Woiwode 13 und arbeite für die EVSA.« Er hielt kurz inne. »Das ist Carys. Sie lebt in der Woiwode 6 und ist ebenfalls für die EVSA tätig.«

Geflüster erhob sich im Saal, und einige der Balkone veränderten ihre Höhe.

»Wie in den meisten modernen Liebesgeschichten haben wir uns online kennengelernt. Wir sind jetzt schon eine Weile zusammen, und obwohl wir erst in den Zwanzigern sind, möchten wir Sie bitten, die Regeln und empfohlenen Richtlinien für die Paarrotation zu überdenken.«

Der Geräuschpegel im Saal ging auf und ab, als Carys und Max von den Schlüsselmomenten ihrer Beziehung erzählten. Ein Bildschirm zeigte Carys' Schwimmunfall bei den Woiwodschaft-Spielen mit dem verzweifelten Max an ihrer Seite. Sie zog eine finstere Miene, weil sie es zu rührselig fand. Max entschuldigte sich. »Gute PR«, flüsterte er.

Eine Repräsentantin einer Woiwode, in der keiner von ihnen bisher gelebt hatte, beugte sich vor. »In wessen Namen handeln Sie?«

»Keines Gottes, keines Königs, keines Landes«, antwortete Max, während Carys seine Hand umklammerte.

»In wessen Namen?«

»Nur in meinem. Und ich denke«, fügte er hinzu, »auch in ihrem.«

Die Repräsentantin lächelte knapp. »Und Sie glauben, diese Gefühle zwischen Ihnen sind nachhaltig? Dass sie all die Widrigkeiten einer Beziehung überstehen werden?« Sie verschränkte die Hände und legte das Kinn für einen Moment an ihre Finger. »Sie können nicht sagen, ob Ihre Gefühle nachlassen werden. Das ist der Punkt. Sie wissen nicht, ob Sie in der Lage sein werden, sich auch in schwierigen Zeiten gegenseitig zu unterstützen.«

»Bei allem Respekt«, sagte Carys und trat vor, »aber

das haben wir bereits. Wir haben eine Fehlgeburt erlitten und es gemeinsam überstanden.«

Die Repräsentantin hob die Augenbrauen, aber nicht ohne Mitgefühl. »Hatten Sie ein Kind geplant? Ist das die nächste Regel, die wir überdenken sollen?«

»Nein. Ich finde nicht, dass die Richtlinien für Eltern geändert werden sollten«, sagte Carys. »Aber die *freie Wahl* bildet doch zweifellos das Herzstück einer Volksutopie.«

Die Repräsentantin beugte sich erneut vor. »Glauben Sie, wir würden Liebe verbieten oder jüngere Eltern ›exkommunizieren‹? Denn das tun wir nicht. Gehen Sie nicht von einer Fehlinterpretation aus.« Sie deutete mit einer Geste auf den Saal. »Alle Bürger Europias sind frei zu lieben, wen sie möchten. Das Einzige, worum wir sie bitten, ist, dass sie während der Rotation allein leben, bis sie sich etabliert haben.«

Carys antwortete mit sehr leiser Stimme: »Und was ist, wenn wir schon etabliert sind? Wenn wir längst bereit sind?«

»Beruflich oder gefühlsmäßig?«

»Beides«, entgegnete sie. »Wir sind bereit. Was hat *etabliert sein* damit zu tun?«

»Das bedeutet, dass alle ihr Bestes geben, das sie ohne Ablenkungen alles geben können. Das bedeutet Erfolg für die Individuen und eine bessere Gesellschaft für uns alle. Sie wissen, dass die Paarregel nicht völlig willkürlich erlassen wurde«, sagte die Repräsentantin und stützte den Kopf auf eine Hand. »Es gab umfangreiche psychologische Studien über die Auswirkungen der ersten gescheiterten Beziehungen im Erwachsenenalter auf die Psyche. Man fand eine wesentlich höhere Erfolgsrate, wenn diese Erwachsenen in jeder Hinsicht etabliert waren. In Bezug auf Alter, Karriere, Zukunftsplanung. Alle profitieren davon.«

»Wir sind etabliert«, wiederholte Carys.

»Sie haben zweifellos recht klare Meinungen«, sagte die Repräsentantin. »Kennen Sie Personen in ähnlichen Situationen, die wie Sie empfinden?«

Carys blickte Max an, und er versuchte es zu erklären. »Nicht unbedingt. Aber ich kenne eine Menge Leute in meinem Alter, die in die andere Richtung gehen. Sie sind überhaupt nicht daran interessiert, echte Beziehungen einzugehen.« Max hielt inne. »Wenn ich es so unverblümt ausdrücken darf: In diesem Saal finden Sie vermutlich etliche jüngere Leute, mit denen Sie es tun könnten. Das Leben für uns Europäer der dritten Generation ist anders. Ich weiß nicht, ob Sie viel Zeit in der Stadt verbringen, ob Sie häufiger mit Menschen in den Zwanzigern zusammen sind, aber es wird da draußen ein wenig seelenlos. Diese Leute glauben, dass Sie hier in diesem Saal ihnen *nicht erlauben*, mit jemandem zusammen zu sein, den sie lieben, also sind die Beziehungen, die sie erleben, herzlos, und das liegt zum großen Teil an diesen Restriktionen.«

Ein anderer Balkon schob sich nach vorn. »Das wollen wir nicht. Wir sollten eine Studie in Auftrag geben, die ermittelt, wie die Menschen in der gesamten Woiwodschaft empfinden.«

»Einfach so, nur weil irgendein junger Mensch hier etwas gesagt hat?« Der Zwischenruf kam von einer höheren Ebene.

»Der Junge hat recht. Genau das habe ich in der Woiwode 9 erlebt«, sagte ein Repräsentant auf der rechten Seite.

»So ist es schon seit vielen Jahren, seit den Anfängen des Internets«, rief eine Stimme, worauf schallend gelacht wurde.

»Sie sind nicht die Ersten, die zu uns kommen und eine Änderung verlangen«, erklärte jemand anders.

Max sah Carys eindringlich an, die entsetzt zurückstarrte.

»Alles, was wir tun, geschieht im Interesse der Woiwodschaft«, sagte der Sprecher. »Die Gesellschaft schätzt eine kompetente Regierung mehr als Ideologien. Wir wollen nicht, dass sich die Menschen gegen die gesamte Struktur unserer Demokratie stellen, weil eine Regel, nach der sie leben sollen, inzwischen überholt ist. Wir sollten diese Studie in Auftrag geben.«

Die Balkone leuchteten grün, und der Sprecher nickte. »Antrag angenommen.«

Max drückte erleichtert Carys' Hand.

Die Repräsentantin mit den verschränkten Fingern hatte sich nicht zurückgelehnt und gab zu verstehen, dass sie noch etwas zu sagen hatte. »Und was ist mit diesen beiden? Was sollen sie tun, während wir ihre Altersgruppe erforschen?« Sie lächelte freundlich.

Ein Raunen ging durch den Saal.

»Beide arbeiten für die EVSA«, sagte dieselbe Stimme, die Max als »Jungen« bezeichnet hatte.

»Dreitausend Kilometer voneinander entfernt«, rief Max den Repräsentanten in Erinnerung.

»Das wirft die Frage auf«, sagte der Sprecher mit ernster Miene, »ob Sie hierhergekommen sind, damit die Regel für Sie beide ausgesetzt wird, oder ob Sie eine Änderung für die Allgemeinheit wünschen.«

Carys biss sich auf die Lippe, als Max antwortete. »Für alle.« Seine Stimme zitterte, verriet seine Nervosität.

»Vielleicht«, sagte die Repräsentantin und blickte sich lächelnd im Saal um, »könnten sie so etwas wie Testpersonen sein. Jede soziologische Studie braucht eine Kontrollgruppe. Unsere könnte die Woiwodschaft verlassen.«

Max und Carys sahen sich bestürzt an.

»Sie können uns nicht wegschicken«, sagte Max besorgt. »Darum haben wir nicht gebeten.« Nein, alles andere als das. Sie wollten auf gar keinen Fall aus Europia hinausgeworfen werden. Er wollte Freiheit, und wenn er ehrlich war, einen Sieg über seine Eltern und ihre archaischen Ansichten - nicht die Verbannung.

»Amerika?«, rief ein Repräsentant, und Max erbleichte.

Die Repräsentantin aus der Woiwode 23 blieb völlig ruhig, als sie sich an den Saal wandte. »Wir alle haben uns große Sorgen um die Auswirkungen des Asteroidengürtels auf unsere Entwicklung gemacht. Unsere menschliche Entwicklung«, stellte sie richtig, bevor irgendwer sie unterbrechen konnte, »die größer ist als Europia oder die Summe unserer Teile. Wir haben hier viele Male diskutiert, was zu tun ist. Doch uns sind die Hände gebunden.«

Sie blickte sich im Saal um und schenkte den Bildschirmen besondere Aufmerksamkeit. »Wir können die Erde nicht mehr verlassen, um zu forschen oder nach neuen Planeten zu suchen, auf denen wir die utopische Botschaft verbreiten könnten. Wir können die Erde nicht einmal verlassen, um einfach nur nach unten zu schauen. Die weltraumgestützte Forschung wurde eingestellt. Alle unsere Bemühungen, mehr über das Universum in Erfahrung zu bringen, sind zum Erliegen gekommen. Unsere besten Denker haben stets darauf hingewiesen, dass unsere Zukunft dort oben liegt. Die menschliche Entwicklung hängt davon ab. Ich denke, wir sind uns einig, dass wir einen Weg finden müssen, den Asteroidengürtel zu überwinden.« Es war still im Saal, während der Blick der Repräsentantin auf Max und Carys ruhte. »Als wir über diesen Fall informiert wurden, erfuhren wir, dass diese junge Frau vor Kurzem ihre Pilotenlizenz erhalten hat und für eine EVSA-Mission bereit ist. Der junge Mann hat mit Mineralien und Meteoroiden gearbeitet, wenn auch auf andere Weise. Das Timing wäre ... optimal.«

Der gereizte Repräsentant vom oberen Balkon meldete sich zu Wort: »Das wäre höchst ungewöhnlich.«

»Wir würden zuvor mit der EVSA sprechen«, erwiderte sie beruhigend. »Ich bin mir sicher, dass man es in Erwägung ziehen wird. Man hat bereits anthropologische

Studien durchgeführt, in denen ermittelt werden sollte, ob Paare in längeren Beziehungen die besten Teams und die effizientesten Einheiten sind.«

»Ja, aber *ältere* Paare.«

»Wir sollten ihnen eine Chance geben. Schließlich sind wir eine Meritokratie, und sie sind mit hoher Wahrscheinlichkeit bestens geeignet.«

»Entschuldigen Sie«, sagte Max. »Im Weltraum?«

Sie nickte. »Wir müssen einen Weg durch den Asteroidengürtel finden. Vielleicht schaffen Sie es.« Sie blickte Carys und dann Max an. »Und Sie können Ihre Studien an Bord fortsetzen.«

»Im Weltraum«, wiederholte Max.

»Ja, im Weltraum. Die perfekte Kontrollgruppe, sozusagen in einer unkontaminierten Petrischale.«

»Es ist keine Petrischale«, sagte Max, »sondern ein tödliches Vakuum.«

Der Sprecher schaute auf ihn herab. »Die optimalen Voraussetzungen für einen Labortest.«

»Aber im Vakuum kann nichts wachsen.«

»Doch, die Liebe.« Die Repräsentantin beugte sich vor. »Die Liebe liebt das Unbekannte. Fernab vom Druck der Gesellschaft und Ihrer Altersgenossen können Sie sich ganz auf Ihre Beziehung konzentrieren, und wir können realistisch einschätzen, ob Bindungen in Ihrem Alter tatsächlich eine Reformation des Systems rechtfertigen. Weil wir dafür sorgen wollen, dass alle die Chance erhalten, glücklich zu sein.«

Wieder leuchteten die Balkone grün auf, und der Rest

der Debatte ging in einem weißen Rauschen unter. Anträge wurden angenommen, und in den getrübten Augen von Carys und Max liefen La-Ola-Wellen durch die Reihen der Balkone, während sie versuchten, alles in sich aufzunehmen, doch sie sahen nur die sich drehenden goldenen Sterne an der Decke des Saals, bis sie schließlich aufgefordert wurden, Platz zu nehmen oder hinauszugehen.

Als sie den Saal verließen, drehte sich Carys zu Max um, vor Aufregung vibrierend. »Ich kann es noch gar nicht fassen. Wir stoßen in den Weltraum vor.«

Er sah sie an, nahm ihre übersprudelnde Begeisterung wahr, doch er selbst verspürte nur große Furcht. »Es sieht ganz danach aus«, erwiderte er.

17

Zehn Minuten

Von der Erde aus betrachtet flimmern die Sterne am Himmel, sie »funkeln«, wenn die Lichtstrahlen in den vielen Atmosphärenschichten gebeugt und gebrochen werden. Doch oben im Weltraum leuchten die Sterne ruhig wie statische Punkte. Sie umgeben Max und Carys, soweit das Auge sehen kann. Davor liegt ein Schleier aus Staub und Steinsplittern mit größeren grauen Meteoroiden, die langsam rotieren, während sie von der Gravitation zur Erde gezogen werden.

»Es ist fantastisch, die Farben der Planeten mit eigenen Augen zu sehen«, sagt Carys, die weit nach links blickt, wo sie das Blau der Venus erkennen können. »Den meisten Leuten ist gar nicht bewusst, dass die ersten Fotos von der Oberfläche des Mars in Schwarz-Weiß zur Erde gesendet und anschließend von der NASA rot eingefärbt wurden.«

»Interessant.«

»Und der Saturn sah aus wie ein Bild in Graustufen, als wir ihn von zu Hause aus beobachtet haben.«

»Stimmt.«

»Max? Du wirst schon wieder einsilbig.«

Er bewegt sich unruhig in seinem Anzug. »Wirklich? Tut mir leid. Ich habe darüber nachgedacht, wie wir hierhergekommen sind.«

Sie schweigen eine Weile, denken an all das, was sie zusammengebracht hat - und zusammengehalten.

»Erinnerst du dich, wie diese Repräsentantin im Großen Zentralsaal etwas darüber sagte, dass Paare die besten Teams sind?«

»Eine Forschungsstudie«, sagt Carys. »Ich glaube nicht, dass sie jemals über die Theorie hinausgekommen sind.«

»Meinst du nicht, dass wir die Hypothese nachhaltig bewiesen haben?«

»Wir haben uns hier oben nicht gegenseitig umgebracht«, sagt sie. »Und ich habe dich noch nicht ermordet, weil du uns ohne Treibstoff in diese Situation gebracht hast.«

»Aber du hast gesagt, wenn ein Paar so viel durchgemacht hat, ist es nicht einfach, unbeschwert zu bleiben.«

»Habe ich das?« Sie denkt kurz nach. »Das hatte ich nicht gemeint. Und heute ist es für uns einfach, unbeschwert zu sein. Wie nennt man es? Galgenhumor?«

Er nickt - ein unbeholfenes Nicken, weil sein Körper immer noch in langsamer, beständiger Bewegung fällt und sich im Zeitlupenballett dreht. »Ich dachte, es würde irgendwann leichter werden«, sagt er. »Dass wir irgendwann einfach weiterrollen, aber alles war so schwierig.«

Sie blinzelt, erstaunt über die plötzliche Gedankentiefe, und beugt sich vor, um ihn zu trösten. »Ich glaube, es liegt in der menschlichen Natur, sich abzumühen, selbst in einer perfekten Welt. Die Urmenschen mussten sich anstrengen, um Nahrung und Unterschlupf zu finden. In neuerer Zeit kämpften die Menschen in Kriegen. Aber wir? Wir sind deprimiert, wenn wir auf MindShare etwas Dummes sagen. Wir haben alles, also müssen wir um nichts mehr kämpfen. Und das macht uns unglücklich.«

»Wir haben während der vergangenen« - er wirft einen Blick auf die Anzeige seines Sauerstofftanks und die Uhr auf seinem Chip - »achtzig Minuten gekämpft. Also können wir mit Fug und Recht sagen, dass es sehr erschöpfend ist, um etwas zu kämpfen. Ich wünschte, wir wären zu Hause.« Da - er hat es gesagt. Zum ersten Mal, seit er sie in den Großen Zentralsaal gebracht hatte, worauf ein monatelanges Training bei der EVSA folgte, mit realistischen Simulationen und Flügen über die Stratosphäre hinaus in geringerer Schwerkraft, dann ihr Crashkurs in fortgeschrittener Meteorologie und Überlebenstechniken - nach all diesen Ereignissen hat er es schließlich zugegeben.

»Ich auch.« Carys blickt auf die Erde hinab, dann auf Max' Atemluftanzeige.

Max bemerkt es. »Glaubst du, dass es schmerzen wird?«

»Was?«

»Wenn uns die Luft ausgeht.«

Ja. Aber sie spricht es nicht aus. »Sie sagen, dass es schmerzlos ist, als würde man einschlafen.«

Carys weiß, dass Ertrinken ganz anders ist, dass es schmerzt, als würden einem die Lungen durch die Nase herausgezogen werden - nein, als würden sich die kompletten Atmungsorgane von selbst aus dem Körper ziehen, während sie keuchend nach Sauerstoff gieren, aber auch das spricht sie nicht aus. »Wahrscheinlich. Wir werden einfach ohnmächtig.«

»Gut.«

Ein weiterer Mikrometeorit zischt vorbei und zerplatzt lautlos neben ihnen. Sein Zerfall ist wie ein Ausrufungszeichen im richtigen Moment. Carys streckt ihre Finger in den Handschuhen, aktiviert dadurch versehentlich ihr Flex. »Ups.«

Da sie in Direktverbindung stehen, tauchen auf ihrer Helmscheibe und der von Max zufällige Buchstabenfolgen auf, die sich in Fragezeichen verwandeln, als ihr Chip keine sinnvollen Wörter daraus bilden kann. Er lacht über die unvermittelte Situationskomik.

Sie schaltet das Flex aus, damit er nichts mehr an Max' Helm sendet. »Weißt du, ich habe versucht, dir Briefe zu schreiben«, sagt sie, »als wir in verschiedenen Woiwoden gelebt haben. Aber irgendwie ging es mit dir nicht.«

»Verstehe. Nein, so war das nicht gemeint. Ich denke, die lange Form hat sich überholt, seit wir die Wall Rivers haben.«

»Schon gut. Ich dachte nur, es könnte Spaß machen, einen Brieffreund zu haben.«

»Man hat mir schon viele Bezeichnungen gegeben«, sagt Max, »aber ›Brieffreund‹ ist etwas ganz Neues.«

»Hattest du keinen während deines Studiums? Mir wurde ein Brieffreund in einer weit entfernten Woiwode zugewiesen.«

Max wirft ihr einen vorsichtigen Blick zu. »Das liegt wahrscheinlich daran, dass du etwas spät ins Rotationssystem hineingedrängt wurdest.«

»Oh. Das ist seltsam. Viele meiner Erfahrungen sind vermutlich ganz anders als bei dir und allen anderen. Darüber habe ich noch nie nachgedacht.«

»Das macht dich so einzigartig.«

Sie runzelt die Stirn. »Auf eine gute Art einzigartig?«

»Einzigartig verrückt.« Ihre Energie ist aufgebraucht, ihre Gespräche haben nur noch ein Viertel ihres sonstigen Schwungs, seine Sticheleien kommen träge und lethargisch. »Carys, was würdest du tun, wenn du nach diesem Abenteuer nach Hause kommst?«

»Öffentliche Vorträge über die Gefahren des Asteroidenfelds halten. Und du?«

»Nein, im Ernst.«

»Im Ernst?«, fragt sie. »Ich glaube nicht, dass wir es nach Hause schaffen. Wir haben nur noch für neun Minuten Luft.«

»Aber wenn doch ...«

Carys schluckt. »Ich habe Durst. Du auch? Wir haben einen Wasserbeutel ausgetrunken, aber einer ist noch übrig. Wir haben bestimmt noch genug Zeit, ihn uns zu teilen.«

Sie lagen in einem anderen Klima auf dem Sand. In einem anderen Leben, wie es sich anfühlte. Durch verstärkte Meteoraktivitäten mussten sie am Boden bleiben und hatten die Vorbereitung der Wohnquartiere ihres neuen Schiffs - der *Laertes* - abgeschlossen, worauf sie in nordöstlicher Richtung zum Strand gefahren waren.

»Warum hast du aufgehört, deinen Nachnamen zu benutzen?«, fragte Carys mit geschlossenen Augen, während sie es genoss, wie die Sonnenstrahlen über ihre Augenlider tanzten.

»Was?«

»Ich habe es in dem Flughandbuch nach dem Ausflug in der letzten Woche gesehen.« Vor Kurzem waren sie vom Training in der Simulation in die Klasse der realen Spaceshuttles aufgestiegen, und zum ersten Mal war Carys über die Ozonschicht aufgestiegen. Nervös hatte sie Max beobachtet, als die Gurte ihn in den Sitz pressten, nachdem sie das Shuttle senkrecht gestartet hatte, das Röhren der Triebwerke laut in den Ohren.

»Ich bin überrascht, dass dir das aufgefallen ist, und nicht die Tatsache, dass meine Fingerknöchel weiß geworden sind.«

»Ha«, sagte sie. »Du hast dich ziemlich gut festgehalten.«

Der Flickenteppich aus grünen Feldern war immer kleiner geworden, während sie höher und höher gestiegen waren, und Max hatte gestöhnt, als sie das Shuttle gedreht und in Richtung Dunkelheit beschleunigt hatte, während das Licht hinter ihnen verblasste. Er blickte auf die Erde hinunter, die sich allmählich zu einem Globus krümmte, und murmelte: »Was haben wir getan?« Doch dann hatte er Carys angesehen, die das Shuttle souverän durch die Stratosphäre steuerte, und sich auf die Lippe gebissen, und trotz seiner Angst war er voller Stolz auf sie.

»Ich habe meinen Nachnamen nicht mehr benutzt ... um etwas Abstand zu meiner Familie zu bekommen«, sagte Max leise am Strand. »Außerdem kennt mich jetzt jeder einfach nur als Max. Max, der Regelbrecher.«

»Du könntest dich als Superheld neu erfinden«, schlug sie vor. »Und es neben *Koch* und *Astronaut* auf die Liste setzen.«

»Oder als Spion.« Er zog eine alberne Miene. »Mein Name ist Fox, Max Fox.«

»Max Fox. Zweimal *x* - das wäre dann ziemlich ungewöhnlich.«

»Ich würde gut beim Scrabble abschneiden.« Er drehte sich zu ihr herum. »Warum hast du das gefragt?«

»Ich habe nachgedacht ... vielleicht könnte auch ich den Namen Fox benutzen.«

»Wirklich? Heute tut man so was nicht mehr.«

Sie stemmte sich auf einen Ellbogen hoch, stützte den Kopf auf der Hand ab. »Ich finde, wir sollten es tun.«

»›Carys Fox‹. Das klingt wirklich gar nicht schlecht. Glaubst du, wir könnten damit Probleme bekommen?«

»Von wem? Wir leben nicht in einem Polizeistaat. Sie hätten uns längst rauswerfen können, was sie aber nicht getan haben.«

Er blickte auf das Meer hinaus. »Sie haben uns eine Ausstiegsklausel gewährt, Cari, aber bis die Regeln offiziell geändert werden, sollten wir vielleicht nichts tun, was sie weiter verärgern könnte.«

Am Strand planschten die Sonnenanbeter im Meer oder lagen ausgestreckt auf dem Sand. Einige ältere Paare spazierten mit verschränkten Armen über die Promenade und überprüften den Inhalt ihrer Kinderwagen, wie Pinguine, die ihren Nachwuchs verhätschelten.

»Wir verlassen die Woiwodschaft«, sagte Carys. »Wir können uns immer noch sehen und zusammen sein. Ist es nicht genau das, was wir wollten?«

»Du meinst, im Weltraum wäre das so einfach?«

»Der erste Flug mit mir war doch gar nicht so schlecht, oder?«

»Nein«, sagte er. »Start und Landung liefen wie am Schnürchen. Im Ernst, Cari, es war perfekt. Es ist nur ... machst du dir überhaupt keine Sorgen?«

»Alles wird besser sein als die Rotation.« Sie beugte sich herüber, um ihm einen Kuss auf die Wange zu geben - einen zarten, flüchtigen Kuss -, und im nächsten Moment schüttete sie einen Wasserbehälter über seinem Kopf aus. Max schrie auf, hob sie vom Sand auf und rannte zum nächsten Steg, von wo er sie ins Wasser warf. Es spritzte, als sie eintauchte.

»Nicht *alles*, du Drecksack«, sagte sie außer Atem, nachdem sie wieder hochgekommen war.

»Wir müssen nur die Weltraummission hinter uns bringen«, sagte er. »Dann wird alles gut.« Er blickte auf sie herab, als sie mit den Händen nassen Sand vom Grund aufhob und auf ihn warf. »Dann wird für uns alles gut.«

Carys schließt erneut die Augen, spürt die Energie der Sonne auf ihren dünnen Lidern, doch das Glas ihres Helms schirmt sie dagegen ab, schützt sie. »Es ist kein Glas, nicht wahr?«, fragt sie und tippt mit einer Hand gegen den Fischglashelm. »Es ist Perspex.«

»Wahrscheinlich besteht es aus allen möglichen Sachen.«

»Wie viel Luft haben wir noch?«

Er sieht nach. »Für etwa acht Minuten.«

»Das ist nicht lange.«

Er sagt ihr nicht, dass sie acht und er zwölf hat – noch nicht. Er wird einen Weg finden, den Wert auszugleichen.

»Ich denke, das war es dann, oder? Fast.«

Nein. Das wird er nicht zulassen. Es muss irgendeinen Ausweg geben.

»Erinnerst du dich an diesen Tag am Strand?«, fragt sie. »Während des Trainings? Du hast die ganze Zeit mit deinem Chip Spiele gemacht, und anschließend hattest du einen Sonnenbrand an den Fußsohlen.«

Der Tag, als Carys ihn gefragt hat, ob sie seinen Namen übernehmen könnte. »Ich hätte es dir nicht erlauben sollen.«

»Was?«

»Dass du deinen Namen änderst. Das tut mir leid.«

Soweit es ihr im Weltraum möglich ist, zuckt sie mit

den Schultern. »Schon gut. Ich habe verstanden, dass du es nicht wolltest.«

»Es war nicht nur das! Du hast mich gedrängt, noch mehr gegen die Regeln zu verstoßen als ohnehin schon.«

»*Ich?*«, fragt sie erstaunt nach. »Das meiste hast du selbst getan.«

»Ich habe sie so weit herausgefordert, wie ich es für möglich hielt, Carys. Wir waren zu jung, um so etwas füreinander zu empfinden.«

Sie wird still. »Und doch ... war es so.«

»Ja, aber es hat nicht so gut für uns funktioniert, nicht wahr? Ich meine ...« Er deutet auf das unendliche Nichts um sie herum. »... schließlich sind wir hier.« Er legt eine Hand um ihren Unterarm, blickt erneut auf ihre Anzeige.

»Ich kann noch gar nicht glauben, dass wir sterben werden«, sagt sie leise.

»Wir sollten es tun.«

»Was tun?«

»Wir sollten denselben Namen tragen.«

Sie sieht ihn überrascht an. »Wirklich?«

»Definitiv.«

»Wenn wir gerettet werden, können wir beide auf der Erde Fox heißen ...«

»Niemand wird kommen, Cari.« Seine Stimme bricht. »Niemand wird uns retten, und für uns wird die Zeit knapp. Wir sollten jetzt sofort denselben Namen annehmen, bevor es zu spät ist.«

»Verdammt!« Sie weint. »Und schon geht meine Tapferkeit dahin.« Sie fallen gemeinsam in stummes Entsetzen. Sie sind immer noch durch die Leine verbunden, und Max umfasst immer noch ihr Handgelenk. »Ich wünschte, wir könnten uns berühren«, sagt sie.

Verzweiflung legt sich über die Lachfältchen in Max' Gesicht. »Ich wünschte, ich könnte dich halten.« Er streckt eine Hand nach ihr aus, aber sie berührt nur ihren Helm. Dann zerrt er am Handschuh seines Anzugs.

»Was tust du da?«, fragt sie.

»Ich will dich spüren, dich wirklich spüren.«

»Das kannst du nicht! Setz dich nicht dem Vakuum aus, Max - du wirst sterben!«

»Uns bleiben nur noch ein paar Minuten, Cari.« Bei ihm sind es neun. »Wir sollten lieber gemeinsam mit einem Knall untergehen. So können wir es zumindest aus eigenem Willen tun. Wir werden freiwillig in den Tod gehen.«

»Nein!«

Aber es ist zu spät: Max reißt sich den Handschuh herunter, wie ein Heftpflaster, und sie starren entsetzt auf seine Hand, warten darauf, dass sie schrumpft, aufquillt oder blau wird - doch nichts geschieht. Stattdessen versiegelt sich der Anzug am Handgelenk von selbst, und er bewegt ruhig die nackten Finger im Weltraum.

Überrascht sehen sie sich an.

»Wie es scheint, wissen wir doch nicht alles«, stellt Carys fest.

»Ein weiterer Mythos über den Weltraum.« Er verschränkt seine Finger mit ihrem Handschuh, und sie starrt weiter auf seine Hand.

»Wie fühlt es sich an? Heiß? Kalt?«

»Weder noch.« Er dreht seine Hand um, mit der Innenfläche nach oben, und winkt ihr. »Die Technologie hat große Fortschritte gemacht. Ich habe diese Pillen genommen. Außerdem sind wir im Schatten hinter der *Laertes*. Und hier draußen kann die Temperatur unmöglich am absoluten Nullpunkt liegen. Komm schon. Ich bin noch nicht tot.«

»Aber im direkten Sonnenlicht würdest du gebraten werden.«

»Wohl kaum in den nächsten paar Minuten. Na los, Carys«, drängt er sie. »Tu es mit mir.«

Sie nickt, dann greift sie langsam nach dem silbrigen Stoff um ihre Hand und zieht daran. Sie erwartet, ein reißendes Geräusch zu hören, als sich der Handschuh löst, doch abgesehen von ihrer Funkverbindung ist es vollkommen still. Sie stopft den Handschuh in eine Tasche und streckt Max die bloße Hand entgegen. Doch er nimmt sie nicht, sondern bindet eilig einen kleinen Faden um ihren Ringfinger.

»Was tust du da?«, fragt sie.

»Nachdem wir jetzt denselben Namen tragen, sollten wir zur gleichen Familie gehören.«

»Wie originell.« Sie lacht, ist aber gerührt.

»Ich mochte schon immer große Gesten«, sagt er. »Das hätte ich schon längst tun sollen.« Sie verschränken die bloßen Hände ineinander und legen die Helmscheiben zusammen. »In den alten Tagen hätte ich dir einen Diamanten geschenkt.«

»Himmel! Stell dir vor, so viel Energie am Finger zu haben. Wussten sie es noch nicht?«

»Sie dachten, es wäre eine Kohlenstoffmodifikation, die glitzert.«

»Wenn ich etwas wollte, das glitzert, könnte ich nirgendwo besser aufgehoben sein, nicht wahr?« Carys zeigt auf die Sterne um sie herum. »Wir sind von glitzernden Dingen umgeben.«

»Wir sind in einem verdammten Asteroidenfeld. Wir sind von funkelnden Kristallen umgeben, aus gefrorenem Wasser, Ammoniak und Kohlendioxid. Schau da drüben - weitere Brocken bewegen sich auf die Erde zu.« Sie beobachten die Asteroiden eine Weile, die immer stärker beschleunigen, sich dann durch die Atmosphäre brennen und den Nachthimmel aufleuchten lassen.

»Da unten sieht man sie als Sternschnuppen, nicht wahr?«, fragt Carys. »Und hier oben sind sie einfach nur brennende Steine.«

»Da ist eine Sternschnuppe.« Max zeigt in die Dunkelheit. »Willst du dir etwas wünschen?«

Carys schweigt.

»Es ist kein schlechter Abgang, sich bei einer Sternschnuppe etwas zu wünschen. Cari?«

Sie sagt nichts, beobachtet, wie sich der Streifen der Sternschnuppe langsam durch das Feld bewegt.

»Carys.«

Sie zählt lautlos, während sie weiter zuschaut. »Sie ist gerade in einem Bogen unter diesem großen Brocken abgetaucht. Wie kann sie so etwas tun? Sie hätte genau mit ihm zusammenstoßen müssen.«

»Vielleicht die Anziehungskraft der Erde?«

»Das glaube ich nicht.« Beide starren auf die Lichtspur. »Sie spiegelt die Krümmung der Erde.«

»Gravitation?«

»Nein. Schau sie dir an. Das ist eindeutig eine orbitale Bahn ...«

»Heißt das ...?«

»Sie bewegt sich auf einem elliptischen Orbit«, ruft Carys. »Es ist ein Satellit! Max, es ist ein verdammter Satellit!«

18

Sechs Minuten

Das Licht kommt langsam auf sie zu, ein Trugbild der Hoffnung. »Wir werden doch nicht verrückt?«, fragt Max. »Es ist keine Illusion, oder?«

»Wie kommen wir hin?« Carys windet sich mit neuer Vitalität, streckt die Arme und strampelt mit den Beinen, versucht alles, um ihren Körper in Richtung Licht zu bewegen, statt einfach durch die Dunkelheit zu fallen. »Wird er nah genug an uns vorbeifliegen?«

»Vielleicht halluzinieren wir nur«, sagt Max. »Sauerstoffmangel.«

»Wie können wir seine Flugbahn berechnen? Es sieht aus, als würde er zu uns kommen ...«

»Wahrscheinlich haben sie die Anzüge so programmiert, dass die Sauerstoffversorgung gegen Ende langsam reduziert wird. Wir atmen leere Luft.«

Sie schlägt nach ihm. »Max, würdest du dich bitte zusammenreißen?« Er treibt von ihr weg, bis die Leine ihn zurückzieht. »Es passiert wirklich. Es ist real. Wir müssen die Gelegenheit nutzen, bevor es zu spät ist.«

»Es ist schon zu spät, Cari. Wir haben nicht genug Zeit ...«

»Max Fox.« Sie blickt ihm direkt in die Augen, felsenfest entschlossen. »Das ist unsere letzte Chance.«

Er schluckt, nimmt einen trockenen, krächzenden Atemzug und gibt ihr, was sie will. »Gut.«

»Wir können das schaffen.«

»Gut«, wiederholt er.

»Der große Asteroid links unter uns. Meinst du, dass er eine beträchtliche Masse hat?«

»Er ist größer als du«, sagt er, worauf sie ihm einen strengen Blick zuwirft. »Es scheint ein kräftiger Brocken zu sein«, räumt er ein.

»Siehst du, wie statisch er ist? Er ist bestimmt ... hundert Meter lang, oder? Überall fliegt der Staub herum, aber dieser große Stein ist völlig ruhig. Warum ist das so?«

»Ich kann nicht fassen, dass du in diesem Moment über interplanetaren Staub redest.«

»Lass das bitte! Meine physikalischen Kenntnisse haben zwar ihre Grenzen, aber ich überlege mir, ob sich dieser Asteroid da drüben vielleicht am Lagrange-Punkt befindet.«

»Sag mir noch mal, was das bedeutet.«

»Einer der fünf Punkte, an denen die Gravitation nicht wirkt – für genauere Erklärungen haben wir jetzt keine Zeit«, sagt Carys. »Wollen wir hoffen, dass dort ein Lagrange-Punkt ist. Sonst würden wir weiter hinabstürzen und an diesem Asteroiden vorbeischießen.«

»Schauen wir mal. Kontakt in fünf Sekunden, vier, drei, zwei ...« Instinktiv ziehen sie die Beine an, wie Balletttänzer, die auf den Brettern einer Bühne landen. Als sie auf gleicher Höhe mit dem steinigen Asteroiden sind, endet ihr freier Fall, zum ersten Mal seit fast neunzig Minuten.

»Ich fasse es nicht«, sagt Max erstaunt. »Die Physik hat immer recht.«

»Abgesehen von der Zeit, als man dachte, die Erde sei eine Scheibe«, erwidert Carys geistesabwesend, während sie in den Himmel schaut. Mit ihrer bloßen Hand hält sie seine. »Glaubst du, dass er bemannt ist?«

Er erwidert ihren Händedruck. »Wer weiß? Versuchen wir zu kommunizieren. Schick eine Nachricht über dein Flex. Seit Laika im Jahr 1957 hat man immer wieder Schiffe mit Tieren an Bord in den Weltraum geschickt. Probier es aus. Vielleicht kannst du mit einem Weltraumhund plaudern.«

»Eher mit einem Weltraumskelett.« Sie überprüft den Sitz des Geflechts auf ihrem Handrücken, dann flext sie. *Hilfe! Hier ist Carys Fox von der* Laertes, *ich benötige dringend Unterstützung. Kann mich jemand hören?*

Sie wartet.

Ich wiederhole: Ich bin Carys Fox von der Laertes *und benötige dringend Unterstützung. Kann mich jemand empfangen? Ende.*

»Ich bekomme keine Antwort«, sagt sie zu Max.

»Versuch es weiter.«

Bitte helfen Sie uns. Sonst werden wir hier draußen sterben.

Es knistert in ihrem Lautsprecher, gefolgt von einem hallenden Ping. Hallo, Carys. Hier ist Osric.

»Osric!«, ruft sie, als der blaue Text auf ihrer Helmscheibe erscheint.

Ich kommuniziere direkt mit dem Computer des Satelliten, der dies an dich weiterleitet, Carys.

Du hast uns gefehlt, Osric. Ist jemand an Bord?

Ich fürchte nein, Carys. Dies ist einer unserer Drohnensatelliten.

»Mist.« Sie wendet sich an Max. »Niemand ist an Bord – es ist eine Drohne der *Laertes*.«

»Kann sie Personen aufnehmen? Kann Osric sie zu unserer Position schicken?«

Osric, kannst du den Satelliten zu uns dirigieren?

Er wird euch in sechs Minuten erreichen.

»Cari?«, fragt Max. »Was passiert? Ich kann deine Unterhaltung nicht mehr sehen. Ich dachte schon, du hättest sie abgeschaltet.«

»Der Satellit kommt direkt zu uns und ist in sechs Minuten hier.«

»Sechs?« Max zögert. Sechs Minuten: die Zeit, um ein perfektes hartes Ei zu kochen, die durchschnittliche Zeit, in der die meisten Paare Sex haben, die Zeit, in der New York City ausgelöscht wurde.

Auch Carys zögert. »Wie viel Zeit haben wir noch? Wir haben weniger als sechs Minuten, nicht wahr?« Sie sackt in sich zusammen. »Wir haben nicht mehr genug Atemluft. O Gott.«

»Warte ...«

»Können wir die Luft anhalten? Wäre das möglich? Ich schätze, wir werden vorher das Bewusstsein verlieren, sodass wir die Luftschleuse nicht mehr öffnen können …«

»Ich habe genug Luft.«

Sie zuckt zusammen. »Was?«

»Knapp. Ich habe sechs, und du hast zwei«, sagt Max. »Cari, es tut mir so leid. Als wir vor einiger Zeit versucht haben, aus deinem Tornister einen Treibstoff zu gewinnen …«

»Ich habe immer nur auf deine Anzeige geschaut, nicht auf meine. Deine hatte ich die ganze Zeit vor Augen.« Benommen starrt sie ins Leere. »Aber meine ist an der Seite meines Tornisters. Verdammt!« Sie unterdrückt ein Schluchzen. »Wenigstens kannst du es schaffen.«

»Sei nicht albern. Wir können die Luft unter uns aufteilen«, sagt Max. »Dann hat jeder etwa vier Minuten, und in den restlichen zwei können wir die Luft anhalten. Wir beide werden es zur Luftschleuse des Satelliten schaffen und ihn dann zur *Laertes* zurückfliegen lassen. Wir können das schaffen.«

»Wirklich?«

»Problemlos.« Max drückt wieder ihre Hand. »Machen wir uns bereit.« Er zieht sich hinter sie, hantiert mit ihrem Tornister und rückt die Schultergurte und Kabel zurecht. »So.« Behutsam nimmt er seinen eigenen Tornister ab, der weiterhin mit seinem Anzug verbunden ist, und hängt ihn an den von Carys. Sie bemerkt es gar nicht, weil der Tornister hier draußen kein Gewicht hat. »Jetzt wird es nicht mehr lange dauern.«

»Ich kann es noch gar nicht fassen, dass wieder alles gut sein wird.« Sie dreht den Kopf zu ihm herum und lächelt. Unter ihnen zieht die Welt vorbei, über Afrika braut sich ein Gewitter zusammen. »Alles wird wieder gut sein. Wir werden nach Hause zurückkehren können.«

Er bleibt hinter ihr, und sie streckt ihre bloße Hand über die Schulter. Er greift danach und drückt sie, vielleicht zum letzten Mal.

»Hör mir zu, Carys. Du musst kurz die Luftschläuche tauschen, wenn dein Sauerstoffvorrat aufgebraucht ist. Ich habe sie bereits gelockert – du kannst sie einfach auswechseln und in den anderen Tornister stecken, okay? Dreh ihn, bis er einrastet.« Er hält immer noch ihre Hand. »Hast du verstanden?«

»Warum soll ich …?«

»Du kannst die Luft nicht anhalten, Cari. Denk an die Spiele.«

Max sieht wieder das Bild vor sich, wie Carys neben dem blauen Schwimmbecken liegt, ihr Körper unnatürlich verrenkt, ihre Haut kreidebleich, während die Sanitäter alles tun, um sie zurückzuholen. »Du konntest noch nie die Luft anhalten.«

»Aber …«

Ihm war noch nie die Idee gekommen, dass es möglich sein könnte, im Weltraum zu ertrinken. Nach dieser Erfahrung hatte er sich geschworen, sie zu beschützen. »Carys. Ich kann nicht riskieren, dass du es vielleicht nicht schaffst. Tausch den Schlauch aus.« Max lässt ihre

Hand los und macht sich daran, ihre Verbindungsleine zu lösen.

»Nein, bitte, Max ...«

»Tut mir leid, aber es geht nicht anders.«

»Hör auf damit, ich kann unmöglich ...«

»Nein, *ich* kann es nicht, verstehst du nicht?« Sie schweben im freien Fall, und Max legt die Hand an seinen Helm. Carys' Luftvorrat hat einen gefährlichen Tiefstand erreicht, und ihr wird bereits etwas schummrig, weil sie zu viel Kohlendioxid einatmet.

»Bitte ...«

Max schraubt seinen Luftschlauch ab, hält ihn aber noch fest, während er sie zum letzten Mal ansieht. »Siehst du? Ich habe dich gerettet, als wir uns begegnet sind« - er lächelt schief -, »und jetzt rette ich dich wieder.«

Mit einer schrecklichen letzten Geste zieht er seinen Schlauch heraus und stößt Carys mit aller Kraft in Richtung des näher kommenden Satelliten. Als sie von ihm fortwirbelt, hinaus in die Dunkelheit, liest sie von seinen Lippen die Worte »Ich liebe dich« ab.

»Nein! Max!«

DRITTER TEIL

19

»Carys, kannst du mich hören?«

»Du musst nicht darüber sprechen, Carys.« Die warme Frauenstimme stockt. »Du musst nicht« - sie verstummt für einen Moment, als sie sich lautlos mit einem hartnäckigen Arzt berät - »über Max sprechen.«

Sie starrt auf die Wand. Ein Riss im Anstrich, ein magnolienfarbener Fleck, hat ihre Aufmerksamkeit gefesselt - oder genauer gesagt, ihren leeren Blick auf sich gelenkt. Sie starrt bereits seit achtundzwanzig Minuten darauf.

Jede Zeitdauer wird jetzt nur noch in Minuten gemessen.

Wenn sie doch nur mit dem Fingernagel herankommen würde. Um daran zu kratzen und ihn abzureißen. Vielleicht wächst der Fleck zu einem schwarzen Loch heran. Zu einem magnolienfarbenen Nebel.

Sie sagen ihr immer wieder, dass sie nicht darüber sprechen muss, also tut sie es nicht, was genau das Gegenteil von dem ist, was sie wollen. Leute, die einem sagen, dass man über etwas nicht sprechen muss, wollen für gewöhnlich genau das aus einem herausbekommen.

Am nächsten Tag klettert sie die Wand hinauf und in das schwarze Loch, um für ein paar Stunden zu verschwinden. Carys beobachtet durch den magnolienfarbenen Fleck, wie Ärzte und Krankenschwestern hereinkommen und auf den schlafenden Körper blicken, der in ihrem Bett liegt.

»Wie lange ist sie schon bewusstlos?«

»Etwa drei Stunden. Das Morphin hat sie ausgeknockt.«

Carys wacht in der Nacht auf, genauso wie jeden Morgen vor der Dämmerung. Als der skelettierte Hund in Nullschwerkraft auf sie zufliegt, schreit sie.

»Laika!«

Mit pochendem Herzen greift sie nach dem Licht, aber der Mischlingshund löst sich auf, verflüchtigt sich, als die Lichtpartikel seine Knochen berühren.

»Carys, glaubst du, dass du heute versuchen könntest ...«

»Bitte sag mir nicht, dass ich mir das Haar kämmen muss.« Sie hebt den Kopf nicht vom Kissen, versucht auch nicht, sich der Stimme ihrer Mutter zuzuwenden. Hier klingen alle Stimmen gleich. Sie klingen insofern gleich, als sie alle hier sind, aber keine der Stimmen seine ist. »Ich weiß. Ich kann es nicht.«

Sie liegt auf der Seite, mit dem Rücken zur Tür, in der Dunkelheit.

»Ich finde wirklich, wir sollten zumindest die Laken wechseln. Du hast sie tagelang benutzt.«

Carys antwortet nicht.

»Bitte?«

»Ich mag es so.« Das Bett riecht erdig. Salzig, menschlich - beruhigende Gerüche, wie Schweiß und Panik.

Gwen kommt von der Tür herüber, spielt mit dem Zimmerchip, und die Wall Rivers erwachen zum Leben, zeigen Fotos von einem Ausflug ans Meer. Die Bilder wandern rund um den Raum. »Ist es so nicht besser?«

Ein anderes Klima in einem anderen Leben, wie es sich anfühlt. Sie erinnert sich an die Wärme auf ihrem Gesicht, seine Wärme neben ihr auf dem Sand. Sie blickt nicht auf, zieht sich die Bettdecke über den Kopf. »Bitte, Mum. Nicht heute.«

»Ich werde eine Weile bei dir bleiben, Cari«, sagt ihre Mutter. »Nur bis du dich erholt hast.«

Erholt? Wie kann sie sich von einer solchen Katastrophe erholen? Aber sie nickt nur.

»Ich dachte mir, es wäre nett für dich, etwas Gesellschaft zu haben.«

Aus dem Bett gezerrt und genötigt, in den Sonnenschein zu treten, ignoriert Carys das Begleitungsangebot und spaziert stattdessen durch die Woiwode 6. Sie weicht den Menschenmassen aus, geht zum kleinen Strand der Stadt und starrt auf die Wellen hinaus.

Die Schmach ist die größte Feindin der Trauer, und Carys schüttelt sie ab wie eine unerwünschte Hand, die nach ihrer Schulter greift, eine Schicht der Sympathie und eine Symphonie des Geflüsters, die sie weder interessiert noch sich wünscht. Die Bekanntheit hat sie wütend gemacht, schneidet durch ihre unberührbare Lethargie. Sie weiß, dass die Leute ihr ehrfürchtige Blicke zuwerfen, sie fragen wollen, was geschehen ist und wie sie sich fühlt, aber sie läuft mit wirren Augen und wirrem Haar in Max' altem Seemannspullover durch die Straßen der Woiwode, ohne anzuhalten oder die Blicke zu erwidern. Die Lethargie betäubt sie. Das bedeutet, dass sie nicht trauern muss. Die Wut regt sie auf, und das will sie nicht.

Sie besucht das Hundeheim der Woiwode, sucht nach dem Gesicht, das sie in ihren Träumen heimsucht. Sie findet es in den Zügen eines räudigen Terriermischlings und erkundigt sich kraftlos nach einer Adoption.

»Sie können ihn heute noch nicht mitnehmen«, sagt die Verwalterin. »Sie können ihn über ein paar Wochen besuchen und sich an ihn gewöhnen, dann müssten wir einen Hausbesuch machen, um zu prüfen, ob die Lebensbedingungen für einen Hund geeignet sind.«

Carys sagt nichts, starrt dem Mischling in die Augen – ein gehetzter Grünton –, während sie versucht, die Seele des Welpen einzuschätzen.

»Würden Sie ihn Schummel nennen?«, fragt die Dame freundlich.

»Wie bitte?«

»Sein Name. Hier heißt er Schummel, aber Sie müssen nicht dabei bleiben. Obwohl wir Namen empfehlen, die ähnlich klingen, um Verwirrung zu vermeiden.«

»Laika.« Carys streckt die Hand aus, um ihn zu streicheln, und er erzittert unter ihrer Berührung, vibriert mit zweihundert Herzschlägen pro Minute, kauert sich nieder. »Er heißt Laika.«

»Sie werden ein gutes Frauchen für den kleinen Laika sein, da bin ich mir ganz sicher. Er hat Schlimmes durchgemacht.«

»Er und ich auch«, sagt Carys, doch die Verwalterin tut so, als hätte sie es nicht gehört.

»Sehr schön.« Sie schließt das Gitter und blickt zu Carys auf. »O Gott, Sie sind doch nicht ... Sind Sie es? Sie armes Ding.«

Sie besucht Laika jeden Tag, bringt dem struppigen Terrier Leckereien mit. Anfangs traut er ihr nicht, aber geschundene Kreaturen können eine freundliche Seele spüren, und langsam kann sie ihn überreden, ihr näher zu kommen, bis der Welpe keine Angst mehr vor der Frau hat, die auf allen vieren in seinen Raum kriecht und sich neben ihn legt. Nach zwei Wochen kommt er aus seiner Hundehütte getrottet, um sie zu begrüßen, und dann sitzen sie recht zufrieden im Garten des Heims, bis die Besuchszeit vorbei ist.

»Er ist jetzt bereit, mit Ihnen nach Hause zu gehen«, sagt die Verwalterin, und Carys nickt. »Sie sehen aus wie zwei Seelenverwandte.«

Seelenverwandte. Diese Vorstellung lässt etwas in ihr zerbrechen, und sie zieht sich wieder in die Wortlosigkeit zurück.

»Du musst wieder in die Welt zurückkehren, Carys. Du kannst nicht alle anderen aussperren.«

Sie hat sich wieder in den Korbstuhl mit Blick aufs Meer gesetzt. Laika schnarcht auf ihrem Schoß, aber Menschen lassen sie nicht so sein, wie sie ist. Sie wollen nicht, dass sie nicht spricht. »Ich habe Laika hereingelassen.« Ihre Stimme hat jede Modulation verloren. Sie klingt flach, so flach wie das Meer bei Ebbe.

»Er ist ein Hund.« Ihre Mutter Gwen versucht es mit einem anderen Ansatz. »Du kannst nicht alles an dir vorbeiziehen lassen, als würde es jemand anderem passieren.«

Hätte Carys die Kraft dazu, würde sie erklären, dass es tatsächlich jemand anderem passiert ist, dass es Max passiert ist. Das hat Carys zu einer Zuschauerin ihres eigenen Lebens gemacht.

»Morgen ist die Gedenkfeier.«

Sie starrt auf eine Boje, die im ruhigen Wasser treibt. Sie hat das Wasser noch nie so still gesehen.

»Carys? Du musst wirklich hingehen.«

»Das werde ich.«

»Du wirst dabei sein? Professor Alina hat danach gefragt.«

Es dauert einen Moment, bis sie den Namen einordnen kann, dann zuckt sie zusammen. Seine Mutter. Morgen wird sie allen entgegentreten, die ihn jemals geliebt und verloren haben. »Ich werde da sein.«

Laika spürt eine Veränderung in ihr, entrollt sich und leckt ihr behutsam die Nase, was Carys als tröstende

Ablenkung empfindet. Er ist immer noch sehr klein, nimmt aber jeden Tag zu.

Morgen: vierundzwanzig Stunden. Eintausendvierhundertvierzig Minuten - sechzehnmal mehr Zeit, als sie am Ende miteinander hatten.

»Sie können diesen Köter nicht mit hineinnehmen.« Der Saaldiener ist hartnäckig, aber Carys beachtet ihn gar nicht, geht einfach an ihm vorbei, Laika an die Brust gedrückt, sodass seine wachsenden Beine unter ihren Armen hervorragen. »Bitte, das ist hier ...« Als sie sich zu ihm umdreht und die dunkle Sonnenbrille abnimmt, verstummt er. »Sie können sich in die zweite Reihe setzen«, sagt er schließlich etwas lahm.

Sie nickt, ohne zu bemerken, wie er ihr Outfit beglotzt. Sie hat Max' alten Seemannspullover über das einzige schwarze Kleid gezogen, das sie besitzt, das Haar zu einem hohen Knoten zusammengesteckt. Laika kaut am ausgefransten Ärmel.

»Carys.« Max' Vater begrüßt sie im Mittelgang. »Wir wussten nicht, ob du es schaffen würdest, bei uns zu sein.« Mehr sagt er nicht, legt nur förmlich eine Hand auf ihre Schulter, und sie erkennt die Bedeutung der Berührung, auch wenn es nur sein Respekt vor ihrem Rang ist.

»Vielen Dank, Pranay.« Sie ist sich nicht ganz sicher, wofür sie sich eigentlich bei ihm bedankt, aber ihr ist klar, dass er sie mit ihrem Vornamen anspricht, um sie auf gleiche Augenhöhe zu bringen. Sie nimmt Platz, setzt den Hund auf ihren Schoß und sitzt ruhig da. Max' Familie hat alle Register gezogen, und Carys denkt still, wie sehr er es gehasst hätte.

Musik setzt ein, die Art von Musik, über die er gelacht hätte, und seine Mutter und Kent treten ein, die Professorin in einem eleganten schwarzen Schleier. Carys verdreht die Augen über die Dramatik. Sie folgen der gesamten Ästhetik der Trauer, aber es gibt keinen Hinweis, dass sie tatsächlich trauern.

Kent bleibt neben ihr im Gang stehen. »Wow, cooler Hund.«

»Danke.«

»Kann ich bei dir sitzen?«

»Klar.«

Professor Alina zerrt ihn weiter. »Komm mit, Kent, du sitzt ganz vorn bei der Familie.«

Die Worte brennen sich tief in Carys' Seele, und sie zuckt zurück, als sie durch die Kränkung versengt wird, während sie auf den zerfransten Baumwollfaden an ihrem Finger blickt. *Familie.* Seine Mutter verneigt den Kopf vor Carys, und Carys nickt vorsichtig. Als Kent sich sehnsüchtig nach Laika umschaut, rückt Carys auf der Bank verstohlen ein Stück weiter, bis sie hinter dem kleinen Jungen sitzt und Laika die Pfoten auf seinen Rücken legt. Er lächelt, und sie lächelt zurück. Sie kann gar nicht darüber nachdenken, wie ähnlich er Max sieht.

Jemand rutscht neben ihr auf die Bank, und als sie sieht, dass es Liu ist, der sie neugierig mustert, lächelt sie halbherzig. »Du bist gekommen«, sagt er nur.

Er tätschelt Laikas Nase. »Ist das dein Ersatz?«

»Wie bitte?«

»Es ist völlig normal, sich einen Hund zuzulegen.« Seine Miene ist nicht unfreundlich.

»Oh.« Sie hat das Gefühl, dass sie irgendwann mehr sagen sollte, und springt ins kalte Wasser. »Mir war nicht bewusst, dass es so ein Klischee ist.«

Er nimmt ihre Hand und drückt sie, und in dieser Geste sieht sie die Wurzel seiner Trauer, eine Leere in seinen Augen, die der Verlust seines Freunds hinterlassen hat.

»Es tut mir leid«, murmelt sie. »Es tut mir unendlich leid.«

»Weswegen? Es war nicht deine Schuld.«

»Ich hätte ihn retten müssen ...«

Sein Vater blickt sich über die Schulter um, und Liu ermahnt sie diskret, leise zu sein. »Wir sollten keine Schuld auf uns nehmen, während fantasielose Familienmitglieder in Hörweite sind.« Er reicht ihr ein Taschentuch, aber ihre Augen sind trocken, wie sie es seit ihrer Rückkehr zur Erde sind.

»Er hat mich gerettet und sich dabei geopfert«, flüstert sie, und endlich ist es gut, mit jemandem zu reden, der den Max kannte, den sie kannte.

»Natürlich hat er das getan. Hast du etwas anderes von ihm erwartet?« Liu legt Carys' Finger um Laikas Vorderpfote, um sie zu trösten, und sie greift zu, streichelt das Fell. »Nun gut.«

Als Pranay das Zeichen gibt, dass die Gedenkfeier beginnen soll, verstummen sie, und Carys hört neugierig zu, als er Geschichten aus Max' Kindheit erzählt, die sie noch nie gehört hat. Seine Stimme klingt monoton, aber nicht leidenschaftslos, und sie spürt, dass er es von allen Anwesenden vielleicht am schwersten hat, obwohl sie so beherrscht sind, dass es sich unmöglich erkennen lässt.

»Unser Sohn wollte immer wissen, wie alles Mögliche funktioniert«, sagt er in diesem Moment. »Er hat ständig alles hinterfragt und ausgetestet. Ich erinnere mich, wie ich ihn zum Strand mitgenommen habe, als er noch sehr klein war. ›Warum kann ich nicht mit meinem Fahrrad auf diesem eingezäunten Teil des Strands fahren, Dad?‹, fragte er immer wieder, und erst nach einer sehr langen und detaillierten Erklärung, was es tatsächlich damit auf sich hat, war mein Sohn schließlich bereit, mir zu glauben, dass er nicht versuchen sollte, mit seinem Fahrrad mit hochgeklappten Stützrädern zum nordatlantischen Quarantänegebiet hinaufzufahren.«

Carys lächelt über seine Skizzen eines jüngeren Max. Es ist das erste Mal während der Andacht, dass sie ihn erkennen kann. Sein Vater schließt seine Notizen mit gespreizten Fingern. »Als wir Max das letzte Mal sahen, war es nicht gut, und ich wünschte, es wäre anders verlaufen.«

Carys beugt sich vor.

»Aber das ist es nicht, und damit müssen wir leben. Er hat seine Entscheidung getroffen. Max würde wollen, dass wir unser Leben weiterleben und ihm nicht übel nehmen, was geschehen ist.«

Sie sackt geschlagen in sich zusammen, während Pranay zu seinem Platz zurückkehrt. Das war der Moment, in dem sein Vater hätte anerkennen können, dass ihr Sohn einen anderen Weg gehen wollte. Indem sie keine Schuld eingestehen, bewahren sie ihre weißen Westen. Carys wird übel.

Die angesehene Ärztin erhebt sich und sinniert über das Leben ihres Sohns. Ihre Worte klingen monoton. Ihr Vortrag ist tadellos; die Professorin ist es offenbar gewohnt, vor Publikum zu sprechen, und Carys hasst sie dafür.

»Die Woiwodschaft hat einen bedeutenden Bürger verloren, und ich möchte den Mitarbeitern der EVSA danken, dass sie ihn heute ehren.«

Carys blickt auf - viele Mitglieder des Unterstützungs- und Verwaltungsteams, die sie während des Trainings kennengelernt haben, sitzen in den hinteren Reihen.

»Max war ein talentierter junger Mann in der Spitzengruppe seines Fachgebiets. Er hat seinen Platz in Europia gefunden und wurde mit einer aufregenden Gelegenheit belohnt.«

Fassungslos verfolgt Carys, wie die Frau weiterspricht, Worte, Worte, Worte über einen Jungen, von dem sie allmählich das Gefühl hat, ihn nie gekannt zu haben.

Kent gesellt sich zur Professorin, um über »meinen Mac« zu sprechen. Doch der Rahmen seiner Kindheitserinnerungen ist schmerzhaft eng. Er stolpert über die Worte, schnieft ein wenig, bevor er innehält. »Mac sagte mir, dass das Mädchen seine beste Freundin ist.«

Alle Anwesenden heben die gesenkten Köpfe, und eine erschrockene Carys lächelt, als Max' Mutter neben dem Jungen erstarrt. Carys hebt Laikas Pfote und winkt Kent damit zu, der zurückwinkt. Die Leute im Saal blicken sich zu dem schäbigen Mädchen in der zweiten Reihe um.

»Mac sagte mir, dass es nichts Wichtigeres gibt als einen besten Freund«, sagt der Junge, der größer geworden ist, seit Carys ihm zum ersten Mal begegnet ist. »Und er war meiner.«

Die Leute raunen, weil es ihre Herzen berührt, der versteinerte Blick der Professorin ist auf Carys gerichtet.

»Jetzt ist der Fuchs im Hühnerstall«, murmelt Liu und sieht sie zum ersten Mal richtig an, bemerkt, wie verhärmt ihr Gesicht ist, wie sehr ihre Züge hervortreten. »Wann hattest du das letzte Mal eine anständige Mahlzeit?«

Carys zuckt mit den Schultern.

»Komm. Lass uns verschwinden und nach etwas Essbarem suchen.«

»Wir verlassen einfach die Zeremonie?«

»Genau das hätte er gewollt. Siehst du hier irgendetwas, das dich an Max erinnert?«

»Nein.« Nur das Gesicht seines jüngeren Bruders auf dem Podium.

»Er ist nicht hier, Carys. Hier ist gar nichts von ihm.«

Sie zögert.

»Sie machen sowieso bald Schluss. Wir halten unsere eigene Gedenkfeier für ihn ab. Eine, die seiner würdig ist.«

Sie wartet noch eine Sekunde, bevor sie sich von der Bank erhebt und zum Ausgang auf der Rückseite des Raums geht, mit gesenktem Kopf und Laika auf den Armen. Als sie geht, hebt ein Mann auf den hinteren Bänken eine Hand, versucht auf sich aufmerksam zu machen, aber sie möchte ihm keine Aufmerksamkeit schenken, nicht jetzt, niemals.

Nicht, nachdem er von ihr gegangen ist.

20

Lius Charme verschafft ihnen sogar mit Hund einen Tisch im Rotationsrestaurant. Er entlockt einer Kellnerin eine Schüssel mit ein paar Resten und stellt sie auf den Boden, wo Laika hungrig frisst.

»Achte darauf, ihn gut zu füttern«, sagt er freundlich.

Carys reagiert gereizt. »Ich kann selbst auf meinen Hund achtgeben.«

»Ich bin mir nicht sicher, ob du auf dich selbst achtgibst, meine Liebe. Mehr will ich gar nicht sagen. Selbst wenn du keinen Hunger hast, muss der Hund etwas essen.«

Sie beobachtet, wie Laika durstig Wasser aufschleckt, und bekommt ein schlechtes Gewissen. »O Gott. Ich kann auf niemanden achtgeben. Ich bringe alle um, die ich liebe.«

»Psst«, macht Liu, nimmt ihre Hände und drückt eine Speisekarte hinein.

»Ich ersticke ihn.«

»Er war ein herrenloser Hund. Er braucht dich, und er ist gern bei dir.«

»Ich kann nicht …« Sie starrt auf die Speisekarte, ohne sie zu lesen.

»Weißt du«, sagt Liu, »es ist ziemlich schwierig, logisch zu denken und mit großen Gefühlen umzugehen, wenn man nichts gegessen hat. Na los, such dir was aus.«

Sie fügt sich und bestellt einen Teller Spaghetti, indem sie den Arm zum Chipscanner ausstreckt. Sie muss Max' abgetragenen alten Pullover zurückziehen, um ihr Handgelenk freizulegen.

»Sie nimmt auch etwas Knoblauchbrot.« Carys will protestieren, doch Liu wischt ihren Einwand mit einer Geste weg. »Kohlehydrate helfen. Das ist Wissenschaft. Und jetzt«, fährt er fort, »erzählst du mir deine Lieblingserinnerung an Max. Das, was diesen feinen Kerl für dich am besten definiert.«

Sie blickt überrascht auf.

»Hast du gedacht, ich würde dich hier weiter Trübsal blasen lassen?« Er schüttelt den Kopf. »Was da oben passiert ist, ist Geschichte. Wir müssen damit weitermachen, ihn zu ehren. Du darfst dich nicht selbst umbringen, indem du dir in Schuld und Trauer vorwirfst, was hätte sein können.«

»Das sagt sich leicht für dich«, flüstert sie.

»So was würde er nicht wollen. Er würde wollen, dass du einen Schlussstrich unter diese Sache ziehst. Und irgendwann solltest du dich ordentlich besaufen.«

Sie verzieht das Gesicht, aber sie hat verstanden.

»Also erzähl mir jetzt deine Lieblingserinnerung«, wiederholt er.

»Ich hatte nicht mit deiner Zustimmung gerechnet«, sagt sie.

»Zu euch beiden? Ich finde es – oder besser, ich fand es nicht richtig. Doch andererseits hatte ich erst vor nicht allzu langer Zeit eine Unterdrückungskultur verlassen, also weiß ich, wie es sein kann, gegen den gesellschaftlichen Strom zu schwimmen.«

Carys schließt die Augen.

»Erzähl mir deine Lieblingserinnerung.«

»Ich weiß nicht«, sagt Carys und denkt zum ersten Mal an Max. Ihr Geist flattert am Rand seines Scheinwerferlichts, weigert sich, ganz in die Helligkeit zu treten, wo sie sich diesen Gefühlen stellen müsste. »Es gibt so viel über ihn zu sagen – so viele Geschichten.«

»Hier kommt meine. Ich gebe dir die gekürzte Fassung.« Liu schenkt Wasser ein und verteilt das Besteck und die Gewürze auf dem Tisch. »Wir haben uns kennengelernt, als er mir ein paar kulinarische Fragen beantwortet hat, wie du wahrscheinlich weißt. So ein hübscher Junge – welch eine Verschwendung. Ich ging jeden Tag zum Supermarkt, aber er ließ sich nicht betören. Ich überredete ihn, mir zu helfen, kochen zu lernen – mir, dem Stammgast Nummer eins der RRs.« Er hebt sein Glas, um anzustoßen. »Er lud mich zu einer Lektion in seine Küche ein, da ich keine habe. Danach stand ich fast jeden Abend vor seiner Tür, und er ließ mich rein. Dann sahen wir uns Filme an und saßen in freundschaftlichem Schweigen nebeneinander.«

»Das ist die Erinnerung, die Max für dich definiert?«, fragt sie verwirrt, als Liu die Anekdote an dieser Stelle beendet.

»Ja.« Liu schiebt ein Glas Wasser zu ihr hinüber. »Weil es so typisch er war. Er hat sich nicht aktiv um meine Freundschaft bemüht, er hat es einfach nur geschehen lassen. Ich wollte es, und er ließ zu, dass sie durch meine Gefühle existent wurde.«

Carys denkt darüber nach, dass ihre Erfahrung mit Max genau das Gegenteil war. Nun gut, nach ihrem Kennenlernen hatte er sich auch nicht um sie bemüht, sondern sie durch ein quasi zufälliges Wiedersehen noch einmal zusammengeführt. Aber er hatte es gewollt. Und als er vor den Repräsentanten gesprochen hatte … Was war das erste Mal gewesen, als Max mit ihr aktiv einen eigenen Weg gewählt hatte? »Ich glaube, er hat dasselbe mit mir gemacht«, sagt sie, obwohl sie anderer Ansicht ist.

»Blödsinn«, schnauft Liu, bricht das soeben eingetroffene Knoblauchbrot mit den Fingern und bietet ihr eine Hälfte an. »Mit dir ist er ganz anders umgegangen, und deshalb warst du die Richtige für ihn.«

Sie ist überrascht. »Danke.«

»Iss das, dann erzähl mir deine Erinnerung.«

Sie knabbert am Rand des gebutterten Brots, spürt, wie das Knoblaucharoma ihre deprivierten Geschmacksknospen trifft. »Ich weiß es wirklich nicht.«

»Verdammt noch mal, Carys, erzähl mir eine nette Max-Geschichte.«

»Okay.« Sie wischt sich den Mund mit einer Serviette ab. »Als wir an Bord der *Laertes* waren, unseres Schiffs, mussten wir manchmal Zeit totschlagen. Max hatte sein

Gewächshaus und das Geologiezentrum, aber es gab Prozesse und Experimente, die wir untätig beobachten mussten. Eines Tages wollte Max herausfinden, woher der Name ›Laertes‹ stammt, und für die Recherche benutzte er den Schiffscomputer. Er war vollkommen begeistert - wirklich *begeistert* -, als er feststellte, dass nicht nur »Laertes« eine Figur aus dem *Hamlet* war, sondern auch »Osric«, der Name des Schiffscomputers. Er dachte, er hätte einen EVSA-Insiderwitz enträtselt. Er war total fasziniert.

Als Nächstes rief er das Stück auf und projizierte die gesamte Szenerie im Schiff. Er bestand darauf, dass ich das Drama zusammen mit ihm lese, dass wir uns »weiterbilden«, während wir allein im Weltraum waren. Eine Weile dachte ich, er wollte nur herausbekommen, ob auch irgendwelche anderen Namen auf Shakespeare zurückgehen. Der Mann, der nie zuvor Bücher gelesen hatte, entschied, dass wir eins der größten Dramen überhaupt durchspielen. Es war einfach nur bescheuert.

Dann lernte er Hamlets Monologe auswendig, immer wenn er einen schlechten Moment hatte. Es kam so weit, dass ich irgendwann aufwachte«, sagt sie, jetzt mit einem Lächeln, »und ›Sein oder Nichtsein‹ hörte und wieder einschlief, während Max seine Reaktion probte, wie Hamlet einen Geist sieht. Es war furchtbar.

An unserem letzten Tag steuerte ich das Schiff manuell, als er mir ein Gänseblümchen aus dem Gewächshaus schenkte. Ich versuchte mich zu konzentrieren, aber Max beugte sich über mich und steckte mir die Blume ins Haar. Er las eine Szene zwischen Hamlet und Ophelia, bat mich, auf Autopilot zu gehen und sie laut mit ihm zu lesen.« Sie stockt. »Aber ich dachte, ich sah ... ich dachte, ich konnte sehen ...«

Liu nimmt ihre Hand, drängt sie behutsam, die Geschichte weiterzuerzählen.

»Der Alarm ging los. Der Rumpf der *Laertes* war von einem Meteoroiden durchschlagen worden, und die Luft brauste wie ein Sturm durch das Flugdeck. Wir schnappten unsere Anzüge und rannten zur Luftschleuse, auf dem Weg nach draußen, um das Leck zu reparieren ...«

Liu, der immer noch mit einer Hand ihre hält, legt mit der anderen ein Stück Knoblauchbrot auf ihren Teller.

»Überall waren Mikrometeoroiden, und wir haben versucht, das Leck zu erreichen, als wir selbst getroffen wurden ...«

Sie muss sich anstrengen, um weitermachen zu können. »Ich habe nie erfahren, was Hamlet zu Ophelia sagt. Max trug ein T-Shirt mit dem Bild eines Space Invaders. Es war so zerknittert, als wäre er gerade aus dem Bett gestiegen, sein Haar zerzaust, während er stolz aus *Hamlet* rezitierte ...«

»Ich hatte Max nie für einen Theaterfan gehalten«, sagt Liu freundlich. »Es scheint zu stimmen, was man sagt: Der Weltraum verändert einen.«

Carys blickt auf Laika, der nach einem so mächtigen

Weltraummythos benannt ist, dass sie sich nicht zu einer Erwiderung durchringen kann. *Der Weltraum verändert einen.* Sie wagt es nicht, sich selbst durch diese Linse zu betrachten.

»Wie geht es jetzt mit dir weiter?«, fragt er, als das Hauptgericht eintrifft.

Sie zuckt mit den Schultern. »Die EVSA wird sich lebenslang um mich kümmern, nach dem, was wir ... was ich durchgemacht habe.«

»Aber du wirst dich langweilen. Du kannst nicht für den Rest deines Lebens nichts tun.«

»Meine nächste Rotation steht in ein paar Monaten an«, sagt sie. »Ich werde wohl erfahren, wohin ich gehe, und dann schauen, wie es dort ist.«

»Carys. Du musst dich wieder in den Griff bekommen.« Er meint es ernst. »Du musst wieder arbeiten.«

»Aha?«

»Ich habe nur wenige Menschen getroffen, die sich so sehr auf etwas konzentrieren können wie du. Manchmal treibt es mich zur Weißglut. Du musst wieder etwas tun.«

»Irgendwann werde ich das.«

»Ich warte auf die Fortschrittsberichte.«

Überrascht sieht sie ihn an. Sie hat sich nie vorgestellt, dass er den Kontakt zu ihr halten möchte. »Wirklich?«

»Ja. Du wirst mir schreiben, und ich werde dir schreiben. Ich kann dein Brieffreund werden. Carys, was ist? Was habe ich gesagt? Stimmt was an dem Wort nicht? Carys?« Nur wegen einer solchen Kleinigkeit musste Liu sie hinter ihrem Spaghettiteller hochziehen und ihre Tränenflut aufwischen.

Sie treffen sich noch einige Male, bevor Carys weiterzieht, vorgeblich, um mit Laika hinauszugehen. Es ist einer der letzten Spaziergänge vor der Rotation, als Liu es endlich schafft, sie zum Lachen zu bringen.

»Ziehst du auch bald weiter?«, fragt sie.

»Ja. Nach W17.« Er verzieht das Gesicht. »Nichts, worüber man nach Hause schreiben könnte. Nicht einmal ein Zuhause, an das man schreiben könnte. Im Reich der Mitte ist niemand mehr übrig, der diese Briefe empfangen könnte.«

»Das ist traurig.« Sie pfeift nach Laika, der unter einem ausladenden Zwergzitronenstrauch verrücktspielt. »Was ist mit dir? Wo ist dein Zuhause?«

»Das ›Zuhause‹ und die Wohnorte unserer Familie sind völlig unterschiedliche Dinge«, sagt sie. »Meine Eltern leben in der Woiwode 14. Mein Bruder ist in den ehemaligen Vereinigten Staaten, und meine Schwester tobt sich in der Sonne aus. Und mein Zuhause«, fügt sie hinzu, »war in den Bergen, wo ich mein halbes Leben verbracht habe.«

»Also hat Gary aus Wales ein Zuhause. Du bist wirklich etwas Besonderes. War deine Familie die ganze Zeit in der Nähe?«

»Ja«, antwortet sie leise. »Meine Mutter ist bei mir eingezogen. Ich glaube nicht, dass sie erwartet hat, mich füttern und mir das Haar kämmen zu müssen.«

»Als Baby wiedergeboren. Der Traum jeder Mutter«,

sagt Liu. »Ich würde mir keine Sorgen machen. Du siehst schon viel besser aus - der Skelettlook stand dir nicht so.«

»Ich habe diesen Pullover tagelang nicht ausgezogen«, sagt sie. »Ich dachte, ausgemergelt wäre schick.«

»Nein.«

Sie sieht ihn genauer an. »Liu ... trägst du Eyeliner?«

Er wirft den Kopf zurück. »Vielleicht.«

»Etwa für mich?« Sie ist unsicher und ein wenig besorgt.

»Nein. Du bist zwar wunderbar, aber du warst nie mein Typ. Nicht mal in deiner Glanzzeit als tibetanischer Sonnenaufgang. Ich werde heute Abend ausgehen.« Er streicht sich das Haar glatt. »Kommst du mit?«, fragt er, obwohl er weiß, dass sie es nicht tun wird.

»Ja.«

»Wie bitte?«

»Ich würde gern mitkommen.«

»Verdammt!«

»Oh, danke. Jetzt weiß ich, dass du es gar nicht so gemeint hast.« Sie hakt ihre Leine in Laikas Halsband ein, als der Hund plötzlich durchdreht. Er zerrt an der Leine, um sich mit einem anderen Hund anzufreunden, der in der Nähe herumschnuppert. Carys zieht ihn zurück und streichelt ihn.

»Ich habe es ernst gemeint. Ich bin nur überrascht.« Als sie nichts dazu sagt, fügt er hinzu: »Natürlich sollst du mitkommen.«

»Kann ich deinen Eyeliner benutzen?«

»Klar.«

»Könntest du mein Make-up machen, mir das Haar flechten und solche Sachen?«

»Vielleicht.«

Sie lächelt. »Klingt großartig. Wohin gehen wir?«

Er zögert, aber nur eine Millisekunde lang. »Ins Dormer.«

»Gut. Ich freue mich aufs Ausgehen, auf ein paar neue Erinnerungen. Holst du mich um acht ab?«

»Acht«, schnauft er. »Betagte Rentnerin. Ich gehe um elf los. Du kannst ab zehn zu mir kommen und dich in meinem Haus zurechtmachen. Bring Wein mit.«

Sie sind erst seit einer halben Stunde im Club, als Carys begreift, dass sie einen schrecklichen Fehler gemacht hat. Max' Aura hat sich hier unauslöschlich eingeprägt. Hier hat sie zum ersten Mal mit Liu gesprochen, in der Nacht, als sie Max gesehen hatte, er sie aber nicht. *Und hier kommt der Mann höchstpersönlich, der größte lebende Astronaut, der immer noch lebt und noch nicht tot ist ...* Warum findet man nach dem Tod eines Menschen Resonanzen in allen möglichen Sachen, selbst in einem idiotischen Spruch?

Sie sitzt auf einem abgewetzten Chesterfield-Sofa und schaut sich um. Der Türsteher lässt Scharen aufgeregter Mädchen und dekadenter, allzu cooler Jungs herein. Sie sieht, wie minderjährige Jugendliche eintreffen und sich abklatschen. Die Gruppe, die Liu um sich versammelt hat, ist schrecklich hip, und alle geben sich große Mühe, nett zu sein und sie in ihre Gespräche einzuschließen. Doch Carys ist durch ihre Trauer als Außenseiterin gezeichnet, und obwohl sie es versucht, entfernen sich die anderen allmählich wieder von ihr. Sie starrt auf die Bar, wo sie zum ersten Mal gehört hat, wie Liu Max' Auftritt angekündigt hat. *Ein Mann, der so sehr nicht von dieser Welt ist, dass er euch zum Mond bringt und zurück* ... Ein Teil der Gruppe geht zum umfunktionierten Altar und wartet darauf, bedient zu werden, und Carys fragt sich, warum Europia so davon besessen ist, alte Gebäude und ursprüngliche Details zu fetischisieren. Vielleicht führte die amerikanische Fixierung auf Neubauten dazu, dass Europia die Reihen schloss und das Alte verehrte. Vielleicht hatte es etwas Antikapitalistisches, in einer Ruine zu wohnen, während moderne Glaskonstruktionen eine neue Nutzung möglich machten, ohne die ursprüngliche Bausubstanz zu verstecken, um die Tradition zu ehren. Das einzige ästhetische Verbrechen wäre, wenn es zu gewollt wirkte.

Die Gruppe an der Bar lacht und kehrt zu den Sofas zurück, mit alten Reagenzglasgestellen aus Holz, in denen gläserne Pipetten stecken. Als ein Mädchen mit einer übergroßen Brille ihr eine reicht, nimmt Carys sie entgegen und lässt sich nach kurzem Zögern die klebrige Flüssigkeit auf den Augapfel tropfen. Bald darauf fängt die Gruppe an, laut zu lachen, als sich die Wirkung in den Körpern ausbreitet. Carys bemerkt, dass alle im Club fröhlich sind, und sie fragt sich, warum ihr dieses Detail zuvor entgangen ist.

»Das ist besser für dich als Trinken«, brüllt Liu ihr ins Ohr und umarmt sie.

Sie erwidert die Geste. »Was bewirkt es?«

»Es regt vorübergehend dein Nervensystem an«, ruft er. »Vollkommen sicher. Und jetzt solltest du *tanzen.*« Er nimmt ihre Hand, und sie folgt ihm, und plötzlich taumeln und stürzen sie die Glastreppe zur Tanzfläche hinauf. Ein Kichern bricht aus ihr hervor, als würde es aus ihrem Brustkorb gerissen werden. Liu ruft und lenkt damit alle Blicke auf sich, bevor er sich auf den Knien rutschend auf die Tanzfläche wirft. Die farbigen Würfel leuchten unter ihm auf wie ein Glissando auf dem Klavier. Die Menge jubelt, und er reißt triumphierend die Arme hoch, dreht sich auf den Knien in die Richtung zurück, aus der er gekommen ist. Er begrüßt den Rest ihrer Gruppe, die entzückt herbeistürmt. Dann tanzen sie, und Carys beobachtet fasziniert den Boden unter ihren Füßen, als sie sich wiegt und dreht und auf verschiedene Farbwürfel tritt.

Ein anderes Mädchen - Maisie? Marcy? - hält ihr eine weitere Pipette hin, und Carys legt gehorsam den Kopf in den Nacken, damit das Mädchen ihr eine neue Dosis der Flüssigkeit ins Auge träufeln kann. Sie verteilt sie blinzelnd auf der Hornhaut, und etwas davon fließt über ihre Mascara, zieht eine Linie über ihre Wange, wie bei einem Pantomimen. Mit ihrer schlanken Gestalt im dunklen Leotard wirkt sie im spärlichen Licht bedrohlich. Ihr Herz pocht, als die zweite Dosis mit ihrem Nervensystem reagiert, und sie tanzt wild, schlägt mit allen

Gliedmaßen um sich, so heftig, dass die Leute in ihrer Nähe lachend zurückweichen. »Ein Mann, der so sehr nicht von dieser Welt ist, dass er euch zum Mond bringt und zurück«, singt sie immer wieder, und sie bewegt sich, stößt und reißt und tanzt, bis ihr bewusst wird, dass sie stolpert und stolpert. Jeder falsche Schritt wird vom Glasboden unter ihren Füßen illuminiert. Sie sieht sich nach einem vertrauten Gesicht um, aber Liu ist auf der anderen Seite des Raums damit beschäftigt, mit einem hübschen Latino zu tanzen, und sie fällt, und es ist, als könnte ihr das Herz aus der Brust springen, als sie ein Gesicht sieht ... ein Gesicht ...

»Was?« Maisie oder Marcy beugt sich näher zu ihr heran.

»Hast du das Gesicht gesehen?«

»Gesicht?«

»Diesen Mann?«

»Welchen Mann?«

»Da drüben.« Carys zeigt darauf, doch ihr Arm wankt, und Maisie oder Marcy hält ihn fest. »Er hat mich angestarrt.«

»Wahrscheinlich, weil du hinreißend aussiehst«, sagt das Mädchen und zieht Carys zurück auf die Tanzfläche, doch sie befreit sich aus ihrem Griff.

»Nein. Es war nicht ...«

»Du siehst hinreißend aus«, wiederholt sie.

»Nein ... dieser Mann ...«

Maisie oder Marcy verliert das Interesse, wendet sich von ihr ab und geht zum Mädchen mit der übergroßen

Brille. Carys kriecht zur Treppe, sucht nach dem Mann mit dem Gesicht, das sie so nachdenklich angesehen hat, dass sie sich für ihren Zustand geschämt hat. Doch er ist nirgendwo zu sehen.

21

Carys zieht in der Rotation in die Woiwode 18 um, doch fast ohne die Aufregung, die sie bei vorherigen Gelegenheiten veranstaltet hat. Keine tränenreichen Umarmungen ihrer Freunde, entfernten Verwandten oder Nachbarn, die versprechen, den Kontakt zu halten, sie zu besuchen und das Übliche. Diesmal packt sie ihre Taschen und zieht per Jumpjet in die nördlichen Regionen Europias. Laika ist gegen die Kälte in seinen neuen Pelzmantel eingewickelt.

Sie steigt aus dem Hybridzug und nimmt einen eisigen Atemzug. Jede Inhalation bildet Eiszapfen in ihrer Kehle und ihren Lungen. Verdammt, ist das kalt! Sie sollte lieber ein paar einheimische Flüche lernen. Sie zieht in ihr neues Apartment ein, eine geräumige weiße Wohnung in den Ruinen einer ehemaligen Fabrik, mit Chiprahmen vom Boden bis zur Decke, die sie ausnahmsweise leer lässt. Sie hat ihren Korbstuhl in den Norden schicken lassen, und als er eintrifft, stellt sie ihn vor dem Holzofen in der Mitte des Wohnzimmers auf.

Jeden Morgen macht sie einen Spaziergang mit Laika, und jeden Abend füttert sie ihn mit Rührei und einem Schuss Soße. Wenn er satt ist, streckt er sich neben ihr vor dem Holzofen aus. Er ist schon deutlich größer geworden, und sein schmaler Körper wird nach jedem Abendessen runder. Sie versucht nicht mehr, selbst zu kochen, und genießt es, sich Mahlzeiten aus den Rotationsrestaurants bringen zu lassen - vor allem von denen, die einen Lieferservice haben.

Zum ersten Mal ist Carys umgezogen, ohne die einheimische Sprache zu lernen. Sie ist im Dunkeln angekommen und zur verspäteten Einsicht gelangt, dass sie sich lieber zu einem Nachholkurs anmelden sollte. Begeistert wird ihr klar, wie ähnlich sich die skandinavischen Sprachen sind, dass sie mühelos alle drei lernen könnte, und anschließend vielleicht auch noch die anderen germanischen Sprachen. Sie erinnert sich an das Poster im Sprachlabor ihrer vorherigen Woiwode: »Lernen Sie fünf Sprachen, dann können Sie sich mit 78 Prozent der Weltbevölkerung unterhalten.« Also verbringt sie viel Zeit im Labor, ihre einzige wahre Zuflucht, abgesehen von ihrem Apartment. Wie fast überall in der Woiwodschaft gibt es im Labor stark gerösteten Kaffee, den sich jeder mühelos auch zu Hause machen könnte, wenn es nicht die geschäumte Milch dazu gäbe. Milchschaum, erkennt Carys, ist das Geheimnis einer nationalen Kaffee-Obsession, der suchterzeugende Treibstoff der Gesellschaft. Jeden Tag bezahlt sie jemandem ein paar Münzen, damit er Milch aufschäumt. Während sie wartet, bemerkt sie zu ihrem Unmut, dass über die Pappbecher ein Extrastück Wellpappe geschoben werden muss. Beiläufig postet sie einen Vorschlag für eine integrierte Pappbecherlösung auf MindShare. Einige Monate später stellt sie zu ihrer Zufriedenheit fest, dass ihr Vorschlag angenommen wurde und sich immer mehr in der Woiwode ausbreitet.

Als sie eines Abends das Labor etwas früher verlässt, bemerkt Carys einen Mann auf der anderen Straßenseite und hält überrascht inne. Sie ist sich sicher, dass er bei der Gedenkfeier nicht weit vom Ausgang saß und versucht hat, ihre Aufmerksamkeit zu wecken, als sie sich nicht wecken lassen wollte. Und jetzt glaubt sie, es könnte das Gesicht sein, das sie im Licht der blinkenden Farbwürfel des Tanzbodens gesehen hat, als sie an jenem Abend im Dormer gestolpert ist. Aber jetzt ist ihr klar, dass sie ihn nicht kennt. Enttäuscht versteht sie, dass sie es sich tief in ihrem Herzen gewünscht hat ... Nun ja. Egal.

Der Mann kommt auf sie zu, zögerlich, und sie spannt sich an, eine reflexhafte Reaktion auf die unwillkommene Beachtung. Sie hat gehofft, dass es inzwischen aufgehört hat. Er bleibt stehen, scheint es sich anders zu überlegen, doch dann geht er wieder auf sie zu. Er ist groß und schlank, wie ein Baum, der sich im Wind beugt. Er setzt zum Sprechen an, und sein Ton ist viel direkter, als sie von jemandem erwartet hätte, der so ... biegsam ist.

»Entschuldigung. Sind Sie Carys Fox?«

Sie reagiert überrascht auf den Nachnamen. »Woher ...?«

»Sie sind es, nicht wahr?«

»Niemand nennt mich so.« Jetzt ist sie misstrauisch. »Woher wissen Sie das?«

»Verzeihung, ich wollte Sie nicht kränken. Ich wollte Sie mit Ihrem Nachnamen ansprechen.« Er streicht sein blondes Haar zur Seite. »Ich arbeite für die EVSA.«

»Natürlich, tut mir leid.« Sie hält ihm die Hand hin. »Sie gehören wahrscheinlich zu den vielen Menschen, denen ich mein Leben zu verdanken habe.«

Er lächelt. »Nein, bitte ...«

»Oder mit dem ich vielleicht ein ernstes Wörtchen über Sicherheitsprotokolle reden sollte.«

»Ich meine, ich wollte Sie« - sie will ihn erneut unterbrechen, sodass er das Ende des Satzes herunterrattert - »mit dem Nachnamen ansprechen, unter dem ich Sie kenne.«

Sie hält inne. »Sind wir uns schon einmal begegnet?«

»Nicht direkt. Wollen wir einen Kaffee trinken?«

»Tut mir leid, ich bin ...« Sie deutet bedauernd in Richtung ihrer Wohnung.

»Carys, mein Name ist Richard - Ric. Ich war an Bord der *Laertes* für die Kommunikation mit Ihnen zuständig ... und mit Max.«

Sie blinzelt, als sie den Namen hört. »Kommunikation?«

»Ich habe über meinen Schalterknopf mit Ihnen kommuniziert, Carys. ›Osric.‹«

»Wie bitte?«

»Mein Name ist ... ich bin Osric, Carys.«

»Geht es Ihnen wieder gut?« Sein besorgtes Gesicht hängt über ihr, und er nimmt ihren Arm, um sie zu stützen. »Ich wollte Ihnen keinen Schock versetzen.«

Sie blinzelt, als ihr erneut bewusst wird, was er gesagt hat. »Osric? Der Computer?«

»Ich wollte mich zurückhalten und Ihnen nur sagen, dass mein Name Ric ist«, sagt er, aber mehr zu sich selbst als zu ihr. »Ich hätte mich langsamer heranarbeiten sollen.«

»Osric?«

»Erlauben Sie, dass ich Ihnen helfe.« Er macht einen Schritt, aber Carys rührt sich nicht von der Stelle. Er lässt ihren Arm los.

»Im Ernst, was soll der Quatsch?« Sie sieht ihn an, wütend und überrascht, und er erwidert ihren Blick zerknirscht. »Sie sind kein Computer.«

»Nein.«

»Sie sind keine KI.«

Er blickt sich um. »Können wir irgendwo ungestört reden?« Das Licht lässt bereits nach, die Dunkelheit kommt schnell und mit ihr die eisigen Stalaktiten des Winds dieser Woiwode. Ein paar Leute hetzen mit gesenkten Köpfen in die Wärme ihrer Häuser, und die Straßen leeren sich, während die Nacht anbricht. »Im Labor?«

Sie nickt. »Okay.« Als sie zum Sprachlabor zurücklaufen, fügt sie hinzu: »Aber ich bin verwirrt.«

»Das tut mir leid, Carys.«

»Ah«, sagt sie, als sie die vertraute Kadenz hört, »da ist es wieder.« Sie setzt sich in einen alten Ledersessel und lehnt sein Angebot ab, Kaffee für sie zu holen. »Warum sind alle Labore gleichzeitig Kaffeehäuser?«

»Die Woiwodschaft hat vor Jahren verfügt, dass sich

›Freiberufler, die in der Cloud arbeiten‹ in Kaffeehäusern am wohlsten fühlen«, sagt er, und Carys verdreht die Augen. Er geht zum Tresen und bestellt einen Kaffee und ein kaltes Getränk. Als er mit ihrem Lieblingsdrink zurückkommt, blickt sie verwundert darauf.

»Woher wussten Sie das?«

Er zuckt mit den Schultern. »Im Schiff habe ich viele Einzelheiten über das erfahren, was Sie mögen und nicht mögen, Ihre Allergien und Vorlieben.«

Sie errötet, dann wird sie wütend. »Konnten Sie alles mithören?«

»Nein«, sagt er hastig. »So funktioniert das nicht. Lassen Sie es mich erklären. Bitte.«

Plötzlich empfindet Carys großes Misstrauen gegenüber diesem Fremden, der von ihren Vorlieben und Abneigungen spricht. »Sie sollten lieber ganz am Anfang beginnen, weil ich mich fühle, als hätte man mir eine Ohrfeige verpasst. Und mit *Anfang* meine ich, dass Osric eigentlich keine künstliche Intelligenz war oder hatte.«

Ric nimmt einen tiefen Schluck Kaffee und hält den Becher mit beiden Händen, während er sie ansieht. »Eigentlich soll ich gar nicht darüber reden«, sagt er. »Die EVSA ist da unglaublich geheimniskrämerisch. Aber ich wollte Sie treffen ... ich wollte Ihnen sagen, dass Sie nicht allein sind, dass es jemanden gibt, der Ihre Erfahrungen versteht, sie aus erster Hand kennt. Es tut mir so unendlich leid, was da oben geschehen ist, Carys.«

»Danke. Die EVSA ist geheimniskrämerisch?«

»Ich hoffe, Sie verstehen, dass ich mein Versteck verlassen habe. Wollen Sie es wirklich wissen?«

»Ja.«

»Gut«, sagt er und macht es sich in seinem Sessel bequem. »Ich wollte Ihnen nicht zu viel zumuten.« Als sie seufzt, spricht er schnell weiter. »Zweifellos wissen Sie, dass es beim Wettlauf ins All immer darum ging, wer was zuerst tun kann. Wer eine Rakete in den Weltraum bringt, der erste Mensch auf dem Mond, der erste Rover auf dem Mars. Strategisch gesehen ist derjenige, der etwas zuerst tut, immer der Sieger. Sind wir uns darin einig?«

Carys nickt.

»Während der unvermeidlichen gegenseitigen Vernichtung der Vereinigten Staaten und des Nahen Ostens wurde klar, dass alle Nationen der Welt nach Möglichkeiten suchten, den Krieg zu automatisieren. Es wurde üblich, mit Drohnen zu kämpfen. Künstliche Intelligenz würde offensichtlich der nächste Evolutionsschritt sein. Von der Fernzündung einer Bombe, die von einer Drohne transportiert wird, bis zu einer Maschine, die entscheidet, wann und wo eine Bombe in unserem Sinne gezündet werden sollte. Menschlich wären wir dann völlig von den Aktionen des Kriegs entlastet. Und nicht nur das: Die erste Nation, die den praktischen Einsatz künstlicher Intelligenz demonstriert, würde damit eine Botschaft an alle anderen Länder der Welt senden.«

»Wie bei der Atombombe«, sagt Carys langsam.

»Ja. Der Abwurf der Atombombe war der Beweis einer schrecklichen technologischen Überlegenheit, aber auch des Willens, sie zu benutzen. Danach gab es kein Zurück mehr.«

Sie beugt sich vor. »Und die KIs ...«

»Als die Europäische Union die Reihen schloss, um sich vor der Katastrophe auf den anderen Kontinenten zu schützen, traf Europa die bedeutende Entscheidung, kein Aggressor zu sein.«

»Sie meinen die Wahl von Kent.« Sie zwingt sich, die Namensgleichheit mit Max' jüngerem Bruder zu ignorieren, sondern sich auf den Politiker zu konzentrieren, der für Frieden statt Krieg eingetreten war.

»Genau«, sagt er sichtlich zufrieden. »Wir wollten weder Zugeständnisse an die USA machen noch sie jemals angreifen. Wir wollten nur unsere Grenzen verteidigen. Eine wichtige Entscheidung.« Er hält inne, um einen Schluck Kaffee zu nehmen, und Carys trinkt von ihrem Glas mit naturtrübem Apfelsaft und genießt den Geschmack.

»Haben Sie mich verfolgt?«, fragt sie und spielt mit dem Strohhalm.

»Ja. Aber nicht auf die unheimliche Art. Ich wollte es Ihnen wirklich erklären und Ihnen helfen, wenn ich kann. Aber Sie aufzuspüren, erwies sich als schwierig.«

»Ich gehe nicht oft aus.«

»Ich verstehe. Aber in Anbetracht Ihrer gut entwickelten Sprachfähigkeiten dachte ich mir, dass Sie irgendwann im Labor Ihrer neuen Woiwode auftauchen würden.«

»Das ist unheimlich«, sagt sie.

»Wirklich? Das tut mir leid. Für mich war es einfach nur logisch.«

»Oh.« Sie seufzt. »Sie sind tatsächlich Osric. Erzählen Sie mir mehr über KIs.«

Er nickt. »Die kriegführenden Kontinente nutzten unsere Nichtangriffspolitik, um sich in Marsch zu setzen - Angriff war die einzige Form der Verteidigung, die von der modernen Kriegsführung bewundert wurde. Sie nahmen unsere Territorien in Augenschein, und wir mussten handeln. Aber die Mehrheit der Europäischen Union war absolut gegen einen Krieg, und wir wussten, dass wir niemals eine Offensive mit mehreren eigenständigen Nationen koordinieren konnten. Also beschlossen wir stattdessen ... einen technologischen Vorteil zu offenbaren, und zwar auf einfache, harmlose Art.«

»Der Wettlauf ins All?«, fragt Carys.

»Ja. Wir rüsteten unsere damaligen Missionen mit künstlichen Intelligenzen aus, ohne großes Aufhebens, aber mit gezielter Platzierung in den Medien. Die Kosmonauten im Erdorbit flexten mit ihren Schiffscomputern, die sich um die Kommunikation und grundlegende Systemfunktionen an Bord der Shuttles kümmerten.«

Sie lehnt sich zurück, und er mustert sie. »Aber es war eine Täuschung«, sagt sie.

»Das musste es sein. Und es funktionierte. Unsere Möchtegern-Angreifer suchten anderswo nach weicheren Zielen, und im Anschluss an den Weltkrieg wurde

Europa zu Europia, und die frühesten Stadien der Woiwodschaft wurden in Gang gesetzt.«

»Wie kann eine solche Täuschung funktionieren, wenn so vieles in der Woiwodschaft Open Source ist? Wie konnten Sie künstliche Intelligenz vortäuschen?«

»Die Daten sind gesichert. Wir konnten sie nicht einfach unseren Konkurrenten überlassen. Alles, was Europia einen strategischen Vorteil verschafft, ist gesichert.«

»Aber wenn wir seit der Gründung der Woiwodschaft angeblich KIs hatten«, sagt Carys, nachdem sie es durchdacht hat, »waren wir anschließend nicht mehr in der Lage, sie nachträglich zu erschaffen?«

»Was soll ich sagen? Es ist wirklich schwierig.«

Sie sieht ihn abwartend an. »Das ist alles?«

»Das war ironisch gemeint.«

»Ein ironischer Osric - eine schwindelerregende Vorstellung.« Er lächelt, aber sie bleibt ernst. »Ich bin immer noch wütend.«

»Ich weiß. Das tut mir leid.« Er hat die Hände im Schoß verschränkt, und sein blondes Haar ist ordentlich zu einer Seite gekämmt, doch eine Strähne auf der Stirn ist rebellisch und hängt in die falsche Richtung. Sie betrachtet seine langen Beine in der Jeans, das sorgfältig zugeknöpfte Hemd, seinen blond schimmernden Bart. Nicht unattraktiv, aber Richard »Osric« Ric ist eher jemand, den man als *gepflegt* oder *bedächtig* beschreiben würde.

»Dann sagen Sie mir«, fährt sie fort, »warum *wir* es

nicht wenigstens wissen durften. Warum ließ man zu, dass unser Leben von etwas so Fadenscheinigem abhängt?«

»Vielleicht wegen der PR? Ich weiß es nicht. Man konnte es nicht riskieren, dass jemandem, der so sehr im Licht der Öffentlichkeit steht, irgendwann doch etwas rausrutscht. Glaubwürdige Bestreitbarkeit nennen sie es meines Wissens. Man kann nicht bestätigen oder abstreiten, was man nicht weiß.« Er stellt seinen Becher weg und wischt sich die Hände mit einer Serviette ab.

Gepflegt, beschließt sie. »Also haben Sie den weiten Weg nach W18 auf sich genommen, um mir zu sagen, dass Sie dabei waren, als wir gestorben sind.«

Er zuckt zusammen. »Ich habe versucht, Ihnen zu helfen, Carys. Ich habe es wirklich versucht.«

»Aha?« Sie versucht sich zu erinnern, wie sie sich im Asteroidenfeld immer weiter entfernten, bis sie außer Reichweite waren. Vergeude keine Zeit. Was musst du mich fragen?

»Hätte ich irgendetwas anderes tun können, hätte ich es getan. Hätte ich Ihnen irgendetwas sagen können, das Sie gerettet hätte ... Aber Sie haben sich sehr gut geschlagen. Sie haben alles versucht, was auch nur ansatzweise möglich war, auch wenn es letztlich undurchführbar war.« Dann sitzen sie eine Weile nur da, und beide erinnern sich unabhängig voneinander an das Experiment mit dem schwarzen Sauerstoff. »Eine Schande, dass nichts funktioniert hat.«

»Wem sagen Sie das.« Sie starrt auf den Tisch, auf ihr Glas, an dem die breiigen Rückstände des Apfelsafts kleben.

»Ich habe alles versucht, als Sie außer Reichweite waren. Wirklich …«

Sie blickt auf, als er nicht weiterspricht. »Was?«

»Ich habe alles versucht«, wiederholt er, und sie senkt wieder den Blick. Auf der anderen Seite des Raums beginnt der Barkeeper damit, zum Feierabend die Maschinen zu reinigen, und das Rauschen des Wasserdampfs in den Düsen erfüllt die Cafeteria mit unangenehmem Lärm und dem Geruch heißer Milch.

»Ich sollte gehen«, sagt sie und greift nach ihrer Tasche. »Ich muss mich um meinen Hund kümmern.«

»Richtig«, sagt er lahm. »Der von der Gedenkfeier?«

»Laika. Ich habe ihn aus einem Heim«, antwortet sie. »Bleiben Sie länger in der Region?«

»Ja. Ich kann von überall arbeiten.«

Sie ist überrascht. »Ich hatte mir vorgestellt, wie Sie eingesperrt in einem Bunker hocken.«

»Nein, wir arbeiten flexibel. Ich habe mein Hauptschiff, aber gelegentlich kümmere ich mich auch um die Kommunikation bei drei oder vier anderen Missionen.«

»Was ist, wenn alle gleichzeitig Fragen haben?«

»Ich schalte sie sofort auf ein Unterstützungsteam um. Die Verzögerung ist praktisch nicht wahrnehmbar.«

»Warum erzählen Sie mir das alles?«

»Sie haben verdient, es zu erfahren«, sagt Ric.

»War ich Ihre Hauptmission?«, fragt sie, und er nickt. »Habe ich jemals zu anderen Osrics gesprochen?«

»Nein«, sagt Ric lächelnd. »Sie waren nicht allzu anstrengend. Ich konnte das Ausmaß Ihrer Anfragen stets gut bewältigen. Max hat mehr Fragen gestellt, vor allem nachts.«

»Ach?«

»Wir haben uns viel unterhalten - irgendwann war er für mich wie ein Freund.«

»Das wusste ich nicht.« Sie sucht ihre Sachen zusammen. »Werden wir uns wiedersehen?«

»Das hängt von Ihnen ab«, sagt er.

»Wie meinen Sie das?« Sie hört auf, in ihrer Tasche zu kramen.

»Europia zwingt mich nicht zur Rotation, weil ich auf dem Papier gar nicht wirklich existiere.«

»Sie müssen nicht umziehen, weil Sie für die EVSA arbeiten?«, fragt Carys erstaunt. »Wenn das keine Ironie ist.«

Ric zuckt bedauernd mit den Schultern.

»Hätte ich mich doch nur für einen anderen Teil des Programms gemeldet.« Und Max, denkt sie, spricht es aber nicht aus. Wenn sie nicht hätten umziehen müssen - keine Fernbeziehung über entlegene Woiwoden, kein Aufhebungsantrag ...

»Ich würde wirklich gern wieder mit Ihnen reden«, sagt Ric, »wenn Sie Zeit haben. Ich habe etwas, das ich gern mit Ihnen durchgehen würde.«

Unsicher blickt sie zur Tür. Er kennt sie, aber doch nicht allzu gut.

»Carys.« Seine Stimme klingt sanft. »Könnten Sie vielleicht einen Freund gebrauchen?«

Sie starrt einen Moment lang ins Leere, bis sie sich wieder entspannt. »Ja, das könnte sein.« Sie streckt ihre Hand aus, um seine zu schütteln. »Richard. Ric. Es war verwirrend und überraschend, dich kennenzulernen.«

»Auch mich hat es gefreut, Carys.« Als sie gehen, hält er ihr die Tür auf und schließt sie dann sorgfältig hinter ihnen.

22

Carys und Ric sitzen auf dunklen Felsen über einer steilwandigen Meeresbucht, die von Gletschern eingekerbt wurde, während Laika halbherzig eine Krähe jagt, wie es Hunde manchmal tun, wenn sie wissen, dass sie die Beute niemals fangen werden, aber (von ihren Besitzern) für die Mühe belohnt werden.

»Also«, sagt Carys, »stammt der Name Osric doch nicht aus dem *Hamlet.*«

»Ja und nein«, sagt Ric. »Ja, er ist nach einer Figur im *Hamlet* benannt, genauso wie das Schiff, aber er ist gleichzeitig ›OS Ric‹. Ein Zufall.« Er setzt sich zurecht. »Die Welt war mit der Abkürzung ›OS‹ für ›Operating System‹ vertraut, also klang es hinreichend KI-mäßig.«

Carys muss lachen. »Wenn ich Kommunikationsspezialistin wäre, würde mein Schiffscomputer also Oscar heißen?«

»Ja. Und der Name deines Schiffs würde vermutlich auf Oscar Wilde oder so anspielen.« Er wirft einen Stein in den Fjord hinunter, und Laika rennt hinterher, stürmt auf das Wasser zu, bevor er am Ufer eine Notbremsung einlegt. Der arme Hund ist verängstigt. »Tut mir leid, Laika«, sagt Ric leise.

»Du solltest ihn nicht reizen.« Sie sind diesen Weg während der vergangenen Wochen jeden Tag entlangspaziert. Inzwischen hat Carys es aufgegeben, Ric zu fragen, wann er vielleicht zu einer Außenstelle der EVSA oder in die Zentrale Woiwode zurückkehren wird. Er scheint gar nichts zu haben, wohin er zurückkehren könnte, oder den Wunsch zu verspüren, so etwas zu tun, und ehrlich gesagt ist sie froh über seine Gesellschaft. Sie findet ihn erstaunlich umgänglich für jemanden, der so gepflegt und bedächtig ist. Anfangs hat sie gedacht, diese Eigenschaften wären ein Zeichen für Milde, doch er ist überraschend starrsinnig, wenn sie ausführlicher über Ideologie und die Woiwodschaft argumentieren, auch wenn er dabei stets freundlich bleibt.

»Carys, ich habe eine Idee, über die ich mit dir reden möchte.« Sie hebt die Augenbrauen, sagt aber nichts, sodass er vorsichtig fortfährt. »Es tut mir leid, dass ich es anspreche, aber ... du bist die einzige Pilotin, die den Durchbruch zur anderen Seite des Asteroidenfelds geschafft hat.«

Sie schweigt.

»Ich weiß es. Ich weiß es. Unter anderen Voraussetzungen wäre ich stolz auf deine Leistung - auch die Woiwodschaft würde dich ausgiebig feiern. Vielleicht sogar die ganze Welt. Aber die Menschen wissen nicht, was geschehen ist, das Chaos und die folgenden Ereignisse.«

Sie sagt immer noch nichts.

»Und du hast es ihnen nicht erzählt. Ich verstehe, warum. Aber du bist die Einzige, die weiß, was los ist. Mir ist klar, dass du dich nicht erinnern möchtest, aber wenn ich dir helfen würde ...«

»Oh«, sagt sie betrübt.

»Ich würde alles tun, um nicht fragen zu müssen.«

»Aber ich bin die einzige Person, die uns von diesem Planeten wegbringen kann.«

»Sozusagen, tatsächlich«, bestätigt er. »Ja.«

Gemeinsam blicken sie aufs Wasser. »Und ihr könnt es nicht schaffen, wenn ich irgendwelche Logbücher transkribiere oder die Manöver rekonstruiere oder so?«, fragt sie.

»Du bist die einzige Person auf der Erde, die *weiß*, was sie getan hat«, sagt er vorsichtig, und sie seufzt. »Denk darüber nach. Ich werde dir in jeder Hinsicht dabei helfen.«

Ihre Mutter Gwen, eine gelegentliche Besucherin, begleitet sie auf einem ihrer Spaziergänge zum Fjord mit Laika, gegen den kalten Wind in Daunenjacken und pelzgefütterte Kapuzen eingekuschelt. An einem trostlosen Wintertag, dessen Himmel die gleiche graue Farbe hat wie die Felsen rund um die Meeresbucht, streiten sich Gwen und Ric um die neuen Sanktionen der Woiwodschaft in den ehemaligen Vereinigten Staaten. Carys schweigt dazu, da sie sich bewusst ist, dass die kleinste Abschweifung des Gesprächs in empfindliche Bereiche führen könnte.

»Bei allem Respekt, Gwen ...«

»Du solltest eigentlich wissen, Richard, dass Leute, die

eine Erwiderung mit ›bei allem Respekt‹ einleiten, für gewöhnlich keinen Respekt walten lassen wollen.«

Er errötet. »Entschuldigung.«

»Fang noch mal von vorn an.« Sie hat ihn ins Herz geschlossen und kommandiert ihn ständig auf diese Weise herum, aber er lässt es zu.

»Gwen«, sagt er. »Es ist doch unzweifelhaft die Verantwortung von Europia, China und Afrika, den Nationen zu helfen, die vom Krieg zerrissen wurden.«

»Ja«, stimmt sie zu, »wenn wir tatsächlich nicht mehr tun würden, als zu helfen. Aber man muss misstrauisch gegenüber den Motiven jeder Nation sein, die glaubt, besser zu sein als die, der sie ihre Hilfe aufdrängt.«

»Wir befinden uns in der stärksten Position, um Hilfe zu leisten. Das ist eine menschliche Reaktion.« Ric wirft für Laika einen Stock über die zerklüfteten Felsen rund um den Gletscher, und der Hund rennt los. Seine Krallen klicken auf den Steinen. »Vielleicht empfindest du so, weil du mit deiner Familie außerhalb der Utopie gelebt hast …«

»Wage es nicht, Mr. Imperialismus. Ich muss nicht einem bestimmten Club angehören, um den Wert des besagten Clubs analysieren zu können, vielen Dank.«

»Ein Tiefschlag«, sagt Ric und hebt entschuldigend eine Hand, während Laika mit seiner Beute zurückgerannt kommt. »Entschuldigung.«

»Unabhängig davon, wo meine Kinder aufgewachsen sind, ist mein Sohn jetzt genau dort, um zu *helfen*.«

»Natürlich«, sagt Ric. »Vielleicht sind wir drei es, die hier oben ein wenig außerhalb des Systems stehen.«

Gwen schnieft. »Vielleicht haben wir bald gar kein System mehr, wenn all diese Aufhebungsanträge angenommen werden.«

»Aufhebungsanträge?«, fragt Carys, ihre erste Wortmeldung auf diesem Spaziergang. »Was für Aufhebungsanträge?«

Gwen und Ric wechseln einen Blick. »Einige Bürger stellen einige der Regeln infrage. Nichts Besorgniserregendes«, antwortet Gwen ruhig.

»Nichts Besorgniserregendes«, wiederholt Ric. Er sieht Carys an und zwinkert, eine winzige Geste, die sie zum Lächeln bringt. Sie streichelt Laikas Fell und zieht ihm den Stock aus dem Maul.

»Du siehst glücklicher aus.« Carys' Mutter steht an der Spüle und spült Geschirr, klappert mit Pfannen und Tellern im Becken voll seifigem Wasser.

»Glücklicher?«, fragt Carys mit etwas dumpfer Stimme.

»Nicht mehr so emotional zerstört.« Gwen stellt zwei kleine Teller ins Trockengestell. »Etwas zufriedener.«

»Zufriedener.«

Ihre Mutter hält in der Arbeit inne und sieht sie an. »Willst du jedes Mal das letzte Wort wiederholen, das ich gesagt habe, den ganzen Tag lang?«

»Den ganzen Tag lang.«

Gwen lächelt nachsichtig. »Gut.«

»Gut.« Carys reißt sich zusammen und lacht. »Tut mir leid - das Letzte war nicht gewollt. Ich habe nicht nachgedacht.«

Gwen lässt sich auf einem Küchenstuhl nieder, schiebt Carys einen Becher Tee mit Zitrone zu. »Aber im Ernst, du siehst wirklich viel glücklicher aus. Das freut mich. Du musst mit deinem Leben weitermachen.«

»Mit dem Leben weitermachen«, sinniert Carys, »oder mit dem Sterben weitermachen.«

»Nun, so in etwa. Wirst du wieder arbeiten?«

Carys zögert, es zuzugeben, aber sie nickt. »Sozusagen. Bald.«

»Mit Ric? Was will er mit dir machen?«

Da war es. Ein Programm, das auf ihren einzigartigen Erfahrungen im Asteroidenfeld basiert, aber sie wusste, dass sie noch nicht dazu bereit war. Diese Phase auszublenden, wurde zum einfachsten Weg, sie hinter sich zu lassen. »Trainingsprogramme schreiben, Pläne zeichnen.«

Gwen nickt. »Glaubst du, dass du jemals wieder dahin zurückkehrst?«

»Wohin zurück? In den Weltraum? Ich glaube nicht.«

»Wenigstens leistest du hier unten deinen Beitrag.« Gwen tupft den Tisch mit einem Geschirrtuch ab und sieht ihre Tochter lächelnd an. »Das ist das Einzige, was zählt. Wie es scheint, müssen wir alle unseren Teil beitragen.«

Die Tage werden kälter, viel kälter, als sie sich je einen Temperatursturz hatten vorstellen können. Am bislang kältesten Nachmittag, als der Himmel bereits um zwei Uhr dunkel ist, erkundet Ric mit Laika die Felsformationen, und Carys, die zurückgeblieben ist, sagt leise: »Ich werde es tun. Ich werde eine Flugsimulation des Asteroidenfelds schreiben.«

Ric dreht sich zu ihr um, während seine Hände Laikas pelzigen Kopf zerzausen. »Großartig.«

»Glaubst du, dass ich die Missionsprotokolle bekommen kann?«

»Ja, es sind öffentliche Dokumente.«

»Was?« Carys ist überrascht.

»Im Fall einer Katastrophe im Weltraum ...« Sie starren Laika an, der versucht, eine Schieferplatte auszugraben, die er niemals von der Stelle bewegen kann. »Ich fürchte, durch Max' Tod wurde es eine öffentliche Angelegenheit für die EVSA.«

»Oh.«

Er zerrt an Laika und wirft einen Stein, dem der Hund sofort hinterherrennt. »Was hat dich zu dieser Entscheidung veranlasst?«

»Meine Mutter sagte etwas darüber, dass jeder von uns seinen Beitrag leisten sollte.« Carys blickt auf den Wasserfall in der Ferne, zarte weiße Strähnen, die tief unten in das Gletscherwasser stürzen. Nach einer Weile fügt sie hinzu: »Ich werde den Rahmen für die Simulation aufbauen. Aber ich bringe es nicht fertig, mich an alle einzelnen Manöver zu erinnern.«

»Dabei werde ich dir helfen.«

Carys schnauft.

»Willst du darüber reden?«

Mit dem Schuh tritt sie den Matsch von den Felsen. »Eigentlich nicht.«

»Gut. Ein Wettlauf zum Wasserfall?« Er läuft los, aber sie muss über seinen schlaksigen Gang lachen. Dann folgt sie, um ihn einzuholen, und der Matsch knirscht unter ihren Füßen, wo er zu Eis gefroren ist.

»Es wird Zeit«, sagt Gwen bei ihrem nächsten Besuch, als sie und Carys vor dem Holzofen sitzen.

»Du kehrst nach Hause zurück?«, fragt Carys.

»Es wird Zeit«, wiederholt Gwen. »Und du solltest darüber nachdenken, sesshaft zu werden.«

Carys zieht eine gequälte Miene. »Die Richtlinien sagen, dass ich damit noch warten muss.«

»Vergiss die Richtlinien. Du hast das richtige Alter, ganz gleich, was sie sagen.«

»Allerdings müsste ich dazu erst einmal jemanden finden.«

Ihre Mutter hebt eine Augenbraue.

»Was?«

»Ach, nichts.«

»Ich lebe hier mitten im Nirgendwo. Außerdem ...«

»Ja?«

»Es gibt niemanden, der ... ich meine, ich kann nicht, weil ...«

»Wegen Max.«

Die Direktheit lässt Carys zusammenzucken. Die meisten Leute geben sich immer noch große Mühe, seinen Namen zu vermeiden. »Bitte sprich nicht über ihn.«

»Warum nicht?«, erwidert Gwen. »Er hat eine wichtige

Rolle in deinem Leben gespielt. Es ist nicht respektlos, seinen Namen auszusprechen.«

»Mum, ich kann nicht.«

»Ich verstehe, warum du um eine Änderung der Regel gebeten hast, Carys. Ich weiß, wie es ist, jemanden mehr zu lieben, als akzeptabel ist. In meinem Fall waren es meine Kinder. Ich konnte euch nicht gehen lassen.«

Carys sagt nichts, ist nicht zu diesem Gespräch bereit.

»Du hättest mit mir über eure Entscheidung für einen Aufhebungsantrag reden können.«

»Er hat mich damit ein bisschen überrumpelt«, sagt Carys. »Es blieb nicht mehr viel Zeit.«

Gwen überdenkt diese neue Information. »Der Antrag war gar nicht deine Entscheidung?«

Ich habe versucht, ohne sie zu sein, und es hat nicht funktioniert. Also werden wir weiterhin zusammen sein. Sie schüttelt die Erinnerung ab. »Eigentlich nicht. Ich meine, ich hätte wahrscheinlich ...« Sie verstummt, ist nicht in der Lage, ausführlich darüber zu reden.

»Sprich über ihn, Cari. Du liebst Max immer noch.«

»Natürlich.«

»Natürlich. Max war deine erste Liebe.«

»Max *ist* meine erste Liebe«, stellt Carys behutsam richtig, »und ich glaube nicht, dass ich jemals darüber hinwegkommen werde.«

»Doch, das wirst du.«

Carys ist verärgert. »Das glaube ich nicht.«

»Es ist dein Recht, einen Partner und eine Familie zu haben und in der Gegenwart geliebt zu werden.« Gwen erhebt sich und küsst sie auf den Kopf, dann verlässt sie das Zimmer. »Mach dich nicht zu einer Gefangenen deiner Vergangenheit.«

Carys beginnt mit den Leerstellen. Die Simulation ist kompliziert, und für die grundlegenden Manöver braucht sie länger, als streng genommen notwendig wäre. Denn die Erinnerung daran bringt Gesprächsfetzen und Momente zurück, die schmerzen wie Papierschnittwunden - ein Schmerz, der zunächst schleichend kommt und sich dann festsetzt. Ric hilft ihr, wie er versprochen hat, arbeitet mit den Logbüchern, schlägt die Tage nach, die sie braucht, doch manchmal stellt er zu viele Fragen, und dann möchte sie mit Laika fortlaufen und sich verstecken.

»Anna?«, wiederholt er.

Sie schüttelt den Kopf. Nein. Der Name war ihr einfach in den Sinn gekommen, und ihr Mund formt ein *Oh* der Überraschung, als Ric sie ansieht. Sie hatte ihn nicht laut aussprechen wollen. »Tut mir leid«, sagt sie. »Ich bin mir nicht sicher, wo mir heute der Kopf steht.«

»Keine Sorge. Du machst das wunderbar.«

»Ich glaube nicht, dass ich das allein tun könnte«, sagt sie, dankbar für seine Gesellschaft, auch wenn er gelegentlich zu neugierig ist. Ric rückt unbehaglich auf seinem Stuhl herum, und in ihr keimt eine Befürchtung. »Was gibt es?«

»Ich muss für ein paar Monate auf den Kontinent zurückkehren«, sagt er. »Die Weltraumorganisation bereitet einen wichtigen Start vor.«

»Oh«, sagt sie.

»Im Frühling werde ich zurück sein.«

»Gut.«

»Ich muss gehen«, sagt er. »Tut mir leid.«

»Schon gut.«

»Könntest du mich anschauen?«, fragt Ric und hebt ihr Kinn an.

Carys zuckt unter seiner Berührung zusammen.

»Ich muss gehen, aber ich will es nicht.«

»Warum?«

»Weil ich mir Sorgen mache, dass Laika um mich winseln wird«, sagt Ric und zieht die Hand von ihrem Gesicht zurück. Seine Miene zeigt einen Anflug von Verlegenheit.

»Er wird schon zurechtkommen«, sagt sie. »Ich werde ihn mit Kauknochen ablenken. Aber ich weiß nicht, was meine Mutter machen soll, wenn du weg bist.«

»Und du? Wirst du mit den Flugplänen weitermachen? Jeden Tag spazieren gehen?«

Sie nickt.

»Und mir Bescheid geben, wenn das Tageslicht anbricht?«

»Ja.«

»Wirst du mein Schneeglöckchen gießen, wenn es kommt?«

Sie lächelt. »Du setzt großes Vertrauen in meinen schwarzen Daumen.«

»Er wird grün sein, wenn ich zurückkehre, da bin ich ganz sicher. Vielleicht wird der Frühling für uns alle ein neuer Anfang sein.«

Ihr Herz füllt sich mit Schuldgefühlen, die überzufließen und die Kälte des Winters in der Woiwode 18 zu vervierfachen drohen.

Carys arbeitet weiter an der Programmierung des Asteroidengürtels, auf Grundlage der Flugprotokolle, die sie von der EVSA erhalten hat. Zum Glück hat Ric alles Persönliche herausgelöscht, sodass nur noch die Koordinaten aus den Logbüchern der *Laertes* übrig sind. Sie schreibt Codezeilen für die Simulation und jede Menge gute Ratschläge für Piloten.

Gwen kommt häufig zu Besuch. Sie kocht Spaghetti, die widerlich schmecken, also bestellen sie ihr Essen wieder aus dem RR.

Laika wird immer größer - und noch größer, nachdem er einen kompletten Teller Spaghetti gefressen hat, von den Menschen verschmäht.

»Warum kommst du immer wieder zu Besuch, Mum?«, fragt Carys sie eines Tages. »Ich meine, ich finde es schön, aber du möchtest doch bestimmt gern zu Hause sein.«

Gwen wägt ihre Antwort ab, während sie auf dem Boden hockt und die Bünde der Akustikgitarre mit einem Tuch säubert, neben ihr ein Set Ersatzsaiten. »Ich finde, du solltest im Jahr nach deinem Martyrium nicht allein sein.«

»Was ist mit Dad?«

»Oh, ihm geht es gut. Wir reden über MindShare miteinander, während ich hier bin.«

»Gut.« Carys zögert. »Aber es ist so, Mum, dass es schon ein Jahr her ist.«

»Und fühlst du dich besser? Du bist immer noch allein. Ich warte, bis Ric zurückkommt, dann werde ich vielleicht ...«

»Mum«, sagt Carys. »Ich glaube nicht, dass Ric zurückkommt.«

»Natürlich kommt er zurück. Er lässt sein Schneeglöckchen von dir pflegen. Er kommt zurück.«

»Gwen, hör mir zu. Ich glaube nicht, dass Ric zurückkommt.«

»Komm mir nicht mit *Gwen.*« Sie legt die Gitarre weg und wägt erneut ab, was sie erwidern könnte, überlegt, welche Worte am wenigsten beleidigen und am meisten durchdringen könnten. »Ist dir schon mal in den Sinn gekommen, meine Liebe, dass er vielleicht möchte, dass du ihn *bittest* zurückzukommen?«

»Ich kann nicht ... er würde nicht ...« Sie hält inne. »So manipulativ ist er nicht.«

»Es stimmt, dass dieser Mann nicht die leisesten Hintergedanken hat. Er ist ein Heiliger mit klaren Loyalitäten. Vielleicht ist es an der Zeit, dass du ihm etwas davon erwiderst.«

Carys ist entsetzt. »So nicht.«

»Warum nicht so?«

»Ich fühle nichts ...« Ihr Satz hat kein Ende. »Nein, mehr nicht. Ich habe dafür keine weiteren Worte. *Ich fühle nichts.*«

Wie könnte sie wieder etwas fühlen? Der Gedanke ist fremdartig, und Carys grübelt wie besessen über Gwens Vorschlag nach, überdenkt die Folgerung, dass es Gefühle auf Rics Seite geben könnte, und dann hasst sie sich selbst, als sie nach einiger Zeit feststellt, dass sie neugierig ist. Verdammt! Sie hat gedacht, sie hätte sich gegen all das isoliert.

Sie sitzt mit Laika auf dem Schoß da, vor ihr die Flugsimulation auf ihrer Workstation, und fragt sich, ob sie das wirklich tun will, bevor sie die Wall Rivers einschaltet, die Hand bereits erhoben, innehaltend. Sie will Ric etwas flexen, als ...

Hilfe, hier ist Carys Fox, ich benötige Unterstützung. Osric, kannst du mich hören?

Carys. Es gibt Interferenzen, und du wirst bald außer Reichweite sein.

Der Gedanke zerreißt ihren Geist, ihre mentalen Blockierungen stürzen ein wie Steinmauern. Galle steigt in ihrer Kehle auf, als die Wand verschwindet und Rics Gesicht erscheint, überlebensgroß, von leichter Besorgnis gezeichnet. »Alles in Ordnung mit dir?«, fragt er.

»Habe ich dich angerufen?« Sie ist überrascht, immer noch überwältigt von der Erinnerung. »Ich wollte gerade flexen, aber ...«

»Wann?«

»Jetzt.« Im Hintergrund erkennt sie Reihen blauer Workstations, alle unbesetzt, und Tische und Stühle, die sich in die Ferne erstrecken. Sie atmet durch, um sich zu beruhigen. »Ich wollte hallo sagen.«

»Oh.« Er lehnt sich zurück. »Hallo.«

»Kannst du offen sprechen?«

»Klar«, sagt er. »Hier ist es wie in einer Geisterstadt.«

»Du siehst gut aus«, sagt sie, als sie sich gefasst hat, auch wenn es nicht stimmt. Er ist blass und hager, seine blonde Stirnlocke hängt frei in der Luft, und er macht den Eindruck, als hätte er an seinem Schreibtisch geschlafen.

»Lügner.«

»Jemand hat mir irgendwann mal gesagt, es sei höflich, höflich zu sein.« Er lächelt. »Du dagegen siehst wirklich sehr gut aus. Wie geht es dem Hund?«

Carys hebt Laika hoch, um ihn in den Bildausschnitt zu bringen. In ihren Händen sackt er in sich zusammen, streckt der Kamera den vollen Bauch entgegen. »Hallo, Kumpel«, sagt Ric. »Ist er nicht mächtig gewachsen?«

Sie nickt. »Ich habe Fortschritte mit der Simulation gemacht.«

»Aha?«

»Ich glaube, ich habe jetzt den Bogen raus.«

Er strahlt sie an, und sie fühlt sich von seiner Zufriedenheit gewärmt. »Du wirst die Retterin Europias sein.«

»*Wir* werden es sein. Wir beide ... Aber ich könnte ein wenig Hilfe gebrauchen, falls du Zeit hast.«

»Cari, für dich habe ich immer Zeit.«

Ric versteht, was sie durchgemacht hat und wie sie sich fühlt. Auch er ist über Max' Tod erschüttert und wagt sich niemals an ihre Erinnerungen oder Max' Präsenz in ihrem Leben heran. Er versteht es. In gewisser Weise ist Carys' Verlust auch Rics Verlust. Max' Unantastbarkeit ist sein eigenes Zeichen des Respekts, und aus diesem Grund beschließt Ric, Carys nicht zu sagen, wie er die Satellitendrohnen umprogrammiert hat, damit sie zu ihnen zurückfliegen. Damit hat er gegen jedes EVSA-Protokoll über künstliche Intelligenz verstoßen. Er sagt ihr auch nicht, wie er die Änderungen am Code vertuschen musste oder warum er jetzt als Telearbeiter tätig ist, um sich vom weitreichenden Blick des KI-Programms fernzuhalten. Würde er es sich als Verdienst anrechnen, sie gerettet zu haben, Max aber nicht, würde er einen Besitzanspruch auf etwas anmelden, von dem sie entschieden und herzzerreißend glaubt, dass es ihr gehört.

Außerdem befürchtet er tief im Unterbewusstsein Rügen und Schuldzuweisungen, weil es ihm gelungen war, eine zu retten, nicht aber den anderen.

Ric würde Carys niemals etwas sagen, das sie schmerzen könnte, aber Gwen findet, dass es die Pflicht einer Mutter ist. Gwen atmet einmal tief durch und klopft neben sich auf den Boden. Sie ist dabei, die Dielen abzuschleifen. Es selbst zu tun, ist mühsam, aber sie hat bei jedem Besuch während des Winters irgendetwas in Carys' Apartment gemacht.

Carys hockt sich pflichtschuldig neben ihre Mutter und spielt mit einem Stück Sandpapier. Sie sitzen nebeneinander, und das große Glasfenster, das vom Boden bis zur

Decke reicht, ragt vor ihnen auf. Hinter ihnen Carys' leere Rahmen an den übrigen Wänden.

»Ich möchte mit dir reden, Cari. Über Max.«

Das kommt ihr vertraut vor. Eine Frauenstimme, die irgendwo über ihr schwebt. *Du musst nicht über Max sprechen.*

»Carys.« Gwen sieht sie besorgt an.

Carys kehrt in die Wirklichkeit zurück. »Willst du darüber reden, dass ich weiterziehen sollte? Denn ich höre, was du mir sagst, wirklich«, erklärt sie. »Aber was ist, wenn mir gar nicht danach ist?«

»Vielleicht werden es nie wieder flatternde Schmetterlinge sein, aber du hättest Stabilität. Oder vielleicht gibt es ein Flattern, aber nicht die lähmende Unsicherheit, wo er sein könnte oder wie du aussiehst.«

»Du meinst«, sagt Carys, »sich mit weniger zufriedengeben?«

»Sich zufriedengeben«, schnauft Gwen. »Das tun wir alle. Es gibt keinen Menschen auf dieser Welt, der in allen Details der Fantasie entspricht, die wir uns ausmalen. Jeder in einer Beziehung hat sich *zufriedengegeben*. Es liegt allein bei dir, mit welchen Kompromissen du leben willst.«

»Du sagst mir also, dass ich mich mit jemandem zufriedengeben soll, den ich nicht so sehr liebe, wie ich es früher getan habe.«

»Nein, das habe ich nicht gesagt«, erwidert Gwen, »aber wie ich angedeutet habe, spüren die meisten Leute das Brennen der ersten Liebe kein zweites Mal.

Setz nicht dein Glück aufs Spiel, indem du danach suchst.«

Siehst du? Ich habe dich gerettet, als wir uns begegnet sind, und jetzt rette ich dich wieder.

Carys wirft das Sandpapier weg und steht auf. »Ich weiß, worum es geht, Mum. Du sprichst über Ric.«

»Denk darüber nach. Versuch es. Er ist ein guter Mann, Cari, und es ist keine Schande, einen guten Freund zu lieben.«

»Ich muss ein schreckliches Geständnis machen.« Carys greift hinter ihren Sessel und hält einen Blumentopf hoch, der mit hartem Eis überzogen ist.

»O nein! Was hast du getan?« Ric beugt sich vor, blinzelt von den Wall Rivers herab. »Ist das Eis?«

»Ich habe es umgebracht. Es tut mir so leid.«

Als er Carys mit seinem Schneeglöckchen in der Hand betrachtet, öffnet sich sein Gesicht zu einem warmen Lächeln. »Cari, Schneeglöckchen blühen im Winter, indem sie das Eis mit ihren harten Blättern durchstoßen.«

Sie stockt. »Es ist nicht tot?«

»Ganz und gar nicht. Es gedeiht unter diesen harten Umweltbedingungen bestens.«

»Ich habe es nicht mit meinem schwarzen Daumen ermordet?«

»Gib ihm noch ein paar Tage, dann wird es wahrscheinlich aus dem gefrorenen Boden keimen. Schon bald wird es wieder blühen.«

»Ausgerechnet so eine Metapher«, murmelt sie, aber er bekommt es nicht mit. »Bist du da unten bald fertig?«

Er hält inne. »Ich könnte es machen.«

»Wirklich?«

»Ich könnte nächste Woche da sein, wenn du möchtest«, sagt Ric.

Obwohl sie normalerweise mit Plattitüden des Widerstrebens reagiert, nickt sie diesmal, mit einem verschämten Schuldgefühl im Herzen.

»Er kommt zurück«, erzählt sie Gwen mit dem eisigen Blumentopf in der Hand, dann kommen ihr die Tränen.

»Ach, Cari.« Ihre Mutter nimmt ihr das Schneeglöckchen ab und stellt es weg. Laika flitzt quer durch das Zimmer, rollt sich auf Carys' Schoß zusammen und leckt eine salzige Träne auf, die von ihrem Kinn tropft. »Sind das glückliche oder traurige Tränen?«

»Ich weiß es nicht«, sagt Carys. »Ich weiß nicht, was ich fühlen soll. Max hat mir mal gesagt, dass das Leben nach dem Tod das ist, was wir in anderen hinterlassen. Aber was ist, wenn er in mir nichts außer Trauer hinterlassen hat?«

»So ist es nicht«, sagt Gwen und streicht sich übers Haar.

»Mir ist nichts übrig geblieben, Mum. Ich habe nichts mehr, was ich geben könnte.«

Gwen versucht, die richtigen Worte zu finden. »Ich habe seit einem Jahr nachgedacht, wie ich mit dir darüber reden könnte. Du musst Max zu etwas Positivem machen, *cariad*. Lass dich nicht durch Gefühle für eine Person zerstören, mit der du nicht weitergehen kannst.«

Carys' Tränen versiegen, sie schüttelt den Kopf.

»Wenn deine erste Liebe schlimm endet, sind dein Selbstwertgefühl und dein Selbstbewusstsein, wie du vertraust und liebst ... dann wird all das in deiner Zukunft vom Schatten dessen beeinflusst, wie du vorher geliebt hast oder geliebt wurdest. Du wirst deine erste Liebe niemals überwinden, Carys. Dein Körper weiß nicht, wie er das tun soll. Aber wenn du etwas Positives daraus machst, kannst du deine Gefühle und Erfahrungen benutzen, um zu wachsen und das nächste Kapitel deines Lebens in einigen Punkten sogar noch besser zu machen.« Als Carys nichts sagt, fährt Gwen fort. »Denn mit der ersten Liebe ist es so, Cari, dass sie dich bricht. Sie ändert alles an dir - das, was du für den nächsten Menschen bist.«

»Das ist es, Mum. Ich bin gebrochen.« Carys weint wieder. Sie weiß, dass sie an einem Kreuzweg steht, an dem sie sich entweder rückwärts oder vorwärts bewegen muss, im Leben und in der Zeit. Sie war gefroren seit diesem Moment im Weltraum, seit dem Moment, als ...

23

Sechs Minuten

Das Licht kommt langsam auf sie zu, ein Trugbild der Hoffnung. Umgeben von funkelnden Teilchen, gefrorenem Wasser, Ammoniak und Kohlendioxid bewegt sich der Satellit durch das Asteroidenfeld, spiegelt die Krümmung der Erdoberfläche in einem elliptischen Orbit wider.

»Wir werden doch nicht verrückt, oder?«, fragt Max. »Es ist keine Illusion, oder?« Sie beobachten, wie das, was sie für eine Sternschnuppe gehalten haben, einer stabilen Orbitalbahn folgt. »Vielleicht halluzinieren wir nur«, fährt er fort. »Sauerstoffmangel.«

»Würdest du dich bitte zusammenreißen?« Carys spricht schnell und eindringlich. »Es passiert wirklich. Es ist real. Wir müssen die Gelegenheit nutzen, bevor es zu spät ist.«

»Es ist schon zu spät, Cari. Wir haben nicht genug Zeit …«

»Max Fox.« Sie blickt ihm direkt in die Augen, felsenfest entschlossen. »Das ist unsere letzte Chance.«

Er schluckt, nimmt einen trockenen, krächzenden Atemzug. »Gut.«

»Wir können das schaffen.«

»Gut«, wiederholt er.

»Der große Asteroid links unter uns. Er befindet sich an einem Lagrange-Punkt.«

»Was ist das?«

Carys hält inne und sieht ihn mit finsterer Miene an. »Dieser Asteroid befindet sich an einem Lagrange-Punkt, wo sich die Anziehungskraft des Monds und der Erde aufheben. Ich bin mir ganz sicher. In fünf Sekunden, wenn wir mit ihm gleichziehen, werden wir nicht mehr weiterfallen.«

»Schauen wir mal. Kontakt in fünf Sekunden, vier, drei, zwei ...« Instinktiv ziehen sie die Beine an, wie Balletttänzer, die auf den Brettern einer Bühne landen. Als sie auf gleicher Höhe mit dem steinigen Asteroiden sind, endet ihr freier Fall, zum ersten Mal seit fast neunzig Minuten.

»Ich fasse es nicht«, sagt Max erstaunt. »Die Physik hat immer recht.«

»Abgesehen von der Zeit, als man dachte, die Erde sei eine Scheibe«, erwidert Carys, während sie in den Himmel schaut. Mit ihrer bloßen Hand hält sie seine. »Ich werde versuchen, den Satelliten über Flex zu erreichen.«

Er blickt auf ihre Hand. »Gute Idee. Siehst du, ob er bemannt ist?«

»Bestimmt nicht.«

»Plötzlich bist du dir in allem sehr sicher.«

»Wie ich erwähnte«, sagt sie, »ist es unsere letzte Chance. Nutzen wir sie.« Sie überprüft den Sitz des Geflechts auf ihrem Handrücken, dann flext sie. *Hilfe! Hier ist Carys Fox von der* Laertes, *ich benötige dringend Unterstützung. Kann mich jemand hören?*

Nichts.

Bitte helfen Sie uns. Sonst werden wir hier draußen sterben.

Es knistert in ihrem Lautsprecher, gefolgt von einem hallenden Ping. Hallo, Carys. Hier ist Osric.

»Da bist du ja!«, sagt sie, als der blaue Text auf ihrer Helmscheibe erscheint.

Ich kommuniziere direkt mit dem Computer des Satelliten, der dies an dich weiterleitet, Carys.

Danke, Osric. Ist die Drohne voll funktionsfähig?

Ja, Carys.

Hast du den Satelliten zu uns dirigiert?

Er wird ... in sechs Minuten bei euch sein.

Danke.

»Carys?«, fragt Max. »Was passiert?«

»Osric schickt den Satelliten direkt zu uns. Er wird in sechs Minuten hier sein.«

»Sechs?« Max zögert, und Carys nickt. »Cari, wir haben keine sechs Minuten mehr. Wir haben nicht die gleiche Menge Atemluft. Es tut mir so leid - als wir vor einiger Zeit versucht haben, aus deinem Tornister irgendeinen Treibstoff zu gewinnen ...«

»Schon gut ...«

Er sieht sie an. »Wirklich?«

»Klar.«

»Aber ich habe dir gesagt, dass ich mehr Luft habe als du.«

»Ich verstehe. Bitte mach dir keine Sorgen. Du hast also ...«

»Sechs«, sagt Max, »und du hast zwei. Es tut mir so leid.« Sein Gesicht fällt in sich zusammen.

»Gut. Wenn ich nur noch für zwei Minuten Luft habe, musst du mich ins Schlepptau nehmen. Und nachdem ich weggetreten bin, öffnest du die Luftschleuse und wirfst mich hinein, um mich dann wiederzubeleben.«

Er denkt darüber nach. »Das ist ziemlich riskant.«

»Es werden nur ein paar Minuten sein, und mit der Luft in meinem Anzug komme ich vielleicht noch eine Minute oder so über die Runden.« Was nicht stimmt.

»Aber du wirst das Bewusstsein verlieren. Ich glaube nicht ...« Er zögert, kann sich nicht der schrecklichen Erinnerung stellen, wie Carys vor vielen Monaten bei den Woiwodschaft-Spielen fast gestorben wäre. »Du konntest noch nie die Luft anhalten, Cari.«

»Ich habe geübt.« Sie lächelt, zieht leicht die Mundwinkel hoch, auf der einen Seite etwas höher als auf der anderen, und legt eine Hand auf seinen Arm. Um ihren bloßen Finger liegt der zerfranste Faden. »Komm jetzt.« Sie weiß, dass er nicht hinter sie gelangen darf. Sie muss vermeiden, dass er irgendetwas mit ihrem Tornister macht, also konzentriert sie seine Aufmerksamkeit stattdessen darauf, die Leine noch ein letztes Mal zu sichern.

Sie kann nicht mit Gewissheit sagen, woher sie das alles weiß, warum sie sich so sicher ist, was zu tun ist und was ihr richtig erscheint. Aber in ihrem Herzen weiß sie, dass sie nicht zulassen darf, dass sich Max für sie opfert. Sie weiß, wie ihr Leben ohne ihn sein wird: voller Trauer. Es ist eine Trauer, die sie im Laufe der Jahre verdrängen wird, bis sie glaubt, sie überwunden zu haben, aber niemand wird den Verlust eines geliebten Menschen überwinden, und es wird sie verändern. Sie wird nie wieder lieben können, nicht auf die gleiche zügellose Art, sie wird nie wieder das Strahlen ihrer Persönlichkeit spüren, wenn er sie ansieht, wenn er einen Scheinwerfer auf sie richtet und sie reagiert und aufleuchtet.

»Lebe weiter«, sagt sie, »für mich.«

Sie sieht ihn an, wirft impulsiv die Arme um ihn, und er hält für einen Moment inne.

»He, du. Wir werden es schaffen.« Max drückt noch einmal ihre Hand. »Machen wir uns bereit.« Ihm war noch nie die Idee gekommen, dass es möglich sein könnte, im Weltraum zu ertrinken. Nach dieser Erfahrung hatte er sich geschworen, sie zu beschützen.

Er will sich hinter sie schieben, und Carys sagt hastig: »Lass mich das machen.« Sie hantiert mit seinem Tornister und rückt die Schultergurte und Kabel zurecht. »So.«

»Ich sollte lieber überprüfen ...«

»Max, ich habe alles überprüft. Du solltest dich darauf konzentrieren, wie du mich bewusstlos durch den Weltraum schleppst.«

Beunruhigt greift er nach der Leine. »Bist du dir sicher, dass es funktionieren wird? Ich mache mir ein wenig Sorgen ...«

»Ja.«

»Ja, du bist dir sicher, oder ja, meine Sorgen sind berechtigt?«

Sie dreht sich zu ihm um. Unter ihnen zieht die Welt vorbei, über Afrika braut sich ein Gewitter zusammen. »Alles wird wieder gut sein. So werden wir beide überleben.«

»Was?«, fragt er nach, aber sie hat sich bereits wieder abgewendet, überprüft die Kabel und mustert blinzelnd den Satelliten, der auf der elliptischen Orbitalbahn durch das Feld auf sie zukommt.

Carys' Anzug piept, ein schriller Alarm in ihrem linken Ohr, den sie nicht weiter beachtet. »Mach dich bereit«, sagt sie, als das Licht heller wird.

»Ich bin bereit.« Max wappnet sich.

»Meine Zeit ist abgelaufen. Mein Luftvorrat ist aufgebraucht.«

Max sieht sie bestürzt an. »Bist du dir sicher?«

»Ja.« Eine rote Alarmleuchte blinkt im Zentrum ihrer Helmscheibe, und sie wischt das Signal mit ihrem Flex weg. »Du kennst den Plan. Mach dich bereit, den Satelliten zu packen, wie auch immer.«

Max nickt.

»Du weißt, wo die Notfallluken sind?«

»Ich glaube schon.«

»Bring mich rein und verbinde mich ganz schnell mit der Sauerstoffversorgung.«

Max blinzelt. »Was ist, wenn die Drohne keine hat?«

»Sie hat eine.« Carys wird ein wenig schummrig, weil die Luft in ihrem Anzug nicht mehr richtig aufbereitet wird.

»Gut.«

»Uff.« Ihr wird schwindlig, und ihr Kopf schwankt. Die verstreuten Sterne im dunklen Nachthimmel hängen wie LED-Lichterketten über ihr.

»Carys?«

»Konzentrier dich.«

»Rechthaberisch«, sagt Max und lächelt, als er ihre geflüsterte Erwiderung hört: »Bestimmt.«

Er reibt die Hände aneinander, die eine ungeschützt der Kälte des Weltraums ausgesetzt, die andere von silbrigem, warmem Stoff umschlossen. Er muss es tun und hinbekommen, für sie beide. Als der Satellit näher kommt, sucht er die Seiten nach der Einstiegsluke ab, und als er sie sieht, schnappt er hörbar nach Luft.

»Was ist?«, fragt Carys wie aus weiter Ferne.

»Das wird knapp.«

»Pass auf, dass dir nicht auch die Atemluft ausgeht.« Sie spricht leise und braucht recht lange, um die Worte zu formulieren.

»Hmm«, erwidert er unverbindlich, während Pläne und Ideen durch seinen Kopf rasen.

»Er wird hier sein, nachdem dein Anzug Alarm schlägt, Max.«

»Hmm«, wiederholt er und reibt sich erneut die Hände, eine nackt und eine bedeckt.

Sie weiß, was das bedeutet, aber sie kann es ihm nicht erlauben. Nicht dieses Mal. Sie weiß, dass Max es überstehen wird, wenn er überlebt. Sein Glaube und seine Überzeugungen werden ihm helfen, sich davon zu erholen. Er wird wieder zu seinem früheren Leben zurückkehren, wie es war, bevor sie es verbogen hat.

Nein. Sie wird es ihm nicht erlauben.

Als ihr Kopf wieder schwankt und ihr Bewusstsein schwindet, zwingt Carys ihre Hand, sich zu bewegen, und sie verspürt eine dumpfe Erleichterung, als ihre Nervenenden reagieren. Sie zieht ihre bloße Hand zur Tasche an ihrem Oberschenkel, tastet mit den Fingern nach dem Inhalt, um sich zu vergewissern, dass noch alles da ist.

Sie findet es und schließt die Hand darum, ruft ihre letzte Kraft auf, um zu tun, was notwendig ist.

»Max«, keucht sie, und er dreht sich zu ihr um. »Du musst nicht die große Geste machen, um mich zu retten.«

»Was?«

»Bitte.«

Er bewegt sich, aber ...

»Lebe weiter«, sagt sie, »für mich.«

Mit einer letzten Bewegung stößt sie Max mit den Füßen weg, sodass er mit einem Ruck davonfliegt. Gleichzeitig zieht sie die Hand aus der Tasche und führt sie zur Verbindungsleine. Während Max zu der sich nähernden Drohne geschleudert wird und Carys in die entgegengesetzte Richtung, schneidet das kleine Messer, das jedes Mitglied einer EVSA-Crew in der Werkzeugtasche mit sich trägt, durch die Leine. Beide stürzen davon, jeder auf einer eigenen Bahn, das Messer fällt ihr aus der bloßen Hand, während sie sich in der Dunkelheit immer weiter von ihm entfernt.

»Carys!« Als der Satellit näher kommt, stößt Max einen gutturalen animalischen Schrei aus, greift mit der einen Hand nach der Drohne und mit der anderen in den Weltraum hinaus, aber sie ist für ihn unerreichbar.

24

Max rührt sich auf dem Sofa, erwacht blinzelnd im grellen Licht. Er hat sich den Hals verrenkt, wo er auf der Armlehne gelegen hat, und streckt die Hand aus, um die Lautstärke der Wall Rivers herunterzudrehen. Die Nachrichten werden in Endlosschleife abgespielt, sickern in sein Unterbewusstsein. Er hat wieder schlimm geträumt - Träume vom Nichts. Eine Zeit lang war nur nichts - nichts zu atmen, nichts zu hören ... und nichts von ihr. Er überlegt es sich anders und dreht die Nachrichten wieder lauter.

Dieselben Gesichter erscheinen auf den offenen Medien in öffentlichen und privaten Gebäuden, in Rotationsrestaurants und Sprachlaboren und in Wohnzimmern überall in der Woiwodschaft. Immer wieder werden Experten befragt, um die Hauptnachricht zu beurteilen, zu erklären und sich darüber zu beklagen. Max schaltet sich ein, findet Trost in der Notlage anderer Menschen.

»Heute hat Europia die Hilfeleistungen für die ehemaligen Vereinigten Staaten verdreifacht. Experten haben die gefährdetsten Überlebenden im Süden in Kategorien eingeteilt, während bekannte Rebellengruppen in der Region die Hilfsorganisationen in Kampfhandlungen verwickeln und es für die Teams schwierig machen, Lebensmittel und Wasser zu jenen zu bringen, die am bedürftigsten sind …«

Max zieht eine Lebensmittelverpackung aus Pappe unter seiner Hüfte hervor und wirft sie auf den Boden. Er spürt, wo das Fett in den Rücken seines T-Shirts eingesickert ist. Toll. Der Nachrichtensprecher interviewt einen Experten, und Max sieht leidenschaftslos zu. Sein Gesicht zeigt die Spuren eines unruhigen Schlafs.

»Für Europia wird es schwierig werden, Sven, diese neuen Teams zu versorgen. Sie wurden in sehr abgelegene Gegenden geschickt, tief in den Sumpfgebieten, wo unmögliche Lebensbedingungen herrschen und die Überlebenden verzweifelt sind. Außerdem werden sie ständig von Rebellengruppen angegriffen - keine idealen Voraussetzungen. Die Utopie braucht eine starke Rekrutierungskampagne oder muss über die Einführung der Wehrpflicht nachdenken. Wenn man die ständige Bedrohung durch das Asteroidenfeld und die verzweifelte Situation in den USA zusammennimmt …«

Max schaltet ab, weil er nichts über das verdammte Asteroidenfeld hören will - er will nicht daran erinnert werden. Er widmet seine flüchtige Aufmerksamkeit nur Dingen, die nichts mit seiner schwierigen Situation zu tun haben. Er interessiert sich nur für Krisen, für die er nicht verantwortlich ist, beobachtet, wie sich die Welt weiterdreht und die Nachrichten hochkochen, während er irgendwie weiß, dass er nicht dazugehört - dass nichts, was er jemals getan hat oder tun wird, die Welt auf nennenswerte Art beeinflussen wird.

Er war empfindungslos gewesen, als er zurückkehrte und sich die Nachbesprechung der EVSA anhörte, auch als man ihn »aus Mitgefühl vom Dienst freigestellt« hatte. Aber diese Empfindungslosigkeit hatte sich in Richtung Wut bewegt, als sie bedauernd die »Verzichtserklärung auf Entschädigung bei Gesundheits- und Sicherheitsbeeinträchtigungen« hochgehalten hatten, die Carys und er unterschrieben hatten, um sie möglichst schnell in den Weltraum zu bringen, womit Europia jede Haftungspflicht abgetreten hatte.

Aus Mitgefühl vom Dienst freigestellt, lässt sich Max durch den Kopf gehen. Was für ein Oxymoron! Seine Mutter hat es als »unehrenhafte Entlassung« bezeichnet. Dass Max nicht unverzüglich zur Rotation zurückkehren kann und ihm der Anschein eines normalen Lebens verwehrt ist, unterstreicht für seine Eltern, wie weit er vom Ideal abgefallen ist.

Max muss nur an seine Eltern denken, und schon erscheint sein Vater, ragt im Durchgang zur Küche auf, mit einer Cafetière in der Hand. »Kaffee?«, fragt er.

»Bitte.«

»Bring das Sofa in Ordnung, bevor du rüberkommst«, sagt er. »Und heb diese verschmierte Packung vom Boden auf, bevor deine Mutter sie sieht.«

Max räumt sein Bettzeug zusammen. Er ist wütend, obwohl es erst acht Uhr morgens ist. Er greift nach der Pappschachtel, verärgert, dass er sich von seinen Eltern kritisieren lässt, doch am meisten ärgert ihn, dass er nach allem hier gelandet ist. Wie es ihn hierher verschlagen hat, kann er gar nicht genau sagen. Niemand wollte ihn hier haben, Max eingeschlossen, aber nachdem sich die EVSA-Ärzte über posttraumatische Belastungsstörungen ausgelassen hatten, gab es wirklich keine Alternative.

»Was machst du heute?«, ruft sein Vater aus der Küche und blickt auf, als Max hereinkommt, mustert den Fettfleck auf seinem T-Shirt.

»Ich dachte, ich könnte ein bisschen im Laden arbeiten«, sagt er und zuckt zusammen, als ihm der Kaffee die Kehle verbrüht. Heiße Getränke sind ungewohnt für ihn, obwohl das Koffein ihm einen Kick gibt, den er nach dieser Nacht der Schrecken dringend braucht. Im Schlaf erstickt er, der Sauerstoff wird aus dem Raum gesaugt, während er zusieht, wie Carys' Hand aus seiner gleitet und in der Dunkelheit verschwindet, immer wieder. Keine Luft und keine Carys. »Und dann könnte ich Kent in der Klinik besuchen.«

Max' Vater sieht ihn ernst an. »Das wird deine Mutter verärgern.«

»Das ist nicht meine Absicht.«

»Hmm.«

Max wirft den Kaffeebecher in die Spüle, und das Scheppern hallt laut durch die kleine Küche. »Wird sie mir jemals verzeihen?«

»Davon bin ich überzeugt.« Pranay fährt sich mit einer Hand durch sein schütteres Haar. »Gib ihr noch etwas Zeit.«

»Zeit habe ich im Überfluss«, sagt er und blinzelt das Bild einer Atemluftanzeige weg, die kontinuierlich von neunzig auf null herunterzählt.

Er macht sich auf den Weg zur Arbeit, wild radelnd, tritt die Pedale des Fahrrads nach unten, als könnten sie auf den Boden stoßen, statt mit der nächsten Umdrehung wieder hochzukommen. Er spürt, wie sein Herz brennend gegen seinen Brustkorb schlägt. Der Schmerz fühlt sich gut an, und wenn er schon nicht die Straße traktieren kann, will er wenigstens seinen eigenen Körper zur Unterwerfung zwingen. *Lebe weiter,* hatte Carys gesagt, *für mich.* Aber wie soll er das *ohne* sie tun? Wie kann sie so etwas von ihm erwarten, wie konnte sie das Offensichtliche übersehen?

Max tritt gegen die Ziegelmauer einer Ruine, und gelber Staub und Mörtel rieseln auf das Straßenpflaster. »Schänden Sie nicht die Vergangenheit«, sagt ein anderer Radfahrer, der neben Max steht und sein Fahrrad mit einem Flüssigkeitsschloss sichert.

»Ich bemühe mich«, murmelt Max und hebt eine Hand, um sich zu entschuldigen.

Eigentlich haben sie die Systeme darauf programmiert, die Regale den ganzen Tag lang automatisch aufzufüllen, aber Max ist die geistlose Arbeit lieber, als an der Kasse zu sitzen und zu den wenigen Kunden, die sich in den Supermarkt wagen, höflich sein zu müssen. Es ist nicht der gleiche Laden, da er mit seinen Eltern in der Woiwode 2 lebt, aber er ist ähnlich genug, um ihm Schmerz zu bereiten.

Vom Supermarktverkäufer zum Koch und zum Astronauten und zurück zum Supermarktverkäufer. Er bindet sich eine Schürze um und geht in den Lagerraum.

Er kommt mit einem Rollwagen voller Kidneybohnen zurück und macht sich daran, die Dosen ins Regal einzusortieren. Er findet einen Rhythmus: links eine, rechts eine, links zwei, rechts zwei. Die Stunden vergehen wie im Fluge. Er schiebt den Rollwagen zurück, belädt ihn diesmal mit Ananas-Konserven. Er begibt sich in einen anderen Gang - Nachspeisen - und sortiert sie ein: links eine, rechts eine, links zwei, rechts zwei.

Als er die dritte Sorte Dosen auf den Wagen stellt, fällt ihm das Etikett auf. Er starrt einen Moment lang darauf, hebt eine Dose hoch, liest jedes Wort, dann wirft er sie ohne weiteres Aufhebens in den Abfalleimer. Er hebt den gesamten Karton mit Dosen auf und entsorgt ihn auf die gleiche Art. Der Lärm ist ohrenbetäubend.

»Was ist damit?«

Max dreht sich zu Lindi um, einer Mitarbeiterin in einer verblassten rot-grünen Verkäuferschürze, und brummt. »Ablaufdatum überschritten.«

»Richtig.« Lindi nickt. Sie weist ihn nicht darauf hin, dass die meisten Sachen, die sie verkaufen, längst abgelaufen sind. Das ist das Geniale an Konservendosen.

Max bückt sich, um eine Dose aufzuheben, die auf den Boden gefallen ist. Als er aufblickt, sieht er, dass Lindi immer noch im Eingang steht und ihn beobachtet.

»Tee?«, fragt sie, ohne sich von der Stelle zu rühren.

»Gut.« Wenig später steht er auf und folgt ihr in die Küche, eine Anrichte aus Melamin, die zwischen den Skeletten zweier noch stehender Ziegelsteinwände balanciert. Lindi setzt den Kessel auf, lehnt sich gegen die Wand, reibt dabei mit der Rückseite ihrer Beine rosafarbenen Staub ab. Max weist sie nicht darauf hin.

»So«, sagt Lindi.

»So.«

»Wie läuft dein Tag?«

»Gut.«

Sie mustert ihn. »Kein Mann vieler Worte, was?«

»Eigentlich nicht.«

»Manchmal ganz nett.« Sie trommelt mit den Fingern auf den Ziegelsteinen, und er blickt zur Anrichte. »Wenn man zusieht, dauert's ewig.«

»Was?«

»Der Kessel.«

»Ach so.«

Sie schenkt zwei Tassen dünnen Tee ein und reicht ihm freundlicherweise die weniger angeschlagene.

Er nimmt sie entgegen und beschließt, sich einen Ruck zu geben. »Arbeitest du schon lange hier?«

»Seit ich umgezogen bin - ich gehöre zur zweiten Auslosung«, sagt sie, und er bemerkt, dass sie spricht, als wäre es zu anstrengend, ihre Sätze zu modulieren, als wäre sie ständig müde. »Dein Vater hatte mich zur Geschäftsführerin gemacht, bis du kamst.«

»Tut mir leid.«

»Kein Problem«, sagt sie, und er hakt nicht nach. »Wir sollten jetzt lieber weitermachen.«

Er nickt. »Danke für den Tee.«

»Jederzeit.« Sie fasst sich an die Beine und klopft sie ab. »Verdammt.«

Er geht, um weitere Dosen zu stapeln, kehrt zu seinem Rhythmus zurück: links eine, rechts eine, links zwei, rechts zwei. Er greift nach hinten zum Rollwagen, sieht weitere der Dosen, die er vorher einsortiert hat. Abgelenkt zieht er die Hand zurück – er hat sich den Daumen an einer beschädigten Dose mit einer scharfen Metallkante geschnitten. Ein roter Strom quillt hervor und läuft ihm über die Hand. Wütend beobachtet er, wie das Blut über sein Handgelenk und den Unterarm rinnt. Dann kommt der Schmerz, und er verliert die Beherrschung. Er wirft die Dose quer durch den Raum.

Das Gänsefett explodiert an der Glasscheibe des Schaufensters und verteilt sich über den Boden. »Verdammt noch mal, ich will nicht *erinnert* werden!«

»Maximilian.«

»Tante Priya«, sagt Max, während die kleine Frau ihre Hand auf seine Brust legt.

»Dein Vater sagte, ich würde dich hier finden«, sagt sie zu seinem Oberkörper, bevor sie ihn festhält. Er weicht zurück, aber sie lässt nicht locker. »Es sind nur Lebensmittel«, flüstert sie.

»Aber ...«

»Es ist nicht sie. Es ist nur eine Dose.«

»Ja«, sagt Max und tätschelt ihren Kopf. »Wahrscheinlich hast du recht.«

»Komm«, sagt sie, beugt sich zurück und hält ihn auf

Armeslänge entfernt, als würde sie ihn eingehend mustern. »Lass uns einen Moment reden.«

»Ich muss die Bescherung aufräumen.« Er deutet zum Fenster, doch dann hält er inne, als er Lindi sieht, die mit einem Wischlappen die Fettpfütze beseitigt. Sie nickt ihm zu, und nach einer Sekunde nickt er dankbar zurück.

»Wir müssen reden. Ich muss dir etwas sagen, etwas, das ich dir schon viel früher hätte erzählen sollen.« Priya nimmt seinen Arm und sieht sich das Blut an, das um Max' Daumen herum gerinnt und sich bis zum Ellbogen hinunterzieht. Sie macht eine wischende Geste über dem Arm, und sie gehen zurück zur Kücheneinheit, wo sie den Wasserhahn einen Moment lang laufen lässt und Max drängt, sich gegen die Wand zu lehnen.

»Vorsichtig«, sagt Max, der schließlich seine Manieren wiedergefunden hat. »Die Staubspuren von den Ziegelsteinen.« Er hält den Arm unter den Strahl und beobachtet, wie das verwässerte Blut fortgespült wird. »Wie geht es dir?«, fragt er.

Sie tut die Frage mit einer Geste ab. »Wie immer.«

»Mir auch.«

»Das Einzige, was nicht auf dich zutrifft, mein Lieber«, sagt sie freundlich, »ist, dass alles wie immer ist.«

»Wahrscheinlich hast du recht.«

Sie gibt ihm zu verstehen, dass er sich setzen soll. Also hockt er sich auf eine Trittleiter, und Priya nimmt auf dem einzigen Klappstuhl Platz.

»Ich wollte dir erklären, was bei unserer letzten Begegnung los war, bevor du zurückgekommen bist.«

»Aha?«, sagt Max, der durch seine blutende Hand etwas abgelenkt ist.

»Als du kamst, um deinen Eltern von eurer Absicht zu erzählen, einen Aufhebungsantrag zu stellen, habe ich dir durch das Fenster einige Fotos gezeigt. Erinnerst du dich?«

»Ja.« Max ist fest entschlossen, sich nicht daran zu erinnern, wie Carys neben ihm stand, wie sich ihr Atem auf seinem Arm anfühlte, die Berührung ihrer kalten Hände, als sie ihm die Augen zuhielt.

»Sie wurden vor dreißig Jahren aufgenommen. Fotos von mir und Francesco, meiner ersten Liebe.« Sie lächelt. »Und genauso wie ihr hatten wir beschlossen, dass wir langfristig zusammenbleiben wollten.«

Max ist überrascht, unterbricht sie aber nicht.

»Ich lernte ihn kennen, als dein Vater und ich unserem Vater dabei halfen, Restaurants in allen Woiwoden zu eröffnen. Zu jener Zeit war die Lebensmittelversorgung schäbig, und unser Vater hatte die Idee, Restaurants und Imbisse zu zentralisieren, damit die Bürger zusammen essen können, um die Mahlzeiten etwas geselliger für Leute zu machen, die vor Kurzem rotiert sind.

Francesco lieferte frische Lebensmittel. Er war eine Art Farmer, und er lieferte morgens zwischen sechs und acht Obst und Gemüse aus. Ich rannte, um seinen Hybrid zu erwischen«, sagt sie liebevoll. »Ich wollte immer als Erste da sein. Nach einer Weile kam er zurück, wenn er am Nachmittag fertig war, und dann machten wir Spaziergänge.« Sie sieht Max an, der einen ironischen Blick hat. »Viel züchtiger als die *Abenteuer* deiner Generation«, sagt sie. »Ich weiß, ich weiß - du nicht. Wir machten Spaziergänge, hielten Händchen und schmiedeten Pläne. Ich sollte ein Restaurant in der Woiwode 10 einrichten, und Francesco hatte beschlossen, mir zu folgen. Wir wollten zusammen sein. Wir wollten nicht warten, bis wir nach den Richtlinien als Paar zusammenziehen konnten. Wir wollten nicht warten, bis wir alt sind.«

Max beugt sich fasziniert vor. »Was ist passiert?«

»Was glaubst du?«, erwidert Priya freundlich. »Ich war zwanzig. Mein Vater und mein Bruder waren wütend. Meine Mutter, die hochgeschätzte Genetikerin, war schwer enttäuscht - sie wollten, dass ich mich an die Paarregel halte. Es gab Konfrontationen und Streitgespräche ... Klingt ein wenig vertraut, nicht wahr?«

»Das heißt, als ich mit Carys auftauchte, war es, als würde sich die Geschichte wiederholen.«

»Ja, aber wir unternahmen nie den kühnen Schritt, eine Änderung der Regel zu verlangen. Das war sehr mutig.«

»Oder dumm.«

»Mutig. Aber es gibt da noch etwas anderes, das du wissen musst, etwas, das in deiner Generation missverstanden wird.« Sie steht vom wackligen Stuhl auf, geht zu ihm und versucht, seine Hand zu nehmen. »Was du wissen musst, ist, dass es keine Geheimpolizei gibt, die ›illegale‹ Beziehungen aufspürt. Wer die Regel bricht, wird nicht gemeldet und verbannt. Die größte Wahrheit über Europia ist, dass es nahezu unmöglich ist, hier zu leben, wenn man nicht gemäß der utopischen Richtlinien lebt. Verstehst du?«

»Wie meinst du das?«

»Francesco hat es nicht ausgehalten. Er konnte es nicht ertragen, gezwungen zu sein, auf eine bestimmte Art zu leben, die nicht seinen Wünschen entspricht. Also verließ er die Woiwodschaft. Niemand hat es von ihm verlangt - er ging aus freien Stücken.«

Max reibt sich die Schläfen. »Er musste nicht gehen, weil er mit dir gegen die Regel verstoßen hat?«

Priya zuckt mit den Schultern. »Wie ich sagte, es gibt keine Geheimpolizei, keine Verbannung. Man wird nicht bestraft. Menschen, die nicht nach den Regeln einer Utopie leben können, stellen häufig fest, dass es für sie gar keine richtige Utopie ist. Sie sind es, die sich auf die Suche nach etwas anderem machen.«

Die Trittleiter unter Max erzittert. »Ich dachte, die Regeln wären die Heilsbotschaft.«

»Deine Eltern stellen es sich so vor. Wir leben so, als wären sie es. Aber Individualismus bedeutet auch, zu wissen, was für einen selbst richtig ist.«

»Genau das habe ich ihnen immer wieder zu sagen versucht«, erklärt Max.

»Du müsstest aus Europia aussteigen. Europia wird dich nicht hinauswerfen.«

»O Mann! Warum hast du mir das nicht früher gesagt?«

»Du warst so fest entschlossen, auf eine Änderung der Regeln zu drängen. Ich dachte, es wäre zum Wohl der Allgemeinheit - ich dachte, du würdest damit durchkommen. Ich wusste nicht ...« Sie verstummt.

»Nein«, sagt Max niedergeschlagen, »ich glaube, keiner von uns wusste, wie es ausgehen würde.« Im Weltraum. Mit nur noch neunzig Minuten Atemluft.

Sie klingt traurig. »Ich weiß nicht, wo Francesco jetzt ist.«

Max legt eine Hand auf ihre Schulter. »Das ist unfair, Tante Priya. Für uns alle.«

»Das ist es. Das war es. Aber er war nicht so mutig wie du. Er wollte das System nicht infrage stellen. Stattdessen wurde er desillusioniert und ging fort.«

»Ich hatte so große Angst, als ich mit ihr zusammen war«, sagt er. »Ich hätte es nicht ausgehalten, weitere zehn Jahre so leben zu müssen. Wir hatten ständig Angst, erwischt und rausgeworfen zu werden.«

»Nur du hättest diese Entscheidung treffen können.«

Max tritt gegen den Klappstuhl, der in sich zusammenfällt. Sie beobachtet seinen kurzen Wutausbruch, und ihr Gesicht zeigt nur trauriges Mitleid. »Bist du zur Gedenkfeier für dein Mädchen gegangen?«

»Ja.«

»Es tut mir so leid für dich. Ich weiß, wie es ist, jemanden zu verlieren, den man liebt.«

Max nickt mit trostloser Miene.

»Sie war etwas Besonderes für dich. Die Andacht muss schwer für dich gewesen sein.«

»Ihre Familie ist nicht so. Es war ein ›Fest des Lebens‹.«

»Gütiger Himmel.«

»Ich weiß.«

Zum ersten Mal lächelt er wirklich, obwohl sein Gesicht verkniffen ist. Die Gedenkfeier war schmerzhaft. Sie hat ihn in Stücke gerissen, seinen Brustkorb aufgeschnitten, bis seine Rippen heraushingen und sein angeschlagenes Herz zu sehen war, langsam pochend - aber es schlug noch. Denn obwohl die Trauer uns etwas anderes sagt, ist es so: Unser eigenes Herz schlägt weiter, auch wenn wir uns etwas anderes wünschen. Das Leben geht weiter.

»Danke, Tante Priya.« Impulsiv beugt er sich vor und umarmt seine Tante ein zweites Mal.

Sie klopft ihm auf den Rücken. »Ich dachte mir nur, dass du es wissen solltest«, sagt sie. »Du brauchst eine Gelegenheit, über deine Gefühle zu sprechen.«

Er atmet mit einem Seufzer ein. »Wahrscheinlich.«

»Du musst irgendwann darüber reden, Maximilian. Sonst wird es dich von innen zerreißen. Man wird dich obduzieren und sehen, dass die Narben in dir ihren Namen bilden.«

»Genau so fühlt es sich an.« Er sieht sie mit widerstrebender Bewunderung an.

Sie lächelt. »Sie werden es nie verstehen, weißt du.«

»Wahrscheinlich nicht«, sagt er. »Aber wenigstens du verstehst es.« Er will ihr einen Kuss auf den Kopf geben, doch sie winkt ihn weg.

»Hast du schon überlegt, mit jemandem zu reden?«

Max zuckt mit den Schultern. »Man hat mir einen Therapiekurs angeboten. Ich sitze in einer Ecke und spreche über die Wall Rivers mit einem automatischen Service. Die perfekte Methode, wieder geistig gesund zu werden.«

»PTBS ist eine ernste Sache, Maxi. Du musst auf dich aufpassen.«

Er schnippt sich eine Haarsträhne aus der Stirn und sieht, dass das Blut von seinem Kampf mit dem Gänsefett geronnen ist. »Stillsitzen scheint manchmal nicht die beste Methode zu sein, um sich weiterzubewegen.«

»Das sehe ich nicht anders. Aber du musst dafür sorgen, dass du nicht nur körperlich, sondern auch *emotional* stark bist.« Sie deutet auf seinen schlanken Körper. »Stürz dich in nichts hinein, das zu intensiv ist.«

»Ich werde nie wieder Astronaut sein, Tante Priya. Das war vermutlich das Intensivste, was ich je getan haben werde.«

»Vermutlich. Aber du kannst den Rest deines Lebens nicht auf dem Sofa deiner Eltern verbringen. Das hätte auch sie nicht gewollt.«

Dazu sagt er nichts, obwohl er ihre Ansicht zu würdigen weiß.

»Was wirst du tun?« Priya sieht ihren blauäugigen Neffen erwartungsvoll an.

»Ich weiß es nicht«, antwortet er, als sie in den Verkaufsraum zurückkehren, und blickt sich im Supermarkt um, »aber ich glaube nicht, dass der größte Teil meiner Zukunft hier stattfinden wird.«

25

Max nähert sich dem glänzenden weißen Würfel der Klinik. Die Krankenzimmer sind genauso wie bei seinem letzten Besuch, nur mit anderen Namen an der Wand und anderen Kindern in den Betten. Ein unendlicher Strom von Patienten benötigt die Fähigkeiten der Ärzte, oder ein unendlicher Strom von Ärzten benötigt die Krankheiten der Patienten. Er schämt sich ein wenig für diesen Gedanken, aber seine Mutter bringt ihn immer häufiger auf solche Ideen. Ihre Wut lässt sie immer wieder aneinandergeraten, erfüllt jeden Wortwechsel mit einer persönlichen Schärfe, drängt sie auseinander, obwohl sie sich um einen Waffenstillstand bemühen sollten.

Er geht direkt zu Kents Zimmer im obersten Stock, trifft im Korridor seine Mutter, deren Gesicht dieselbe Geringschätzung wie bei ihrem letzten Streit in der Klinik zeigt.

»Du bist hier«, sagt sie nur.

»Ich wollte meinen Bruder besuchen.«

»Ach, *jetzt* passt es dir in den Kram. Vorher hat es dich nie interessiert.«

Und es geht schon wieder los, denkt Max. Wie einfach

es ist, die Wahrheit zu übersehen, wenn man geeignete Argumente sucht. »Jetzt bin ich hier.«

Sie nimmt ein digitales Notizbrett, das neben der Tür zu Kents Zimmer hängt, als der animierte Teddybär auf den Wall Rivers des Korridors fröhlich auf sie zugesprungen kommt. »Du warst nicht seinetwegen hier.«

»Seinetwegen oder deinetwegen?« Zum ersten Mal fragt sich Max, was sie durchgemacht haben, während er zum Asteroidengürtel unterwegs war. Er hatte so sehr gewollt, dass sie seinen Schmerz zur Kenntnis nehmen, dass er gar nicht über ihren nachgedacht hatte. Er war davon ausgegangen, dass sie keinen hatten.

»Wegen Kent«, sagt sie schroff. »Ihn trifft keine Schuld.«

»Ich weiß.« Max schließt die Augen, unfähig, die Flammen nicht zu entfachen. »Wirst du mich jemals fragen, was ich da oben durchgemacht habe?«

»Du warst dort und bist gescheitert. Ich glaube nicht, dass wir weiter darüber diskutieren müssen.«

»Sie ist gestorben, Mum. Sie ist gestorben, um mich zu retten. Das kannst du nicht einfach abtun.«

»Es tut mir sehr leid für dich, Max, aber das ist keine Entschuldigung für die Verletzung der Regeln.«

»Wir haben die Regeln nicht verletzt, wir haben nur darum gebeten, sie zu ändern. Und sie haben uns zugehört«, sagt er. *Im Gegensatz zu euch.*

»Ja«, sagt sie und beugt sich im klaustrophobisch engen Korridor vor, sodass sie seinem Gesicht äußerst nah ist, so nah, dass er den Kaffeegeruch in ihrem Atem wahrnimmt. »Und ist dir nicht aufgefallen, das die Dinge ... *ein wenig anders* geworden sind, seit du zurückgekommen bist?«

»Wie meinst du das?«

»All die Aufhebungsanträge, die Selbstprüfungen, die Meinungsverschiedenheiten?«

»Aufhebungsanträge?«

»Es ist dir nicht aufgefallen«, sagt sie mit tonloser Stimme.

»Nein. Was meinst du?«

»Das ist so typisch.« Sie tritt einen Schritt zurück, wendet sich wieder der Tür zu Kents Zimmer zu. »Erst die Regeln einer Utopie infrage stellen, und dann nicht einmal bemerken, was danach geschieht.«

»Aber ...«

»Ich weiß nicht, was schwerer wiegt: die Regeln infrage zu stellen oder das schlimmstmögliche Ergebnis für die sehr wenigen Leute zu erbringen, denen ihr Hoffnung gemacht habt.«

»Oh«, sagt Max mit trostlosem Ausdruck.

»So etwas passiert«, schließt sie, »wenn man ein Kind herumrennen und tun lässt, was immer es will.«

Obwohl er weiß, dass es ihr den Rest geben wird, sagt er sehr leise: »Ich bin kein Kind.«

Die Professorin wirft das digitale Notizbrett mit ohrenbetäubendem Krach zu Boden. »Wenn du dich weiterhin wie ein Kind benimmst, werden wir dich weiterhin wie eins behandeln.« Der animierte Teddybär macht einen Satz über die Tür, und sie wischt ihn wütend weg.

»Warum willst du nicht auf mich hören? Ich versuche, dir zu helfen. Ich weiß nicht, ob du es jemals lernen wirst.«

Er sagt nichts. Seine Hände, alle seine Muskeln sind angespannt.

»Maximilian, ich weiß, dass wir sehr streng mit dir sind, aber die Woiwodschaft wurde vom Volk für das Volk errichtet. Du kannst immer noch wiedergutmachen, was du getan hast.«

Max schweigt, denkt über ihre Worte nach. »Dad mochte Carys, als er sie kennengelernt hat.«

Seine Mutter ist verwirrt. »Was?«

»Auch du fandest sie toll, bis du erfahren hast, dass ich sie liebe.«

»Ich weiß nicht, worauf du hinauswillst.«

Er seufzt. »Du mochtest auch mich, als ich so gelebt habe, wie du es wolltest.«

»Maximilian. Hörst du mir zu? Du musst wiedergutmachen, was du getan hast. Du musst den Leuten zeigen, dass es falsch von dir war und dass du jetzt wieder auf die richtige Art leben wirst.«

Die Worte berühren eine Saite in Max. *Lebe weiter*, hatte sie gesagt, *für mich*. Wider besseres Wissen schleicht sich die heimtückische Formulierung seiner Mutter ein und vermischt sich mit Carys' Wunsch, bis er den Druck in seinem Kopf nicht mehr aushält und schreit, um das alles zu übertönen.

Seine Mutter starrt ihn überrascht an.

Max kämpft mit seinen Gefühlen, nachdem sich seine Wut mit dem Schrei entleert hat. »Ich kann das nicht mehr.«

»Wie bitte?«

Max schließt die Augen. »Wie bringe ich es wieder in Ordnung, Mum?«

»Wirklich?«

»Wirklich.«

Sie mustert ihren Sohn mit skeptischer Miene. »Du willst wirklich auf meinen Rat hören?«

»Was sollte ich tun? Sag es mir.«

»Du könntest damit anfangen, anderen Leuten zu helfen, statt nur dir selbst.«

Max hat keine Erwiderung darauf, doch er weiß, irgendwo weit hinten in seinem Bewusstsein, dass er eher angefangen hat, Dinge in Ordnung zu bringen, statt sie zu entfachen. Leise sagt er: »Ich schaffe mehr, als du denkst.«

»Das hoffen wir alle, Max.«

»Ich werde es beweisen.«

»Halleluja!«, sagt sie. »Endlich.«

»Vielleicht brauche ich deine Hilfe«, fügt er hinzu, nachdem jeder Widerstand in ihm zerbrochen ist.

Sie nickt. »Was auch immer du brauchst, um es wieder richtig zu machen.«

Sie stimmt zu, indem sie die Tür öffnet und ihn hineinlässt, doch sie bleibt am Eingang stehen, um von dort aus ihre beiden Söhne zu beobachten.

Kent blickt benommen vom Bett auf und zeigt ein strahlendes, zahnlückiges Lächeln. »Hi, Mac!«

»Mann! Hast du noch mehr Zähne verloren?«

»Jetzt sind alle Babyzähne raus.« Kent ist so stolz, dass Max' Herz vor Mitgefühl für den kleinen Jungen im großen Bett überquillt. Er ist so stolz, einen Meilenstein erreicht zu haben. Max hofft, dass Kent alle Meilensteine erreichen wird, dass er die Chance erhält, seine Krankheit zu überwinden und ein langes, erfülltes Leben zu führen. *Im Gegensatz zu Carys.*

Ihre Abwesenheit trifft ihn wie ein Schlag in die Magengrube. Der Psychotrick der Trauer sticht zu, und wieder denkt er daran, wie unfair es ist, dass das Gehirn für eine Sekunde alles vergessen kann, was geschehen ist, nur um kurz darauf erneut zuzuschlagen. Wie konnte er jemals vergessen, wenn auch nur für einen Moment, das sie nicht mehr bei ihm ist?

»Schläfst du in meinem Zimmer?«, fragt Kent.

Max schüttelt den Kopf. »Nein, Kumpel. Das wäre nicht richtig gewesen, wenn du so oft nach Hause kommst. Ich habe auf dem Sofa geschlafen.«

Die Augen des Jungen werden groß, als er sich etwas derart Rebellisches vorstellt.

Max zerzaust ihm das Haar. »Aber ich glaube nicht, dass ich noch allzu lange dort wohnen werde.«

»Ist es wieder das Mädchen?«

Autsch. »Irgendwie schon. Du erinnerst dich, dass sie Pilotin war?«

»Sie flog Spaceshuttles.«

»Richtig. Und sie hat mir einen Job bei der EVSA verschafft, der Weltraumorganisation.«

Kent nickt. »Dad hat es mir erzählt.«

Überrascht blickt sich Max zu seiner Mutter um, bis er sich wieder Kent zuwendet. »Sie dachte, ich könnte Astronaut werden ...«

»Cool!«

»Aber sie hat sich geirrt. Ich bin und bleibe Koch.« Er sieht seinen Bruder an und fragt sich, warum er vor einem Neunjährigen eine Lebensbeichte ablegt. Dann begreift er, dass er es tut, weil ihm sonst niemand zuhört. »Ich bin nicht mehr als ein Koch. Ich kann gut kochen. Und es gibt viele Leute, die Hilfe bei der Zubereitung von Mahlzeiten gebrauchen können.«

»Zum Beispiel hier? In der Klinik?«

»Zum Beispiel hier«, wiederholt Max mit einem Blick zu seiner Mutter, »aber auch im Ausland. Wo Soldaten und hungernde Menschen sind. Und viele Leute, die Angst vor dem Asteroidenfeld haben.«

Kent reibt sich die Augen, versucht wach zu bleiben. »Du gehst weg?«

»Ich gehe weg, aber ich werde dich jeden Tag anrufen.« Er streckt den Arm aus, damit sich sein Chip mit dem von Kent synchronisiert, dann nimmt er die Hand seines Bruders. »Ich werde dir jeden Tag eine Nachricht schicken, weil du mein bester Freund bist.«

Kent lehnt sich auf dem Bett gegen Max, legt den Kopf an seine Schulter. »Und Carys ist dein zweitbester Freund.«

»Du bist mein bester Freund«, bestätigt Max, »und Carys ist meine beste Freundin.«

Max geht direkt zum Rekrutierungszentrum der Woiwode, um zu sehen, ob man ihn nehmen will. Er beantwortet alle Fragen, lässt sich medizinisch untersuchen. Als die Anwerberin ihm sagt, dass er eine ausgezeichnete Lungenkapazität hat – wenn er das nur vorher gewusst hätte! –, zuckt er zusammen und schüttelt den Kopf, als sie seine Krankengeschichte durchgehen.

»Irgendwelche Sehstörungen, muskoskelettale Erkrankungen, Infektionen?«

»Nein.«

»Irgendwelche psychischen Störungen?«

Er zögert nur eine Sekunde. »Nein.«

»Großartig. Sie sind in guter körperlicher Verfassung. Sie dürften keine Schwierigkeiten bekommen.«

»Danke.«

Sie wischt seine Daten zur Seite, und auf ihrem Monitor erscheint eine lange Liste von Freiwilligen und Rekruten, die alle überprüft und durchgecheckt werden müssen. »Haben Sie Referenzen von Ihrem früheren Arbeitgeber?«

»Ich wurde von der EVSA ausgebildet«, räumt er ein, »aber wenn die Zeit drängt, wird Professor Alina von der Südklinik der Woiwode 2 Ihnen alles sagen, was Sie wissen müssen.«

»Perfekt. In diesem Fall werden Sie wahrscheinlich schon morgen zu unserem Trainingszentrum transferiert.«

Er weiß nicht, welche Seite seiner Persönlichkeit ihn dazu treibt, er ist sich nicht sicher, ob er etwas beweisen oder jemanden zufriedenstellen will, aber Carys hat ihn dazu aufgefordert, und er hat ihr versprochen, es zu tun. Er hat es versprochen, und er wird auf jeden Fall ...

»Max?« Die Stimme unterbricht seine Gedanken, während er auf einer harten Bank in einem unscheinbaren Saal sitzt, wo er sich auf seinem Chip ein Foto ansieht, das er hastig wegwischt. »Sie können jetzt zum Depot gehen, wo man Ihnen Ihre Ausrüstung zuteilen wird.«

»Danke.«

»Nein, wir danken *Ihnen*. Wir brauchen jetzt wirklich Leute wie Sie, die sich freiwillig für die Hilfsteams melden, insbesondere in den Konfliktregionen.«

»Kein Problem.«

Es ist an der Zeit, etwas zu tun. Es ist an der Zeit, wieder zu leben.

26

Was steht heute auf der Speisekarte – irgendetwas Aufregendes?«

Max blickt auf, während er an acht großen Bottichen arbeitet, in denen er abwechselnd rührt. Er hat keine Schöpfkelle, also hat er mit allem improvisiert, was er finden konnte. Er glaubt, dass es vielleicht ein Teil des Tests ist.

Sie wurden sechs Wochen lang in der Woiwode 6 ausgebildet, und in dieser Zeit hat Max mehr Fitness- und Sportübungen absolviert, als er sich jemals hätte vorstellen können. Sich als Koch für die Hilfsteams rekrutieren zu lassen, unterscheidet sich gar nicht so sehr von einer Rekrutierung als Astronaut, wie er jetzt weiß. Die Leute werden immer in bester körperlicher Verfassung gebraucht, ganz gleich, wohin sie unterwegs sind. Im Vergleich dazu verblasst das EVSA-Training eher zur Bedeutungslosigkeit gegenüber den anspruchsvollen Liegestützen und den täglichen Laufstrecken über zwei, fünf und zehn Kilometer, während man die ganze Zeit angebrüllt wird. Die EVSA hat ihn mit Cardiotrainern maschinell und auf dem Papier fit gemacht, aber er mag die Geistlosigkeit altmodischer Sportübungen im Freien.

Er mag es, wenn er alles abschalten und sich ganz auf die Anstrengung des Augenblicks konzentrieren kann. *Zen* hatten sie es genannt. Er spürt Zen in sich. Endorphine sind etwas Tolles.

Max macht sich auf eine Stichelei gefasst. »Eintopf.«

»Schon wieder?«

»Ein wunderbares, nahrhaftes Gericht. Wenn Sie Glück haben, werfe ich vielleicht sogar ein paar Croûtons hinein.«

»Wagen Sie es nicht, diese alten, harten Brotstücke als Croûtons zu verkaufen. Sie und Ihre Sprüche!«, sagt der Leiter des Ausbildungsteams, und Max lächelt.

»Das ist eine gute Vorbereitung auf Zeiten, wenn unsere Vorräte knapp werden.«

»Das wird nicht lange dauern«, sagt der neue Teamleiter. »Bald werden wir zur Küste gebracht, in die Kernzone des Kriegs.«

Max reicht ihm eine Schale. »Aha?«

»In den Küstenregionen der USA herrscht das Chaos«, sagt er. »Jeder kämpft um höher gelegene Bereiche und Zugang zu Trinkwasser.«

Max fragt sich für einen Moment, wo sich Carys' Bruder aufhalten könnte, doch dann verdrängt er den Gedanken wieder. »Was haben Sie vor diesem Job gemacht?«

»Ich war Tischler. Und Sie?«

»Koch.«

»Oh«, sagt der Teamleiter. »Ich dachte ...« Max sieht ihn an, doch der Mann beschließt, den Satz nicht zu vervollständigen. »Vergessen Sie nicht meine Extraportion Croûtons.«

Sie schlafen in der ältesten Universität Europias, den hübschen Collegegebäuden aus roten und gelben Ziegelsteinen, deren Räume durch Glas und Stahl ausgebaut wurden. Die Schlafsäle in den Obergeschossen haben große Glaswände und keine Vorhänge, sodass Max nicht allzu viel Schlaf bekommt. Immerhin bedeutet das weniger nächtliche Angstzustände. Die unablässige Routine aus Essenszubereitung und Trainingsstunden mit dem Hilfsteam hat ihn von seinen üblichen Gedanken abgelenkt. Nachts wagt er es, sie zu betrachten, und ruft das oft angeklickte Foto auf: Carys, in seine Armbeuge geschmiegt, hinter ihnen die flatternden digitalen Fahnen der Woiwodschaft-Spiele. In einem anderen Klima und in einem anderen Leben, so kommt es ihm vor.

Nachdem er das Frühstück serviert hat, nimmt Max an einem Lehrgang über Grundlagen der Ersten Hilfe und Nährstoffversorgung auf dem Universitätsgelände teil. Auf Autopilot mischt er einen Löffel Salz mit der achtfachen Menge Zucker und fügt fünf Becher Trinkwasser hinzu, um eine Rehydrationslösung herzustellen. Die Ausbilderin - Kelly - nickt anerkennend. »Sie kennen sich damit aus.«

»Ich hatte ein EVSA-Training. Hydrierung ist ein wichtiges Thema im Weltraum.«

Die Ausbilderin, die sich mit Max' Vorgeschichte vertraut gemacht hat, sagt vorsichtig: »Ja, auch wenn ich mir vorstellen kann, dass der Umgang mit Wasser ohne Schwerkraft tückisch ist.«

»Das meiste wird einem mit Schläuchen in den Körper gepumpt. Man kann in seinen eigenen Tränen ertrinken, wenn sie sich während eines Weltraumspaziergangs im Helm sammeln.«

Die Ausbilderin hat kurz einen entsetzten Gesichtsausdruck, doch dann fasst sie sich wieder, klopft Max auf die Schulter und geht zum nächsten Auszubildenden. »Zu viel Salz«, sagt sie. »Ihr Patient würde dieses Meerwasser wieder auswürgen.«

Max bereitet die Mahlzeiten für das Team zu, wechselt sich mit den anderen Köchen zum Frühstück, Mittag- und Abendessen ab. Die Freiwilligen sind nette Leute, wenn auch verständlicherweise sehr mit ihrem baldigen Einsatz in den ehemaligen Vereinigten Staaten beschäftigt. Jeder Satz beginnt mit »wenn« und nicht »falls«, und es wird viel darüber gesprochen, was sie tun werden, wenn sie es mit Rebellen zu tun bekommen. Das Lager stürzt sich auf die wenigen Nachrichten aus erster Hand, während Gerüchte aus zweiter Hand grassieren und die neuen Rekruten in Raserei versetzen. Viele von ihnen rufen zu Hause an oder nutzen ihre Freizeit, um über die Wall Rivers in den Gemeinschaftsräumen Kontakt zu ihren Liebsten zu halten.

Max sehnt sich danach, mit jemandem zu sprechen, der Carys kannte. Nicht mit jemandem, der *von* ihr wusste, nicht mit Tante Priya oder Kent, der weiß, was sie ihm bedeutet hat. Er will mit jemandem sprechen, der ihr Lachen oder ihre Wünsche kannte, der sie berührt hat. Er befürchtet, sie könnte zu einem Gespenst werden, und ein Grund, warum er sich das Foto von den Spielen so oft ansieht, ist sein Bestreben, ihr Gesicht im Vordergrund seines Bewusstseins zu halten. Er überlegt, Liu eine Nachricht zu schicken, aber Liu hat schon lange nicht mehr angerufen. »Erzähl mir jetzt deine Lieblingserinnerung an Carys«, hatte er während der Gedenkfeier gesagt, und Max hatte ihn geschlagen. Liu hatte es immer wieder versucht, aber es war klar, dass Max noch viel zu viel zu verarbeiten hatte. Schließlich ließ Liu ihm etwas mehr Freiraum.

Während seiner Freizeit schickt Max über MindShare eine Nachricht an Liljana. Zu seiner Überraschung antwortet sie sofort. *Der König des Desserts,* schreibt sie zurück. Der Text erscheint in Rot in einem kleinen Teil der Wand im Gemeinschaftsraum, wo Max mit ein paar anderen sitzt, die auf separaten Wall Rivers mit ihren Freunden und Verwandten sprechen. *Nicht mehr Astronaut?*

Offensichtlich nicht, antwortet Max. *Jetzt bin ich der König des Eintopfs.*

Wenigstens bist du der König von irgendwas.

Wie geht es dir?

Eine Pause. *Sie fehlt mir.*

Er schließt die Augen. *Mir auch.*

Jetzt ruft mich niemand mehr an, der mich »Lili« nennt.

Ich weiß, was du meinst, flext er. *Mich ruft überhaupt niemand mehr an.*

Wieder eine Pause, und er sieht, wie sie tippt, wartet, dass der Text erscheint. *Du kannst mich anrufen, wann du willst.*

Danke. Du auch, fügt er nachträglich hinzu. *Wenn ich nicht schon in der Gegend bin, die früher Amerika war.*

Viel Glück, flext sie, *und pass gut auf dich auf.*

Jedes Gefühl von Gefahr hat sich für Max auf Gerüchte oder eine vage, nebulöse Zukunft reduziert - während seine Kollegen von »wenn« und nicht »falls« reden, denkt Max nur in Minuten. Die nächsten zehn Minuten sind für einen Zwei-Kilometer-Lauf verplant. In den folgenden zwanzig Minuten wird er das Abendessen kochen.

Eines Tages spült Max sechzehn Kochtöpfe ab und lässt Wasser über den Stahl rinnen - neun Minuten lang -, als die Ausbildungsleiterin, die seine Rehydrationslösung gelobt hat, ihn in der Küche findet. Während Max mit den Messern weitermacht, eine Klinge nach der anderen schärft, trägt sie ihm eine Bitte vor.

»Sie möchten, dass ich ihnen vom Asteroidenfeld erzähle?«, wiederholt er.

»Bitte«, sagt Kelly und reicht ihm das nächste Messer. »Sie haben Erfahrungen aus erster Hand. Viele Menschen haben Angst.«

Max reibt sich mit einer Hand die Schläfe, in der anderen hält er immer noch den Wetzstahl. »Sie wissen, dass ich als Koch rekrutiert wurde? Das hat nichts mit dem zu tun, was ich bei der Weltraumorganisation gemacht habe.«

Sie wägt ihre Worte ab. »Die Sache ist die, Max, dass Sie mit Ihrer EVSA-Ausbildung und Ihrer Erfahrung von uns allen am besten vorbereitet sind.«

»Nein.«

Kelly lächelt freundlich. »Haben Sie gehört, was mit den ersten Astronauten geschah, die vom Mond aus die Erde sahen?«

Er kramt in seinen Erinnerungen. *»Ein kleiner Schritt.* Sonst fällt mir im Moment nichts ein.«

»Sie blickten auf unseren winzigen Planeten hinab und sahen, dass die Grenzen der Nationalstaaten in Wirklichkeit gar nicht existieren und dass die Konflikte zwischen Völkern unbedeutend sind, weil wir alle zusammen hier leben. Sie prägten einen Begriff dafür - den Overview-Effekt.« Sie reicht ihm das nächste Messer. »Menschen, die im Weltraum waren und auf die Erde hinabschauen konnten, haben einen Überblick, den andere nicht haben.«

Max seufzt. »Und Sie glauben, ich hätte ihn.«

»Haben Sie ihn nicht?«

Er will nicht antworten, dass es die Art von kognitiver Verschiebung ist, die er wahrscheinlich niemals erleben wird. Er will nicht sagen, dass seine einzigen Bewusstseinsveränderungen im Weltraum das Gefühl von Trauer und Verlust und ein anhaltendes mentales Chaos sind, das er mit Routine zu unterdrücken versucht.

»Ich habe gesehen, wie Sie hier die Besten übertreffen. Sie können improvisieren. Sie passen sich an. Von allen hier« - Kelly zeigt in die Runde, obwohl sie in diesem

Raum miteinander allein sind - »sollten *Sie* das Team leiten. Sie sollten der Teamleiter sein.«

Max lässt sich einen Moment Zeit, ein Küchenmesser am Stahlstab zu wetzen, während er überlegt, wie er es formulieren soll. »Die Sache ist die, Kelly - darf ich Sie Kelly nennen? -, dass ich kein Soldat bin. Und ein Held bin ich erst recht nicht.« Bei den meisten Heldentaten geht es nicht darum, Kartoffeln zu braten, gesteht er sich ein.

»Sie werden nicht kämpfen müssen.«

Er nimmt einen tiefen Atemzug. »Ich finde, dass die Hilfsteams nicht bewaffnet sein sollten.«

»Das ist nur zu unserem Schutz.«

»Wir sollten uns nicht mit Waffengewalt schützen. Im Namen Europias Gewalt anzuwenden, ist nicht besser, als generell Krieg zu führen.«

»Und was glauben Sie, wer den Krieg gewonnen hat?«, fragt sie.

»Wer gewonnen hat?«, wiederholt Max. »Keiner. Man kann nicht als Sieger nach Hause gehen, wenn man einen Kontinent verwüstet hat.«

»Genau, Max. Genau. Und Sie glauben, Sie hätten den Overview-Effekt nicht erlebt?« Sie schüttelt den Kopf, lacht leise. »Warum kommen Sie nicht einfach heute Abend zur Versammlung der Teamleiter und schauen mal, wie es für Sie ist?«

»Ich werde darüber nachdenken.«

Kelly tritt zurück. »Und Sie werden über die Asteroiden sprechen?«

»Ich werde darüber nachdenken.«

»Gut. Kommen Sie um acht zum Quadranten.«

»In wessen Namen handeln Sie?«, ruft Kelly, und die Teamleiter werden still und wenden sich ihr zu.

»Keines Gottes, keines Königs, keines Landes«, antwortet die Gruppe.

»In wessen Namen?«

»Nur in unserem.«

Neugierig verlässt Max die Küche, nimmt seine Kochschürze ab und lehnt sich im Hintergrund gegen die Ziegelwand. Kelly dreht das Handgelenk und aktiviert die externen Wall Rivers an den vier Seiten des Hofs, und die Mauern der Universität erwachen zum Leben.

»Leute, es wird Zeit, dass Sie etwas mehr von der Welt sehen, die Sie besuchen werden. Es wäre mir lieber, wenn Sie von mir etwas über die wahre Lage dort erfahren, statt weiter wegen irgendwelcher Gerüchte auszuflippen.«

Ein Livestream wird auf die vier Wände projiziert, und die Leiter der Ausbildungsteams drehen die Köpfe in alle Richtungen, um sich einen Überblick zu verschaffen. »Es ist nichts, das Sie überfordern wird«, sagt Kelly, »aber ich möchte, dass Sie vorbereitet sind.«

Ein großes Schild der Georgia Southern University, abblätternd und aufgedunsen, liegt achtlos weggeworfen neben einer Straße. Die weißen Holzgebäude sind längst verrottet, aber die Gärten und ein zerbröckelnder Uhrturm sind noch erkennbar. Die Kamera zeigt es als Standbild, damit sich ihre Augen daran gewöhnen können, bevor sie rotiert und den Rest der Landschaft offenbart.

Mehrere keuchen.

»Was in aller Welt ist da passiert?«, fragt sich jemand entsetzt.

»Menschen«, sagt Max leise, während sein Herz schneller schlägt.

Schlaglöcher und Krater ziehen sich durch den Boden, dunkle Löcher, wo zuvor Gebäude und Städte waren. Das üppige Grün von Georgia ist schon lange verschwunden. Sie sehen zerstörte Gesichter, wo keine sind, denn hier ist nirgendwo ein Anzeichen von Leben zu erkennen. Asche liegt über allem wie grauer Staub, der bis auf Fußknöchelhöhe vom Wind aufgewirbelt wird, den die Bewegungen der Kamera erzeugen. Sie brauchen einen Moment, um zu begreifen, dass die Asche über menschliche Überreste hinwegweht.

»Es waren sechs«, sagt die Ausbilderin, ebenfalls mit leiser Stimme. »Sechs Atombomben, nah genug nebeneinander platziert, um eine Kettenreaktion auszulösen.« Sie blickt alle der Reihe nach an, während sie den Hals recken, um die Verwüstung auf den vier Wänden zu betrachten. »So wurde es von Menschen gemacht. So haben sie es sich gegenseitig angetan.«

Das Bild verharrt auf den Resten eines Schädels, und Max wird übel, sein Herz rattert unregelmäßig gegen seinen Brustkorb. Die Erschütterungen der Kamera lassen den Schädel kippen, dann rollt er auf sie zu, und ein

Gewirr aus braunem Haar entfaltet sich. Max zuckt zurück. »Mann!«

»Warum haben sie das getan? Wegen Öl?«, fragt jemand.

»Wegen Öl«, sagt die Ausbilderin, die Max mit den Croûtons aufgezogen hat. »Wegen Geld, Macht, Herrschaft.«

»Scheiße«, sagt ein Rekrut. »Europia ist das Licht.«

Max spürt, wie das Kribbeln auf seiner Haut stärker wird, wie es von seinem Rückgrat zu seinen Schläfen zieht, wobei er eine immer heftigere Beklommenheit verspürt. Zustimmendes Gemurmel ist zu hören, aber der Ton ist gedämpft, während die Ausbilder das zerstörte Land betrachten. »Vergessen Sie nicht«, sagt Kelly, »dass unsere einzige Aufgabe darin besteht, Menschen zu helfen.«

Max stößt sich von der Wand ab, entfernt sich von der Gruppe, während ihm vor Panik der Atem stockt und die Luft in seinen Lungen brennt. Er lässt die anderen allein, sucht irgendeinen Ort, wo er für sich sein kein.

So hätte es eigentlich nicht sein sollen, denkt er. Diese Erfahrung sollte eine sinnentleerte Wiederholung routinemäßiger Abläufe sein. Max war zu den Hilfsteams gegangen, als würde er von einem Vakuum angesaugt werden - irgendetwas mit einfachen Aufgaben und klaren Regeln. Nicht wie im Weltraum. »Ich konnte dich nicht retten«, flüstert er, als er hinter den geschlossenen Augenlidern wieder den Totenschädel sieht, wie er auf ihn zurollt, wie das braune Haar auseinanderfällt, und in Zeitlupe wird das Gesicht zu dem von Carys, wie ihr lohfarbenes Haar auf ihn fällt, als sie in der Nacht nach den Spielen im Bett landeten. »Ich habe in meinem ganzen Leben noch nie irgendetwas so sehr gewollt.« Eine einzige Träne rinnt ihm über das Gesicht. So hätte es eigentlich nicht sein sollen, denkt er. Der Krieg sollte nicht so *ähnlich* sein.

Liljana?, flext er in seiner Verzweiflung, aktiviert seinen Chip.

Was gibt's? Die Antwort kommt schnell, und er atmet erleichtert aus.

Ich konnte sie nicht retten.

Das stimmt nicht. Du hast sie gerettet, als ihr euch kennengelernt habt. Davor war sie oft sehr einsam.

Ich habe sie im Stich gelassen. Max tippt seine größte Furcht ein. *Und ich lasse sie auch jetzt noch im Stich.*

Liljana schaltet auf Sprechverbindung, das Ping lässt ihn zusammenzucken, und er antwortet überrascht. »Hallo?«

»Du musst keine Erwartungen erfüllen«, sagt sie. »Du musst einfach nur leben. Sieh dich an - du hilfst Menschen, du kochst für die Bedürftigen. Du gibst Leuten wie mir das Vertrauen zurück.«

»Du hattest bereits Vertrauen.« Er lehnt sich gegen die roten und gelben Ziegel, während Schweiß auf seiner Stirn perlt und über seinen Rücken läuft. »Es ist nicht so, wie ich dachte, als ich hierherkam. Ich dachte, ich würde dazu ausgebildet, den Überlebenden Essen und Unterstützung zu geben. Aber es ist ... wie in einer Armee.«

Sie wartet.

»Sie wollen, dass ich ein Soldat bin.« Seine Stimme klingt belegt. »Sie halten mich für einen Helden.«

»Max, du bist ein Überlebender. Für Carys warst du ein Held.«

In der abendlichen Wärme der Woiwode 9 läuft er durch einen uralten Torbogen der Universität in einen gepflasterten Garten. »Für Carys war ich alles Mögliche.«

»Meinst du nicht, dass du weniger streng mit dir selbst sein solltest? Ich glaube, dass du es immer noch nicht ganz verstanden hast. Sie hatte große Wertschätzung für dich, und du hast dich emporgereckt, um ihren Erwartungen gerecht zu werden. Gleichzeitig hat sie dasselbe für dich getan. Verstehst du es nicht? Wenn ihr zusammen wart, wart ihr beide in Bestform. Sie hat dich sanfter und ehrgeiziger gemacht. Und Carys war mit dir stärker und glücklicher.«

»Vielleicht«, sagt er, während er immer noch das Trommeln seines Pulsschlags im Hals spürt, die Nachwirkungen einer Panikattacke.

»Also mag es sein, dass du ohne sie verloren bist, aber sie wäre ohne dich genauso verloren gewesen.«

»Ich bin kein Soldat, Liljana«, sagt er mit brechender Stimme. »Ich will niemals zwei Leben in der Waagschale halten und entscheiden müssen, welches lebenswerter ist.«

»Das verstehe ich«, sagt sie. »Du willst nicht, dass das Leben dir noch einmal diese Entscheidung abnimmt.«

»Ich wünschte, ich könnte es ungeschehen machen«,

sagt er, und auf seine erste Träne folgt rasch eine zweite, während ihm das Herz bricht.

»Früher glaubten die Menschen«, sagt Liljana, »dass wir die Chance erhalten, unser Leben zu wiederholen. Wir durchleben es immer wieder, und die einzige Möglichkeit, voranzukommen, besteht darin, für einen anderen Ausgang der Geschichte zu sorgen. Erst dann erreichen wir eine höhere Ebene. Also ist dieser schreckliche Moment, den du erlebt hast, nur ein Moment, den du erneut durchleben kannst, jedes Mal mit einem anderen Ausgang, bis du den *richtigen* Weg gefunden hast.

Du wirst eine Entscheidung treffen, wenn dieser Moment noch einmal kommt. Du wirst die einzige Entscheidung treffen, die getroffen werden kann.«

»Ich würde es zurücknehmen, wenn ich könnte«, sagt er verzweifelt, und während Max sich vorstellt, wie er zwei Leben in der Waagschale hält, wirbelt sein Bewusstsein zurück, und die Ereignisse werden erneut entrollt …

27

Sechs Minuten

Das Licht kommt langsam auf sie zu, ein Trugbild der Hoffnung. »Wir werden doch nicht verrückt, oder?«, fragt Max. »Es ist keine Illusion, oder?«

»Nein, Max«, sagt Carys leise. »Es ist kein Trugbild.«

Unter ihnen rotiert der Staub des Asteroidenfelds um den größten Meteoroiden, der etwa zwanzig Meter unter ihren Füßen dahintreibt. Darunter zieht die Welt vorbei, über Afrika braut sich ein Gewitter zusammen. Doch Max hat keinen Blick für diese Naturereignisse oder das Licht des Satelliten, der langsam auf sie zukommt. Stattdessen sieht er Carys an, ihr lohfarbenes Haar wie ein Heiligenschein in ihrem Fischglashelm geflochten und zusammengewickelt, das kleine Gänseblümchen in den Zopf gesteckt, vereinzelte lose Strähnen rund um ihr Gesicht. Ihre Hand ist blass und bloß vor dem Schwarz des Universums. Der weiße Faden, ungeschickt verknotet, schwebt in der Mikrogravitation um ihren Finger, und Max starrt darauf, bis er den Blick wieder auf ihr Gesicht richtet.

»Warum siehst du mich so an?«

»Wie?«

Sie lächelt mit schiefen Zügen. »Als hättest du mich monatelang nicht gesehen.«

»Es kommt mir vor wie Jahre.«

Carys berührt seine Schulter. »Du siehst aus, als hättest du die Kriege miterlebt.« Ihr Blick fällt auf den Faden an ihrem Finger, dann wendet sie sich wieder ihm zu, und als er nichts sagt, nickt sie. »Wir werden bald am Lagrange-Punkt anhalten.«

Instinktiv ziehen sie die Beine an, wie Balletttänzer, die auf den Brettern einer Bühne landen. Als sie auf gleicher Höhe mit dem steinigen Asteroiden sind, wird ihre Bewegung angehalten.

»Die Physik hat immer recht«, sagt Max pflichtschuldig.

»Abgesehen von der Zeit, als man dachte, die Erde sei eine Scheibe.« Mit der bloßen Hand greift Carys nach seiner, und er erwidert den Druck. Sie gönnen sich einen Moment, die Hand des anderen zu spüren, dann blickt Carys auf. »So nah wirkt dieser Asteroid riesig.«

»Riesig«, stimmt er ihr zu. »Ich kann nicht fassen, dass wir so verdammt nah herangeflogen sind.«

»Tut mir leid.«

»Schon gut.«

Carys ist noch nicht ganz dazu bereit und stellt eine Frage, deren Antwort sie bereits weiß. »Wie viel Zeit haben wir noch?«

»Jetzt?«, fragt er. »Der Satellit kommt direkt zu uns und ist in sechs Minuten hier, glaube ich.«

»Sechs Minuten. Das ist nicht lange.«

Max nimmt wieder ihre Hand, eher aus Bequemlichkeit, weniger, um damit etwas auszudrücken. Sechs Minuten: die Zeit, um ein perfektes hartes Ei zu kochen, die durchschnittliche Zeit, in der die meisten Paare Sex haben, die Zeit, in der New York City ausgelöscht wurde. »Es ist eine Lebenszeit«, sagt er. »Bereust du es?«

»Was, das hier? Nein«, sagt sie schnell. »Vielleicht. Ich weiß es nicht. Manchmal frage ich mich, ob es nicht besser gewesen wäre, auf den Aufhebungsantrag zu verzichten.«

Max verzieht das Gesicht. »Die Sache ist die, dass du den Antrag nicht gestellt hast. Ich habe es getan. Was bedeutet, dass alles, was geschehen ist, meine Schuld ist.« Sie antwortet nicht, und er beißt sich auf die Lippe. »Jetzt bin ich es, der sagen muss, dass es mir leidtut«, fügt er hinzu.

»Hör auf damit. Ich glaube, wir liegen gar nicht so weit auseinander.«

Der Asteroidenstaub wirbelt neben ihnen auf, verschleiert für einen Moment die Satellitendrohne. »Du hast recht«, sagt Max. »So ist es.«

Carys hebt ihr Handgelenk, spreizt die Finger. »Ich werde jetzt versuchen, Osric zu kontaktieren.«

»Gute Idee«, sagt er und sieht sie lächelnd an.

Sie überprüft den Sitz des Geflechts auf ihrem Handrücken, dann flext sie. *Hier ist Carys Fox von der* Laertes, *ich benötige dringend Unterstützung. Kann mich jemand hören?*

Sie wartet.

Ich wiederhole: Ich bin Carys Fox von der Laertes *und benötige dringend Unterstützung. Kann mich jemand empfangen? Ende.*

»Ich bekomme keine Antwort«, sagt sie zu Max.

»Versuch es weiter.«

Bitte, Ric.

Es knistert in ihrem Lautsprecher, gefolgt von einem Ping. Hallo, Carys. Hier ist Osric.

»Osric!«, haucht sie, als der blaue Text auf ihrer Helmscheibe erscheint.

Ich kommuniziere direkt mit dem Computer des Satelliten, der dies an dich weiterleitet, Carys.

Danke.

Möchtest du mich um irgendetwas bitten, was ich mit der Drohne tun soll, Carys?

Nein, danke.

Bist du dir sicher, Carys?

Was hatten wir noch gleich vereinbart, flext sie, *als es darum ging, dass du meinen Namen an jeden Satz anhängst?*

Entschuldige bitte.

Danke. Osric, gehe ich recht in der Annahme, dass im Fall einer Katastrophe im Weltraum die Kommunikationsaufzeichnungen der EVSA als öffentliche Dokumente eingestuft werden?

Eine Pause. Ja, Carys.

Alles, was wir während unserer letzten Momente texten, wird allen Bürgern der Woiwodschaft zugänglich sein?

Wieder eine Pause. Ja, Carys.

Okay. Bleib auf Empfang.

»Cari?«, fragt Max.

»Der Satellit ist eine unserer Drohnen. Er wird in sechs Minuten hier sein. Du hast noch für sechs Minuten Luft und ich für zwei.«

»Richtig, ja. Das tut mir leid ...«

»Schon gut. Wir mussten vor einiger Zeit verschiedene Dinge ausprobieren. Es bestand immer die Gefahr, dass irgendetwas schiefgeht. Wenn es nicht dein Treibstoff gewesen wäre, hätte ich uns mit dem Ozon getötet.«

»Aber du hättest es vielleicht geschafft, schwarzen Sauerstoff herzustellen, was beeindruckend wäre.«

Sie lacht. »Das wäre es gewesen, nicht wahr? Das ist Physik.«

»Ich glaube, streng genommen ist es Chemie.«

»Sehr witzig. Jetzt hör zu, weil ich es sehr sachlich erklären werde.«

Max wird ernst. »Das ist mir nicht entgangen.«

»Du wirst überleben und dann die Dinge reparieren, die wir zerstört haben.« Sie nimmt seine Hand. »Denn wir haben eine Kettenreaktion ausgelöst, auch wenn es uns vielleicht nicht bewusst war. Wir haben so viel Aufmerksamkeit auf die eine Regel gelenkt, die *uns* nicht gefiel, dass ... wir das Gefühl für das Allgemeinwohl untergraben haben.« Sie sieht ihn an, will, dass er es versteht. »Ich glaube nicht, dass Europia eine Utopie für mich war. Ich konnte mich nie mit dem Ideal des Individualismus anfreunden, aber das bedeutet nicht, dass ich glücklich bin, dass es zerbricht. Also bitte ich dich, Max. Du musst zurückkehren und es wieder in Ordnung bringen.«

»Das kann ich nicht tun, Cari.«

Sie seufzt. »Ich hatte befürchtet, dass du das sagen würdest.«

»Du musst wissen, dass ich mein Leben ohne dich gesehen habe, und offen gesagt ist es trostlos.«

»Es könnte erträglich sein.«

»Nein. Ich weiß es. Ich habe es gesehen«, sagt er. »Meine Familie wird mir nie verzeihen, und da unten gibt es keinen Platz mehr für mich. Meine Fähigkeiten, all das, was ich tun möchte ... Niemand braucht mich, wenn du nicht mehr da bist. Ohne dich bin ich kein Held.«

Carys ist sehr nachdenklich. »Aber wir haben es zerstört, Max.«

»Nein.«

»Doch. Wir haben sie dazu angeregt, die Regeln zu hinterfragen.« Sie streckt die Hand nach ihm aus.

»Das könnte sein«, sagt Max. »Es schmerzt mich zwar, es auszusprechen, aber jedes System, das sich dadurch zerstören lässt, dass ich dich liebe, muss von Anfang an recht zerbrechlich gewesen sein.«

Sie atmet aus, legt ihre bloße Hand in seine. »Wow!«

»Ich weiß.«

»Ich fasse es nicht. Max Fox lehnt die Utopie ab?«

»So ist es.«

»Und ... entschuldige, aber hast du gerade gesagt, dass du mich liebst?«

»Natürlich liebe ich dich. Es tut mir nur leid, dass ich

es dir nicht öfter gesagt habe. Ich hätte es dir jeden Tag sagen sollen.«

»Nein«, erwidert sie leise. »So bedeutet es viel mehr.«

»Ich habe es versucht. Vor allem im Schiff. Mir hat schon immer die Passage im *Hamlet* sehr gefallen, wo er Ophelia einen Brief schreibt. Ich wollte ihn dir vorlesen - ich hatte es heute früh versucht.«

»Aha?«

»Ja.« Er räuspert sich.

Zweifle an der Sonne Klarheit,
Zweifle an der Sterne Licht,
Zweifle, ob lügen kann die Wahrheit,
Nur an meiner Liebe nicht.

Carys ist sichtlich gerührt. »Kommst du mir jetzt mit Shakespeare, Max?«

»Ja.«

»Verdammt. Vielleicht halluzinieren wir doch«, sagt sie. »Wahrscheinlich haben sie unsere Tornister wirklich so programmiert, dass der Sauerstoff kurz vor dem Ende langsamer freigesetzt wird.«

»Lass das.«

»Tut mir leid.« Carys lacht.

»Hör auf damit.« Er greift nach ihr und zieht sie an sich, so gut er kann. »Du ruinierst diesen Moment.«

»Ich war nur glücklich, weil du gesagt hast, dass du mich liebst.«

Max schweigt für einen Moment, dann rückt er verlegen seinen Anzug zurecht. »Wir müssen dich bereitmachen.«

Carys seufzt. »Max ...«

Er zieht sich hinter sie, hantiert mit ihrem Tornister und rückt die Schultergurte und Kabel zurecht. »So.« Er bleibt hinter ihr, und sie streckt ihre bloße Hand über die Schulter. Er greift danach und drückt sie, vielleicht zum letzten Mal. »Hör mir zu, Carys. Du musst kurz die Luftschläuche tauschen, wenn dein Sauerstoffvorrat aufgebraucht ist. Ich habe sie bereits gelockert - du kannst sie einfach auswechseln und in den anderen Tornister stecken, okay? Dreh ihn, bis er einrastet.« Er tätschelt ihre Hand. »Hast du verstanden?«

»Nein, Max. Ich weiß, was du vorhast, aber ich werde es dir nicht erlauben. Lass diesen Blödsinn mit dem weißen Ritter. Du wirst mir deinen Tornister nicht geben«, sagt sie und dreht sich so heftig zu ihm um, dass er zur Seite gestoßen wird. »Ich werde es dir nicht erlauben. Du musst mich nicht retten.«

»Cari, nein«, sagt er.

»Ich werde nicht dieselbe Person sein, wenn ich dich hier zurücklasse. Also werde ich es nicht tun.«

Er ist entsetzt.

»Ja«, sagt sie und spricht wieder normal. »Aber für dich ist noch genug Zeit. Du könntest die Drohne erreichen und zur Erde zurückkehren. Du würdest deinen Bruder wiedersehen.« Sie reißt sich zusammen. »Es wäre egoistisch von dir, ihn einfach so zu verlassen.«

»Einfach so?«, ruft Max. »Glaubst du, dass hier irgendetwas *einfach* war? Denn ohne dich zu leben, wäre auch nicht einfacher. Ich werde nicht zulassen, dass du die Verbindungsleine zerschneidest, um *mich* zu retten. Du sagst, ich würde versuchen, der weiße Ritter zu sein, Cari, aber du bist kein Stück besser.«

»Es tut mir leid, dass ich das Schiff zerstört habe«, wechselt sie plötzlich das Thema, was ihn überrascht zusammenzucken lässt.

»Hast du das wirklich getan?«

»Ja. Ich bin zu tief hineingeflogen. Ich dachte, ich könnte ... nein, ich habe *tatsächlich* einen freien Weg durch die Asteroiden gesehen. Einen Weg nach draußen.«

Er hebt die Augenbrauen. »Einen Weg nach draußen. Wow!«

»Ich weiß«, sagt sie. »Aber bei diesem Versuch habe ich das Schiff beschädigt. Der Rumpf wurde von einem Meteoroiden getroffen, und dann - du kennst den Rest der Geschichte. Das tut mir leid.«

»Na gut.«

»Mehr hast du dazu nicht zu sagen?«

»Jetzt können wir es nicht mehr rückgängig machen«, sagt er und blickt sich um. »Aber ein Weg nach draußen? Cari, du hast es geschafft!«

»Dabei habe ich unser Leben aufs Spiel gesetzt. Und jetzt hängen wir hier gemeinsam fest.«

»Noch zwei Minuten lang, vielleicht weniger. Bist du dir sicher, Carys?«

»Ich bin mir sicher. Und du?«

Sie atmen tief durch. Keiner von beiden möchte nachzählen, wie viele Atemzüge ihnen noch bis zum letzten bleiben.

»Also sind wir uns einig«, sagt er traurig. »Keiner von uns will mit diesem Satelliten zurückfliegen.«

»Ich auf gar keinen Fall. Du?«

»Nein«, sagt er resigniert. »Ohne dich bin ich verloren.«

Sie seufzt. »Also war es das.«

»Ja.«

»Was machen wir jetzt?«

»Ich glaube, wir sollten uns für einen Moment besinnen«, sagt er. »Wir beobachten, wie die Nordlichter über die Atmosphäre huschen, wir denken an unsere Familie, danken unserem Glücksstern und sagen dann Gute Nacht.«

»So endgültig?«

»Uns bleibt nicht mehr viel Zeit, Cari. Es ist, wie wir vor einer Stunde gesagt haben: Entweder lassen wir zu, dass es mit uns passiert, oder wir nehmen die Zügel in die Hand und beenden es selbst.«

»Wir beenden es selbst«, wiederholt sie. »Richtig.« Ihre bloße Hand greift nach seiner, und sie nimmt einen tiefen Atemzug. »Bei drei?«

»Bei drei.«

Es knistert in ihrer Sprechverbindung.

»Eins.«

»Zwei ...«

»Warte!« Carys reißt die Hände hoch. »Ich wollte immer, dass du glaubst, ich hätte es nicht nötig, es zu hören oder auszusprechen. Ich habe dich nie gedrängt, es zu sagen. Aber jetzt möchte ich dir sagen, dass ich dich immer geliebt habe, wahrscheinlich von dem Moment, als du meine Bratkartoffeln gerettet hast, bis jetzt. Es tut mir leid, aber so ist es, und ich möchte, dass du es weißt.«

Max nimmt einen tiefen Atemzug. »Liebe auf den ersten Blick? Cari, *das* ist romantisch. Danke. Das habe ich nicht verdient.« Doch dann kann er der Versuchung nicht widerstehen, das Ruder herumzureißen. »Aber ich wusste die ganze Zeit, dass du nur so tust.«

»Und ich wusste die ganze Zeit, dass du ein eitler Pfau bist«, gibt sie zurück, »und trotzdem sind wir irgendwie immer noch zusammen.«

»Ja, das sind wir. Allein im Weltraum. Keine Signale von Osric ...«

»Osric! Das hätte ich fast vergessen.« Eilig schickt sie Osric über Flex die Koordinaten des Kurses durch das Asteroidenfeld, so gut sie sich erinnern kann. Sie beschreibt die Manöver und die Route, auf der Carys und Max das Feld hinter sich lassen konnten, obwohl ihr Schiff schwer beschädigt wurde, als sie auf der anderen Seite herauskamen. Der blaue Text pulsiert und verblasst auf dem Glas ihres Helms.

»Allein im Weltraum«, wiederholt er.

»Wir sind nirgendwo, Max.«

Er lächelt. »So sieht es aus. Und das ist komisch, weil die wahre Bedeutung von *utopia* nicht der ›perfekte Ort‹ da unten ist.« Er zeigt auf die Erde, die sich langsam unter ihnen dreht. »Auf Griechisch bedeutet *utopia* ›kein Ort‹.«

»Damit willst du also sagen, dass Europia uns trotz des ganzen Getues zu einer tatsächlichen Utopie geschickt hat?« Sie lacht laut.

»Weißt du«, sagt er, »ich wollte die ganze Zeit nach Hause, seit wir hier sind. Ich habe daran geglaubt, dass es uns auf der Erde am besten gehen würde. Aber trotz allem war ich hier oben mit dir so glücklich. Ein perfekter Ort ist kein politisches System und keine philosophische Bewegung. Es ist das hier, wir sind es.«

Sie weint ganz leise in sich hinein. *Du hast mich,* hat Max vor langer Zeit zu ihr gesagt. *Cari? Ich sagte, du hast mich,* auch wenn sie es nie richtig geglaubt hat. Aber nun ist er bei ihr, mit genügend Luft, um zu überleben und nach Hause zurückzukehren, doch stattdessen hat er entschieden ...

Sie hält inne.

Osric, flext sie hastig, *ich habe dir die Koordinaten für den Weg durch das Asteroidenfeld gesendet. Die Route ist navigierbar, so einigermaßen. Ich glaube, ihr könntet die Erde noch einmal verlassen, wenn ihr es wollt. Aber bevor ihr es tut, sagt ihnen ...*

Carys überlegt, was sie eigentlich sagen will. Sie denkt über das nach, was ihre Mutter gesagt hat oder sagen würde oder vielleicht gesagt hätte, und erkennt nun, dass Gwen nur zur Hälfte recht gehabt hätte.

Sag ihnen, dass die erste Liebe uns zerbrechen kann. Aber sie kann uns auch retten.

Sie beobachten, wie die Aurora borealis in der Atmosphäre über der Arktis und den nördlichen Territorien tanzt, ein Spektrum aus Grüntönen, das am Himmel über ihrem Zuhause in einer alternativen·Zukunft stolpert und stürzt - einer Zukunft, die sie nie erleben werden.

Carys' Notalarm piept, während sie weiter die Nordlichter betrachten. »Es ist Zeit.«

»Gut.« Er richtet den Blick auf das obere Ende des Polarlichts, wo sich die roten Strahlen in den Weltraum vortasten, unsichtbar für die beiläufigen Beobachter auf der nördlichen Hemisphäre, die nur die Blau- und Grüntöne sehen können.

»Max, ich ...« Sie deutet mit bedauernder Miene auf ihren Raumanzug, an dem die roten Alarmleuchten blinken. »Ich glaube nicht, dass ich es kann.« Die Vorstellung, ihre Luftversorgung abzuschalten, obwohl sie bald versiegen wird, ist zu erschreckend.

»Vielleicht könnten wir es gegenseitig machen.« Er zieht sie langsam in eine Umarmung, legt die bloße Hand auf den Schraubverschluss auf ihrem Rücken. »Und jetzt nimmst du meinen in die Hand.«

Sie legt die Arme um seinen Kopf, lässt die Hände auf dem Glas seines Helms ruhen. Vorsichtig hebt sie die nackten Finger, berührt damit den Schlauch in seinem Nacken. Der weiße Faden, der locker um ihren Finger gebunden ist, hängt frei.

»Keine Entschuldigungen«, sagt er. »Wir wollen es so.«

Sie nickt, während ihr zweites Warnsignal ertönt.

»Bei drei.«

»Kein Countdown mehr, Max«, sagt sie, und er versteht. »Das Ende ist gekommen.«

Sehr vorsichtig, ohne die Augen zu schließen oder den Blick abzuwenden, die Arme erhoben und umeinander geschlungen, öffnen Max und Carys den Helm des anderen, atmen die Kühle der Dunkelheit ein.

Hinter ihnen brennt das Licht der Milchstraße wie Feuer, während ihre Lungen schwer werden. Und in der gegenseitigen liebevollen Umarmung, unter dem Gewicht von tausend Sternen, beginnen Max und Carys mit ihrem Tanz.

Danksagung

Darcy Nicholson arbeitete unermüdlich an dieser Geschichte, mit brillanten Einsichten, mit Geduld und viel Humor - danke, Darcy, dass du mich zu einer besseren Autorin gemacht hast. Mein Herausgeber Simon Taylor hatte eine fantastische lenkende Hand, gemeinsam mit dem genialen Team von Transworld, einschließlich Sophie Christopher, Nicola Wright, Sarah Whittaker, Deirdre O'Connell und Lizzy Goudsmit - ich danke euch allen.

Juliet Mushens, die beste Agentin und Glucke, die es gibt, verkaufte diesen Roman auf der ganzen Welt und hielt meine Hand, während sie es tat. Ich danke auch Sasha Raskin, Nathalie Hallam, Sarah Manning und Howard Sanders von der United Talent Agency.

Karen Kosztolnyik glaubte schon früh an die romantische Seite dieses Buchs - ich danke allen von der Gallery in New York und Nita Pronovost von Simon & Schuster in Kanada.

Es war 2013, als Richard Skinner, der Leiter der Schreibkurse der Faber Academy, mir unmissverständlich erklärte, dass ich den ersten Entwurf dieses Romans fertigstellen soll. Wenn Max sagt, »dass das Leben nach dem Tod das ist, was wir in anderen hinterlassen«, zitiert er Richards Gedicht »izba«, das ich mit seiner Erlaubnis und voller Dankbarkeit benutzen durfte.

Von meinen Freundinnen und Testleserinnen Katy Pegg und Kate McQuaile bekam ich ein erstes Feedback, und sie sagten mir, dass ich weitermachen soll. Danke, dass ihr mir den Glauben gabt, es zu tun. Und ich danke Dan Dalton für die Umgestaltung der ersten Seite.

Ian George, John Fletcher und dem Team von Paramount Pictures möchte ich sagen: Es ist herausfordernd, zwei Karrieren zu verfolgen, aber mit eurer Unterstützung war es leicht.

Meine Eltern Jane und Don Wood waren die Inspiration für Carys' enges Verhältnis zu Gwen. Im Gegenzug konnte ich Max' furchtbare Eltern erschaffen, indem ich mir all das vorstellte, was ihr niemals und unter keinen Umständen sagen würdet. Ihr seid wunderbar. Danke, ich liebe euch.

Ich danke meiner genialen Familie: Sam und Liz, Amber und Ella, Finley und Sol, Poppy und Marley. Die letzten beiden sind Hunde, aber auch Hunde sind ein Teil unserer Familie …

Und schließlich danke ich Jonathan Hopkins für den morgendlichen Tee, die Anfeuerung vor dem Abgabetermin und die Witze über ein menschliches Faultier. Dieses menschliche Faultier hat es tatsächlich geschafft, ein Buch zu schreiben! Danke für alles.